बहुरंगी मधुपुरी

बहुरंगी मधुपुरी

राहुल सांकृत्यायन

राधाकृष्ण प्रकाशन

पहली बार 1954 में राहुल प्रकाशन, मसूरी से प्रकाशित

ISBN : 978-81-19989-98-0

बहुरंगी मधुपुरी

पहला राधाकृष्ण संस्करण : 2024

मूल्य : ₹895

प्रकाशक

राधाकृष्ण प्रकाशन प्राइवेट लिमिटेड

जी-17, जगतपुरी, दिल्ली-110 051

शाखाएँ : अशोक राजपथ, साइंस कॉलेज के सामने, पटना-800 006

पहली मंजिल, दरबारी बिल्डिंग, महात्मा गांधी मार्ग, प्रयागराज-211 001

1, अनमोल सोराबजी संतुक लेन, धोबी तलाव, मरीन लाइंस, मुम्बई-400 002

वेबसाइट : www.radhakrishnaprakashan.com

ई-मेल : info@radhakrishnaprakashan.com

मुद्रक

बी.के. ऑफसेट

नवीन शाहदरा, दिल्ली-110 032

BAHURANGI MADHUPURI

by Rahul Sankrityayan

दो शब्द

इसमें मेरी 21 कहानियाँ है, जिनमें पर्वतीय विकारापुरियोंके जीवन को अंकित किया गया है। यद्यपि यह कहानियाँ केवल काल्पनिक नहीं बल्कि प्रास्तविक जीवन के आभार पर लिखी गई हैं, पर यह भूल होगी, यदि इनसे एक-एक को किसी एक व्यक्ति की जीवन-कथा गान लिया जाए। मैंने हरेक कहानी के चित्रण के लिए वस्तुतः बहुत से व्यक्तियों को लिया है, और ऊपर से कुछ बातें कल्पित भी दी हैं।

समकालीन चित्रण होते यदि पाठकों को इससे मनोरंजन के साथ-साथ कुछ और लाभ भी हुआ, तो मुझे इससे सन्तोष होगा।

अमृतसर **राहुल सांकृत्यायन**

4-5-54

क्रम

बूढ़े लाला

(1)

"लाभडाल को तो मैंने अपनी आँखों के सामने बसते देखा"—बूढ़े लाला ने सफेद भौंहों के पीछे गहराई में छिपी दोनों आँखों को मेरी ओर गड़ाते हुए कहा। सभी देशों और सभी जगहों के विदेशी भाषाओं से अपरिचित लोगों की तरह, बूढ़े लाला अंग्रेजी नामों को तोड़-मरोड़कर बोला करते हैं। जब आदमी किसी रोजमर्रा के इस्तेमाल होनेवाले शब्द का अर्थ नहीं समझ पाता तो उसमें अर्थ डालने के लिए वह तोड़-मरोड़ करने की कोशिश करता है। बूढ़े लाला ने भी "लव् डेल" को इसी तरह तोड़-मरोड़कर लाभडाल बना दिया था—वस्तुत: यह बदलना उन्होंने स्वयं नहीं बल्कि किसी या किन्हीं अज्ञात पुरुषों ने किया होगा, जैसे कि उन्होंने मधुपुरी के और भी कितने ही नामों का पुन:संस्कार किया है। मधुपुरी क्या हिमालय की सभी विलासपुरियों में इस तरह का हस्तक्षेप देखा जाता है, जैसे मसूरी में हैपीवैली जनसाधारण के कंठ में पहुँचकर हापावाला हो गई। लाभडाल के हरेक घर को देखकर लोग यही समझते हैं, कि वह सतयुग में बने हैं, यद्यपि यह मालूम है कि मधुपुरी का सबसे पुराना मकान आज से 130 वर्ष पहले (1820 ई. के आसपास) बना था। लाला जिस जगह बैठकर बात कर रहे थे, उसके पड़ोस में ही किन्तु ऊपर की ओर माटी होटल है, जिसके बारे में वह और भी अच्छी तरह से कह सकते थे, क्योंकि आज से 70 वर्ष पहले जब दस-बारह वर्ष की उम्र में वह मधुपुरी में आए थे, तो अभी मार्टिन होटल पूरी तौर से बनकर तैयार नहीं हुआ था। वह बतला रहे थे, कि इसको बनानेवाला माटी साहब था, जिसका बाप पास की रियासत के जंगलों का ठेकेदार था। लाला ने अपनी बात को और भी पक्का करने के लिए यह भी बतलाया, कि माटी साहब का बाप पक्का अंग्रेज था, अधगोरा नहीं। बूढ़े लाला का इतिहास का ज्ञान वही था, जिसे उन्होंने अपनी आँखों के सामने बनते-बिगड़ते देखा था, साल बीतने के साथ जिसमें स्मृति भी अपनी ओर से जोड़-घटाव करती आई थी। उन्हें यह नहीं मालूम था, कि पड़ोस की रियासत के जिस ठेकेदार साहब

की वह बात कर रहे थे, वह जंगलों का ही ठेकेदार नहीं था, बल्कि वही पहला आदमी था, जिसने गंगा और जमुना की पहाड़ी धाराओं को लकड़ी बहाने के साधन के तौर पर इस्तेमाल किया, हिमालय के इस भाग में उसी ने पहले पहल आलू की खेती का प्रचार किया और करीब एक शताब्दी पहले देवदार का बनाया उसका विशाल बँगला अब भी गंगोत्री के रास्ते पर मौजद है, जो अब केवल अपनी काठ की मजबूती के कारण ही खड़ा है। यदि मार्टिन होटल की तरह वह भी मधुपुरी के किसी कोने में खड़ा होता, तो आज से दस वर्ष पहले तक तो वह जरूर ही लकोदक रहता, चाहे दूसरे महायुद्ध बाद के इन पिछले वर्षों में, खासकर अंग्रेजों के चले जाने के बाद, मधुपुरी के ऊपर जो साढ़े-साती शनि-दृष्टि पड़ रही है, उसका शिकार हुए बिना वह भी न रहता।

बूढ़े लाला मीलों तक फैली और बिखरी मधुपुरी के इस भाग के सजीव इतिहास हैं। उनसे पहले उनके चचा यहाँ पहुँचे थे, शायद उसी समय, जब मधुपुरी-निर्माण का काम जोर-शोर से हो रहा था। हजारों मजदूर काम में लगे हुए थे। उनके खाने की चीजें बेचनेवाले दूकानदारों की जरूरत थी। मधुपुरी के काफी मकान अंग्रेज स्वयं बना रहे थे, जिनको इमारतों के बनाने के लिए ठेकेदारों की भी जरूरत थी। उस समय अभी भारत के दूसरे लोग चाहे अखबारों से ज्यादा सरोकार न रखते हों, लेकिन यहाँ के शासक अंग्रेज तो प्रायः एक शताब्दी पहले ही से अपनी भाषा में अखबार पढ़ते थे, जिनमें अनेक बार मधुपुरी जैसे हिमालय के सौन्दर्य भरे स्थानों और खासकर उनकी यूरोपियन आबो-हवा की प्रशंसा छप चुकी थी, इसीलिए जिस तेजी से लोग गर्मियों के बिताने के लिए हिमालय की ओर दौड़े आ रहे थे, उस तेजी से मकान नहीं बन पा रहे थे। लाला आज के 5 रु. सेर घी की शिकायत करते हुए कह रहे थे—"क्या पूछते हैं, रुपये का ढाई सेर घी बिकता था, जिस भाव गेहूँ भी तो आज नहीं मिलता। मजदूरी कम थी, मुनाफा भी कम था, लेकिन उसमें बरकत थी।" पश्चिमी हिमालय की विलासपुरियों में अधिकतर दूकानदार हरियाना के हैं। हरियाना मारवाड़ से लगा हुआ और कितनी ही बातों में मारवाड़ी व्यापारियों के सा ही देश है। मारवाड़ी व्यापारी डोरी-लोटा, मैली-कुचैली धोती लिए आसाम तथा बर्मा तक पहुँच गए, और धीरे-धीरे उनकी तीसरी चौथी पीढ़ी करोड़पति नहीं, बल्कि साल में करोड़ों रुपया लाभ उठानेवाले धन्नासेठों के रूप में परिणत हो गई। हरियाना के बनिये न उतनी उड़ान कर सके और न उतनी सफलता प्राप्त कर सके। कुछ यदि उनमें से धनी बन गए भी हैं, तो लोग उन्हें हरियानी नहीं बल्कि मारवाड़ी समझते हैं। बूढ़े लाला के भाई-बन्द, जो इन विलासपुरियों में ही नहीं, बल्कि कभी-कभी सड़कों पर अच्छे-खासे गाँवों में भी अपनी दूकानें खोलकर कारोबार करते हैं, अधिकतर कौरव-पांडव के युद्धक्षेत्र—जिसे गीता में धर्मक्षेत्र कहा गया है—के आसपास के रहने वाले हैं। मधुपुरी में शहर के भीतर जिनकी दूकानें हैं, वह तो अब

केवल दूकानदारी करते हैं, लेकिन आसपास के गाँवों के आनेवाले रास्तों के छोरों पर जिनकी दूकानें हैं, वह दूकान भी करते हैं, दूकान की चीज गाँववालों को उधार पर भी देते हैं, और कड़े सूद पर रुपया भी लगाते हैं। यह उनकी ही हिम्मत है, जो अब भी बिना कागज-पत्र के हजारों रुपया लोगों को कर्ज देते हैं। कुछ सालों पहले तक पहाड़ के लोग अपनी ईमानदारी के लिए बहुत प्रसिद्ध ही नहीं, बल्कि दुख्यात भी थे। एक साहब एक पहाड़ी की ईमानदारी की तारीफ करते हुए यह भी बतला रहे थे, कि अठन्नी दरी पर गिर गई थी। नौकर झाड़ू देने आया, तो उसे अठन्नी में हाथ लगाना भी पाप मालूम हुआ। उसने अठन्नी भर दरी काटकर उसे वहीं रहने दिया और सारे कमरे में झाड़ू लगा दिया। दरी का नुकसान अठन्नी से कहीं ज्यादा का हुआ था, क्योंकि वह नई और सारे कमरे में बिछ जानेवाली बड़ी दरी थी। बूढ़े लाला भी पहाड़ियों की इस ईमानदारी के कायल थे। वह भी उनके साथ लेन-देन का व्यापार करते रहे। लेकिन, आज की बातों को देख करके निराश थे। कह रहे थे—

"पिंडतजी, क्या बुज्झो हो, इब तो ये पहाड़ी भी चलाक हो गए। किनस्टर का किनस्टर डालडा ढो ले जावें और फिर घी के भाव साढ़े चार रुपया सेर बेच जावें।"

बूढ़े लाला की बोली अब पूरी हरियानी नहीं, खिचड़ी बन गई है, यद्यपि उनका लिखना-पढ़ना इतना ही है, कि वह अपना बहीखाता स्वयं लिख लेते हैं। उनकी आँखों की रोशनी अभी उतनी मन्द नहीं है, लेकिन स्मृति अवश्य मन्द हो चली है और बीच-बीच में उनकी बात का सिलसिला टूट जाता है, लेकिन याद दिलाने पर फिर उनकी स्मृति जाग उठती है। मधुपुरी के इस मुहल्ले में अब भी प्रायः रोज बघेरा फेरा डाल जाता है। कुत्तों से उसे बहुत शोक है। कह सकते हैं, कुत्ता बघेरे के लिए रसगुल्ला जैसा ही मधुर और आकर्षक है। पिछले तीन वर्षों में आठ कुत्तों को वह ले जा चुका है, इसलिए आज से साठ-सत्तर वर्ष पहले बूढ़े लाला के कहने के अनुसार यदि इस जंगल में बघेरों के रेवड़ चरा करते हों, तो इसे बहुत बड़ी अतिशयोक्ति नहीं कहा जा सकता। लेकिन मधुपुरी के दूसरे बूढ़ों की तरह बूढ़े लाला भी कहते हैं—"भगवान का वरदान है, जिनावर पर हाथ भले ही चिलाया हो, लेकिन आदमी पर बघेरे ने आजतक कभी चोट नहीं की।" चाहे फटकर बिखर गए पन्नीवाली पोथी की तरह बूढ़े लाला के इतिहास-ज्ञान को क्रमबद्ध करना मुश्किल हो, और चाहे उसमें जाने या अनजाने काफी नमक-मिर्च भी लग गई हो, लेकिन यह तो कहना ही पड़ेगा, कि इन जैसों के उठ जाने के साथ-साथ मधुपुरी के इतिहास के भी बहुत से पन्ने हमेशा के लिए लुप्त हो जाएँगे। बूढ़े लाला के स्मृति-पटल पर अभी भी आज से साठ-सत्तर वर्ष पहले इन हरे-भरे वृक्षों से ढके पहाड़ों में घूमनेवाले अंग्रेजों और उनकी बीवियों के चित्र अंकित हैं। वह उनका नख-शिख वर्णन भी कर सकते हैं, लेकिन किसी तूलिका से कागज पर उतारना तो प्रत्यक्षदर्शी ही कर सकते थे, दुर्भाग्य से ये लोग हाथ से तूलिका पकड़ना भी नहीं

जानते। नये चित्रों के बनाने की किसे फिक्र है, जब कि मधुपुरी के साठ-सत्तर वर्ष पहले बने मकानों में समकालीन कितने ही चित्रों को हम हर साल कीड़ों को खाते और वर्षों से सड़ते देखते हैं।

लाला के कहने के अनुसार उस समय की मधुपुरी देवताओं की स्वर्गपुरी थी, जहाँ तक खाने-पीने और रोजगार-बात का सम्बन्ध था। वैसे उन्हें भी गरीब काला आदमी होने से अंग्रेजों की झिड़की खानी पड़ती थी, लेकिन उन जैसे लोगों ने बचपन ही से पढ़ लिया था, जिससे उन्हें गोरों की ठोकर खाने की नोबत नहीं आती थी—वह पहले हो पूँछ हिलाकर गुसैल साहब को मना लेते थे। लाला के कहने से मालूम होता है, कि हिन्दुस्तानी राजा-महाराजाओं या बड़े-बड़े लोगों की इज्जत को अंग्रेज तीन कौड़ी के समझते थे। तो भी इससे छोटे पहाड़ी या देशवाली लोगों को गुस्सा नहीं, बल्कि एक तरह की आत्मतुष्टि मिलती थी। यह वही लोग थे, जो अपने कम-नसीब देशवासियों के सामने अकड़कर चलते और बात-बात में गाली निकालते थे। "छोटे" लोगों को यह देखकर संतोष होता था, कि इनके ऊपर भी कोई है, जो इन्हें चार गालियाँ सुना सकता है, ठोकरें लगा सकता है, और यह उसके सामने चीं तक नहीं कर सकते।

लाला बतला रहे थे—हम लोग तो मधुपुरी के अंग्रेजोंवाले इस मुहल्ले में बराबर घूमा करते थे। साहेब के आ जाने पर हम बिना जाने-पहचाने भी सलाम करके चार कदम अलग हट जाते थे, और हमें कभी गाली या झिड़की सुनने की नौबत नहीं आती थी, लेकिन हिन्दुस्तानी बड़े लोग तो डर के मारे इस मुहल्ले में झाँकते भी नहीं थे। वह बाजार के उधर-ही-उधर रहते थे। उस समय अंग्रेजों के प्रताप-सूर्य का मध्याह्न था। लाला बतला रहे थे। इस मुहल्ले—में एक बड़ी कोठी खाली थी। सफाई का क्या कहना, मजाल है कि सड़क पर कहीं एक भी कागज का टुकड़ा या सूखी पत्ती गिरी रहती, ठॉव-ठॉवपर सफाई करनेवाले जमादार तैयार थे, जो तुरन्त सड़क को साफ कर देते थे। ऐसे मुहल्ले में अगर कोई कोठी मिल जाए, तो उसे नई शिक्षा और संस्कृति में अभी-अभी दीक्षित राजा या नवाब क्यों न पसन्द करते? लाला को किसी ऐसे ही राजा ने एक खाली कोठी को किराए पर ठीक करने के लिए भेजा। कोठी का एजेन्ट भी साहेब था, पर पूरा नहीं आधा ही। अधगोरों को यद्यपि अंग्रेज नीच समझते थे और खाने-बैठने में अछूतों जैसा उनके साथ बर्ताव करते थे, तो भी हिन्दुस्तानियों के मुकाबले में अधगोरे ऊँचे थे। वह अपने से ऊपरवालों द्वारा रोज-रोज मिलते अपमान का बदला हिन्दुस्तानियों के सिर पर निकालते थे। बनियों और ठेकेदारों के साथ रात-दिन काम पड़ता था, भेंट-पूजा मिलती थी, इसलिए उनकी वह कदर भी करते थे। लाला का वह जवानी का समय था, जब कि राजा के लिए कोठी का किराया करने वह अधगोरे साहब के पास गए। उसने कहा—

पाँच हजार क्या, बीस हजार साल किराया देने पर भी मैं इस कोठी को 'काला आदमी' को नहीं दे सकता। वह बड़े गन्दे रहते हैं। हमारी कोठी को चौपट कर देंगे और हमें उसे फिर से सफाई कराने और सजाने में बहुत खर्च करना पड़ेगा। साथ ही एक बार जब काला आदमी कोठी में बैठ गया, तो साहेब लोग इसे किराए पर लेना पसन्द नहीं करेंगे।

लाला को राजा साहब से सरोकार था, उनके यहाँ सौदा पहुँचाते थे और खासा नफा कमाते थे। साहब के रूखे नहीं, बल्कि अपमानजनक वार्तालाप को उन्होंने राजा साहब से नहीं बतलाया। वह यह भी नहीं कह सकते थे, कि कोठी खाली नहीं है, क्योंकि राजा साहब अखबार में उसका विज्ञापन देख चुके थे। उन्होंने इतना ही बतलाया—शायद कोठी में कोई आनेवाला है। साथ-साथ यह भी कह दिया, कि सरकार क्यों इस कोठी को लेते हैं, यहाँ साहेब बड़ा जुल्म करते हैं, रास्ता चलते लोगों को ठोकर मार देते हैं, शराब पीकर लोगों की इज्जत उतारते-फिरते हैं।

राजा साहब चाहे आधुनिकता में कितने ही रँगे हों, लेकिन उससे तो आत्मसम्मान घटता नहीं बढ़ता है। उन्होंने लाला के सामने कुछ शेखी जरूर बघाड़ी, लेकिन अन्त में उन्हीं की राय को पसन्द किया।

एक वह जमाना था, जब मधुपुरी के इस मुहल्ले में हिन्दुस्तानी उसी तरह रह सकते थे, जिस तरह कुत्ते-बिल्ली, और एक आज है, जब कि मार्टिन साहब के नाम से बने विशाल होटल में ही कुछ युरोपियन स्त्री-पुरुष गर्मियों में दीख पड़ते हैं। यदि अंग्रेजों के भरोसे ही मार्टिन होटल को चलना होता, तो उसके चार कमरे भी आबाद न होते। भारत से अंग्रेजों के जाने के साथ-साथ दिल्ली एक स्वतंत्र देश की राजधानी बनी, और वहाँ देश-देश के राजदूत आकर रहने लगे, जिन्हें दिल्ली के 116° डिग्री गर्मीवाले दिनों में मोटर के चार घंटे के रास्ते पर ही अवस्थित मधुपुरी जैसी शीतल-मन्द-सुगंध वायु-जलवाली पुरी का नाम सुनाई पड़ा। वह अपने परिवारों को लिए यहाँ आकर गर्मियों बिताने लगे। बाकी सभी बँगले अब हिन्दुस्तानियों के हैं। अंग्रेजों में विभाजन के समय भगदड़ मच गई थी। वह मिट्टी के मोल अपने बँगले बेचकर भाग रहे थे। सेठों-महाजनों के पास लड़ाई की कमाई के काफी रुपये थे। उन्होंने इन बँगलों को खरीद लिया। अंग्रेजों ने जिस भाव अपने बँगले बेचे थे, आज छ वर्ष बाद उससे भी कम दाम पर बँगले बिकने के लिए तैयार हैं, लेकिन कोई ग्राहक नहीं मिलता। फर्क इतना जरूर है कि अंग्रेजों के हाथ से लिए जाने वाले बँगलों में नफीस फर्नीचर भरे हुए थे, वह सजे-सजाए थे, जब कि आज मिलनेवाले बँगले छ वर्षों की उपेक्षा के शिकार हैं, उनका प्राय: सारा असबाब छुट या बिक चुका है। बूढ़े लाला मधुपुरी के इस मुहल्ले में अब अपने भारतीय भाइयों को बिराजते देखकर खुश नहीं हैं। आज तो हिन्दुस्तानियों को वह घुड़की या ठोकर खाते ही नहीं देख रहे हैं, बल्कि यह भी देख रहे हैं, कि शुद्ध यूरोपियन

स्त्री-पुरुष भी अब आशा नहीं रखते, कि बिना परिचय के कोई हिन्दुस्तानी उनके सामने सिर झुकाएगा—परिचय होने पर भी सिर नहीं झुकाएगा, बल्कि बराबर के तौर पर हाथ मिलाएगा।

(2)

बूढ़े लाला दस-बारह वर्ष के थे, जब कि वह पहले-पहल मधुपुरी आए, यह हम बतला चुके हैं। शायद उन्हें हरियाने के कस्बे का पैतृक अपना घर अब भी याद हो, लेकिन उनके बेटों ने उस घर को कभी नहीं देखा और अब तो लाला की चौथी पीढ़ी भी आने के लिए तैयार है। बूढ़े लाला की औरस सन्तान होने का उन्हें इतना ही फल मिला है, कि अधकचरी हरियानी भाषा घर में अब भी चलती है, जिसका एक कारण यह भी है, कि अपनी जाति में ब्याह करने के लिए अब भी उन्हें हरियाना से सम्बन्ध रखना पड़ता है—किन्तु, अब तो कितने ही अपने प्रवासी भाइयों के परिवारों में यही ब्याह करने लगे हैं। बूढ़े लाला मधुपुरी आने के दस-बारह वर्ष बाद जवान हुए। अभी घर की स्थिति ऐसी नहीं थी, कि इतना जल्दी ब्याह हो जाता। उसके लिए उन्हें और कुछ सालों तक इन्तजार करना पड़ा। तीस वर्ष के बाद उनका ब्याह हुआ, दस वर्ष और बीते, जब कि उन्हें पहली सन्तान का सुख देखने का सौभाग्य प्राप्त हुआ। वर्तमान शताब्दी के साथ उनकी जवानी शुरू हुई थी। शिक्षा-दीक्षा से वास्ता न रखते भी लाला के चचा फिर वह स्वयं मार्टिन होटल के ठेकेदार थे। खाने-पीने की चीजों के पहुँचाने का काम उन्हें मिला था। सौ-सौ अंग्रेजों के परिवारों के रहने लायक होटल का ठेकेदार होना बड़े सौभाग्य की बात थी। लाला अपने होटल की तारीफ कर रहे थे—"जार्ज पंचम की महारानी आकर हमारे होटल में ठहरी। आज भी उस कमरे को किराए पर नहीं दिया जाता, जिसमें महारानी ठहरी थी। उसमें उसका फोटो टँगा हुआ है।" लाला की यह कल की बात मालूम होती है, जब कि इंग्लैंड की रानी और भारत की साम्राज्ञी मार्टिन होटल में कुछ समय के लिए ठहरी। उस वक्त होटल की चारों ओर गोरों का पहरा लगा हुआ था, बड़े-बड़े फौजी अफसर कान्सटेबल की तरह वहाँ चौकसी कर रहे थे। मुहल्ले के दूसरे कितने ही बँगले भी अंग्रेज स्त्री-पुरुषों से भरे हुए थे। महारानी परदे में नहीं थी, तो भी उनका दर्शन दुर्लभ था—"गोरों की पाँती लगी हुई थी, भला काला आदमी कैसे वहाँ पहुँचकर महारानी का दर्शन करता।" लेकिन बूढ़े लाला अपने चचा की जगह पर मार्टिन होटल के बनिया थे, उन्हें वहाँ रोज चीजें पहुँचानी पड़ती थीं। बेरों-खानसामों से अच्छा सम्बन्ध रखना ठेकेदारी की सफलता के लिए आवश्यक था ही। यद्यपि महारानी और उनके खास आदमियों के लिए बैरे और खानसामे का काम भी अंग्रेज ही कर रहे थे, लेकिन तो भी लाला को महारानी के दर्शन का सौभाग्य एक खानसामे की सहायता से प्राप्त हो गया।

बूढ़े लाला को बाजार की सभी चीजें होटल में पहुँचानी पड़ती थीं। साग-सब्जी, चावल, दूध ही नहीं, बल्कि भक्ष्याभक्ष्य मांस भी उनके ठेके में था। शराब और दूसरी यूरोपीय विलास की चीजें होटल सीधे अंग्रेज स्टोर से मँगा लिया करता था। उस समय मधुपुरी में बड़ी-बड़ी यूरोपियन फर्मों की दूकानें थीं। अंग्रेज वहीं से अपने लिए चीज खरीदा करते थे। बूढ़े लाला ने मांस का स्वाद कभी नहीं चखा। पीढ़ियों से निरामिषाहारी परिवार के होने के कारण उसके लिए उनके मन में एक तरह की घृणा पैदा हो गई थी, यद्यपि पकते मांस के मसाले की सुगन्ध उन्हें बुरी नहीं लगती थीं। उनके घर में भी गरम मसाले का व्यवहार होता था, प्याज की जगह हींग की छोंक दी जाती थी और पुरखों की तरह वह और उनकी बीवी भी यही समझते थे, कि हींग बड़ी शुद्ध चीज है। उन्हें जब बतलाया गया, कि हींग है तो एक पेड़ की गोंद, किन्तु वह जिस देश से हिन्दुस्तान में आती है, वहाँ के सभी लोग मांसाहारी है, और सो भी अभक्ष्य मांस के सदा खानेवाले। जिस तरह आजकल घी में दालदा मिलाकर अधिक नफा कमाने का प्रयत्न किया जाता है, उसी तरह वहाँ हींग में मिलावट की जाती है और वह मिलावट होती है अभक्ष्य ताजा खून की। हींग भी वहाँ से दो-दो, चार-चार सेर ताजी खाल में भर सीकर भेजी जाती है। जिस समय लाला हींग की महिमा को सुन रहे थे, उस समय उनकी बूढ़ी सेठानी भी पास बैठी थी। उनको तो वहीं कै-सी आने लगी। लेकिन, यह नहीं आशा की जा सकती, कि जिस हींग को पीढियों से पुरखा लोग शुद्ध समझकर बरतते आए हैं, उसे वह अब छोड़ देंगे। लाला के घर में अभी भी लहसुन—प्याज का प्रवेश नहीं है और हींग पहले की तरह अबाध गति से व्यवहार में लाई जाती है।

लाला के लिए मांस आजन्म वर्जित रहा, उनकी अगली पीढ़ी ने थोड़ा आगे कदम जरूर बढ़ाया, किन्तु शराब के बारे में लाला अपने पुरखों के रास्ते पर कायम नहीं रह सके। उनके गुरु ने, जो उनकी अपनी ही जाति के थे, समझा दिया था—"यह तो अंगूर का पानी है, इसमें मांस-मछलीवाली कोई बात नहीं है। उसी अंगूर का हम सिरका खाते हैं, जिसकी ही यह शराब है।" इतनी व्याख्या के बाद उन्होंने फिर शराब के गुण बतलाए और जवानी को और भी ताजा करने के लिए लाला ने अपने मुँह में एक दिन प्याला लगा ही दिया। एक बार लगकर भला प्याला कब छूट सकता था, और सो भी जब कि वह उन्हें मुफ्त मिलता रहता था। मार्टिन होटल में शराब की धाराएँ बहती थीं, एक-से-एक अच्छी शराब—व्हिस्की, शम्पेन, बरांडी। बैरे-खानसामों को भी लाला से कुछ मिलता था और लाला को उनसे। होटल का छोटा मनेजर एंग्लो-इंडियन था, जिसके साथ लाला का अधिक हेल-मेल था, इसलिए जवानी में ही शराब पीने में लाला पूरी तौर से दीक्षित हो गए। अब बुढ़ापे में अंग्रेजों का राज्य नहीं रहा। मार्टिन होटल अब भी है, लेकिन उसके हिन्दुस्तानी मालिकों में उतनी साखवीं नहीं है! ठेका भी अब बूढ़े लाला के हाथ में नहीं है,

इसलिए तरुणाई में ली हुई दीक्षा का अब पूरी तौर से पालन नहीं हो सकता। तो भी अंग्रेजों के शासन के भारत से उठने तक लाला का अभी यह युग मौजूद था, जिसे लाला चाहे सतयुग न कहते हों, लेकिन सुनहला युग छोड़ और उसे कुछ नहीं कह सकते—सचमुच उस समय सोने की वर्षा हुआ करती थी।

लाला ने शराब की दीक्षा एकान्त में ली थी और आज भी उसको उन्होंने उसी तरह गुप्त रक्खा, लेकिन यह हो कैसे सकता था, कि घरवाले बोलचाल या मुँह की गन्ध से न जान लेते हों, कि लाला ने शराब पी है। इस बुरी लत को वह अपने ही तक सीमित रखना चाहते थे, लेकिन सुगन्ध अगली पीढ़ी तक पहुँचकर रही। एक बेटा तो शराब के पीछे पागल हो गया। बाप ने अलग कर दिया, उस पर भी पीने-खाने के पीछे इतना उड़ाया, इतना कर्ज लिया, कि आज वर्षों से वह मधुपुरी से लापता है। कुछ लोग कहते हैं, अब वह नहीं रहा और कुछ लोग कसम खाने के लिए तैयार हैं, कि अभी भी वह अमुक शहर में मौजूद है। उसकी बीवी को देखकर अफसोस भी करते हैं। एक महिला ने हँसते हुए कहा—ऐसे पति तो अपनी पत्नी को सदा-सुहागिन बना जाते हैं। चाहे वह वर्षों पहले मर भी गए हों, लेकिन स्त्री को आजीवन विधवा होने का डर नहीं रहता। लेकिन, सदा-सुहाग को लेकर स्त्री को भला कैसे संतोष होगा, जब कि घर छोड़ गए पति के बिना उसे अपनी चार सन्तानों के पालन-पोषण का भार उठाना पड़ रहा हो।

काफी समय हुआ, बूढ़े लाला ने लड़कों को अपने वश में न देखकर उन्हें अलग कर दिया। उनका खर्च बढ़ा हुआ था, आमदनी थी, लेकिन उसे बाँट देने पर अपना काम नहीं चलता। शराब में तो बरबाद होने का उन्हें डर नहीं था, जब कि मार्टिन होटल के वह ठेकेदार थे और उनके विश्वास के अनुसार भगवान ने दया करके मार्टिन होटल को उनके हाथ से जाने नहीं दिया—सिवाय पिछले छह वर्षों के, जब कि लाला 70 वर्ष से ऊपर के होकर अब हर वक्त मृत्यु की बाट जोहते हैं। लोग कहते हैं, चित्रगुप्त परवाना ही काटना भूल गया है। लेकिन, शराब के अलावा एक और भी खर्चीली आदत थी, जिसको लाला ने तरुणाई में ही सीखा था। वह था जूआ खेलना। ब्रिज का जूआ पढ़े लिखे-लोग खेलते हैं। अंग्रेज भी उसे खेलते थे, और मधुपुरी में उसे हिन्दुस्तानी नर-नारी भी खेलते हैं। वह गरीबों या अशिक्षितों का जूआ नहीं है। कुछ लोगों ने तो ब्रिज के खेल को पेशा बना लिया है, और वह उसी के बल पर बड़े सुख और ऐश की जिन्दगी बिताते हैं! बूढ़े लाला देशी जूए के एक अच्छे खिलाड़ी थे। यद्यपि यह नहीं कहा जा सकता, कि वह हमेशा जीतते ही रहते थे, लेकिन, उनके अपने पक्के मकान और थोड़ी-बहुत दूसरी सम्पत्ति को दिखलाकर लोग कहते हैं, कि यह सब जूए की महिमा है।

(3)

बूढ़े लाला ने दो शताब्दियों के बहुत बड़े भाग को ही नहीं देखा, बल्कि दो-दो महायुद्धों को अपने सामने लड़े जाते देखा। पहले महायुद्ध में वह जवान थे, जिसका मतलब है, तजुर्बा काफी नहीं था। उस समय भी महँगाई हुई थी, उस समय भी उन्होंने कुछ कमाया जरूर था, लेकिन अपने पूरे तजुर्बे का फायदा उठाने का मौका उन्हें दूसरे महायुद्ध में ही मिला। इस वक्त व्यापारी को जीतनेवाले जुआरी का-सा फायदा हो रहा था। लाला ने जूए की कला के साथ-साथ चोर-बाजारी की कला में भी निपुणता प्राप्त कर ली, और लड़ाई के सालों में उन्होंने खूब नफा कमाया। ठेकेदारी के अलावा उन्होंने जो एक छोटी-सी दूकान खोली थी, वह भी चमक उठी। मधुपुरी के दूसरे सेठों ने 10-10, 20-20 लाख पर हाथ फेरा वहाँ तक पहुँच तो बूढ़े लाला की नहीं हो पाई, क्योंकि उनकी दौड़ उतनी लम्बी नहीं थी, तो भी काफी पैसा कमाया। दो-एक बातों में साखर्ची रखते हुए भी लाला पैसों की कीमत जानते थे, और कम-से-कम खर्च करके ज्यादा-से-ज्यादा फायदा कमाने के पक्षपाती थे। उन्हें मकान बनाने की इच्छा हुई, क्योंकि लड़ाई के समय उनके पास काफी पैसा आ गया था। उन्होंने यह जरूरत नहीं समझी, कि किसी इंजीनियर से सहायता ली जाए। म्युनिसिपैलिटी में नक्शा दिये बिना अगर मकान बनाने की इजाजत मिल जाती, तो उनके भावी मकान का रूप कागज पर न उतरकर जमीन पर ही धीरे-धीरे खड़ा होता। लाला ने किसी मामूली ड्राफ्टमैन से बनवाकर जिस नक्शे को मंजूरी के लिए पेश किया, वह भी उनके दिमाग की उपज थी। उन्होंने ठीक दियासलाइयों के डब्बों को अपने मकान के लिए आदर्श स्वीकार किया, और छोटी-छोटी कोठरियोंवाले डब्बी जैसे दुमहले मकान को खड़ा कर दिया। साहबों के राज्य में चाहे उनका यह मुहल्ला कितना ही भरा-पूरा था, किन्तु अब तो मार्टिन होटल को छोड़कर बाकी बँगलों में सालों से न चिराग जला और न पानी का नल खुला। मकान को बूढ़े लाला ने बड़ी साध से बनाया था, अवकाश के एक-एक इंच का उन्होंने सदुपयोग किया, और अधिक-से-अधिक कोठरियाँ बनाईं, जिसमें अधिक-से-अधिक किराएदार रक्खे जा सकें। अपनी देखरेख में बनाने के कारण मकान में चोर-बाजार से नहीं बल्कि असली दाम पर पर खरीदे सीमेंट, लोहे, लकड़ी आदि का बड़ी साखर्ची से इस्तेमाल किया गया। उसे उन्होंने नकली नहीं बल्कि सकली बँगला बनाया था। किराएदार यदि यह शिकायत करें, कि इसमें गुसुलखाने का इन्तिजाम नहीं, पेशाब-पाखाने का ठीक प्रबन्ध नहीं, तो बूढ़े लाला यही समझते हैं, कि न लेनेवाले खरीदार ऐसा ही कहा करते हैं। लाला दियासलाई महल वर्षों से बिना किराए का पड़ा हुआ है। मिलने-जुलनेवालों से कहते हैं—कोई किराएदार मिले तो बतलाए। किराया पूछने पर कहते हैं—सरकारी हिसाब से पन्द्रह

सौ किराया है, हम हजार तक पर भी दे देंगे। यह देखते हुए भी उनको खयाल नहीं होता, कि इसी मुहल्ले में 35 सौ किराएवाली कोठी को इसी साल 5 सौ रुपये में दिया गया। एजेन्ट ने कहा था—कम-से-कम कोठी की मरम्मत तो हो जाएगी। बूढ़े लाला को कोठी इतनी मजबूत बनी है, कि मरम्मत की आवश्यकता अभी वर्षों नहीं होगी। लाला बेचारे अपने इस्तेमाल में भी कोठी को नहीं ला सकते, क्योंकि तब म्युनिसिपैलिटो का टैक्स चुकाना पड़ेगा। जिस कोठी को उन्होंने अपने बुढ़ापे का सम्बल समझा था, आखिर वह बेकार खड़ी है, अपने लिए भी उसका इस्तेमाल नहीं किया जा सकता।

लाला बूढ़े हो गए, लेकिन उनका मन तो वही है। बुढ़ापे में भी न वह अपनी पत्नी से दबते हैं, और न बेटों की मजाल है कि उनके सामने "हाँ जी" छोड़ और कुछ कहें। अब भी वह अपने पुराने जीवन को छोड़ने के लिए तैयार नहीं हैं। कह देते हैं—बहुत बीत गई, अब क्या है! खर्च कम करने के लिए अपने कुछ लड़कों को अलग कर दिया, लेकिन उससे क्या बननेवाला था! कर्ज बढ़ चला। कड़ा सूद और महाजनी करने के लिए बनिये बेकार ही बदनाम हैं। मौका लगने पर दूसरे भी उससे लाभ उठाने से बाज नहीं आते। मधुपुरी की कई कोठियों और बँगलों के मालिक एक खानदानी सामन्त—राजा साहब हैं, जो साढ़े छ सैकड़ा महीना सूद पर कर्ज देते हैं, और गैरकानूनी न हो जाए, इसके लिए पाँच वर्ष का आगे का सूद पहले ही से जोड़कर कागज लिखवा लेते हैं। दूसरे राजा और जमींदार जमींदारी जाने के भय से जिस समय छाती पीट रहे थे, उससे बहुत पहले ही से राजा साहब ने अपने लिए यह रास्ता निकाल लिया था। पिछले दस वर्षों में उनके पास कितने ही अच्छे-अच्छे बँगले और कोठियाँ आ गई हैं। यदि मकानों का मूल्य मिट्टी के बराबर न हो गया होता, तो उनके पास-पचीसों लाख की सम्पत्ति है। स्थावर सम्पत्ति पास हो, तो राजा साहब का दरवाजा कर्ज के लिए हरेक आदमी के वास्ते खुला हुआ है। बूढ़े लाला का उनसे पुराना परिचय है। पहले भी कर्ज देने-दिलाने में राजा साहब की सहायता करते थे, और जरूरत पड़ने पर रिवायती दर पर खुद भी पैसे ले लिया करते थे। राजा साहब ने बूढ़े लाला के दियासलाई के महल तथा और भी अचल सम्पत्ति के ऊपर कई हजार कर्ज दे रक्खा है, जिसके उतरने की अब आशा नहीं है। बूढ़े लाला सचमुच चन्द दिनों के मेहमान हैं, लेकिन अगली पीढ़ी का क्या उन्होंने ठेका लिया है? आखिर वह भी तो दस-बारह साल की उमर से खाली हाथ मधुपुरी में आए थे!

हाय बुढ़ापा!

(1)

"शीतल-मन्द-सुगन्ध हवा हमारे देश में बहुत अच्छी मानी जाती है। लेकिन, इसका यह अर्थ नहीं कि सारी दुनिया उसे अच्छा मानती है। जो चीज जहाँ दुर्लभ होती है, उसकी वहाँ कदर होती है। यूरोप और एशिया के 30^0 अक्षांश से उत्तरवाले सर्द देशों में कम-से-कम शीतल वायु को तो कोई पसन्द नहीं करता, चाहे वह मन्द भी हो और सुगन्धित भी। हमारे देश में भी मधुपुरी जैसे कितने ही नगर और स्थान हैं, जहाँ के लोग शीतल-मन्द-सुगन्ध वायु को उतना पसन्द नहीं करते, जितना कि मैदान के लोग। आमतौर से चार-पाँच हजार फुट की ऊँचाई पर जाड़ा बहुत दुस्सह नहीं होता और भारत में श्रीनगर जैसे कुछ ही ऐसे स्थान हैं, जहाँ बर्फ पड़ती है। मधुपुरी जैसी बिलासपुरियों में पाँच हजार फुट से ऊपर होने पर बर्फ पड़ती है। बर्फ पड़ने का मतलब है, वहाँ का जाड़ा अनभ्यस्त मैदानी लोगों के लिए डरने और घृणा करने की चीज है। तो भी, वस्तुतः साल के चार महीने—नवम्बर, दिसम्बर, जनवरी, फरवरी ही ऐसे होते हैं, जब कि मधुपुरी में सर्दी अधिक और साल में एक दो बार बर्फ पड़ जाती है। बाकी आठ महीनों में मधुपुरी की शीतल-मन्द-सुगन्ध बयार सचमुच मधुर मालूम होती है। कहा जा सकता है, मधुपुरी साल के आठ महीनों तक सैलानियों को संतृप्त करने के लिए तैयार है। लेकिन सभी महीनों के कदरदान सभी लोग नहीं होते। बम्बईवाले सेठ सबसे पहले अर्थात अप्रैल में यहाँ पहुँच जाते हैं। आधे मई से आधे जून तक उत्तरी भारत के गुणग्राहक लोग मधुपुरी की ओर दौड़ते हैं। यही वस्तुतः मधुपुरी का सबसे बड़ा सीजन है। बम्बई या गुजरात के सेठ बहुत कम आते हैं, इसलिए बोहनी के लिए चाहे वे भले ही पसन्द किये जाते हों, किन्तु उनकी संख्या और रहाइश की कमी मधुपुरी के चिरनिवासियों को सन्तुष्ट नहीं कर सकती। मुख्य सीजन की खुशहाली बहुत कुछ वर्षा पर निर्भर करती है। यदि वर्षा किसी तरह खींच-खाँचकर जून के अन्त में शुरू हुई, तो सीजन डेढ़ महीने का हो जाता है।

फिर सैलानियों के अनुजीबी मधुपुरी निवासी उनके लिए दुआ मनाते हैं। यदि वर्षा ऐन समय पर—जून के आधे में—ही आरम्भ हो गई, तो सब जगह दैवको गाली सुननी पड़ती है।

बड़ा सीजन महीने डेढ़ महीने का होता है, लेकिन उसका यह मतलब नहीं कि उसके बाद मधुपुरी सूनी हो जाती है। पंजाब के सैलानी तो वस्तुतः जुलाई में ही आते हैं। इसमें शक नहीं कि गर्मियों से तापमान जितना ऊँचा उत्तर-प्रदेश में देखा जाता है, उतना भारतीय पंजाब में नहीं। बनारस, बाँदा, आजमगढ़, लखनऊ के लोग जब 115-116 डिग्री की गर्मी में लू से झुलसते हैं, तो अमृतसर क्या राजपूताने के भी जयपुर-जोधपुर 110 से नीचे ही रहते हैं। कितने ही दिनों तो बाँदा-बनारस हिन्द-पाकिस्तान के सबसे गरम स्थानों बिलोचिस्तान के सीबी, लासबेला आदि से होड़ लगाते हैं, यद्यपि उन्हें अन्त में परास्त होना पड़ता है। यह पाँच-सात डिग्री गर्मी की कमी ही है, जिसके कारण पंजाबी सैलानी सीजन के यौवन पर होने के समय मधुपुरी नहीं पहुँचते। बरसात में यद्यपि टेम्परेचर उतना ऊँचा नहीं होता, लेकिन उनको शिकायत होती है, उमस, पसीने और उनके कारण सारे शरीर को अमहोरी—सरसों भर की फुंसियों का ढाँकना। इसे आप अमीरों का चोचला भी कह सकते हैं। जब लू बर्दाश्त कर ली, तो ऊमस से डरने की क्या जरूरत? जो भी हो, जुलाई-अगस्त में पंजाबी सैलानी ही मधुपुरी में अधिक दिखाई देते हैं, जिसका यह अर्थ नहीं कि इस समय फिर सीजन जैसी चहल-पहल हो उठती है। वह नहीं होती, यह तो इसी से मालूम है कि इस समय आपको सीजन में हजार रुपये में मिलनेवाली कोठी दो सौ रुपये में मिल सकती है। हाँ, इतना जरूर है कि मधुपुरी इनके आने के कारण अपने सूनेपन से बच जाती है। सितम्बर में जब ये लोग अपने घरों को लौटने लगते हैं, तो बिहार-बंगालवालों की बारी आती है। कलकत्ता तक के सेठ और बाबू दुर्गापूजा मनाने मधुपुरी पहुँचते हैं, कुछ दिल्ली और आसपास के लोग भी आ जाते हैं। प्राकृतिक शोभा के शौकीनों के लिए आधे सितम्बर से आधे अक्तूबर तक का यह सीजन खास तौर से आकर्षण रखता है। बरसात के सद्यः बीतने के कारण जमीन पर धूल नहीं रहती, जिसकी वजह से हवा और आसमान भी धूसरित नहीं होते। गर्मियों में जहाँ मैदानी अन्धड़ के झोकों ओर सूक्ष्म रज:कणों के उड़ने से आसमान मलिन तथा हिमालय की रुपहली श्रेणियाँ अधिकतर अन्तर्धान रहती हैं, वहाँ इस समय वे प्रायः हर रोज चमकती रहती हैं। सामने के कितने ही नंगे तृणविहीन पहाड़ जो उस समय आँखों को अरुचिकर मालूम देते हैं, वे भी हरे मखमल की पोशाक पहन लेते हैं। संक्षेप में मधुपुरी के छोटे-बड़े वे चार सीजन हैं, और सबसे एक-सी तो नहीं, पर तो भी माल रोड और दूसरी जगहों पर नर-नारियों की चहल-पहल दिखाई देती है। नाचघरों में बाल डांस (यूरोपीय नाच) रोज देखने को मिल सकते हैं।

नवम्बर के आरम्भ से मधुपुरी में वे ही लोग रह जाते हैं, जो यहाँ के सदा के निवासी हैं।

(2)

मधुपुरी में बसों के अड्डे अलग और मोटरों के अलग हैं। मोटर पुरी के नजदीक तक चली जाती हैं। अधिक पैसे खर्च कर सकने वाले स्टेशन से इस 22 मील की यात्रा को मोटर या टैक्सी से पूरा करते हैं और यदि वे कुछ रुपये और खर्च करने के लिए तैयार हों तथा रहने को कोठी के नजदीक तक मोटर पहुँचती हो, तो लदे-फँदे अपनी कोठी तक पहुँच सकते हैं। वर्षा का सीजन शुरू हो गया था। मोटर के अड्डे पर कुली लोग असबाब के लिए लड़-झगड़ रहे थे। इसी समय एक महिला अपने दो लड़कों के साथ उतरी। 50 गज दूर से देखने पर वह 25 के आसपास की मालूम हो रही थीं। उन्होंने चार-पाँच कुलियों पर अपना असबाब लदवा नौकर को उनके साथ आने के लिए छोड़ दिया, यद्यपि उसकी आवश्यकता नहीं थी, क्योंकि घोर कलियुग के हो जाने पर भी मधुपुरी में आजतक कभी नहीं सुना गया कि मालिक के साथ न रहने पर असबाब लेकर कोई कुली चम्पत हो गया हो। बस, अपना पता दे दीजिए और वह उस कोठी पर पहुँच जाएगा। हाँ, यह जरूर है कि मधुपुरी जैसी अंग्रेजों की बसायी हुई पुरियों के मकान और सड़कें प्रायः सभी अंग्रेजी नामवाली हैं, जिनका हमारे अशिक्षित कुली और दूसरे लोग भी तोड़-मरोड़कर अपने समझने लायक नाम रख लेते हैं। इसके कारण कभी-कभी मकान ढूँढ़ने में कुछ गड़बड़ी हो सकती है, लेकिन कोई न कोई पढ़ा-लिखा आदमी मिल ही जाएगा, जो बतला देगा कि 'स्प्रिंग-डेल' वही है, जिसे तुम लोग गोदामवाली कोठी कहते हो। महिला अच्छी गोरी, कद से न अधिक लम्बी, न नाटी, शरीर से न भारी-भरकम और न दुबली, कुछ मोटी ही कही जा सकती थीं। उनके शरीर पर गुलाबी रेशमी साड़ी बहुत फब रही थी। वर्षा के समय नफीस साड़ी पहनना समझदारी की बात नहीं थी, लेकिन उन्हें पैदल नहीं चलना था और न आज वर्षा ही हो रही थी।

सामान भिजवाकर वह एक रिक्शे पर बैठीं, उनके साथ उनके बारह-तेरह वर्ष के दो चिरजीव भी बैठ गए। रिक्शेवाले हटो-बचो कहते आगे बढ़ने लगे। पहाड़ के साथ घूम-घुमानेवाली कोलतार पड़ी समतल सड़क पर वे दौड़ने लगे। रिक्शेवाले तुरंत सवारी को उसकी जगह पर पहुँचाकर इस धुन में रहते हैं, कि जल्दी ही लौटकर फिर दूसरी सवारी पकड़ें, यद्यपि यात्रियों की जरूरत से दूने रिक्शों के हो जाने के कारण अब उन्हें भाग्य के हाथ में खेलना पड़ता है। भद्र महिला की वेशभूषा और नख-शिख की हरेक बनावट से मालूम होता था, कि वह बड़ी शौकीन है। यह आश्चर्य की बात थी, कि मधुपुरी की रूपकी हाट माल रोड और उसकी आसपास

को कोठियों को छोड़कर वह डेढ मील दूर क्यों रिक्शा भगाए जा रही है, जहाँ पर उन्हें आधुनिक विलास की बहुत-सी चीजों और मौकों से वंचित होना पड़ेगा। लेकिन दूर रहने में एक फायदा भी है; बरसातवाले सीजन में जुलाई से अक्तूबर तक के चार महीनों के लिए आपको कोठी चौथाई किराए पर मिल सकती है। महिला इसे जानती हैं, इसलिए इतनी दूर प्रमोद-भवन में आकर वह कितने ही सालों से ठहरती है। प्रमोद-भवन का नाम सुनकर यह न समझें कि मधुपुरी में इसी तरह अब भवनों के नाम हिन्दुस्तानी हो गए हैं। इस तरह के नामवाले इक्के-दुक्के ही बँगले मिलेंगे। किसी अंग्रेज से बँगला खरीदा और घर के बड़े-बूढ़े या किसी मनचले जवान का नाम प्रमोद प्रसाद हुआ, तो अंग्रेजी नाम बदलकर उसे प्रमोद भवन बना दिया गया! म्युनिसिपैलिटी में ऐसे नाम बहुत कम दर्ज हो पाए हैं, आसपास के लोग भी इन नामों से बहुत कम ही परिचित हैं। रिक्शा खींचनेवाले तथा दूसरे मजदूरों के लिए तो अंग्रेजों के समय भी वह बन्दरिया कोठी थी और अब भी है।

प्रमोदबाला प्रमोद भवन के फाटक के भीतर घुसी। दो मंजिला आलीशान कोठी, जो लड़ाई के समय तीन हजार से कम किराए पर नहीं मिलती, सो भी इसलिए कि मालिक उस समय कोई अंग्रेज था, जिसने किराया बढ़ाया तो जरूर था, लेकिन हिन्दुस्तानी मालिक जैसा नहीं। दो साहबजादे और उनकी माँ के रहने के लिए यह कोठी बहुत बड़ी थी। वह नीचे की मंजिल के भी सब कमरों का इस्तेमाल नहीं कर सकती थीं। लेकिन इसकी चिन्ता मालिक को होनी चाहिए, किराएदार को उसकी क्या परवा? महिला के पहुँचने के समय तक कुली भी वहाँ पहुँच चुके थे और नौकर से वे मजूरी के लिए झगड़ रहे थे। डेढ़ मील डेढ़-डेढ़ मन ढोकर ले जानेवाले कुलियों को यह आठ आना देना चाहता था और वे डेढ़ रुपया माँगते थे। कुछ देर की झिक-झिक के बाद एक रुपया माँगते हुए वह सरकारी रेट की गवाही देने लगे। लेकिन, नौकर क्या करता? मेम साहब की जो आज्ञा थी, उससे एक पैसा अधिक देना उसकी शक्ति से बाहर था। मेम साहब ने आते ही कुलियों को झिड़की देते कहा—

"क्या हम नये आदमी हैं? तुम लोग नये आदमियों को तो और भी लूटते होंगे।"

कुली बहुत गिड़गिड़ा रहे थे, दया की भिक्षा के तौर पर अपनी मजदूरी माँग रहे थे। मेम साहब कुछ देर बाद आठ आने से दस आने पर पहुँची। नौकर सामान ठीक करने में लगा हुआ था और मेम साहब को भी जल्दी नहीं थी, इसलिए वह कितनी ही देर तक दस आने पर अड़ी रही। जब सामान ठीक जगह पर रख दिया गया, तो उन्होंने बारह आना देने के लिए कहकर कोठी के भीतर पदार्पण किया। चाहे म्युनिसिपैलिटी के कायदे के अनुसार कुलियों को एक रुपया ही मिलना चाहिए, लेकिन कानून उन्हें मेम साहब जैसों से एक रुपया वसूल कराके देने में तो समर्थ नहीं था। रिक्शेवाले ऐसे सैलानियों से अपरिचित नहीं थे। उन्होंने अपने भाग्य

को सराहा, जबकि मेम साहब ने माकूल दर में केवल चार आना ही कम किया।

मेम साहब (प्रमोदबाला) और साहबजादे स्टेशन पर ही चाय-पानी कर आए थे, यहाँ चॉकलेट के कुछ टुकड़ों पर वह मध्याह्न की प्रतीक्षा कर सकते थे। मेम साहब की सवारी आने के साथ ही कोठी के चौकीदार ने आकर खुश खबरी दी, कि मैंने तीन नौकर ठीक कर लिए हैं। कुछ देर बाद तीनों नौकरों को भी लाकर उसने सामने कर दिया। मधुपुरी में अच्छा रसोइया 40 रुपया महीना और खाने से कम में नहीं मिल सकता, फिर सूखे 25 रुपये पर अच्छे नौकर कहाँ मिल सकते थे? प्रमोदबाला को अच्छे नौकरों की उतनी आवश्यकता भी नहीं थी। रसोई बनाने के लिए उनके साथ आया चेतू मौजूद ही था, बाकी में एक को माली का काम करना था, दूसरे को बरतन मलना और तीसरे को मेम साहब की हर वक्त की फर्माइशों को पूरा करने के लिए हाथ बाँधकर खड़ा रहना था। दान की बछिया के दाँत नहीं देखे जाते, इसलिए नौकरों के बारे में बहुत माथापच्ची करने की आवश्यकता नहीं थी। प्रमोदबाला को कोठी के बाहर लगे हुए फूलों को देखकर बड़ी प्रसन्नता हुई। हजारिया डेलिया खूब फूली हुई थी, उसके लाल और चितकबरे फूल बाला को बहुत प्रिय थे और वह वहाँ दर्जनों डालियों पर झूम रहे थे। ग्लाडिओला भी रग-विरग का फूला हुआ था। माली ने बतलाया कि सीजन में रहकर हाल में ही जो परिवार प्रमोदभवन छोड़ गया है उसे फूलों का बहुत शौक था। यद्यपि फूलों की पूरी बहार तो वह देख नहीं सका, लेकिन उसके लिए वह सावधानी जरूर रखता था।

प्रमोदबाला ने आसपास की कोठियों के किराएदारों के बारे में पूछा। मालूम हुआ, अभी वह खाली पड़ी हैं। बरसात में भर जाएँगी, इसकी आशा भी नहीं हो सकती थी, क्योंकि इस सीजन के सैलानी मालरोड के आसपास की सस्ती कोठियों को छोड़ इतनी दूर आने के लिए तैयार नहीं हो सकते थे। तीन कोठी दूर चिरपरिचिता एंग्लो-इंडियन बुढ़िया अब भी मौजूद थी। यद्यपि वह अब सतयुग की हो गई थी, लेकिन मिलनसार थी और प्रमोदभवन के नये किराएदार का उससे कभी-कभी दिल बहलाव हो जाया करता था। कोठी का चौकीदार मालिक की तरफ से रखा बारहों महीने का नौकर अपने परिवार के साथ रहता था। भद्रमहिला ने उसकी बीबी और दो साल के बच्चे को देर तक अपने पास आते न देख चौकीदार से उनके बारे में पूछा। चौकीदार ने बड़े असमंजस के साथ रुआँसे मुँह से कहा—

"मेम साहब, उसकी न पूछिए, साली हरामजादी भाग गई। बगल की कोठी का खानसामा मेरे यहाँ आया-जाया करता था। मैं क्या जानता था आस्तीन का साँप है। हम इकट्ठे सिगरेट पीते, हँसी-मजाक करते। सीजन खतम होने को आया, उसी समय एक दिन वह मेरी औरत और साथ में डेढ़ वर्ष के बच्चे को भी लेकर भाग गया।"

भद्र महिला को चौकीदार के प्रति इससे सहानुभूति पैदा हुई, यह नहीं कहा जा सकता। वह आधुनिक ढंग की शिक्षित और सुसंस्कृत महिला थी। स्त्री पुरुष

से किसी तरह भी कम नहीं है, इसपर विश्वास करनेवाली थी; इसलिए यदि सूखे मुँहवाले चौकीदार को छोड़ उसकी हरी-भरी बीबी भाग गई, तो उसने इसमें क्या अनुचित किया? यही उनकी धारणा थी। परन्तु बाहर से चौकीदार के साथ समवेदना प्रकट करनी भी थी। वर्षों से कोठी में रहता चौकीदार सदा उनका आज्ञाकारी रहा और मजदूरी के लिए बाला इस आदमी को शिकायत का मौका नहीं देती।

(3)

प्रमोदभवन की मेम साहब यद्यपि चहल-पहल के स्थान से दूर एकांतवास करती थी, लेकिन इसका यह मतलब नहीं था, कि उनको वैसा जीवन पसन्द नहीं था। सूर्योदय के पहले ही वह प्रमोद-भवन से गायब हो जातीं, तो आधी रात के पहले नहीं लौटतीं। इस समय कभी भी उन्हें कोठी पर देखना असम्भव-सा था। उनके पति एक सरकारी उच्च-अफसर थे। ऐसा विभाग उनके हाथों में था कि घर में सोने-चाँदी का समुन्दर लहर मारता था, इसलिए मेम साहब के वास्ते पैसों की कमी नहीं होनी चाहिए थी। किन्तु पतिदेवता शायद ही कभी मधुपुरी में देखे जाते। वह मौका मिलने पर किसी दूसरी बिलासपुरी में चले जाते और मेम साहब को चार महीने का प्रवास यहाँ अकेले ही बिताना पड़ता। यह घाटे का सौदा नहीं था, क्योंकि इसके कारण उनकी स्वच्छन्दता में कोई बाधा नहीं थी। उन्हें हमेशा पति के बिना आकर रहती देख पड़ोसी कयास दौड़ते—शायद पति ने तलाक दे दिया है। आधुनिक भद्र समाज में तलाक की प्रथा स्वीकृत की जा चुकी है, इसलिए यह कोई अद्‌भुत बात नहीं होती। किन्तु वस्तुतः लोगों का कयास गलत था। पति-पत्नी चाहे एक-दूसरे से महीनों न बोलते हों, और चार-चार महीना वे एक-दूसरे से बिलकुल अलग रहते हों, तो भी ये तलाक की कोई जरूरत नहीं समझते थे, या कहना होगा उनका तलाक मानसिक था।

डेढ़ मील की दूरी कोई दूरी नहीं, जब कि डेढ सौ गज पर रिक्शे बराबर मिल सकते थे। यह कोई सीजन नहीं था, जबकि रिक्शावालों को पूरी मजदूरी की आशा हो सकती थी, इसलिए वे कम मजदूरी पर भी जाने-आने के लिए तैयार थे। प्रमोदबाला रिक्शे पर अपनी रात्रिचर्या किया करती थी। मालरोड पर डान्स का भी अच्छा इन्तजाम था। वे कभी एक होटल में और कभी दूसरे होटल में चली जातीं। ब्रिज खेलने का उनको शौक था और यह कहने की आवश्यकता नहीं कि खेल में उन्हें हारना ही पड़ता था। प्रमोदभवन में वे कुछ गम्भीर मुद्रा में देखी जातीं, लेकिन होटल के हाल में उनका चेहरा खिला और मुँह से हँसी के फव्वारे निकलते रहते। उनके बाल काले और स्थायी लहरोंवाले थे, आँखों की भौंहों पर काली पेन्सिल चली होती। पलकों को कृत्रिम रूप से बड़ी किये, मृगनयनी बनने के लोभ में आँख

की कोरों को काजल की रेखा से लम्बी किये अपने कदरदानों से घिरी रहते समय वे आनन्द-विभोर देखी जा सकती थीं। उनका बालडान्स अभ्यस्त पैरों का होने से, इसमें शक नहीं, सब से बढ़-चढ़कर था। स्त्रियाँ इसके लिए ईर्ष्या करती थीं, क्योंकि अच्छे नाचनेवाले तरुण उनके साथ नाचना ज्यादा पसन्द करते थे।

कुछ सालों पहले मधुपुरी को भी गांधीजी की हवा लगी थी और सरकार ने इसे 'सूखा क्षेत्र' घोषित कर दिया था। उस समय सचमुच ही मधुपुरी का मजा किरकिरा हो गया था। मदिरा बिना भला जीवन में कोई रस आ सकता है? इतनी कृपा जरूर उस समय भी थी, कि लोग पूरी बोतल दूकान से खरीद सकते थे और उसे ले जाकर अपने घर के भीतर पी सकते थे। किन्तु यह भी क्या कोई पीने का ढंग है? प्रमोदभवन की बाला तो इसे निरा जंगलीपन कहती। पिछले साल जब सरकार ने मधुपुरी को इस नागपाश से मुक्त कर दिया, तो सबसे अधिक आनन्द इनको हुआ था। अब उन्हें घर से पीकर चलने की आवश्यकता नहीं थी। वहीं होटल के हाल में शराब की चुस्कियाँ लेना, ब्रिज खेलना, ठहाका मारना और नाचना उनकी चार महीनों की रोज की दिनचर्या थी। साहबजादे मधुपुरी के यूरोपियन स्कूल में पढ़ते थे, इसलिए माँ के साथ वह ज्यादा दिन नहीं ठहरते। इसके बाद नौकर-चाकर, मेम साहब और प्रमोदभवन का महल ये ही रह गए थे। प्रमोदबाला के पास वैसे हमेशा मेहमान आते रहते थे और कोई-कोई तो हफ्तों प्रमोदभवन में देखे जाते, इसलिए अपने वर्ग के किसी भी व्यक्ति के न होने की एकान्तता नहीं थी।

कितनी ही दूसरी महिलाओं की तरह प्रमोदबाला को भी खर्चीला जीवन पसन्द था और उसके लिए पति से जो पैसा मिलता था, वह अपर्याप्त था, इसलिए उधार लिए बिना कोई उपाय नहीं था। उधार के पैसे लौट जाते थे, किन्तु यदि न लौटाए जा सके तो इसे प्रमोदबाला अधिक पसन्द करती थी। नये रखे नौकरों से हर महीने ही उनका झगड़ा होता था। नौकरों को कुछ-कुछ भनक लग गई थी और वह महीने के महीने अपना वेतन ले लेना चाहते थे, लेकिन प्रमोदबाला पाँच-सात देकर बाकी को रोके रखना चाहती थीं। जब आदमी सूखे पर नौकरी कर रहे हों, तो उन्हें खाने-पीने की चीजों के खरीदने के लिए, पैसे तो महीने-महीने मिलने ही चाहिए। उन्हें न बदते देखकर प्रमोदबाला उनपर चोरी का इल्जाम लगा देतीं और पास में ही अवस्थित पुलिस चौकी में रिपोर्ट कर देती। पुलिसवाले उनसे चिर-परिचित हो गए थे, इसलिए जानते थे कि यह तनखा न देने का बहाना है। कभी बीच-बचाव करके वह कुछ दिलवा भी देते, नहीं तो प्रमोदबाला के साफ इनकार करने पर अपने घर से खाकर अदालत में दावा करके पैसा वसूल करने की भला कौन हिम्मत कर सकता था? उधार और गरीबों की मजूरी का पैसा मार लेना प्रमोदबाला के लिए एक मामूली-सी बात थी। लेकिन जब कोई उनके कीमती कपड़ों और जेवरों को देखता, बोलचाल तथा उनके बड़े लोगों के सम्बन्ध को ज्ञानने का मौका पाता, तो

उसे कैसे विश्वास हो सकता था कि वह गरीबों का पैसा मारने की फिक्र में रहती है? कई वर्षों से रहते-रहते पुलिस और टोले-मुहल्ले के लोग भी प्रमोदबाला के स्वभाव से खूब परिचित थे, लेकिन कोई उनके रास्ते में बाधा डालने के लिए तैयार नहीं था। जो बाधा डालने की शक्ति रखता, वह स्वयं प्रमोदबाला के प्याले, चाय या भोज में शामिल होकर उनका आभारी बन गया था।

(4)

दिन के 9 बजे से पहले शायद ही प्रमोदबाला की आँखें खुलतीं। वैसे नौकर को हुक्म था कि 6 बजे ही पलंग के पास बेड-टी रख जाया करे। अक्सर चाय ठंडी हो जाती और उसे फेंकना पड़ता। लेकिन तो भी यह रस्म नियमपूर्वक अदा की जाती। चारपाई से उठकर मुँह-हाथ धो लम्बे शीशे के सामने बैठकर प्रमोदबाला बनाव-शृंगार करती, लेकिन अभी यह मामूली बनाव-शृंगार था, असली शृंगार तो उन्हें 4 बजे की चाय के बाद शुरू करना था, जिसमें कम-से-कम दो घंटे लगते। अब उन्हें बाल-डान्स और ब्रिज की गोष्ठी के लिए तैयारी करनी थी। उनके दाँत बिलकुल दाड़िम जैसे, किन्तु रँग में सफेद मोती की तरह चमकते थे, जिनके लिए बहुत कम लोगों को पता था कि सारी बत्तीसी नकली है। सारे दाँत वैसे टूटे नहीं थे, लेकिन वे आकार-प्रकार और शकल-सूरत में अच्छे नहीं थे, इसलिए प्रमोदबाला ने समय में बहुत पहले ही अपने सारे असली दाँतों को निकलवा उनकी जगह मोतियों जैसी यह बत्तीसी लगवाई थी। उनकी भौंहें काली, किन्तु बहुत मोटी तथा साथ ही छोटी थी। उन्होंने रोमो को निकालकर उन्हें बारीक तथा काली पेन्सिल की सहायता से लम्बी बना लिया था। होंठों पर कुछ हल्की-सी काले रोमो की रेखा थी, जिसे दबाने के लिए बाला को बहुत परिश्रम करना पड़ता—मुछन्दर महिला को कौन पसन्द करने लगा! उनके लिए सबसे बड़ी समस्या थी चेहरे के ऊपर बढ़ती रेखाओं को कम करना। बिना झुर्री के चेहरे पर काली धारियों द्वारा झुर्री बना लेना आसान है, जिसे रात की रोशनी में देखकर कोई समझ भी नहीं सकता कि यह असली है या नकली। लेकिन झुर्रियों को दबाना बहुत मुश्किल काम था। वह कितनी ही बार पाउडर और रूज लगाती-मिटाती रहती, मुँह को आगे-पीछे या अगल-बँगल में घुमाकर शीशे में देखतीं, जब कभी हाथ में न आनेवाली किसी रेखा को वह दबाने या दूसरा रूप देने में सफल होती, तो उनका चेहरा खिल उठता। अगर झुर्रियाँ किसी तरह हल्की भी की जाती, तो ठुड्डी के नीचे लटकते मांस से बचने का कोई रास्ता नहीं था। कंठ में भी चमड़ा सुकड़ा हुआ था। सचमुच उनके लिए शृंगार करना नहीं, बल्कि एक बड़े दुश्मन से घंटों लोहा लेना होता था। बालों की भलमनसाहत की वह प्रशंसा किये बिना नहीं रहती, क्योंकि नये निकले हुए खिजाबी तेल को एक बार

लगा देने की जरूरत थी, पाँच मिनट के भीतर वह सूख जाता और गहरे नीले रंग के घुँघराले केश तैयार हो जाते। बाला कृतज्ञ होकर ऊँची आवाज में यह कहे बिना नहीं रहती—यदि बालों की तरह ही दूसरे भी भलेमानुस होते। झुर्रियों के गिटाने में बार-बार असफल हो जाने पर उनके मुँह से एकाएक निकल आता 'हाय बुढापा'। यह शत्रु बुढ़ापे से परास्त होने की स्वीकृति थी। हाय (अफसोस) जवानी के लिए उपयुक्त होता है, इसलिए उनको कहना चाहिए था 'हाय जवानी'। लेकिन जीभ पर प्रिय से अप्रिय का, मित्र से शत्रु का नाम पहले आता है। उधर 4 बजे से ही शीशे के सामने बैठी प्रमोदबाला बुढ़ापे से लड़ने में लगी रहती। इस समय उनको अपना सारा जीवन याद आ जाता। पति देवता इंग्लैंड शिक्षा प्राप्त करके आए थे। वह तरुण थे, जिन्होंने खानदानी बेवकूफी के कारण समय से पहले ही अपने चेहरे को मूँछदाढ़ी से ढँक लिया था। उस समय भी कद में नाटे और आवश्यकता से अधिक मोटे थे। विलायत से पढ़कर आए सरकारी नौकर को प्रमोदबाला के बैरिस्टर पिता दामाद बनाना क्यों न पसन्द करते? एक अच्छे बैरिस्टर की नवशिक्षिता लड़की की तरुण भी पसन्द क्यों न करता? उस समय बैरिस्टर-पुत्री अठारह वर्ष की युवती थी। जवानी में गदही भी अप्सरा बन जाती है, फिर बाला को तो कुरूप भी नहीं कहा जा सकता था। भौंहें खराब जरूर थीं, होंठ के ऊपर काले रोम शोभावर्द्धक नहीं थे और चेहरा भी जरूरत से ज्यादा भारी था, लेकिन इन कमियों से लड़ने के लिए प्रमोदबाला षोडशी होने के साथ ही हथियारबन्द हो चुकी थी। भावी पति अपनी प्रेयसी को उसी समय देख सकते थे, जब कि वह बनावटी शृंगार कर चुकी होती, इसलिए वास्तविकता पहुँचना उनके लिए आसान नहीं था। फिर वह केवल एकतरफा ही सौन्दर्य की माँग तो नहीं कर सकते थे। आखिर वह खुद भी कौन से परीजाद थे। अभी तनखा भी बहुत बड़ी नहीं थी और न वह कोई आई. सी. एस. थे। धन की गंगा का, जो स्वराज्य के बाद दूने 'बेग के साथ' उनके सामने बहने लगी थी, अभी कहीं पता नहीं था। आखिर आदमी अपनी स्थिति के अनुसार ही किसी चीज की माँग कर सकता है। विवाह के बाद पति-पत्नी दोनों ही एक-दूसरे से बहुत सन्तुष्ट थे। इग्लैंड लौटे पति अपनी पत्नी से जिन बातों की आशा रखते थे, वह उन्हें प्रचुर परिमाण में देने को तैयार थी।

जमाना हमेशा एक-सा नहीं रहता। पति बड़ी तेजी से आगे बढ़े, अपने सम्बन्धों, व्यवहार और योग्यता से दूसरों को पीछे छोड़कर वह अगले ग्रेड में चले गए, तनखा और साथ-साथ ऊपर की आमदनी भी और तेजी से बढ़ी। अब वह आशा और निराशा के बीच में पड़े एक साधारण तरुण अफसर नहीं थे। इधर पत्नी से उनके चार जीवित और चार मृत सन्तानें भी हो चुकी थीं। उमर से भी ज्यादा बार-बार माता बनने ने उनके स्वास्थ्य पर प्रभाव डाला था। पति देवता के लिए वह फीकी मालूम होने लगी। दुर्व्यवहार को सहन करने की आदत पत्नी में नहीं थी, इसलिए

वह इसका विरोध करती, लेकिन असली प्रभुता तो पैसे की होती है, जो पति के हाथ में थे, पत्नी को पति की कृपा पर निर्भर रहना था। कुछ वर्षों तक मालूम होता रहा, कि दोनों विवाह-विच्छेद कर लेंगे, लेकिन आखिर यह इस स्थिति को पार कर गए। दोनों ने भलीभाँति विचार कर देख लिया कि दिन पर दिन सयाने होते चारों बच्चे तलाक की आज्ञा नहीं देते। तलाक के बाद बच्चों क्या होगा? दूरदर्शिता का अधिक श्रेय वस्तुत: पति को देना चाहिए, जिन्होंने अपने भावों से अधिक अपने बच्चों के भविष्य का खयाल किया। पत्नी धीरे-धीरे जबानदराज हो चुकी थी। रात-दिन की किचकिच घर की शान्ति को भंग किये रहती थी। पति का प्रस्ताव अन्त में पत्नी ने भी स्वीकार किया। तलाक दे देने पर भी आखिर पत्नी को दूसरा ब्याह करने की न इच्छा थी और न उसकी सम्भावना थी। रात की रोशनी में सुन्दरी और तरुणी देखी जानेवाली वह दिन के उजाले में अब कौड़ी की तीन भी नहीं रह गई थीं। तलाक ले लेने पर शायद अपने बच्चों से वंचित रह थोड़े से खर्च के पैसों पर गुजारा करना पड़ता, जब कि पति के साथ बाहर से पुराने सम्बन्ध को स्थापित रखने पर उन्हें यह सुभीता तो सामने ही दीख रहा था, जो कि चार महीने मधुपुरी में उनके बड़े आराम से गुजरते। कभी-कभी उनके मुँह से 'हाय बुढ़ापा' निकल आता जरूर, लेकिन इसके लिए वह अपने पति को जिम्मेवार नहीं ठहरा सकती थी। अब दोनों का जीवन दो स्वतंत्र धाराओं में बह रहा था, दोनों पूर्ण स्वतंत्र रहकर जीवन का आनन्द ले रहे थे, किन्तु समाज की दृष्टि में अभी भी दोनों एक-दूसरे से उसी तरह सम्बद्ध थे। प्रमोदबाला को ऐसा जीवन बिताते बारह वर्ष बीत चुके थे। जीवन के सभी सुख-साधन उनके लिए काफी सुलभ थे, लेकिन इस साल उन्हें पहली बार अनुभव होने लगा, कि शायद अब इतने दिनों से किया जाता आ रहा उनका अभिनय अधिक दिनों तक नहीं चल सकेगा। वह चाहे कितने ही परिश्रमपूर्वक बुढ़ापे के ऊपर काली चादर तानना चाहतीं, लेकिन रात की रोशनी में भी परखनेवाली आँखों से वह छिपा नहीं रह सकता था। पान-गोष्ठी की उदारता भी अपेक्षाकृत तरुण पुरुषों को अपनी तरफ खींचने में सहायक नहीं होती थी और पास की मेजों पर बैठी तरुणियों अगर खुलकर नहीं तो आँखों के कोर से प्रमोदबाला के अभिनय पर कठोर व्यंग करती थी।

कुमार दुरंजय

दुनिया के बहुत से भागों में सामन्तवाद को खतम हुए बहुत समय बीत गया। लेकिन भारत में उसे अंग्रेजों ने बहुत पाल, पोस के रखा था। भारत की स्वतंत्रता के बाद उसका टिकना सम्भव नहीं था, जबकि असली राजशक्ति अंग्रेज थैली-शाहों के हाथ से निकलकर भारतीय थैलीशाहों के हाथ में आ गई। भारत के सबसे बड़े थैलीशाह जिस राजस्थान से आते थे, वहाँ अपनी प्रजा पर निरंकुश शासन करने के लिए अंग्रेजों ने राजाओं को छोड़ रखा था। पूजा-भेंट के सहारे अपना कुछ काम थैलीशाह जरूर बना लेते थे; लेकिन आखिर वहाँ कानून नहीं बल्कि एक आदमी का मनमाना राज्य था। कम-से-कम वहाँ पूँजी लगाकर कारखाना खोलने के लिए तो कोई सेठ तैयार नहीं था, इसलिए भारत के वास्तविक शासक भारतीय थैलीशाहों की आँखों में ये निरंकुश गुड़िया-राजा काँटे की तरह खटकते थे। लेकिन, जबतक अंग्रेज यहाँ थे तबतक ही नहीं, उनके चले जाने के बाद भी थैलीशाहों में इतनी शक्ति नहीं थी, कि केवल अपने बल पर इन काँटों को रास्ते से दूर फेंक सकते। इसके लिए उनको चिन्ता करने की आवश्यकता नहीं थी, क्योंकि अंग्रेजों के शासन के समय ही देशी राज्यों की प्रजा ने अनेक बार गोलियाँ खायीं, तो भी अपने संघर्ष को नहीं छोड़ा। उन्हीं के डर के मारे अन्त में राजाओं को अपनी निरंकुशता नहीं, बल्कि अधिकार को भी छोड़ना पड़ा। अब वह सरकार के पेन्शनर भर रह गए, तो भी गरीब प्रजा की कमाई पर फलाहार खूब किया जा रहा है। सैकड़ों वर्षों पुरानी रियासतों को यद्यपि मृत्यु को पीड़ा झेलने की आवश्यकता नहीं पड़ी, उनका हार्ट फेल कर गया, लेकिन शान्तिपूर्ण लूट खूब हुई। कहीं होशियार राजा हुए तो उन्होंने अपने निजी जेवर और पैसे को ही नहीं, बल्कि रियासती खजाने को झाड़-बुहारकर साफ कर दिया, बेकार की इमारतों को छोड़कर बाकी सभी इमारतों को निजी सम्पत्ति बना लिया। और जहाँ नाबालिग या मूर्ख राजा हुए, वहाँ चार्ज लेनेवालों ने "लूट सके सो लूट" का नारा लगाकर छीछड़े भर छोड़ दिये। कितनी ही जगहों में तो इन नये स्वामियों ने अपने जुर्म का कोई पता न रहने देने के लिए ऐतिहासिक पुराने कागजों की होली खेली—इस होली में कितने ही ऐतिहासिक महत्त्व के दस्तावेज़

सर्वदा के लिए नष्ट हो गए। चलते-पुर्जे राजाओं ने या अपने नमक हलाल नौकरों की सहायता से साधारण अन्नदाताओं ने भी राज्य की अधिक से अधिक सम्पत्ति अपने हाथ में करनी चाही। कितनों ने हजारों एकड़ अच्छे खेतों के अपने फार्म बना लिए और ट्रैक्टर मँगाकर उनमें खेती करनी शुरू कर दी। सरकार तो किसानों के हक का वहीं खयाल करती है, जहाँ उसे उसके लिए मजबूर होना पड़ता है।

कुमार दुरंजय इसी तरह के एक रियासती कुमार थे। उनके पिता—भगवान भला करे, 1947 की आँधी देखने के लिए रह नहीं गए, नहीं तो रियासत के साथ उनका भी हार्ट फेल हो जाता—भारत के सबसे बूढ़े निरंकुश तानाशाह थे, जिनकी कीर्ति-सुगन्ध दूर तक फैली हुई थी, भले ही जुकाम के मारे अंग्रेज प्रभुओं की नाक तक वह नहीं पहुँचती थी। उन्होंने खून करवाए, देश में बावेला भी मचा, लेकिन अंग्रेज तो अपने ऐसे अनन्य भक्तों के सात नहीं साठ खून माफ करनेवाले थे। काफी बड़ी रियासत होने पर भी महाराज का खर्च उतने से नहीं चलता था और वह सेठों से कर्जा लेते रहते थे। अपने हरम में नई सुन्दरियों के डालने का तो उन्हें मर्ज-सा था। जब पहाड़ों में उनकी सवारी आती, तो अखबारों और शहरों से बहुत दूर पिछड़े युग में रहनेवाले भोले-भाले पहाड़ियों में भी आतंक छा जाता। बहू-बेटियों की हिफाजत करो,...वाला राजा आया है। लेकिन इस तरह बहू-बेटियों की रक्षा होनेवाली नहीं थी। राजा स्वयं हर जगह लूट करने नहीं जाता। उन्होंने अपने कितने ही रंगरूटी अफसर छोड़ रखे थे, जो राज्य और बाहर की सुन्दरियों को जमा करने का काम किया करते थे। प्रात:स्मरणीय मर्यादापुरुषोत्तम राम के पिता प्रात:स्मरणीय मर्यादापुरुषोत्तम दशरथ की सोलह हजार रानियाँ थीं। इन महाराजा की रानियों की संख्या सोलह हजार तक तो नहीं पहुँची थी, लेकिन हजार से ऊपर जरूर थी। चार दर्जन से ऊपर तो उनकी राजकुमारियाँ थीं और राजकुमारों की भी एक पलटन बन सकती थी। इन्हीं में से एक हमारे चरित्रनायक कुमार दुरंजयसिंह भी थे। देशों और भाषाओं के लिए तो बैकुंठवासी एक के बाद दूसरी टेढ़ी-मेढ़ी बाहियाँ फूट निकलती हैं, और देखने में कुछ ही सौ गजों पर के सामने स्थान पर पहुँचने के लिए मील-मील का चक्कर काटना पड़ता है। अंग्रेजों ने सवा सौ वर्ष पहले जब मधुपुरी को अपने रहने के लिए चुना, तो उस समय वह शीतलता से आकृष्ट हुए थे। छह-सात हजार फुट ऊँचे पहाड़ों पर शीतलता के साथ उस समय घना जंगल भी था, जिसके कारण इसका सौन्दर्य दूना हो गया था। चार चाँद लगाते इसके बहुत से स्थानों से सनातन हिम से आच्छादित शिखर-पंक्तियाँ दिखलाई पड़ती थी। अंग्रेज प्राय: अपने बँगलों को ऐसे स्थान पर बनाना चाहते थे, जहाँ से हिमालय श्रेणियाँ अधिक से अधिक दिखलायी पड़ें। लेकिन जैसा कि आमतौर से होता है, पहलेवाले बाजी मार ले गए और पीछे आनेवालों को जैसे-तैसे पर सन्तोष करना पड़ा। अंग्रेज दूकानों और बाजारों से मीलों दूर के स्थानों को अधिक पसन्द करते

थे। वहाँ प्राकृतिक सौन्दर्य भी अधिक था और काले लोगों की परछाई भी कम पड़ती थी। एकान्त की खोज में कितने ही अंग्रेजों ने ऐसी जगहों में भी अपने बँगले बनाए, जहाँ से हिमालय श्रेणियाँ नहीं दिखाई पड़ती। दूसरे नम्बर के बँगले थे, जहाँ से हिमालय नहीं तो कम-से-कम बीस मील दूर नीचे की समतल भूमि दिखाई पड़ती थी। तीसरी श्रेणी के बँगले इन दोनों से वंचित थे और हरियाली से आच्छादित किन्हीं दो पर्वतवाहियों में पड़ते थे। एक ऐसा ही बँगला कुमार दुरंजय के भाग्य में पड़ा था। मधुपुरी में बँगले बनने यद्यपि सवा सौ वर्ष पहले शुरू हुए, लेकिन उनकी बहुतायत एक शताब्दी पहले शुरू हुई, फिर आधी शताब्दी तक तो नये बँगलों के बनाने में होड़ लग गई थी। उनकी गति रुकी, इसी समय पहला महायुद्ध आ गया, जिसके बाद से तो इस मधुर नगरी से लक्ष्मी ही रूट गई। बहुत से अंग्रेज अपने बँगले बेचने लगे और भारतीयों ने विशेषकर राजा-महाराजाओं और कुछ सेठों ने उन्हें खरीदना शुरू किया। कुमार दुरंजय को भी इसी समय वह बँगला प्राप्त हुआ था। कहा नहीं जा सकता, पिता महाराज ने खरीदकर इसे अपने सुपुत्र को दिया था, या उन्होंने खुद खरीदा था। अन्त:पुर में पैदा होनेवाले बुद्धि के सम्बन्ध में कुछ घाटे में रहते ही हैं, ऊपर से अपने सारे काम अपने मुसाहिबों द्वारा कराते हैं, इसलिए यदि खरीद-फरोख्त में वे और अधिक घाटे में रहे, तो इसमें आश्चर्य क्या? हिमशिखरों और नीचे की समतल उपत्यका के सुन्दर दृश्यों से वंचित इस बँगले में आकर उन्हें अफसोस होना ही था, खासकर जबकि कभी-कभी वह जाड़ों के आरम्भ तक भी यहाँ रह जाते। प्राय: सारे दिन सूर्य को किरणों से वंचित इस स्थान की सर्दी में उनको तकलीफ भी होती थी। क्या कर, अब तो ढोल गले में पड़ चुकी थी।

कुँवरानी को अपने बँगले के गुण-अवगुण की चिन्ता करने की फुर्सत नहीं थी। वे एक रियासती राजा की पुत्री थी और कुमार साहब पिता के उपेक्षित दर्जनों कुमारों में से एक। कुँवरानी के पास कुछ पैसा भी था, पीहर से कुछ और भी मिलता रहता था, ऊपर से राजपुत्री होने का अभिमान, इसलिए वे अपने पति की बहुत पर्वा करने के लिए मजबूर नहीं थी। दूसरी तरफ कुमार भी मर्यादापुरुषोत्तम अपने पिताजी के कदमों पर चलने के लिए स्वतंत्र थे, यदि उसमें बाधा थी, तो यही कि हाथ तंग था और इसीलिए दूर-दूर तक निशाना नहीं लगा सकते थे। कुँवरानी को दुनिया-जहान की पर्वा हो भी नहीं सकती थी, क्योंकि सबेरे छोटी हाजिरी के समय ही उनकी मेज पर बोतल और चपक आ जाते, फिर उनके प्यालों का ताँता करीब-करीब रात को सोने के वक्त ही खतम होता। उनका दिमाग चौबीसों घंटे नशे में चूर रहता। शराब के प्यालों से गम गलत करती हुई बेचारी कुँवरानी एक दिन परलोक सिधार गई। तब रियासत विलीनी हो चुकी थी। यद्यपि कहने पर कुँवरानी कभी इस पर विश्वास करने के लिए तैयार नहीं थी।

कुमार को कुँवरानी के मरने की फिकर नहीं थी। सारे भारत के रजवाड़ों की

तरह उनके ससुराल पर भी पाला पड़ गया था, इसलिए उधर से कोई आशा नहीं हो सकती थी। अपनी जो आमदनी थी, उसमें चोटी चादरवाली हालत थी; सिर ढाँके तो पैर नंगा, पैर ढाँके तो सिर नंगा। ऊपर से यह सोच-सोचकर और भी दिल मरता जाता था, कि आमदनी के स्रोत सूखते जा रहे हैं, और सम्पत्ति को बेचकर बहुत दिन काटे नहीं जा सकते। उनके साले-राजा जब पहले आते, तो खूब हँसी-खुशी की पान-गोष्ठी रची जाती और मालूम होता उनकी दुनिया में कही दुख का पता नहीं। साले-राजा अब अपनी विपता में पड़े हुए थे। खर्च चलाने के लिए अपनी सम्पत्ति बेचने के लिए मजबूर थे। बहनोई से पहले साले ने ही अपने बँगले को बेचने के लिए दौड़-धूप शुरू करवाई थी। उस समय उन्हें अपने बँगले के लिए काफी रकम मिल रही थी, लेकिन राजा लोग बिना मुसाहिबों के मशौरे के अपनी सम्पत्ति बेंच नहीं सकते थे। खरीदार को यदि ऐसी सम्पत्ति लेनी है, तो मुसाहिबों के ऊपर अच्छत-फूल चढ़ाना जरूरी है। इसी गड़बड़ी में राजा साहब का बँगला नहीं बिक सका और कुछ ही सालों बाद यह देखकर उनको और उनके मुसाहिबों को बड़ी निराशा हुई, कि मधुपुरी के बँगलों और कोठियों का दाम उस समय से अब आधा भी नहीं रहा।

कुमार दुरंजय "योग्य पिता के" "योग्य पुत्र" थे, फर्क केवल परिमाण का था। पिता ने अगर एक से एक कीमती सैकड़ों कुत्ते पाल रखे थे, तो पुत्र दो-चार भी न पाले, यह कैसे हो सकता था? उनके पास यूरोपीय नसल के सबसे बड़े कुत्ते ग्रेट डेन का एक जोड़ा, और एक जोड़ा खूँखार भोटिया कुत्तों का था। ग्रेट डेन लम्बाई-ऊँचाई में बहुत बड़े होने पर भी भयंकर नहीं थे। वे काफी समझदार थे और जानते थे कि मनुष्य हमारा शिकार बनने के लिए नहीं है। अपरिचित व्यक्ति पर वे कभी भूक-भाँक देते थे। लेकिन, भोटिया जोड़े की बात दूसरी ही थी। वे अपने लम्बे बालों के कारण ग्रेट डेन से कहीं अधिक भारी-भरकम दिखलाई पड़ते, शायद ताकत में भी ग्रेट डेन उनका मुकाबला नहीं कर सकते थे। बाहरी आदमियों के लिए तो वह काल थे। उन्हें देखकर या दूर से उनकी भयंकर आवाज सुनकर लोगों की रूह काँपती थी। कुमार साहब का बँगला एक सुनसान-सी जगह में छोटी सड़क के किनारे था। यह ऐसी सड़क थी, जिसपर बहुत कम लोगों को जाने की जरूरत पड़ती थी। जो भी उधर से गुजरता, पहले ही से देख लेता, कि भोटिया कुत्ते अच्छी तरह बँधे हैं या नहीं। कुमार ऐसे बेवकूफ नहीं थे, कि अपने इन दरिन्दों को छोड़े रखते, जो बिना काटे आदमी को छोड़ नहीं सकते थे।

बाप की राजधानी और जागीर के गाँव में अभी भी कुमार के महल मौजूद थे। मधुपुरी में सीजन बिताकर वहाँ जाना अभी उनका बन्द नहीं हुआ था, विशेषकर राजधानीवाले महल में वे अक्सर अपना जाड़ा बिताते थे। उनके पास यही दो जोड़े कुत्ते नहीं थे बल्कि घोड़े, दूसरे कुत्ते, चिड़ियाँ, हिरन घर पर भी मौजूद थे। नौकर-

चाकर तीनों जगहों में रहते थे—खर्चीला सौदा था। ऊपर से कुमार का अपना जीवन अभी चादर के अनुसार नहीं था। खाने-पीने और दावतों में साखर्ची वैसी ही थी। मधुपुरी में कोई जलसा या फंक्शन होता, उसमें कुमार अवश्य निमंत्रित होते और वहाँ जाकर वह अपनी साखर्ची भी बिलकुल भूलने के लिए तैयार नहीं थे। अच्छी-अच्छी शराबों पर उनका खर्च कम नहीं था और न कुमार-पुत्र कम हैसियत में रखे जा सकते थे। अंग्रेजों के जाने पर भी अंग्रेजी का राज्य तो अभी हिन्दुस्तान से गया नहीं है, इसलिए कुमार अपने पुत्रों को मधुपुरी के एक अच्छे यूरोपियन स्कूल में पढ़ाते थे। पुत्रियाँ छोटी होने से अभी कान्वेंट में थीं। धीरे-धीरे पैसे का इतना ठाला पड़ गया था, कि स्कूल की फीस तक नहीं दे पाते थे या यों कहना चाहिए कि कुमार उसी खर्च को अदा करना चाहते थे, जिसके लिए वैसा करना अनिवार्य था। खाने-पीने की चीजों पर भी कुमार का काफी खर्च था, क्योंकि एक तरफ सभी चीजें महँगी थी और दूसरी तरफ मेहमानों का आवागमन कम नहीं था। अपने और अपनी नई प्रियतमाओं के लिए कपड़ों और जेवर की भी जरूरत पड़ती थी। सभी चीजें उधार पर आती थीं। बनिये इस बात की हिम्मत नहीं करते थे, कि उधार देना बन्द कर दें, क्योंकि इससे साल में कुछ रुपये लौट आते थे। इस तरह के उधार और बेबाकी कुमार के यहाँ चलती ही रहती थी और कितने ही बनिये तो पता नहीं पाते, कि कर्जे की तमादी लग चुकी है।

लादूराम मनमाने दाम पर कुमार को चीजें दिया करते थे। कभी-कभी नकद रकम भी उधार दे देते थे, क्योंकि कुमार मनमाना सूद देने के लिए तैयार थे। लादूराम बेचारे 15-20 हजार के आसामी थे—अर्थात पहले के चार-पाँच हजार के। कुमार पर उनका चार हजार रुपया उधार हो गया। तकाजा करने का यही फल हुआ, कि कुमार ने उनके यहाँ से चीज खरीदनी छोड़ दी। कुछ दिनों तक नकद दाम और फिर उधार पर, उन्होंने लादूराम के किसी दूसरे पड़ोसी को पकड़ा। आदमियों के साथ तकाजा करने से कोई फायदा न होते देख लादूराम एक दिन स्वयं कुमार के बँगले पर पहुँचे। झाँक-झूँककर दूर से ही अच्छी तरह देख लिया। दोनों भोटिया कुत्ते बँगले के सामने नहीं बँधे थे। दिल अब भी डर रहा था, लेकिन एक पुराने परिचित नौकर ने उन्हें विश्वास दिलाया, कि कुत्ते पीछे की तरफ बँधे हैं। लादूराम की जान में जान आई। बड़े आदमियों को मनमाने दाम पर यों ही सौदा बेचा नहीं जा सकता, इसके लिए नौकर-चाकरों की मुट्ठी गरम करनी पड़ती है, अतः कुमार साहब के नौकर यदि लादूराम के साथ सहृदयता दिखलाने के लिए तैयार थे, तो वाजिब ही था। लादूराम के कहने पर एक नौकर ने जाकर कुमार साहब के पास अरज की—सरकार, एक आदमी आया है।

—कौन-सा आदमी, बँगले का खरीदार?

—नहीं हुजूर, लादूराम बनिया, पैसों के लिए।

लादूराम का नाम सुनते ही कुमार की त्यौरी बदल गई। उन्होंने नौकर को पुकारकर कहा।

—खियाली, भोटिये को छोड़ दे।

कुमार ने कुछ ऊँची आवाज से कहा था, जिसकी जरूरत भी नहीं थी, क्योंकि लादूराम कुमार के कमरे से बहुत दूर नहीं थे। भोटिये का नाम सुनते ही लादूराम के प्राण हवा हो गए। वह उलटे पैर अपनी तोंद हिलाते बाहर की तरफ लपके। तुरन्त ही कुछ गज की चढ़ाई शुरू हो जाती थी, लादूराम को न जाने कहाँ से इतनी ताकत पैदा हो गई, कि दौड़कर चढ़ गए और फिर सड़क पकड़कर तब तक दुलकी ही भागते रहे, जब तक कि बँगला ओट में नहीं चला गया। लादूराम को अपनी बेवकूफी पर झुँझलाहट हुई। वकील से पूछकर उन्हें मालूम हो गया था, कि नालिश करने की मियाद खतम हो चुकी है। कुमार इस तरह तकाजे के मारे किसी का ऋण चुका देने के लिए तैयार नहीं थे। ज्यादा से ज्यादा वह यही कृपा कर सकते थे, कि आगे के लिए उधार चीजें न मँगाएँ। किसी को नालिश करनी है तो नालिश करता फिरे। कुमार के ऊपर समन तामील होना संभव नहीं था। उस दिन लादूराम को घर लौटने पर 103 डिग्री का बुखार आ गया।

(4)

कुमार दुरंजय को मधुपुरी में अब उधार भी कोई देनेवाला नहीं था। सभी जानते थे, कि उनको उधार देना रुपये को पानी में फेंकना है। मधुपुरी में रहने पर कुमार का खर्च भी अधिक बढ़ जाता था। उन्हें अपने खर्च को कम करने की फिकर पैदा हुई। जागीर के महल को अब एक तरह उन्होंने छोड़ दिया था और अधिकतर राजधानी के महल में ही रहते थे। वह जानते थे, कि पसीने में तर होते लू और ऊमस में दिन काटना मेरे लिए बहुत मुश्किल होगा, लेकिन मधुपुरी के खर्च के लिए अब पैसा कहाँ से आए। मधुपुरी ही क्यों, राजधानी के महल में भी रहकर खर्च चलाना उनके लिए मुश्किल था। कितनी ही जगम और स्थावर सम्पत्ति बेच चुके थे, और मधुपुरी के अपने रहनेवाले बँगले को भी बेचने के लिए तैयार थे। लेकिन, अब उसे कोई मिट्टी के मोलपर भी लेनेवाल नहीं था। तीन वर्ष पहले जब अच्छा दाम मिल रहा था, तब तो मुसाहिबों की तिकड़म से उन्होंने भी साले की तरह उसे नहीं बेचा। मुसाहिब भले और बुरे दोनों ही तरह के होते हैं। जब भला होना लाभ चीज हो, तो वह वैसा क्यों न बने? कुमार अगर कोपीनधारी बन जाएँ, तो उन्हें कौन पूछेगा, उनकी दाल-रोटी कैसे चलेगी? रियासत के टूटने से सभी जगह मुसाहिबों, खवासों, लौड़ियों को जवाब मिल रहे थे और एक-से-एक गुनी कौड़ी के तीन हो गए थे।

कुमार पैसों के लिए बड़े चिन्तित थे, और इस बात के लिए और भी कि जब

सारी सम्पत्ति बेचकर खा जाएँगे, तो फिर कैसे गुजारा होगा? आखिर कुमार की उमर अभी 50 तक नहीं पहुँची थी। लड़के-बच्चों की फिकर न भी करें, तो अपनी फिकर तो उन्हें थी ही। एक दिन नमकहलाल मुसाहिब ने कुमार को सलाह दी, कि मधुपुरीवाली कोठी को अमुक महाराज कुमार के फार्म से बदल लिया जाए। कुमार इस समय जाड़ों में राजधानीवाले अपने महल में थे, जब कि मुसाहिब ने यह सलाह दी। उसी समय दुरंजय के रिश्तेदार एक दूसरे महाराज कुमार भी नगरी में आए हुए थे। महाराजकुमार ने रियासत के जाने के समय रियासती लूट में हाथ बँटाया था और अपने लिए दो हजार एकड़ का फार्म भी बना लिया था। यह कहने की आवश्यकता नहीं, कि पीढ़ियों से इस जमीन को जोतनेवाले गरीब किसानों के खेतों को छीन करके ही यह फार्म बना था। कांग्रेसी शासन को न्याय-अन्याय देखने की फुर्सत नहीं थी, वह सभी जगह इसी तरह चल रहा था। वह पुराने सम्भ्रान्त कुलों की मर्यादा को भी गिरने देना नहीं चाहता था। महाराजकुमार ने जब अपना फार्म बनाया, तो उनके पास पैसे काफी थे। उन्होंने दो ट्रैक्टर मँगवा लिए और फार्म पर अपने रहने लायक एक बँगला भी तैयार करा लिया। उस समय इतना उत्साह था, कि खाकी कमीज और पैन्ट पहने हैट लगाए वह स्वयं ट्रैक्टर चलाते थे। आखिर जब मोटर अच्छी तरह चला सकते थे, तो ट्रेक्टर चलाना क्या मुश्किल था? फार्म के सम्बन्ध में अमेरिका और इंग्लैंड में छपी कितनी ही किताबें पढ़ीं, महँगे से महँगे बीज और खादें भी मँगवाईं तथा किसी मुसाहिब के कहनेपर उसके सम्बन्धी को कृषि-विशेषज्ञ बनाकर भी रख लिया। दो-तीन साल तक फार्म इसी तरह चलता रहा। पैसा कहाँ से कितना आ रहा है और किस तरह खर्च हो रहा है, इसको देखना महाराजकुमार अपनी प्रतिष्ठा के विरुद्ध समझते थे। ट्रैक्टर बराबर बिगड़ने लगे। अक्सर कोई-न-कोई पुर्जा टूट जाता। महाराजकुमार मोटर ड्राइव कर सकते थे, इसलिए ट्रैक्टर भी अच्छी तरह चला लेते थे, लेकिन मरम्मत और पुर्जा बदलना उनके बस की बात नहीं थी। तीसरा वर्ष बीतते-बीतते फार्म की स्थिति देखकर उनका उत्साह मन्द हो गया। चौथे साल से तो उन्हें संकट सामने दिखाई पड़ने लगा। जितनी आमदनी होती, खर्च उससे अधिक करना पड़ता और उसे पूरा करने के लिए कर्ज लेना पड़ता या कोई चीज बेचनी पड़ती। महाराजकुमार को फार्म से पिंड छुड़ाना मुश्किल हो गया, ट्रैक्टरबाज खेतिहर का जीवन उन्हें कड़वा लगने लगा।

फार्म चलाते समय भी महाराजकुमार अपनी कुँअरानी और लग्गू-भग्गुओं के साथ गर्मी बिताने मधुपुरी या किसी दूसरे पहाड़ी स्थान पर चले जाया करते थे। वहाँ उनका अपना कोई बँगला नहीं था, पिता का जो था, उसे बड़े भाई ने ले लिया था। पंगु और अन्धे जैसी बात हुई। महाराजकुमार फार्म से पिंड छुड़ाना चाहते थे और मधुपुरी जैसे स्थान में एक बँगला लेना चाहते थे। कुमार दुरंजय अपनी कोठी बेचना चाहते थे। पहले उनका खयाल नकद पर बेचने का था, लेकिन स्वामिभक्त

मुसाहिब ने सुझाव दिया कि बेचने की जगह उसे फार्म से बदल लेना अच्छा होगा। बेचने के लिए खरीदार भी नहीं था और फार्म आमदनी का जरिया था। कुमार को अपने मोटर और जीप चलाने के कौशल पर अभिमान था। उनके मन से उमंग पैदा हुई, मैं भी क्यों न खाकी वर्दी पहनकर अमेरिकन बन जाऊँ। कुमार के मुसाहिब ने महाराजकुमार से बातचीत की। महाराजकुमार ने पूछा—मधुपुरी में कोठी कैसी और किस जगह है।

कुमार के मुसाहिब ने बड़े अदब के साथ बतलाया—सरकार, वह मधुपुरी के उस मुहल्ले में है, जहाँ केवल साहब लोग रहा करते थे। बाथरूम है, ड्राइंग और डाइनिंग हाल है। बाहर भी प्राइवेट सेक्रेटरी या मेहमानों के रहने के लिए चार कमरों का छोटा-सा बँगला है। चारों तरफ हरियाली है। बड़ी सुन्दर जगह है।

और वहाँ तक मोटर भी जाती है?—महाराजकुमार ने पूछा।

मुसाहिब ने नम्रतापूर्वक कहा—हुजूर, बिलकुल बँगले के भीतर तक जीप जाती है, थोड़ा रास्ता ठीक करने से मोटर भी वहाँ तक पहुँच जाएगी।

यह कहने की आवश्यकता नहीं, कि कुमार और महाराजकुमार दोनों के मुसाहिबों ने पहले से ही बातचीत कर सौदे में अपना हिस्सा भी निश्चित कर लिया था। कुमार दुरंजय के पिता भी महाराजा थे, इसलिए उन्हें महाराजकुमार कहना चाहिए, किन्तु संक्षेप के लिए हमने यहाँ उन्हें कुमार कहा है। महाराजकुमार के मुसाहिब ने बीच में बोलते हुए कहा :

—सरकार, मधुपुरी में यदि जीप चली जाए, तो वही बहुत है। वहाँ के बँगले आप देखते ही हैं आराम, एकान्तता और सुन्दरता की देखकर बनाए गए हैं। जीप जाती है, यही गनीमत है।

महाराजकुमार ने विचार करके दो दिन बाद जवाब देने के लिए कहा। विचार क्या करना था, वे जानते ही थे कि कुमार दुरंजय को फार्म क्या एक बला मिलेगी। इतना बड़ा बँगला मधुपुरी में उस चीज के बदले मिल रहा है, जिसे मैं किसी दाम पर भी फेंकने के लिए तैयार हूँ। उसे खरीदने के लिए क्यों न उत्सुक हो जाते? उसी जाड़ों में उन्होंने अपने मुसाहिब की बँगला देख आने के लिए मधुपुरी भेजा, जिसने उसकी प्रशंसा के पलड़े को भारी रखते हुए भी इस बात को साफ कह दिया था, कि मोटर वहाँ हर्गिज नहीं जा सकती। बँगले की और बातें सुनकर महाराजकुमार के मुँह में पानी भर आया। कुमार ने भी फार्म को जाकर देख लिया। वह मन ही मन कहने लगे—महाराजकुमार अपनी नातजुर्बेकारी से सोने की चिड़िया को हाथ से खो रहे हैं।

उसी जाड़े में फार्म की मधुपुरी को कोठी में बदलने की बात ही नहीं तय हो गई, बल्कि लिखा-पढ़ी भी हो गई। अब कुमार दुरंजय फार्म के मालिक थे। उनकी मोटर महल से सत्तर मील दूर पर अवस्थित फार्म की ओर दौड़ने लगी। अपने

मुसाहिबों के साथ मिलकर वह भविष्य का प्रोग्राम बनाने लगे। उन्हें इस बात की प्रसन्नता होनी ही चाहिए थी, कि सड़ी-गली कोठी से पिंड छूटा और उसकी जगह सोने की चिड़िया हाथ आई। सबसे अधिक प्रसन्नता उन्हें इस बात की थी, कि अब मधुपुरी के कर्ज देनेवालों के तकाजे से पिंड छूटा और मन में यह खयाल करके भी प्रसन्न होने लगे कि फार्म की प्राप्ति के साथ-साथ कर्ज के बीस हजार रुपये भी उसी दाम में बेबाक है।

महाराजकुमार के एक-दो आदमी पहले ही आकर मधुपुरी के नये बँगले को तैयार करने में लग गए थे। वैसे होता तो दो-चार हफ्ते बाद महाराजकुमार मधुपुरी पहुँचते, किन्तु अबकी उन्हें अपने नये मकान के देखने की बेकरारी भी थी, इसलिए जल्दी आ पहुँचे। अंग्रेजों के शासन में मधुपुरी में अड्डे पर ही मोटरों को रुक जाना पड़ता था और लाट साहब तथा दो-चार और बड़े अधिकारियों को ही मोटर से अनुकूल सड़कों से गुजरने दिया जाता था। लेकिन अंग्रेजी राज्य के हट जाने से अब यह सुभीता हो गया, कि कोई भी कुछ रुपये देकर मोटर लायक सड़कों पर अपनी मोटर ले जाने के लिए स्वतंत्र है। महाराजकुमार को मालूम था, कि बँगले तक मोटर नहीं जाती, इसीलिए अपनी जीप लाए थे। परमिट लेकर बँगले की तरफ चले, लेकिन चार फर्लांग पहले ही जीप को रुक जाना पड़ा। लोगों ने बताया कि आगे जीप का रास्ता नहीं है। महाराजकुमार को कुछ झुंझलाहट पैदा हुई लेकिन यह समझाने पर कि जीप के जाने में कुछ मरम्मत करने की जरूरत है, उनका टेम्परेचर ठीक हो गया। उतरकर अपने बँगले की ओर पैदल ही बढ़े। बँगले को नौकरों ने ठीक-ठाक कर दिया था। उससे उनको उतनी शिकायत नहीं हुई। सभी चीजें वहाँ पुरानी थीं और फर्नीचर भी संख्या में कम थे, तो उनका फार्म भी तो कुछ इसी तरह का था। दो-चार दिन रहने के बाद महाराजकुमार की कुँअरानी और लड़के जंगल के भीतर दम घुटती-सी जगह के इस सुनसान बँगले से उकता गए। उन्होंने शिकायत करनी शुरू की। महाराजकुमार का भी अब मन भर गया। सबसे बड़ी शिकायत उनकी इस बात की थी कि यहाँ जीप भी नहीं आ सकती। किसी समय अपने टूटे-फूटे फार्म को मधुपुरी की सुन्दर कोठी से बदलकर वह फूले न समाते थे; समझते थे, मैंने दुरंजय को खूब उल्लू बनाया। लेकिन अब उन्हें इस बूढ़ी कोठी और उसके आसपास का स्थान देखकर मालूम हुआ कि दुरंजय बाजी मार ले गया।

महाराजकुमार को अब यह चिन्ता होने लगी कि इस कोठी को बेचकर कोई और जगह ली जाए। मधुपुरी में उन्होंने कुछ जगहों पर स्वयं घूमकर पता लगाया, तो मालूम हुआ कि 20-25 हजार में इससे कहीं अधिक अच्छी कोठी मिल सकती है और ऐसी जगह पर जहाँ मोटर भी पहुँच सकती है। उन्होंने भारी कमीशन का लोभ दे ऐजेंटों को कह रखा है कि बँगले को बिकवा दें। लेकिन मधुपुरी का कोई

निवासी आशा नहीं रख सकता; कि उसे कोई मिट्टी के मोलपर लेने के लिए तैयार होगा। हजार पाँच सौ फर्नीचर के आ सकते हैं। किवाड़ और जंगले अलग से उखाड़कर बेचे जाएँ, तो उससे भी कुछ पैसा मिल सकता है, लेकिन इसमें सन्देह है, कि वह उखाड़ने पर लगाए गए मजदूरों की मजूरी के लिए भी पर्याप्त होगा।

मेम साहब

तीर्थों की कुछ-कुछ झलक हिमालय जैसे पर्वतों की आधुनिक बिलासपुरियों में भी देखने में आती है। तीर्थों में जैसे पंडे प्रान्त-प्रान्त से आए अपने यजमानों का स्वागत करने के लिए तैयार मिलते हैं, वैसे ही इन बिलासपुरियों में मोटर के अड्डे पर ही होटलों के पड़े आ पहुँचते हैं और बोझा होनेवाले मजदूरों की छीना-झपटी शुरू हो जाती है।

पिछली आधी शताब्दी में भारतीय समाज कहाँ से कहाँ गया है, इसका भी यहाँ पता लगता है। इस शताब्दी के आरम्भ में हैट धारण करनेवाले काले या गोरे पुरुष को लोग साहब कहते थे, बाकी भद्र पुरुष बाबूजी के नाम से पुकारे जाते थे। अभी सेठ प्रधानता में नहीं आए थे। लेकिन आज चाहे मधुपुरी जैसी आधुनिक बिलासपुरी में जाइए, या बदरीनाथ-केदारनाथ जैसे महातीर्थ में; आपको यह सुनकर आश्चर्य या खेद नहीं होना चाहिए, कि सभी आपको सेठ कह रहे हैं। कम-से-कम उत्तरी भारत में तो उस समय सेठ कहलाने के लिए खास तरह की पगड़ी की आवश्यकता थी, लेकिन अब उसकी जरूरत नहीं। हैट लगानेवाले बाबू भी यहाँ सेठ के नाम से ही पुकारे जाते हैं। नाम देनेवाले न कोई बड़े विद्वान थे न अर्थशास्त्री। यह एक जनसाधारण का दिया हुआ नाम पहले ही से बहुत सोच-समझकर नहीं दिया गया है। शायद अनेक तीर चलाए गए : बाबू पंडित, सेठ, लाला, मुंशी। एक तो अलग-अलग इतने नामों को याद रखना मुश्किल और दूसरे ये शब्द सभी को पसन्द भी नहीं थे। सेठ शब्द कभी बहुत ऊँचा रहा होगा, लेकिन वह धीरे-धीरे कितनी ही जगहों पर तराजू उठानेवाले बनियों के लिए इस्तेमाल होने लगा—उत्तर में सेठ तो दक्षिण में उसी का बिगड़ा रूप चेट्टी। बीसवीं शताब्दी के मध्य में सेठ शासक-जाति के रूप में परिणत हो गए—भारत में कुछ देर हुई-तो फिर सम्मान प्रकट करने के लिए इससे और अधिक उपयुक्त शब्द क्या हो सकता था? राजा अब कितने रह ही गए हैं? जन-गण अभी उतना नहीं समझता, किन्तु अब उनकी हस्ती ही क्या रह गई है। यदि पोशाक से असाधारणंता न हो, तो मधुपुरी में कोई उन्हें सेठ भी कह दे, तो बुरा मानने की बात नहीं। आखिर कभी गाड़ी नाव पर तो

कभी नाव गाड़ी पर की कहावत झूठी नहीं है। अब राजा का शासन सेठ पर नहीं है, बल्कि सेठों के कृपा-पात्र राजा है।

कहानी की चरित्रनायिका सेठ वर्ग की हैं, और उन्हें सेठानी कहना ही बिलकुल ठीक होता, लेकिन उनके कान में सेठानी के तीन अक्षर शूल की तरह गड़े बिना नहीं रहते—खुशकिस्मती से ये पंक्तियाँ उनके सामने से नहीं गुजरेंगी। सेठानी पूरी मेम हैं, यदि कसर है, तो यही कि वह पोशाक में गेम नहीं हैं; यह साड़ी ही पहनती हैं। भाषा उनकी अंग्रेजी है और उत्तर भारत के हिन्दी प्रधान प्रदेश को रहनेवाली होने पर भी वह अंग्रेज मेमों जैसी हिन्दी और सो भी अपने नौकर-चाकरों से ही बोलती हैं। सौन्दर्य के लिए रंग का गोरा होना आवश्यक नहीं है। अगर ऐसा होता, तो यूरोप के सभी देश सुन्दरियों की खान माने जाते। भारत में जहाँ भिन्न-भिन्न प्रदेशों में 15 से 30 सैकड़ा सुन्दर स्त्रियाँ मिलती हैं, वहाँ यूरोप का शायद ही कोई देश हो, जहाँ यह संख्या 15 सैकड़ा तक भी पहुँचती हो। पर, सेठानी गोरी हैं और सुन्दरी भी। पैंतीस वर्ष पर पहुँचकर भी अभी उनका वसन्त आबाद है। बीस वर्ष की आयु में यदि वह किसी देश या नगर की सर्वसुन्दरी जन-पद-कल्याणी नहीं रही होंगी, तो अतिसुन्दरी तो जरूर ही रही होंगी। अफसोस, मधुपुरी में उस समय सौन्दर्य प्रतियोगिता में भारतीय ललनाओं के भाग लेने का अवसर नहीं था, नहीं तो किसी साल वह 'मिस मधुपुरी' जरूर बनी होती। वस्तुतः यह सौन्दर्य का सम्बल ही था। जिसके कारण उन्हें करोड़पति सेठ की बहू बनने का सौभाग्य प्राप्त हुआ, नहीं तो उनके पिता-माता की वह हैसियत कहाँ थी। दिन-रात अपने भी अंग्रेजी बोलनेवाली और अंग्रेजी ढंग से रहनेवाली प्रौढ़ सुन्दरी को मेम साहब कहना ही अधिक उपयुक्त था, लेकिन कुल को या कम-से-कम व्यवसाय को देखना जरूरी है, जिसपर कि जीवन निर्भर करता है, इसलिए हम उन्हें सेठानी मेम कहकर कोई अन्याय नहीं करते। यह सुनकर किसी को आश्चर्य नहीं होना चाहिए, कि अंग्रेजों के चले जाने पर, अंग्रेजी राज के उठ जाने पर भी अंग्रेजी भाषा मधुपुरी की सड़कों पर उसी तरह सर्वत्र सुनाई देती है, जिस तरह अंग्रेजों के शासन करते समय। फरक यही है कि उस समय वह गोरे मुँह से निकलती थी और अब रंगभेद दूर हो गया है। मेम साहब जब अपने पुत्रों और पुत्रियों के साथ बँगले में या बाहर निकलती हैं, तो उनकी बात केवल अंग्रेजी में ही होती है, सो भी आक्सफोर्ड के उच्चारण के साथ। सेठ ने इंग्लैंड शिक्षा नहीं पाई। इंग्लैंड का मुँह भी पिता के मरने के बाद देखा। पिता के सनातनी होने के कारण और सेठों में रवाज न होने से उन्हें किसी यूरोपियन या एंग्लोइंडियन स्कूल में पढ़ने का मौका नहीं मिला। उन्हें मालूम हुआ कि अंग्रेजी भी सब एक ही तरह की नहीं होती। बाबू इंग्लिश की तो बात ही छोड़िए, शुद्ध अंग्रेजी में भी उसके अलग-अलग रूप हैं, और रूप के अनुसार ही आदमी की संस्कृति और शिक्षा का मूल्यांकन होता है। जब उन्हें मालूम हुआ कि आक्सफोर्ड

का उच्चारण सबसे श्रेष्ठ समझा जाता है, तो उन्होंने उसी का ध्यानपूर्वक अनुकरण शुरू किया। जो अंग्रेजी—और सोने के समय भी—सेठ के विचारों के प्रकट करने का साधन है, आक्सफोर्ड एक्सेन्ट के अनुसार होती है। मेम साहब भी इस बात में पूर्ण पतिपरायणा हैं।

सेठ जब स्वयं आक्सफोर्ड के परमभक्त हैं, तो वह अपनी पत्नी को उसके अनुरूप क्यों न बनाते? लेकिन, पीली पगड़ी बाँधनेवाले पिता-सेठ जबतक जीवित रहे, तबतक उनको इतनी हिम्मत नहीं हुई, कि पत्नी को सोलह आना मेम बना देते। दोनों यही मनाते थे कि कब बूढ़े के बन्धनों से मुक्ति मिलेगी। सोचते थे, चित्रगुप्त कहीं दो 'पेग' अधिक पीकर लुढ़क तो नहीं गया, जो सेठ के लिए परवाना नहीं भेज रहा है। यदि परवाना उस समय आया, जब सेठानी चालीस पार कर गई, तो फिर उससे लाभ क्या होगा? इसलिए जब सेठानी के पच्चीस वर्ष पहुँचने तक बूढ़े सेठ मर गए, तो दोनों को बड़ी प्रसन्नता हुई—रंगीली दुनिया का मजा उड़ाने के लिए अभी उनके पास काफी समय था। अगले ही साल सेठ-सेठानी विलायत गए। महायुद्ध चल रहा था, खतरा था, लेकिन उनमें इतना धैर्य कहाँ, कि युद्ध समाप्त होने की प्रतीक्षा करते। मेम साहब ने वहीं अपने लम्बे काले सुन्दर वालों को कटाकर छोटा करा लिया। अब वह विशेष ढंग से सँवारे जाते हैं, कुशल यूरोपियन हजाम के हाथों उनमें स्थायी लहरें पड़ी बहती हैं और बाहर से बेपरवाही किन्तु भीतर से बहुत ध्यान से सँवारे वह बड़े सुन्दर मालूम होते हैं। बालकटी बहू जब यूरोप यात्रा से पहली बार लौटी, तो सास को बहुत बुरा लगा, लेकिन वह जानती थी कि उनके पति के साथ ही बहू के ऊपर अंकुश रखने का जमाना गुजर गया। बूढ़ी सेठानी अब भी जिन्दा है, लेकिन दूध से निकाली मक्खी की तरह। वह पत्थर से सिर टकराकर अपना माथा फोड़ चुकी हैं। तीसरी पीढ़ी की बात तो अलग, दूसरी पीढ़ी ही उनकी कोई बात मानने के लिए तैयार नहीं है।

किसी फैशन को अन्धाधुन्ध स्वीकार करना खतरे की बात है। यूरोप में बहुत पहले फैशन की दूकानें और बाजार खुल गए थे। वहाँ डॉक्टरों की तरह फैशन-विशेषज्ञ एक-एक व्यक्ति को देखकर उसके रूप-रंग, मोटापन, पतलापन आदि के अनुसार फैशन का नुस्खा लिखते थे। यह बहुत महंगा नुस्खा था, इसमें शक नहीं, जिससे आज कल का सिनेमा का नुस्खा कहीं सस्ता है : देशी-विदेशी सिनेमा-तरिकाओं की वेशभूषा, चलन-मटकन को देखो और आप भी उसका अनुकरण करने लगे। ऐसा अन्धानुकरण सौन्दर्य बढ़ाने का कारण न होकर कितनी हो बार उसको घटाने का काम देता है। लेकिन फैशन में मस्त महिलाओं को इसकी क्या परवाह? हरएक महिला अपने को स्वयं सौन्दर्यपारखी मानती है। आखिर लम्बे शीशे में वह अपने को पूरी तौर से देखते हुए सजाती भी तो है, अगर कोई नुक्स हो तो क्या वह उसे नहीं समझ सकती? 'आप रुचि भोजन पर-रुचि सिंगार' कहनेवाली ने झख मारा

है। आज तो पर-रुचि भोजन हो सकता है, किन्तु सिंगार आप-रुचि ही होना चाहिए।

मेम साहब के लिए यह तो नहीं कहा जा सकता, कि वह फैशन में सिनेमा-तारिकाओं का अनुकरण करती हैं। पर वह तीन बार पेरिस के फैशन-विशेषज्ञों की सलाह ले चुकी हैं और उसका पालन भी करती हैं। फैशन तो एक वर्ष पूरा नहीं चलता, इसलिए दिन-दिन की सलाह तो उन्हें सिनेमा तारिकाएँ ही दे सकती हैं। उनके घने काले कटे हुए लहरदार बाल भारत में भी किसी विशेष के हाथों ही कटते-छँटते हैं।

(2)

मधुपुरी हिमालय की विलासपुरियों की रानी है, इसलिए वहाँ का खर्च भी अधिक होना स्वाभाविक है। लोग आमतौर से उसी समय यहाँ आते हैं, जबकि नीचे मैदान में टेम्परेचर 110^0 से ऊपर पहुँचने लगता है। लेकिन मेम साहब जैसे ही तापमान शरीर के तापमान से ऊपर होने लगता है, मैदान से मधुपुरी की ओर भागती हैं। कभी-कभी तो वह मार्च के अन्त ही में आ पहुँचती हैं। लौटती उस वक्त हैं, जब तापमान नीचे उतरते-उतरते शरीर के तापमान के समीप पहुँचने लगता है—अर्थात वर्ष के सात महीने उनके मधुपुरी से बीतते हैं। उनकी दो लड़कियाँ और एक लड़का यहीं यूरोपियन स्कूल में पढ़ते हैं और चौथा पाँच वर्ष का बच्चा मद्रासी आया की गोद में खेलता है। आया काली-कलूटी भले ही हो, लेकिन वह अंग्रेजी बहुत शुद्ध बोलती है। हाँ, आक्सफोर्ड एक्सेन्ट में नहीं, उसकी शिक्षा छोटे सेठजादे को माँ-बाप द्वारा मिलती है।

इस प्रकार सेठ साहब को छोड़कर मेम साहब का सारा परिवार मधुपुरी में ही रहता। सेठ इन सात महीनो में दो-चार ही बार आते हैं और कभी एक हफ्ते से अधिक नहीं रहते। उन्हें अपने व्यवसाय की बड़ी फिकर रहती है। चीनी मिल हो या कपड़ा मिल, अब दस-बीस सैकड़ा लाभ के व्यवसाय तो नहीं रह गए हैं। कोई भी सेठ इसे पसन्द नहीं करता, फिर हमारे सेठ तो पिता के पुराने ढंग के व्यापार के साथ-साथ आधुनिक व्यापार में भी अप-टु-डेट हैं। हर वक्त बाजार, व्यवसाय और सरकारी नीति की नब्ज देखनी पड़ती है। मैनेजरों और मुनीमों पर विश्वास नहीं किया जा सकता। आम बाजार से चोर बाजार में नफा ज्यादा है, इसलिए अपने कारखाने की कम-से-कम आधी उपज तो जरूर चोर बाजार में जानी चाहिए। फिर चोर बाजारी आमदनी-खर्च को पक्के बही-खाते में डालकर अपना गला फँसाना सेठजी क्यों पसन्द करते? यद्यपि वह जानते हैं कि गला फँसने का मतलब पचास-साठ लाख के मुनाफे में से दो-चार लाख भेंट-पूजा में जाने के सिवा और कुछ नहीं है। लेकिन इतना भी क्यों दिया जाए? इस तरह के मुँहजबानी तथा कच्ची-पक्की बहियों के जंजाल में पड़े हिसाब में से यदि मैनेजर और मुनीम आधा अपने लिए रख लें,

तो सेठ को कैसे पता चलेगा? इसलिए सेठ साहब हर बात को अपनी आँखों के सामने करना चाहते हैं। सेठ उमर के साथ पैसा खर्च करने में कुछ संकोच भी करने लगे हैं, जो मेम साहब को पसन्द नहीं है।

मधुपुरी में प्रथम श्रेणी की कोठियाँ और बँगले बाजार से मीलों दूर हैं। अंग्रेजों को बाजार के पास रहना पसन्द नहीं था, इसलिए उन्होंने अपने बँगले दूर-दूर बनाए। अंग्रेजों की देखा-देखी राजा-महाराजा तालुकदार जमींदार भी मधुपुरी को पसन्द करने लगे, लेकिन उन्हें साहब लोगों के बँगलोंवाले भाग में कोठी बनवाने का शायद ही कभी मौका मिलता था। अब तो अंग्रेजों के चले जाने से इन सुन्दर बँगलों में से कितने ही वर्षों से मनुष्यों के कंठरवर से वंचित हैं, कितनों ही के फर्नीचर उठ गए हैं, फूलों के गमले टूट गए हैं और मरम्मत न करने से छतों को फोड़कर पानी भीतर चूने लगा है। हर साल उनकी लकड़ी या टीन उड़ती जा रही हैं। मजबूत दीवारें अभी रोके हुए हैं, नहीं तो वह कब के धराशायी हो चुके होते। वे सिसक रहे हैं और कुछ ही वर्षों के मेहमान हैं, यह उनके देखने ही से मालूम होता है। अंग्रेजों के क्षेत्र एक जमींदार-महाराजा को भी अपनी कोठी बनाने का अवसर मिल गया। उन्होंने पैसा खर्च करने में कोताही नहीं की। जब गेहूँ रुपये का दस सेर था, उस समय उनकी जमींदारी की आमदनी पच्चीस लाख सालाना थी, पर वह भी उनके लिए अपर्याप्त होती थी। फिर ऐसे शाहखर्च महाराजा के बारे में क्या कहना? महाराजा दूसरे महायुद्ध के शुरू होने के कुछ ही समय बाद परत हो गए। पहिले भी वह गर्मियों में कभी-कभी ही मधुपुरी आते, इसकी जगह वह यूरोप की सैर करना ज्यादा पसन्द करते थे। उन्होंने एक बार यूरोपीय महिला से विवाह भी किया था, जो अनुकूल नहीं बैठा। महाराजा की कोठी 'स्प्रिंग फील्ड' (वसन्त-क्षेत्र) सचमुच ही ऋतुराज के नाम के अनुरूप थी। लड़ाई समाप्ति के एक पहिले ही इस कोठी को मेम साहब ने किराए पर ले लिया, और अब वह हर साल आकर उसी में रहती हैं। महाराजा या उनके उत्तराधिकारियों के लिए यह कोई टोटे का सौदा नहीं है। मधुपुरी में पाँच हजार पर उठनेवाले बँगले का अब दो हजार मिलना भी मुश्किल हो गया है, लेकिन मेम साहब उसका किराया करीब-करीब उसी दर से चुकाती हैं, जिसपर कि उन्होंने लड़ाई के समय उसे लिया था। मकान उनके लिए बहुत बड़ा है। आठ सूट कमरे हैं, डाइनिंग और ड्राइंग रूम नहीं, बल्कि हॉल है। महाराजा के लिए यह अपर्याप्त थे, क्योंकि उनके परिवार और मेहमानों की संख्या अधिक थी। मेम साहब उतने मेहमानों को रखने की हिम्मत नहीं कर सकतीं, तो भी वह मेहमाननवाज हैं और अकेले खान-पान उन्हें पसन्द नहीं है। लेकिन केवल कमरों को भरने के लिए तो वह मेहमानों को नहीं रख सकती। फलतः कुछ कमरे यों ही पड़े रहते हैं। उन्हें सफाई पसन्द है, इसलिए सफाई सबकी हो जाती है। आया के अतिरिक्त उनके निजी पाँच नौकर हैं, मोटर-टायरवाला अपना निजी रिक्शा

है, जिसके लिए छह रिक्शेवाले सात महीने के लिए रख लिए जाते हैं। मधुपुरी में जब देशी राजाओं और बड़े-बड़े तालुकदारों का मजमाँ रहा करता था, उस समय भड़कीली वर्दी पहननेवाले रिक्शा कुलियों की काफी संख्या रहा करती थी, अब तो शायद तीन ही चार वैसे रिक्शा मिलेंगे। मेम साहब के रिक्शावालों की वर्दियों पर नम्बर भी लगे हुए हैं। अफसोस है कि अब उन्हें अपना रिक्शा गौरव दिखलाने का उतना मौका नहीं रह गया

(3)

मेम साहब पिछले साल यूरोप गई थीं। पेरिस से और चीजों के साथ वह सेंट की कुछ सुन्दर और कीमती शीशियाँ ले आई थीं। उस दिन प्यारेलाल सन्स की दूकान में गईं, तो उन्हें अपने सेट के करीब-करीब खतम हो जाने का खयाल आया और उन्होंने पेरिस के उस सेंट की माँग की। प्यारेलाल ने कहा—

—मेम साहब यह सेंट तो पेरिस ही में मिल सकता है। अंग्रेजों के समय हम मँगा लिया करते थे, लेकिन अब सरकार ने रुकावट डाल दी है और खर्च करनेवाले ग्राहक भी नहीं हैं।

—तो क्या यह सेंट मिल ही नहीं सकता—मेम साहब ने कुछ निराश स्वर में कहा—हमारा तो इसके बिना काम नहीं चल सकता। हमें मालूम होता, तो लगाने और बाँटने में इतनी शाहखर्ची न की होती।

—मिल नहीं सकता, यह बात नहीं है। क्या चीज है जो नहीं मिल सकती? लेकिन, दाम का और समय का सवाल अलग है।

—तो मिल सकता है—प्रसन्नता प्रकट करते हुए मेम साहब ने कानों पर कुछ आगे बढ़ आए केशों को चमकते लाल रंग से रंगी हुई लम्बे नाखूनवाली कोमल अँगुलियों से पीछे की ओर हटाकर कहा—आप मँगा दें। जरा जल्दी। दाम की कोई परवाह न करें।

प्यारेलाल सन्स का कारोबार पुराना है। सभी जगहों से उनके सम्बन्ध हैं। उसी दिन उन्होंने बम्बई टेलीफोन किया। मालूम हुआ, गोआ से सेन्ट मँगाया जा सकता है। फ्रांसीसी और पोर्तुगीजी बस्तियाँ जबतक भारत में मौजूद हैं, तबतक किसी माल की रोकथाम का भारतीय कानून ताक पर रखा जा सकता है। बम्बई से आदमी गोआ दौड़ा और सेंट लेकर सीधा मधुपुरी पहुँच गया। हफ्ताभर बाद पेरिस के सबसे महँगे सेंट की दो शीशियाँ प्यारेलाल सन्स की दूकान में मौजूद थीं। मेम साहब प्रायः रोज ही टेलीफोन से पूछा करतीं, जब उन्हें खबर दी गई, कि शीशियाँ आ गई हैं, तो एक मिनट की देर किये बिना वर्दीधारी रिक्शावालों ने उन्हें प्यारेलाल सन्स की दूकान पर पहुँचा दिया। बूढ़े लाला ने अपने हाथ से शीशियों के केस को

उनके सामने रक्खा। जिस केस में वह रक्खी थी, वह स्वयं एक कीमती कला की चीज मालूम होता था। मेम साहब ने शीशी को देखा। ठीक वही सेंट था, उसी तरह के कट-ग्लास की नफीस शीशियाँ थीं। दाम पूछा, तो प्यारेलाल ने एक-एक का ढाई सौ बतलाया। मेम साहब ने 'कोई पर्वाह नहीं' कहकर अपने रिक्शेवालों के हाथ में शीशियों के केस दे दिये।

कोठी लौटते समय उनके मन में बड़ा उत्साह और आनन्द था। पेरिस के सेंट के सामने भला दूसरे देशी और विलायती सेंट क्या कीमत रख सकते थे?

सेंट के बारे ही में वह इतनी शाहखर्च नहीं थी, हर एक चीज में उनका हाथ उसी तरह खुला हुआ था। प्यारेलाल सन्स और दूसरे एक दर्जन व्यापारियों के लिए कल्पवृक्ष यही लोग तो थे। मेम साहब जब दूकान पर पहुँचती, तो महँगी से महँगी चीज और बड़े परिमाण में लेती। उनके ससुर चुपचाप कभी-कभी शराब पी लिया करते थे। वह नहीं चाहते थे, कि बच्चों में वैसी बुरी आदत पड़े। लेकिन उनकी बिरादरी के लोग पिछड़े प्रदेशों में ही नहीं बसते थे। पंजाब में भी वह थे, जो कि आधुनिकता और फैशन के सम्बन्ध में सारे हिन्दुस्तान का कान काटता है। मेम साहब वहाँ की थी, इसलिए वह खान-पान में इतना आगे थीं, जिसका उनकी सात पीढ़ी भी स्वप्न नहीं देख सकती थी। मांस और शराब के बिना तो एक वक्त भी उनका गुजारा नहीं चल सकता था। आधुनिकता उन्हें सिगरेट की तरफ भी खींच ले गई थी। 'पाँच सौ पचपन' सिगरेट उनको प्रिय था और जब कभी जाती तो दो दर्जन टिन रिक्शे पर रखवा लातीं। उनकी अपनी श्रेणी की महिलाएँ अक्सर उनके पास आया करती, जिनका भी स्वागत-सत्कार करना होता था। और शराब? शेरी, व्हिस्की शैम्पेन, शारतू, पोर्न और ब्रान्डी—की सबसे अच्छी बोतलें वह पसन्द करती थी। लेते वक्त बोतल नहीं, बल्कि दो-दो तीन-तीन केस लेती। हरेक केस में एक दर्जन बोतलें होती। व्हिस्की उन्हें बहुत प्रिय थी, जो अट्ठाइस रुपये बोतल भी मिल सकती थी, लेकिन वह सबसे कीमती छप्पन रुपये बोतलवाली व्हिस्की पसन्द करती। एक बार की खरीद में वह उसके दो केस लेती। शैम्पेन वह पैंतीस रुपये बोतलवाली पसन्द करती, फिर जायका बदलने के लिए ब्रान्डी का नम्बर आता जो तीस रुपये बोतल थी। शारतू छब्बीस रुपये बोतल की भी खप जातीं, लेकिन बारह रुपये बोतलवाली शेरी, और आधुनिक मदिराएँ तो उनकी 'पेन्ट्री' में सिर्फ किस्म को बढ़ाने के लिए ही पहुँचती थी। 'स्प्रिंग फील्ड' में सचमुच शराब की नहरें बहा करतीं। लेकिन, यह कहना होगा कि मेम साहब पान में भी बहुत संयम का परिचय देती। मधुपुरी में उनके वर्ग की दूसरी महिलाएँ कितनी ही ऐसी भी थीं, जिनको रात को सोकर उठने के समय ही प्रकृतिस्थ देखा जा सकता था, नहीं तो वह 'छोटी-हाजिरी' से ही पान शुरू कर देती और हर वक्त बुत्त बनी रहती। मेम साहब सूर्यास्त बाद ही शीशे में हाथ लगाती, सिवाय उन विशेष दिनों के, जबकि

पाँच बजे की चाय में किसी विशेष महिला के आतिथ्य के कारण उन्हें पान-गोष्ठी में शामिल होना पड़ता। पीने के बाद भी उन्हें बकवास करने की आदत नहीं थी। आँखों में सुरूर चढ़ जाता, रूज लगे गाल कुछ और लाल हो जाते, तथा हर वक्त फिर-फिर लिपस्टिक फिरते होंठ कुछ ज्यादा चलने लगते। इसके सिवा उनपर और कोई असर नहीं होता था।

(4)

उस दिन मेम साहब प्यारेलाल सन्स के यहाँ पहुँची। उनका छोटा बच्चा भी साथ था। लड़के ने तीन पहिया साइकिल, खिलौने जैसी चीज तीन सौ रुपये की चुनी। मेम साहब को भी लड़के के लिए नौसैनिक एडमिरल की वर्दी पसन्द आई। एक बार में हजार रुपये की चीजें ले लेना उनके लिए बिलकुल मामूली बात थी। बूढ़े प्यारेलाल खुर्राट व्यापारी थे। देख रहे थे, मेस साहब पर सात हजार उधार हो गया है। पहले उधार का कोई रास्ता निकाले बिना वह आगे देना पसन्द नहीं कर सकते थे। जिस वक्त चीजों को उनके नौकर सँभालने में लगे हुए थे, उसी वक्त उन्होंने कोमल किन्तु साथ दृढ़ शब्दों में कहा—

—मेम साहब, आदमी आपके पास भेजा था, रुपया नहीं मिला। आपने देने के लिए कहा था।

—ओ, आई एम सॉरी—मेम साहब ने तुरन्त नाटकीय ढंग से जबान दे दरवाजे की ओर बढ़ते हुए कहा—मैं चेकबुक लाना भूल गई।

अपनी सखी-सहेलियों से मेम साहब ने चेक लाना भूलना ही नहीं, बल्कि दूसरे भी बहुत से हथकंडे सीखे थे। मधुपुरी में कोई जौहरी, जनरल स्टोर, फोटोग्राफी की दूकान नहीं थी, जिसका दो-चार हजार उधार 'स्प्रिंग फील्ड' वाली मेम साहब के ऊपर न हो। हर साल आने पर वह हर एक के पास चार-पाँच सौ भेज देती और आगे के भरोसे पर उनके पास माल आता रहता। साल में दस हजार का माल लेकर मुश्किल से वह चार-पाँच हजार दे पाती। अब उनके ऊपर बीस हजार उधार था। सेठ इसे आसानी से बेबाक कर सकते थे। मेम साहब को बुरा लगता था, कि अब वह हाथ को उतना खुला रखने के लिए तैयार नहीं थे। पिछले तीन-चार वर्षों से अब सेठ को वह उतना अनुरक्त नहीं पा रही थी। यदि उनकी जाति में तलाक का रिवाज होता, या ब्याह सिविल-मैरिज से हुआ होता, तो क्या जाने सेठ ने पत्नी से सम्बन्ध कब का तोड़ लिया होता। शायद तब भी यह सम्भव नहीं होता, क्योंकि अपने चारों बच्चों के साथ सेठ का असाधारण प्रेम था। कुछ दिनों से दोनों का सम्बन्ध बहुत शिथिल हो चुका था। मेम साहब कभी-कभी उसास लेकर कहतीं—जब मेरे मुँह पर वसन्त था, तो यह भँवरे की तरह हर वक्त उड़ा करता था, और अब...।

पति संकोच दिखलाते हुए अब भी अपनी पत्नी के लिए सात महीनों में 30-40 हजार खर्च करता। चार हजार महीना कम नहीं है—यह सोचकर सेठ साहब अपने व्यवहार को बिलकुल उचित समझते, लेकिन मेम साहब का हाथ कैसे मानता। उन्हें तो ऐसे जीवन की आदत लग गई थी, जिसमें पैसे का कोई मूल्य नहीं, आवश्यक या अनावश्यक चीजों की मात्रा का भी कोई सवाल नहीं। जो भी चीज लेतीं, महँगी से महँगी और दर्जन से कम नहीं। चॉकलेट का उतना खर्च नहीं था, आखिर स्कूल के तीनों बच्चे रोज माँ के पास नहीं आते, बस छोटा लड़का और मेहमान। लेकिन तब भी एक बार वह छह दर्जन अर्थात नब्बे रुपये से कम का चॉकलेट लिए बिना नहीं रहती।

बनिये व्यापारी कहा करते हैं, उधार तो व्यापार की शोभा है। मेम साहब उनकी उसी बातपर ही चल रही थी। उनके पति भी अपने मिलों और कारखानों के लिए लाखों रुपये बैंको और महाजनों से उधार लेते और उधार देते भी थे। फिर मेम साहब क्या बुरा कर रही थी? प्यारेलाल जैसे लोग भी तो आँख मूँदकर अपने ग्राहकों को लूट रहे थे। उन्हें भी पचास सैकड़ा नफा लिए बिना संतोष नहीं होता था। जब वह इतनों को लूट रहे थे, तो पचास ग्राहकों एकाध मेम साहब जैसे मिल जाएँ, तो इसमें नाक भी सिकोड़ने की क्या आवश्यकता? फिर वह बिलकुल निराश भी नहीं हो सकते थे, क्योंकि सेठ के अब भी पौ-बारह थे। तो भी कितने ही अब जरूर देख रहे थे, कि मेम साहब से पैसा लौटनेवाला नहीं। मुकदमा चलाने और खर्च बढ़ने का डर था और कुछ चीजें ऐसी थीं, जिनके दाम को ठीक तौर से बही पर चढ़ाया नहीं जा सकता था।

मेम साहब की चोट से प्यारेलाल जैसे धनी सेठ ही घायल नहीं थे, उनकी चोट से बेचारे कितने ही मर भी रहे थे। आखिर हर चीज के लिए लिखा-पढ़ी नहीं की जा सकती। दुनिया चाहे कितनी ही बेईमान हो, तब भी बहुत-सी चीजें विश्वासपर दी जाती हैं। बनारसवाली कीमती साड़ियाँ मेम साहब को बहुत पसन्द थीं। देखने के लिए चार मँगवा लीं, पीछे पाने से इनकार कर दिया, तो कौन सी अदालत उनसे पैसा दिलवा सकती थी? सबसे अफसोस की बात तो यह थी, कि वह गरीब का भी पैसा मारने से आनाकानी नहीं करती। एक बार फेरीवाला आदमी के सिर पर पुस्तकों का ढेर लिवाए आया। मेम साहब ने सौ रुपये से ऊपर की पुस्तकें रखवा लीं और कह दिया दाम के लिए दो हफ्ते बाद आना। इसी बीच वह सीजन खतमकर, मधुपुरी छोड़ गई। बेचारा फेरीवाला मारा गया, वह किसी दूकान से कमीशन पर किताब ले घूम-घूमकर बेच रहा था। यदि उसे अगले साल अपने इस काम को जारी रखना था, तो किताबों का दाम चुकाना आवश्यक था। मेम साहब के मधुपुरी छोड़ते समय बढ़े दूकानदारों के ही नहीं, बल्कि साग-फलवाले, रोटी-मक्खनवाले, दूध देनेवाले और धोबी के भी बहुत से पैसे बाकी रह गए। वह अगले वर्ष की आशा पर ही संतोष करने के लिए मजबूर हुए।

महाप्रभु

"आओ रमेश, तुम तो गूलर के फूल हो गए?" कहते हुए श्याम शर्मा ने अपने मित्र रमेश वर्मा के लिए बँगले के दरवाजे को खोल दिया। मधुपुरी जैसी गर्मियों में शीतल रहनेवाली हिमालय की विलासपुरी में समतल जगह कम ही हो सकती है, और श्याम शर्मा जिस बँगले में रहते थे, वह तो माल रोड पर भी नहीं था, जिसका अर्थ है वहाँ ऊँचाई-निचाई का अधिक होना। रमेश ऊपर की ओर से आ रहे थे। उनके चेहरे से जान पड़ता था, कि कोई अधिक खुशी आज उन्हें मिली है। तरुण-तरुणियों के लिए मधुपुरी में खुशी दुर्लभ नहीं और श्याम के मन में भी आया, कि रमेश अपनी अचिरपरिचिता सुन्दरी का आज और अधिक कृपापात्र बना है। उसके बुलाने पर रमेश भीतर आ गए। श्याम शीशेवाले बरांडे (ग्लाजियेर) में ही कुर्सी वाले बैठे थे। रमेश को भी उन्होंने अपने पास की कुर्सी पर बैठा लिया और हलके मूड में चुटकी लेते हुए बोले—

—आज बहुत खुश मालुम होते हो, रमेश!

—सचमुच, मुझे आज बहुत खुशी है।

—लीला के कृपाकटाक्ष के पात्र हुए क्या?

रमेश के चेहरे में थोड़ा-सा परिवर्तन आया, उन्हें जान पड़ा कोई अयुक्त चर्चा होनेवाली है। वह अभी-अभी ब्रह्मानन्द प्राप्त करके आया था, और यहाँ उसका कालेज का पुराना सहपाठी विषयानन्द की चर्चा छेड़ रंग में भंग कर रहा था। उन्होंने कुछ गम्भीर होकर कहा—

नहीं, तुम्हारा खयाल गलत है। लीला से शिष्टाचार के लिए ही कल्याणी जलप्रपात पर उस दिन परिचय हो गया था।

—हाँ, मुझे भी आश्चर्य हुआ। तुम्हारा भक्तहृदय विषय में आसक्त कैसे हो सकता है, चाहे यह जानता भी हो, कि बीती जवानी फिर लौटती नहीं।

—इन बातों को छोड़ो रमेश, कितने सालों से मैं जिसे ढूँढ़ रहा था, वह अनमोल वस्तु मुझे मिल गई।

—अर्थात तुम ब्रह्मलीन हो गए! बड़ी खुशी की बात है।

—मुझे आश्चर्य होता है श्याम, तुमने एम.ए. तक संस्कृत पढ़ी और हमारे दर्शनों का अच्छा अध्ययन किया।

—हाँ, मैंने वेदान्त को विशेष तौर से पढ़ा और योग को भी। लेकिन उससे क्या?

—मुझे अफसोस होता है, कि मैंने अर्थशास्त्र और राजनीति में मत्थापच्ची करी। अब पछता रहा हूँ कि संस्कृत से क्यों कोरा रहा।

—अब से पढ़ लो। मनुष्य आजीवन विद्यार्थी रह सकता है, और हम-तुम छुट्टियों के खतम होने तक दो महीने और मधुपुरी में रहनेवाले हैं, इस बीच में मैं नियम से तुम्हें संस्कृत पढ़ा दिया करूँगा।

—संस्कृत के बिना काम चलता नहीं दीखता, क्योंकि सभी योग और वेदान्त के ग्रन्थ संस्कृत में हैं।

—योग और वेदान्त जानने के लिए संस्कृत की कोई जरूरत नहीं। कबीरदास ने कहाँ संस्कृत पढ़ी थी? हमारे सन्तों में शायद ही कोई संस्कृत जानता रहा हो।

—वैसे स्वामी रामतीर्थ और विवेकानन्द के ग्रन्थों को पढ़कर मुझे बड़ी शान्ति मिली। योग-वेदान्त पर शायद और भी ग्रन्थ अंग्रेजी में मिल जाएँ?

—योग-वेदान्त के प्राय: सभी ग्रन्थ अंग्रेजी में, और बहुत-से हिन्दी में भी मिलते हैं। लेकिन, तुमको याद रखना चाहिए, कि सिद्ध स्वामी रामतीर्थ को भी अन्त में वेदान्त को मूल संस्कृत में पढ़ने की लालसा हुई, और जो ही एक कारण तरुणाई में ही उनके गंगालाभ करने की हुई। मैं तुम्हें संस्कृत पढ़ाने के लिए तैयार हूँ, और बरस-दिन की पढ़ाई तीन महीने में न पढ़ा दूँ, तो मेरा नाम नहीं। यहाँ शुरू कर दो और यूनिवर्सिटी खुलने पर इलाहाबाद चलेंगे, तो वहाँ भी घंटे भर इसके लिए दिया करना। राम भला करे, तुम्हारे लिए रामतीर्थ की नौबत नहीं आने पाएगी, लेकिन असली बात तो बीच ही में रह गई। ब्रह्मलीन वर्मा जी के इस आनन्द का कारण क्या है?

—मुझे सद्गुरु प्राप्त करने का सौभाग्य प्राप्त हुआ।

श्याम ने बड़े गौर से खिले चेहरे पर नजर गड़ाकर कहा—बधाई, बहुत बधाई। लेकिन कहीं तुम्हारा पैर न उखड़ जाए। भाई, मधुपुरी भी हिमालय में है, जिसकी ही ओर भक्त लोग भागते हैं। पुराने समय मुमुक्षु लोग सातों पुरियों में ही सद्गुरु को ढूँढने जाया करते थे। लेकिन अब वह पुरियाँ फीकी पड़ गईं। मथुरा, उज्जयिनी जैसी पुरियों में तो अब कोई मुमुक्षु जाता भी नहीं। दूसरी पुरियाँ भी अपने महात्माओं ही नहीं पंडों के लिए मशहूर हैं—और मैं तुम्हें यह बतला दूँ, मेरी दृष्टि में महात्माओं से पंडे हजार गुना अधिक लाभदायक हैं।

—यही तो मुझे आश्चर्य होता है, कि अपने शास्त्रों को इतना पढ़ करके भी तुम चिकने घड़े ही रहे।

—और रमेश, यह भी समझो, कि हमारी सात नहीं सत्तर पीढ़ियाँ खानदानी

गुरु रहती आई हैं, अभी भी हमारे बड़े-बड़े सम्मानित शिष्य मना करने पर भी चरण छूकर ही मुझे प्रणाम करते हैं। लेकिन फिर कहीं हम दूसरी ओर बहक न जाएँ, इसलिए आज की प्रसन्नता के कारण को बतलाओ। मैं कह ही चुका हूँ, कि पुराने समय के सिद्ध महात्मा लोग गर्मी में लू से झुलसती सातों पुरियों में लोकानुग्रह के लिए जाया करते थे, और अब उन्हें मधुपुरी जैसी गर्मियों में शीतल रहनेवाली पुरियाँ खींचती हैं। पुरानी पुरियाँ भी राजाओं की राजधानियों और विलासपुरियाँ थीं। योग और भोग में कोई वैर नहीं, और वैर भी हो, तो भी विरोधियों का समागम प्रकृति का नियम है। क्या यह बतलाओगे कि तुम्हारे सद्गुरु का नाम क्या है?

—तुम्हें तो ऐसे महापुरुषों से कोई वास्ता ही नहीं, उनके नाम का कैसे पता होगा? कहने पर भी तुम मजाक उड़ाओगे।

—श्रद्धाहीन जो ठहरा। लेकिन, रमेश, दूसरे की श्रद्धा पर ठोकर लगाना मैं पसन्द नहीं करता, यह तुम जानते हो। श्रद्धाहीन होने पर भी मैं हर तरह की बातों के जानने की इच्छा रखता हूँ। तुम्हारे सद्गुरु के लिए मैं कोई वैसा भाव नहीं प्रकट करूँगा। आजकल मधुपुरी में सेरों लिपस्टिक और पौडर तथा पसेरियों काजल लगानेवाली स्वाभाविक या कृत्रिम सुन्दरियों यदि हजारों की संख्या में चलती-फिरती दिखाई पड़ती हैं, तो यहाँ भगवे कपड़ेवालों की भी कमी नहीं है। लेकिन मैं जानता हूँ हरेक भगवे कपड़े को तुम अपना सद्गुरु नहीं मान सकते। क्या श्री 1008 जगद्गुरु...का कृपापात्र बनने का सौभाग्य तो तुम्हें प्राप्त नहीं हुआ।

रमेश ने कुछ अवज्ञा दिखलाते हुए कहा—नहीं, मुझे धर्म के दूकानदारों से नफरत है।

—मुबारक हो, तो फिर कौन-सी विभूति प्राप्त हुई है?

—शायद तुमने महाप्रभु का नाम सुना होगा।

—ओह, महाप्रभु, धन्य हो तुम जिस पर वह दर गए और मैं बतलाऊँ रमेश, भगवान के अवतारों की संख्या गिनना बिलकुल गलत है। वह स्वार्थी के रहा होगा जिसने अवतारों की संख्या दस या चौबीस तक सीमित कर दी। गीता से बढ़कर कोई पुस्तक धर्म के लिए प्रमाण नहीं हो सकती, और उसमें भगवान ने एक नहीं अनेक जगह बतलाया है, कि जो-जो वैभव-सम्पन्न तेजस्वी व्यक्ति है, वह मेरा अवतार है, उसे मेरे अंश से उत्पन्न समझो। जब-जब जरूरत पड़ती है, तब-तब मैं अवतार लेता हूँ। इसलिए अवतारों की संख्या दो दर्जनों तक निश्चित कर देना केवल कपोल कल्पना है। महाप्रभु सचमुच महान प्रभु हैं, वह भगवान के अवतार हैं।

श्याम ने कुछ ऐसी गम्भीरता से बात करनी शुरू की थी, कि रमेश का भी विश्वास उसके ऊपर हो चला और उसने खुश होकर कहा—

—तो तुम महाप्रभु की आध्यात्मिक शक्ति को मानते हो?

—श्रद्धाहीन होने का रमेश, यह मतलब न समझो कि मैंने हमेशा के लिए

श्रद्धा को तिलांजलि दे दी है। भाई अभी जवानी है, खाने-खेलने का समय। हमारे शास्त्रों ने चौथेपन में योग साधने के लिए कहा है। बस तुम्हारे और हमारे में इतना ही फर्क है, कि तुम समय से पहले उधर जा रहे हो, और मैं धैर्यपूर्वक समय की प्रतीक्षा कर रहा हूँ। महाप्रभु के प्रभु होने में मुझे कोई सन्देह नहीं है।

—लेकिन, ऐसी प्रतीक्षा में तुम कहीं वंचित न रह जाओ, श्याम। आज महाप्रभु की 65वी वर्षगाँठ थी। अनेक नर-नारी महाप्रभु के दर्शन और पूजा के लिए गए थे।

—और तुमने रमेश, 51 रुपये चढ़ाए या नहीं?

—चढ़ाना कोई जरूरी नहीं है, यह तो अपनी-अपनी श्रद्धा की बात है।

श्याम ने अपने पास पड़े हुए अखबार के पन्ने उलटकर उसमें से एक तसवीर दिखलाते हुए कहा—देखो यह महात्मा भी भारत की दिव्य विभूति थे, अफसोस है उन्हें दिवंगत कहना पड़ेगा। किसी से पैसा-रुपया नहीं लेते, यही उनकी ख्याति थी, लेकिन, जिसका अर्थ था सौ-दो-सौ रुपये चढ़ावा लेनेवाले वह नहीं थे। पिछले साल मधुपुरी से जाडों में जब नीचे गए, तो चेले-चाटों ने ही सोना-चाँदी और नकद मिलाकर उनके एक लाख पर हाथ फेर दिया।

—और तुम कहोगे कि उसी के अफसोस में महात्मा को यह लोक छोड़ना पड़ा।

—नहीं, मैं यह नहीं कहने जा रहा हूँ। जानता हूँ कि महाप्रभु के दर्शन के लिए दूर-दूर से भद्रपुरुष और महिलाएँ मधुपुरी दौड़ी आ रही हैं। दिल्ली के आई.सी.एस. भद्रपुरुषों की महिलाएँ तक चाँदनी चौक में माला गुथवाकर अपनी मोटर में दौड़ी मधुपुरी आज पहुँची होंगी, इसमें सन्देह नहीं। यह तो साधारण आदमी भी समझ सकता है कि महाप्रभु में कोई दिव्य चमत्कार है, नहीं तो इतने सुशिक्षित और सुसंस्कृत नरनारियों ने कोई भाँग थोड़े ही पी रक्खी है।

रमेश को मालूम होने लगा कि श्याम के भावों में परिवर्तन हुआ है। आखिर इधर काफी समय से दोनों के दो रास्ते होने के कारण जब-तब नमस्ते भर करने का ही नाता रह गया था। उसने महाप्रभु की जयन्ती के बारे में सविस्तार बतलाया और इसके लिए अफसोस प्रकट किया कि श्याम को वहाँ जाने का सौभाग्य नहीं प्राप्त हुआ। महाप्रभु के दर्शन करने जो पिछले सात-आठ दिन गया था, उसमें राम उनकी जीवन-लीला की कुछ बातें सुन चुका था, जिन्हें यहाँ दोहराना वह आवश्यक समझता था, ताकि श्याम के ऊपर कुछ और प्रभाव पड़े।

श्याम ने सब सुनकर कहा—लेकिन रमेश, तुमने केवल रामायण का उत्तर-कांड हो सुना है, और जबतक सातों कांड न सुने जाएँ, तबतक प्रभुचरित्र के मूल्य को अच्छी तरह नहीं समझा जा सकता।

रमेश ने उत्साहपूर्वक पूछा—तो तुम्हें महाप्रभु के बारे में मुझसे बहुत अधिक मालूम है। तो बतलाओ ना?

—हाँ, मुझे बालकांड से लेकर उत्तरकांड तक सारा प्रभुचरित्र ज्ञात है। लेकिन,

उसे आज नहीं कहा जा सकता, फिर किसी दिन।

—तो बालकांड ही सही।

—इतनी आतुरता नहीं करनी चाहिए, मैं महाप्रभुचरित्र को बालकांड से अन्त तक सुनाऊँगा, लेकिन आज नहीं। आज तो यह देखो मोलू चाय लेकर आया, दो-दो बिसकुट और चाय पीकर आज हम छुट्टी ले लें।

(2)

रमेश जानते थे, कि शाम 4 बजे बाद अपने बँगले में नहीं मिल सकते, और उन्हें प्रभुचरित्र सुनने की वही उत्सुकता थी। वह अगले दिन सबेरे ही चाय पीकर श्याम के बँगले पर पहुँच गए। उन्हें अफसोस हो रहा था, कि क्यों नहीं मैंने भी इसी बँगले में अपने रहने के लिए कमरे ले लिए। श्याम से वह संस्कृत भी पढ़नेवाले थे और प्रभुचरित सुनने के लिए भी उत्सुक थे। उनके कुर्सी पर बैठते ही श्याम ने कहा :

—तो फिर संस्कृत का पाठ चले या महाप्रभु-चरित।

—दोनों ही, लेकिन प्रभुचरित पहले हो तो अच्छा।

श्याम ने गम्भीर मुखमुद्रा धारण करते हुए अपने हैट को एक कुर्सी पर रख दिया और तुलसीकृत रामायण की कथा करनेवालों के लहजे में "कथा अरम्भित होत है..." आदि वाक्यों को भी दोहराया। रमेश को कुछ अचरज करते हुए देखकर श्याम ने कहा—जहाँ-जहाँ रामचर्चा होती है, वहाँ-वहाँ उसे सुनने के लिए हनुमान जी पहुँचते हैं। हमारे गाँव में लोग अपने साफे या चद्दर को गोल बनाकर हनुमान जी के लिए आसन देते थे, अब हमारे-तुम्हारे जैसे हैटकोटधारियों के पास वह है ही नहीं, इसलिए हैट को ही मैंने हनुमानजी के आसन के लिए रख दिया। लेकिन, एक बात कह दूँ, रमेश, प्रभुचरित तो "हरिकथा अनन्ता" है, इसलिए मुख्य चरित्र पर पहुँचने में कितना समय लगेगा यह मैं नहीं कह सकता। उसके समझने के लिए मैं पहिले क्षेपक या शाखा-कथाएँ आरम्भ करता हूँ।

भारत की सभी जगहों से काशी (बनारस) नजदीक नहीं है, इसलिए सभी ब्राह्मण-पुत्रों को उससे लाभ उठाने का अवसर नहीं मिलता, तो भी हरेक प्रदेश में छोटी-बड़ी काशियाँ मौजूद हैं, जहाँ निर्धन ब्राह्मण-पुत्र क्षेत्र में रोटी खा किसी पाठशाला में मुफ्त संस्कृत पढ़ सकते हैं। जानते हो, अंग्रेजी अर्थकरी विद्या है, लेकिन उसके लिए फीस, किताबें और शहर में खाने का इन्तजाम करना धनिकों के ही बूते की बात है। दूसरी जातवाले तो गरीब होने पर पढ़ने का नाम नहीं ले सकते, लेकिन पूर्वजों की कमाई समझ, हमारे ब्राह्मण-पुत्रों के लिए कम-से-कम संस्कृत पढ़ लेना कोई कठिन बात नहीं है। टीकाराम ऐसा ही 11-12 वर्ष का एक गरीब ब्राह्मण पुत्र था। घर में वैसे भी भरपेट खाना उसे उसी दिन मिलता,

जब किसी यजमान के यहाँ भोज होता। टीकाराम का परिवार था तो ब्राह्मणों का, लेकिन सात पीढ़ी से उसका सरस्वती के साथ छत्तीस का ही सम्बन्ध था। पर, घर का खानदानी पुरोहित चाहे, अपढ़ हो या सुपढ़, यजमान तो उसे नहीं छोड़ सकते? टीकाराम के दुर्भाग्य से यजमानों की जितनी संख्या थी, उतनी ही पुरोहितों की और यजमान बहुत धनी भी नहीं थे। जिस वक्त टीकाराम अपने प्रदेश की छोटी काशी शिवपुर में पहुँचा, तो उसके बदन पर का कुर्ता और धोती बहुत मैले और पैबन्द लगे थे। रँग और शकल-सूरत में वह अच्छा था, लेकिन मांस के बिना केवल हड्डी क्या खूबसूरती प्रकट करती है? उसका दूर का कोई रिश्तेदार कई सालों से शिवपुर में पढ़ता था। उसी का नाम पूछते-पूछते वह एक दिन शिवपुर में उसके डेरे पर पहुँच गया। रिश्तेदार विद्यार्थी को उसी दिन पता लगा था, कि उसके क्षेत्र में एक विद्यार्थी की जगह खाली इसे टीकाराम का सौभाग्य समझिए, जो आते ही क्षेत्र में रोटी का प्रबन्ध हो गया।

टीकाराम को लघुकौमुदी भी मिल गई, जिसे पुराने ढंग से पढ़ना थी, अर्थात पहले एक-दो वर्ष अर्थ के बारे में कोई भी चिन्ता न करते पुस्तक को रटते जाना था। कुछ विद्यार्थी अमरकोष भी घोख रहे थे, लेकिन टीकाराम ने लघुकौमुदी को अपने लिए काफी समझा। अक्षर का परिचय गाँव में हुआ था। गाँव के प्राइमरी स्कूल में वह सालभर से अधिक नहीं पढ़ सका था और जो पढ़ा भी था उसे भी दो-तीन वर्ष की चरवाही में भूल-सा गया था। रिश्तेदार विद्यार्थी की सहायता से अक्षर उसे फिर याद आ गए, लेकिन लघुकौमुदी पढ़ने लायक वह दो महीने पहले नहीं हो सका। उसे मंगलाचरण का श्लोक पढ़ा दिया गया और फिर हफ्तों बाद अ इ उण्...टीकाराम को कोई जल्दी नहीं थी।

तीन चार महीने बीतते-बीतते उसकी हड्डी मांस से ढँक गई, चर्बी भी कुछ बढ़ गई। क्षेत्र में दोनों वक्त फुलके और दाल पेटभर मिल जाया करते, और कभी-कभी ब्रह्मभोज में भी जाने का मौका मिलता। भोज अगर साधारण भी होता, तो भी हलवा-पूरी तो जरूर होती, नहीं तो खीर, मालपुआ, लड्डू और दूसरी मिठाइयाँ भी होतीं। अब वर्षों से शहर में रहनेवाले विद्यार्थी दोस्त भी मिल गए थे, जिनकी सहायता से शहर उसके लिए अपरिचित नहीं रह गया। आगे तो ढूँढ-ढूँढकर परिचय प्राप्त करने को उसने अपनी दिनचर्या बना ली। छह महीने बीतते-बीतते उसका रिश्तेदार विद्यार्थी जब आगे की पढ़ाई के लिए काशी चला गया, तो टीकाराम ने बड़े सन्तोष की साँस ली, क्योंकि वह टीका को पढ़ने के लिए तंग किया करता था। छह महीने में टीकाराम पँच सन्धि तक पहुँचा था, लेकिन उसका यह मतलब नहीं कि लघुकौमुदी के तीन-चार पृष्ठ उसे कंठस्थ हो गए थे। अब उसने लघुकौमुदी को ताक पर रख दिया था, और कभी-कभी उधर हाथ भर जोड़ लेता। उसका परिचय भले-बुरे सभी आदमियों से काफी हो गया था, इसलिए उसके पास दरअसल समय

भी नहीं था। बरस बीतते-बीतते उसे क्षेत्र की भी उतनी परवाह नहीं रह गई। महीने में 15-20 दिन तो जरूर भोज का निमंत्रण उसे मिलता। भोज खाने के दिन पहले ही भंग छनती और भूख बढ़ाकर अपने साथियों की तरह टीकाराम भी ललाट में भस्म का त्रिपुंड लगा सफेद कुर्ता-धोती पहने भोज में पहुँचता। जिस दिन भोज हो, उस दिन जरा भी समय निकालना टीकाराम के लिए सचमुच असम्भव था।

रमेश ने बीच में टोककर कहा—तो इसका अर्थ है, टीकाराम विद्या से कोरा रह गया।

—यदि विद्या से मतलब तुम्हारा किताबी ज्ञान है, तो वह जरूर कोरा रह गया, लेकिन मैं केवल किताबी ज्ञान को ही विद्या नहीं समझता। एक समय था, जब हमारे ऋषि-मुनि किताब का नाम नहीं जानते और गुरु-मुख से विद्या को सुनते हुए विद्वान बनते थे।

—तो तुम्हारा मतलब है, टीकाराम सुनकर विद्वान बनने लगा।

—कुछ-कुछ ऐसा ही, लेकिन तुम्हें यह भी मालूम होना चाहिए, कि विद्याएँ भी कई तरह की हैं। टीकाराम ने सबसे बड़ी जिस विद्या को सीखने की ओर ध्यान दिया, वह था एक शहरी संस्कृत तरुण की रहन-सहन, बोलचाल को अपनाना। वैसे टीकाराम को बुद्धि देते समय ब्रह्म ने कुछ कंजूसी जरूर की थी, लेकिन उसमें व्यावहारिक बुद्धि की कमी नहीं थी। शिवपुर में दो साल रहते-रहते तो अब वह चलता-पुर्जा हो गया था। यदि किताब से नहीं पढ़ता, तो लोगों से सुनकर और उन्हें देखकर वह बहुत कुछ सीख रहा था।

टीकाराम की यही दिनचर्या छह-सात वर्ष तक चली। वह 18 वर्ष का तरुण हो गया। लघुकौमुदी अभी भी उसी तरह ताक पर विराज रही थी। उसने पंच सन्धि से आगे बढ़ने की कोशिश नहीं की, यह उसकी पुस्तक को उठाकर भी आप देख सकते थे। जहाँ पुस्तक के शुष्क के चार-पाँच पन्ने हाथ के बहुत लगने से टूटे और गन्दे हो गए थे, वहाँ बाकी पन्ने अभी नये जैसे मालूम होते थे। शिवपुर के रहने में एक फायदा टीकाराम को यह जरूर हुआ, कि वह हिन्दी की कोई-कोई कहानियों की किताब भी कभी-कभी पढ़ने लगा। चाहे बुद्धि बहुत तीव्र न हो, तो भी मैं यह कहूँगा, कि यदि टीकाराम थोड़ा मेहनत करने के लिए तैयार होता, तो विद्या के बारे में इतना कोरा नहीं रहता। आगे उसे आर्यसमाज और सनातन धर्मों के लेक्चरों में जाने का भी चसका लग गया। शिवपुर में भिन्न-भिन्न धर्म के लोगों के शास्त्रार्थ हुआ करते थे, जिनमें टीकाराम का उपस्थित होना अनिवार्य था। इस प्रकार कहा जा सकता है, कि संस्कृत की शिक्षा से वंचित तथा दूसरी विद्या का भी पुस्तकी ज्ञान न होने पर भी टीकाराम का ज्ञानक्षेत्र बहुत संकुचित नहीं रहा। जब कोई साथी पढ़ने की ढिलाई के लिए उसका मजाक करता, तो वह कहता—भाई, मैंने ऋषियों के मार्ग का अवलम्बन कर केवल कान को ज्ञान का साधन माना है।

टीकाराम का समय इसी तरह बीतता गया। लड़कपन खतम हुआ और तरुणाई आ गई। उसे खाने कपड़े की चिन्ता नहीं थी, साथ ही कभी उसका हाथ खाली नहीं रहता। भोजन में दक्षिणा मिलती, कभी किसी नागरिक के घर जप-पूजा करता, उससे भी कुछ मिल जाता। पैसों को खर्च करने में वह उदारता नहीं रखता था, और इस प्रकार उसके पास पैसे जमा होते ही गए, जो बूँद-बूँद करके अब कुछ सौ रुपयों तक पहुँच गए।

श्याम ने टीकाराम के विद्यार्थी जीवन की बातें रमेश को बतलाईं, और उस दिन बातचीत यहीं तक रही।

(3)

दो दिन बाद फिर रमेश के आने पर श्याम ने टीकाराम के चरित्र को समाप्त कर देने का निश्चय करते हुए बतलाया—टीकाराम 25 वर्ष के हो गए। अब उनको सभी पंडित टीकाराम कहते थे। शहर के बहुत से परिवारों में उनका परिचय था। उनके घरों की स्त्रियाँ तो टीकाराम को बहुत भारी पंडित समझती थीं। संस्कृत के श्लोकों को वह बड़े मधुर स्वर से पढ़ते, अर्थ करने के लिए कठिनाई नहीं थी, क्योंकि कितनी ही पुस्तक भाषा-टीका के साथ छपी मिलती थी। टीकाराम चाहते, तो इसी तरह अपने जीवन को बिता सकते थे। उन्हें खाने कपड़े की दिक्कत नहीं होती, पैसे भी ओर आ जाते, लेकिन 25 वर्ष के होने के बाद अब उनका दिल मसोसने लगा : "मैंने कुछ नहीं पढ़ा। कितने दिनों तक इस तरह रोटी तोड़ता रहूँगा।" वह मनस्वी तरुण थे, छोटी सफलताओं से सन्तुष्ट होनेवाले नहीं थे। देखा था, उनकी आँखों के सामने कितने ही शास्त्री और आचार्य हो गए, कोई-कोई तो उसके साथ एम.ए., एम.ओ. एल. होकर किसी कालेज में प्रोफेसर भी हो गए, और उनका बहुत सम्मान था। वेतन भी अच्छा था और उसके बढ़ने की सम्भावना थी। टीकाराम के लिए अब वह सम्भव नहीं था, लेकिन उनकी व्यवहार-बुद्धि का लोहा सभी मानते थे। वह बहुत चलते-पुर्जे थे, यद्यपि बुरे अर्थों में नहीं। उनकी भी अपने ऊपर विश्वास था। वह समझते थे, कि सरस्वती भी लक्ष्मी के यहाँ पानी भरती है। यदि किसी तरह लक्ष्मी की साधना की जा सके, तो मैं अपनी कमी को पूरा कर सकता हूँ।

टीकाराम को लटके बहुत आते थे। उनकी बातों को लोग मुग्ध होकर सुनते थे। उन्होंने शिवपुर की सड़कों पर जब-तब दवाई बेचनेवाले को देखा था, जिसके लटकों और बोलने के ढंग से मुग्ध होकर पचीस पचास आदमी जमा हो जाते और वहीं वह अपनी दवाइयों की प्रशंसा में बोलने लगता—आँख की अक्सीर दवा, यदि फायदा न हो तो एक महीने तक जब चाहे तब अपना पैसा लौटा लें। भीड़ में से एक-दो सिखाए हुए आदमी कह उठते, हाँ, हमें आपकी दवा से फायदा हुआ है,

दो शीशी और दीजिए। कितनों ही को आँखों में वह अपनी दवाइयाँ भी लगाता, घंटे-दो घंटे में दो-चार रुपये की दवाई बेच लेना मामूली बात थी। टीकाराम ऐसे फेरीवाले दवाफरोशों को अक्सर देख चुके थे, और उन्हें विश्वास था, कि मैं इस काम में उनसे कम सफल नहीं रहूँगा। लेकिन, फिर उन्हें खयाल आता, "इनकी इज्जत ही क्या है और पैसा भी तो बहुत कम मिलता है।" तब उनका ध्यान ऐसे दवा बेचनेवालों की ओर गया, जिन्होंने उसके शिवपुर में आने के थोड़े ही समय पहले काम शुरू किया था और अब लाखों के मालिक थे। टीकाराम ने यह भी देखा कि ऐसे लखपति दवाफरोश बनने के लिए किसी वैद्यकशास्त्र के पढ़ने की आवश्यकता नहीं। खाक-धूल भी अगर शीशी में भरकर लाखों की संख्या में बेची जाए, तो सौ-पचास की बीमारी तो स्वभावतः ही अच्छी हो जाती है, जिनके लिए यह पेटेंट दवा रामबाण कही जाने लगेगी। लेकिन, टीकाराम को खाक-धूल शीशी में भरकर बेचने की जरूरत नहीं थी। अपने मिलनेवाले साधुओं से एकाध अच्छी दवाइयाँ उन्हें मालूम हो गई थीं, जिनको वह कभी-कभी अपनी यजमान महिलाओं को बतलाया भी करते थे। लेकिन दवा बेचनेवाली कम्पनी कायम करना आसान नहीं था। उसमें पहले विज्ञापन में बहुत पैसा लगता, यदि उन्होंने बीस वर्ष पहले यह काम शुरू किया होता, तो सम्भव है, इतना महँगा न पड़ता। अब बहुत-सी धाराएँ और सिन्धु से निकल आई थीं, जिनके मुकाबिले में आगे बढ़ना बहुत पैसे के बल पर ही हो सकता था। टीकाराम को अन्त में अपना यह सुझाव पसन्द नहीं आया।

फिर जल्दी धनी होने का रास्ता क्या है, यह सोचते हुए उनका ध्यान किसी जगत्‌गुरु या महन्त का चेला बन जाने की ओर गया। लेकिन, जगत—गुरु बनना सम्भव नहीं था, क्योंकि उनके पास विद्या नहीं थी, विद्या होती भी तो भी जगत्‌गुरुओं के बीसों चेले होते हैं, न जाने किसका पासा पड़ता, टीकाराम जिन्दगी के साथ जूआ खेलने के लिए तैयार नहीं थे। वैसे शकल-सूरत से टीकाराम सचमुच महन्त होने लायक थे। शिवपुर में भी धनी मठों की कमी नहीं थी, और सभी मठों के उत्तराधिकारी बहुत पढ़े-लिखे नहीं थे, लेकिन महन्त बनने के लिए भी किसी महन्त का भाई-भतीजा-भांजा होना चाहिए, या किसी और तरह से घनिष्ठता प्राप्त करने का अवसर मिलना चाहिए। टीकाराम ने कुछ साल पहले इसके लिए कोशिश की होती, तो शायद इसमें सफलता भी होती। लेकिन अब वह उतना आसान काम नहीं था।

महताई और जगत्‌गुरु की गद्दी का खयाल करते-करते उनका ध्यान एक दूसरी ओर चला गया, और उनकी आँखें चमक उठीं। उन्होंने चुटकी बजाते हुए कहा—"हाँ, यह काम है मेरे करने का। मैं क्यों किसी का चेला और कृपापात्र बनता फिरूँ। हमारे देश में श्रद्धा रखनेवालों की कमी नहीं। श्रद्धा गली-गली फिर रही है। अधिकतर लोग श्रद्धाप्रधान हैं। उसी श्रद्धा को रास्ते लगाने की आवश्यकता है। मैं इसे कर सकता हूँ। उतने खर्च की भी आवश्यता नहीं। मैं गुरु बन सकता

हूँ, सिद्ध बन सकता हूँ। रंग-मंच पर अभिनेता दो-तीन घंटे अभिनय करता है, सिद्ध और महात्मा बनने के लिए प्रायः चौबीसों घंटे अभिनय करना पड़ता है, यह कठिन जरूर है, लेकिन मेरे लिए असाध्य नहीं है"।

टीकाराम बोलने-चालने में बहुत कुशल थे, और भाषा टीका के साथ नमक-मिर्च लगाकर बड़े आकर्षक ढंग से कथाएँ कह सकते थे। यह संयोग ही समझिए, कि वह आर्यसमाज या सनातनधर्म के उपदेशक नहीं हुए, नहीं तो उनके पास वाणी और ज्ञान की इतनी पूँजी थी, कि वह सफल उपदेशक नहीं, बल्कि महामहोपदेशक बन जाते। शायद अभी भी यह अवसर सदा के लिए हाथ से नहीं गया था, लेकिन जब उन्हें सिद्ध और महात्मा बनने का खयाल आया, तो उन्हें वह सब तुच्छ जान पड़ने लगा।

(4)

हरिद्वार में गंगा की नहर के किनारे-किनारे गोरवर्णं भव्य रूपवाले एक तरुण भगवाधारी संन्यासी जा रहे थे। उनके साथ के तीन आदमियों में एक के पास सुनहले कामवाला रेशम का बड़ा छत्ता था, दूसरे के पास कालीन की एक सुन्दर आसनी, और तीसरे के पास गंगा-जमुनी मुट्ठी का चँवर था। सन्ध्या के 5-6 बजे थे, जबकि यह मंडली जाकर एक साफ-सुथरे स्थान पर ठहर गई। आसनवाले ने आसन बिछा दिया। महात्मा उस पर पद्मासन मारकर बैठ गए। छत्रवाले ने छत्र धारण कर लिया और दूसरा आदमी खड़ा होकर चँवर डुलाने लगा। तीन-चार भगत भी आकर बैठ गए। थोड़ी देर में और भी दस-पन्द्रह पुरुष और महिलाएँ आ गईं। स्थान इतना साफ-सुथरा था, कि किसी के कपड़े मैले होने का डर नहीं था। पहले ही से धर्म-चर्चा छिड़ गई थी, जिससे कोई अपने कोई अपने को वंचित नहीं रखना चाहता था। संन्यासी का चेहरा जैसा भव्य दीप्तिमान था, उसी तरह उनके मुँह से अमृत की वर्षा हो रही थी। उनके स्वर में जितनी नम्रता थी, उससे भी अधिक मधुरता थी। पहले-पहल महापुरुष को यहाँ देखकर जिज्ञासा होना स्वाभाविक था, खासकर जब उनकी वाणी की मिठास हर आदमी को आत्मीय बना रही थी। किसी ने पूछा :

—महाराज, आपका दर्शन पहले-पहल करने का सौभाग्य प्राप्त हुआ। क्षमा करें यह पूछने के लिए, कि आप कहाँ से पधारे?

—इस शरीर के बारे में क्या पूछते हो प्यारे। यह शरीर तो यों ही चलता-फिरता रहता है। नाम रूप की माया है। उसमें क्या रखा है।

जिज्ञासु को अपना प्रश्न अयुक्त जाँचने लगा और वहाँ बैठे हुए दूसरे श्रोता भी उसे अमृत-वर्षा में विघ्न समझने लगे थे। एक महीना तक महात्मा ने हरिद्वार में रहते इसी तरह अमृतवर्षा जारी रखी। उनको बराबर गंगा की नहर के किनारे

जाने की आवश्यकता नहीं थी। कभी वह गंगा के किसी तरफ या किसी बगीचे में चले जाते। आठ-दस दिनों से ही हरिद्वार में आए श्रद्धालुओं के पास महापुरुष की ख्याति पहुँच गई, वह हर जगह उन्हें घेरे रहते। कम्खाब के छत्र, रुपहले-सुनहले चँवर, और कीमती आसनी के साथ-साथ कभी बारीक सूती और कभी रेशमी भगवा कपड़े को देखकर किसी-किसी को इसमें विलासिता मालूम होती, लेकिन महात्मा को मालूम था, कि ऐसे अ-श्रद्धालुओं से क्या होने जानेवाला है? श्रद्धालु तो यही समझते थे कि सन्त और सिद्ध 'अनेक रूप-रुपाय' हैं।

संन्यासी इसी तरह देश के भिन्न-भिन्न भागों में विचरते रहे। उनके तीन अनुचर छत्र-चामर-आसन लिये तथा एक रसोइया बराबर उनके साथ रहते। आरम्भ में हरेक काम में कुछ पूँजी की आवश्यकता होती है, और उतनी पूँजी पास में थी ही। जब भक्तों के हृदय को जीता जा सके, तो पैसों की क्या कमी हो सकती है? अखंड अभिनय इसी तरह जारी रहा और कुछ वर्षों में महात्मा के आसपास स्त्री-पुरुषों की एक अच्छी-खासी शिष्यमंडली जमा हो गई। वह शुद्ध सत्संगवाले महात्मा थे, अर्थात मंत्र-तंत्र या दवा-दारू नहीं करते थे। वह किसी का भाग्य नहीं देखते थे, यद्यपि कितने ही समय वह ऐसी बात बोल देते, जिससे उनके शिष्य विश्वास करने लगे थे, कि वह अन्तर्ज्ञानी और अगमजानी है।

महात्मा भक्ति नहीं ज्ञान पक्ष के माननेवाले ब्रह्मज्ञानी थे। निश्चलदास के वचनों में ही नहीं बल्कि अपने शिष्यों के विश्वास के अनुसार भी 'ब्रह्मरूप है ब्रह्मवित्, ताकि वाणी वेद' वाली बात थी। यह कहने की आवश्यकता नहीं, कि महात्मा ब्रह्मनाथ—जो अब महाप्रभु के नाम से प्रसिद्ध थे—निश्चलदास के 'विचारसागर' और कालीकमलीवाले 'अनुभव प्रकाश' जैसे ग्रन्थों को देख-देखकर वेदान्त में निष्णात हो गए थे। उनके शिष्य हमेशा उन्हें या तो आसनमारे आँख मूँदकर ब्रह्मलीन देखते या भक्तों को उपदेश करते। उनकी वाणी में, महापुरुष की वाणी का जादू था। जादू था उनका असाधारण मधुर स्वर तथा बात करने का ढंग। शिष्यगण समझते, कि वाणी से ब्रह्म फूट निकल रहा है। यद्यपि अपने बारे में कहने पर वह 'इस शरीर का क्या है' कहकर टाल देते, लेकिन अपने भक्तों के परिवार के एक-एक व्यक्ति का नाम उनको याद था। लोगों को आश्चर्य होता, जब कितने ही समय बाद मिलने पर भी महाप्रभु घर भर के आदमियों का नाम लेकर पूछते। इतनी तीव्र स्मरणशक्ति होने पर निश्चय था, कि यदि महाप्रभु थोड़ी मेहनत करने के लिए तैयार होते, तो उन्हें लघुकौमुदी पंचसन्धि तक रुक जाने की आवश्यकता न होती।

महाप्रभु अब अधिकतर दो-तीन शहरों में ही रहा करते, जहाँ पर उनके श्रद्धालु बराबर उनके मुखारबिन्द से अमृतपान किया करते। बहुत से सत्संगी उनको घेरे रहते और वह भी उनको कृतार्थ करने में कोई कसर नहीं रखते।

(5)

रमेश को अब श्याम की बातों से मालूम ही हो गया था, कि गाँव का 11-12 वर्ष का ब्राह्मण-पुत्र, जो फटे चीथड़ों में शिवपुर आया था, वही यह उसके महाप्रभु हैं। जो बातें उनके बारे में उसे श्याम ने बतलाईं, उससे रमेश की श्रद्धा में कोई कमी नहीं हुई। वस्तुतः श्रद्धा ऐसा अभेद कवच है, जिस में तर्क या बुद्धि के बाण घुस नहीं सकते। वह अब श्याम के पास संस्कृत पढ़ने लगा था, इसलिए सारे प्रभुचरित को सुन लेने में भी कोई उजुर नहीं था। श्याम ने अन्तिम कांड को इस प्रकार कहकर समाप्त किया।

महाप्रभु की शिष्यमंडली में पुरुष भी थे, स्त्रियाँ भी थीं, वृद्ध-वृद्धाएँ भी थीं, तरुण-तरुणियाँ भी। एकमेवाददितीय ब्रह्म का उपदेश देते गदगद होकर वह कहते—"मैं और मेरा, तू और तेरा यही अज्ञान है। ब्रह्म न पुरुष है न स्त्री, वह तो एक है। कर्म-धर्म यह सारी माया है, जो ब्रह्म हो ही नहीं सकती। वह तो निर्लेप है।" एक-एक अक्षर को तोल-तोलकर अर्धनिमीलित नेत्रों की मुद्रा के साथ जब महाप्रभु कहते तो श्रोतृमंडली ब्रह्म में मुग्ध हो जाती। इसी श्रोतृमंडली में करमा नाम की एक तरुणी—तरुणी नहीं बल्कि कुछ-कुछ प्रौढ़ा थी। वह अपने धनी परिवार के साथ महाप्रमु की शिष्यमंडली में सम्मिलित हुई थी। वर्षों से उनका उपदेश सुनती आई थी। उसके हृदय में अपार श्रद्धा थी। धीरे-धीरे महापुरुष का बर्ताव करमा की ओर अधिक मधुर हो चला, जिसे उसने भगवान, की असाधारण दया समझा। लेकिन स्त्री-पुरुष का घनिष्ठ सम्पर्क चाहे वह ब्रह्मज्ञान के क्षेत्र में हो या किसी और क्षेत्र में, वह उनके स्वाभाविक सम्बन्ध में परिणत हुए बिना नहीं रहता। यदि करमा को इसका पता होता, तो शायद उसने महापुरुष को इतनी घनिष्ठता स्थापित करने नहीं दिया होता। लेकिन वह भी तो एक स्वाभाविक स्त्री थी। महाप्रभु जानते थे, कि उनकी श्रद्धालु शिष्यमंडली ने उन्हें सचमुच भगवान मान लिया है, और भगवान के बारे में वह अपनी चिरपोषित श्रद्धा को तोड़ नहीं सकते। लेकिन उन्होंने यह अच्छा नहीं समझा कि करमा के साथ गुप्त सम्बन्ध रक्खे। करमा भी इसके लिए तैयार नहीं थी। महाप्रभु के सामने ऐसे अनेक उदाहरण थे, जहाँ सिद्धों, सन्तों और देवगुरुओं ने शक्ति को अपनाया था। एक दिन करमा उसी तरह महाप्रभु की शक्ति बन गई! शिष्यमंडली की श्रद्धा और भी जगी, जब महाप्रभु ने किसी पौराणिक आख्यान को कह अपने और करमा के युग-युग के सम्बन्ध को बतलाया। अब से शिष्यमंडली की दृष्टि करमा भी पूजनीया भगवती बन गई। 'उसके भी चरण छुए जाने लगे, उसे भी अंग्रेजीवाले बड़े-बड़े अफसर और उनकी स्त्रियाँ 'हर हॉलिनेस' कहने लगीं। लेकिन हर हॉलिनेस होकर भी करमा की दृष्टि में महाप्रभु अब पहले जैसे नहीं रह गए। मायामय संसार में एक का दो और दो का चार होता ही रहता है। महाप्रभु

और उनकी शक्ति को गणेश और कार्तिकेय की तरह दो पुत्र प्राप्त हुए। महाप्रभु ने स्वयं उनको हृदयप्रिय कहना शुरू किया और दोनों उसी नाम से पुकारे जाने लगे।

महाप्रभु भक्त सारे हिन्दी-भाषी भारत के बड़े-बड़े शहरों में हैं—पुराने विचारवाले लोग कम ओर नवशिक्षित बाबू तथा सेठ लोग अधिक हैं। अब उनका काम तीन अनुचरों से नहीं चलता। उनके साथ दर्जनों आदमी रहते हैं। अपनी मोटर है, खूब अंग्रेजी जाननेवाला प्राइवेट सेक्रेटरी है और अखबारों में दिये बिना उनका विज्ञापन बड़े जोर-शोर से होता है।

श्याम ने हाल की निम्न घटना सुनाते हुए अपनी कथा को समाप्त किया।

जयन्ती में परिचित या अपरिचित हरेक विशेष व्यक्ति के पास मधुपुरी में छपा निमंत्रणपत्र भेज देना महाप्रभु के प्राइवेट सेक्रेटरी का काम है। भक्तों के साथ किसी अपरिचित भद्रपुरुष का भी वहाँ पहुँच जाना स्वाभाविक है। ऐसे ही प्रादेशिक राजधानी के एक कालेज के प्रिंसिपल भी पहुँच गए। शिष्टाचार दिखलाने पर महाप्रभु ने समझा कि यह भी हमारे भक्त हो गए हैं। कुछ समय बाद प्रिंसिपल साहब के पास प्राइवेट सेक्रेटरी का एक पत्र पहुँचा—महाप्रभु आप पर अपार करुणा करके अपने हृदयप्रियों और हर हॉलिनेस के साथ आपके यहाँ पधारना चाहते हैं। उनके साथ बारह व्यक्ति होंगे! उनके अनुरूप स्वागत-सत्कार करना आप जानते ही हैं, और यह भी जानते हैं, कि उनको पूजा-प्रतिष्ठा की कोई भूख नहीं, वह तो आपकी अपनी श्रद्धा-भक्ति पर निर्भर है।

प्रिंसिपल साहब को बहुत अच्छा तो नहीं लगा, लेकिन जब उन्होंने देखा, कि उनके विद्यार्थियों में कुछ करोड़पति सेठों के लड़के भी हैं, जिनके घरों में ऐसे महात्माओं की पूजा-प्रतिष्ठा होती ही रहती है, तो उन्होंने एक के मत्थे मढ़ दिया। महाप्रभु एक दिन सदलबल वहाँ पहुँच गए। उनका स्वागत-सत्कार ऐसे भी होना था, लेकिन जब उनके मुख से अमृतवर्षा होने लगी, तो उस नगरी में भी श्रद्धालुओं की कमी नहीं दीख पड़ी।

रमेश को महाप्रभुचरित को सुनकर दुविधा तो जरूर पैदा हुई, लेकिन श्रद्धालु पुरुष के पास वह बहुत दिनों तक फटकने नहीं पाती।

लिपस्टिक

(1)

"कुंजा की बहू को भी देखा तुमने"?—सुस्ताने के लिए बैठ गई दो बुढ़ियों-में से एक ने कहा। मधुपुरी दूर तक फैला हुआ शहर है, जिसमें बाजार को छोड़कर घर कम तथा जंगल और पहाड़ ज्यादा हैं। जब लोगों को अपने बँगलों पर पहुँचने के लिए दो-दो मील की मंजिल मारनी हो, तो सुस्ताने के लिए कहीं-कहीं पर कुर्सियों और बेंचों का होना जरूरी है। ऐसी जगहों पर कहीं-कहीं ऊपर टिन या सीमेंट की छते हैं। धूप से बचने के लिए भी वहाँ आदमी बैठ सकते हैं, यद्यपि मधुपुरी की धूप अत्यन्त कोमलागिनियों को ही परेशान करती है। वर्षा में जरूर इसका उपयोग सभी कर सकते हैं, लेकिन मधुपुरी की म्युनिसिपैलिटी सीमेंट के बने हुए बेंचों को हटाने में असमर्थ है, नहीं तो कितनी ही टिन की छतरियों के नीचे की काठ की बेंच गायब हैं। शायद अब उनकी आवश्यकता नहीं समझी जाती। प्रश्न होता है, टिन की छतरी को भी वहाँ किस मर्ज के लिए रखा गया? हाँ, एक तुक इसकी हो सकती है। बाहर से आनेवाले सैलानी और शौकीन कुर्सी और बेंच पर बैठने के आदी हैं, लेकिन नगर में बराबर रहनेवाले, विशेष कर स्त्रियाँ जमीन पर ही निस्संकोच भाव से बैठ सकती हैं, जैसे कि, यह दोनों बुढ़िया इस वक्त वर्ष की फुहारों से बचने के लिए बैठ गई थीं। शायद इन्हीं बेचारियों का खयाल करके म्युनिसिपैलिटी के धनी-धोरियों ने एकाध जगह से बेंचों को हटवा दिया।

—देखा क्यों नहीं, रामू की माँ, सारा टोला-मुहल्ला जानता है।

—मालूम नहीं, क्या होनेवाला है?—शामू की माँ ने मुँह बिचकाकर कहा—पैर में महावर लगाते देखा था। हमारे देश में सास और दादी-सास के जमाने में तो माथे में सिन्दूर भी नहीं लगाते थे, खाली एक बिन्दी भर होती थी।

—हाँ, बिन्दी भी तो हम लोगों के बहू होकर आने के समय निकली। लेकिन, सिन्दूर चाहे माथे में लगाया जाए या बालों के भीतर कोई बात नहीं, वह तो सोहाग की निशानी है। लेकिन यह होंठों में महावर या सिन्दूर लगाना तो हमने कभी नहीं सुना।

—सुना नहीं था, क्यों? यहाँ मधुपुरी में पहले मेमों को ही होंठ लाल करते देखते थे। पूछने पर हमारी पड़ोस की कोठीवाली जमादारिन ने कहा था, कि यह भी सोहाग की निशानी है, हम लोगों के यहाँ माथे और माँग में सिन्दूर लगाते हैं, और साहेब लोगों के यहाँ होंठ में।

—हाँ, मेमों की बात दूसरी है, उनको धर्म-अधर्म का कोई खयाल थोड़े ही है, चाहे जो करें।

—मेमों की देखा-देखी क्रिस्तानियों ने होंठ में महावर लगाना शुरू किया। हम समझते थे, कि चलो हमारा उनका न दीन एक, न धर्म एक, चाहे जो करें। लेकिन, यह किसको पता था, कि नाते-गोते में भी कुंजा की बहू पैदा हो जाएगी।

—हाँ, शामू को माँ! यह बीमारी मेमों और क्रिस्तानियों से बड़े बाबू लोगों के यहाँ फैली। साड़ी पहनें, काजल लगाएँ कोई बात नहीं, लेकिन होंठ लाल करने से क्या फायदा?

रामू और शामू घर में अभी होंठ में "महावर" लगाने का रिवाज नहीं हुआ था। लेकिन उनके घरों में भी जवान बहुएँ थीं, जिनका कुंजा की बहू के साथ बहुत उठना-बैठना था। कुंजा की बहू थोड़ी पढ़ी-लिखी थी। उसका रंग साँवला नहीं, बल्कि बहुत कुछ काला था और चेहरा तो मालूम होता है जैसे हाथी का मुँह गौरी-पुत्र के कन्धे पर शंकर जी की तरह लगा दिया हो—ब्रह्मा ने अपनी भूल समझ वहाँ किसी लड़के का चेहरा रख दिया। काले और मरदाने चेहरे पर रामू-शामू की माँ के अनुसार "महावर" (लिस्टिक) की क्या शोभा है, यह कहना मुश्किल है। मूलतः होंठ लाल करना अस्वाभाविकता दिखाने के लिए नहीं था। अत्यन्त गोरे, खाते-पीते कोमल चेहरे के होंठ स्वभावतः ही लाल रहते हैं। यदि शोख चमकते खून के रंगवाले पके बिम्बा के फल से होंठों की उपमा हमारे पुराने कवि देते हैं, तो उसका मतलब यही है, कि कोमलागिनियों के चरम सौन्दर्य को बढ़ाने के लिए होंठ स्वयं लाल हो जाते थे। उस समय बिम्बाधर दुर्लभ होने से दूसरी तरुणियाँ भी अधर-राग इस्तेमाल करती थीं, लेकिन अधर राग से रंगे हुए होंठ को कवि बिम्बाधर नहीं कहते थे, वह तो स्वाभाविक अधर के लिए ही ऐसी उपमा देते थे। शरीर के स्वाभाविक रंग में मिलाने के लिए कृत्रिम रंग लगाने की कोशिश सभी देशों में की जाती है। हमारे देश में बाल प्रायः सभी के काले होते हैं, इसलिए बुढ़ापे के कारण जब वह सफेद होने लगते हैं, तो उन्हें काले खिजाब से रंग दिया जाता है। ईरान और अफगानिस्तान में पहले अधिक और अब भी बहुत से लोगों के बाल भूरे या मेहँदी रंग के होते हैं, इसीलिए वहाँ असली रंग में मिलाने के लिए लोग मेहँदीवाले रंग के खिजाब से अपने दाढ़ी और बालों को रंगते थे, जिसकी बेकार की नकल कभी-कभी हमारे यहाँ भी की जाती है। रामू और शामू की माँ इस बहस नहीं पड़ रही थी, कि काले चेहरे के होंठों पर लाल "महावर" लगानी चाहिए या काली।

उनको तो इसी बात पर आपत्ति थी, कि यह नई बात क्यों की जा रही है?

लेकिन नई बात दुनिया में होती ही रहती है। उन्होंने स्वयं अपनी जवानी में पहले-पहल माँग में सिन्दूर डाले, जिसका पश्चिमी जिलों में उस समय चलन नहीं था। उनको यह भी पता नहीं था, कि एक समय उनकी तीस ही चालीस पीढ़ी पहले की सासें अपनी जवानी में अधर-राग नाम का होंठों को रंगनेवाला रंग इस्तेमाल करती थीं, जिसके लिए यह नहीं कहा जा सकता, कि वह रंग चेहरे के रंग के अनुसार भिन्न-भिन्न होता था। बहुत सम्भव है, वह लाल ही रंग का था, क्योंकि उस समय की सभी सुन्दरियाँ बिम्बाघरोष्ठी बनने के लिए लालायित थी। कुंजा की बहू का कसूर इतना ही था, कि रामू और शामू के मुहल्ले में वह पहली बनियाइन बहू थी, जिसने अपने होंठ लाल किये थे, जिसके ऊपर टोले मुहल्ले में बड़ी-बुढ़ियाँ खूब टिप्पणी किया करती थीं। टोला-मुहल्ला भी कहना गलत है, क्योंकि मधुपुरी के मीलभर में बने बीस बँगलों में कहीं-कहीं एकाध दूकाने हैं। रामू-शामू की दूकान जहाँ पर थी, वहाँ छह-सात और भी दूकानदार रहते थे। इन छह-सात परिवारों के अतिरिक्त वहाँ के बँगलों में बस एक-एक चौकीदार साल भर रहनेवाले थे, बाकी सैलानी नर नारी महीने-दो-महीने के मेहमान होते। सैलानी महिलाएँ गरीब घर की नहीं थीं। गरीब भला गर्मी से बचने के लिए मधुपुरी जैसी खर्चीली जगह में कैसे आ सकते थे? बँगलेवाली महिलाओं में से केवल बुढ़ियाँ ही थीं, जो होंठ नहीं रंगती थीं। इसलिए इस मुहल्ले की भद्र महिलाओं का जहाँ तक सम्बन्ध था, उनके लिए लिस्टिक या अधर-राग बिलकुल मामूली सी बात थी।

—कलयुग है कलयुग, शामू की माँ। जो न हो जाए?

—हाँ, ठीक कहती हो। कुंजा की माँ भी क्या करे। एक-दो बार टोका, लेकिन आजकल तो घरपर आते ही बहुएँ राजपाट ले लेती हैं, सासों को अब कौन पूछता है? कुंजा का बाप जिन्दा होता, तो सास का कुछ मान भी रहता। अब तो बहू-बेटे एक ओर और सास दूसरी ओर, बेचारी क्या करे?

—देखते जाओ, दुनिया में अब उलटी रीति चल रही है!

—इससे उलटी रीति और क्या होगी, कि एड़ी का महावर होंठ में लगने लगा।

(2)

कुंजा की बहू इस टोले के सात बनियाँ-परिवारों में पहली थी, जिसने लिपस्टिक लगानी शुरू की। रामू और शामू की माँ ने चार साल पहले जब छतरी के नीचे बैठकर उसकी समालोचना की थी, उस समय उनको यही मालूम था, कि यह पराये घर की बैसन्तर है, अपने घर में आग बनकर नहीं आएगी। उनको क्या मालूम था, कि यह आग पराये घर में ही आकर नहीं रुक जाएगी। आज सभी घरों की बहुएँ

अपनी आँखों के सामने शिक्षिता सैलानी महिलाओं को होंठ लाल किये हुए देख रही थी। उनमें से किसी-किसी का सम्पर्क पास के बँगले में ठहरे किसी सैलानी-परिवार के साथ हुआ था। आखिर वहाँ पर ठहरनेवाली भी तो बनिये-बामन की थी, साहेब और मेम थोड़ी ही थीं, कि उनसे वह डरती। यह अपनी आँखों देखती, कि सोकर उठने के समय जिनका मुँह बिलकुल फीका-फीका सा लगता, वह भी जब आध घंटे ही के लिए दर्पण के सामने बैठ जाती, भौहों पर काली पेन्सिल फेरती, आँखों में काजल, गालों पर पाउडर और होंठों पर लिपस्टिक लगा लेती, तो अप्सराओं को मात करने लगती। अपनी आँखों के सामने इस चमत्कार को वह चुपचाप कैसे देख सकती थी? मधुपुरी में भला कौन सी स्त्री होगी, जो साल में पाँच-सात बार सिनेमा न जाती हो। रामू-शामू की माँ ने भी तुलसीदास, सीताबनवास और दूसरे देवी-देवताओं के फिल्म देखे ही नहीं थे, बल्कि जब राम-लक्ष्मण-सीता सिनेमा के श्वेतपट पर चलते-फिरते दिखाई पड़े, तो उन्होंने पीछेवालों की झिड़की खा करके भी खड़ा होकर दसों नखों से हाथ जोड़ा था, और 'सिनेमा खराब' है, यह कभी नहीं कहा था। फिर उनकी बहुएँ यदि जनप्रिय फिल्मों को देखने के लिए अपने पतियों के साथ अधिक जाया करें, तो इसमें उन्हें आपत्ति क्या हो सकती है? सिनेमा से उनका बहुत मनोरंजन होता, साथ ही बहुत सारी सीख भी मिलती—प्रेम का बीज कैसे खेत में फेंका जाता है, कैसे वह अंकुरित होता है और क्या-क्या यत्न करने से फूलता-फलता है। पतियों को मुट्ठी में करने के लिए बड़ी-बूढ़ियाँ अपने समय में वशीकरण मंत्र ढूँढा करती थीं। कुंजा या रामू की बहुओं का वशीकरण मंत्र पर कोई विश्वास नहीं, यह बात तो नहीं कही जा सकती, लेकिन उससे कहीं अधिक विश्वास उन बातों पर था जो सिनेमा में प्रयोग करके दिखलाई जाती थी। जीवन के हर क्षेत्र में सिनेमा आजकल पथ-प्रदर्शक है। उसी ने पश्चिमी जिलों से लहँगे को निकाल बाहर किया। ब्याह-शादी के वक्त अब भी तिलक में लहँगा-चुनरी आती है, लेकिन वह केवल बक्से में बन्द करके रखने के लिए हो। नई-नवेली बहुओं की तो बात ही छोड़िए, रामू-शामू की माँ को भी अगर लहँगा पहनने के लिए कहा जाए, तो हर्गिज तैयार न होगी। सिनेमा ने कैसा कपड़ा पहनना चाहिए, कैसा जेवर पहनना चाहिए, कैसे बात करनी चाहिए, कैसे गागा गाना चाहिए आदि-आदि सैकड़ों बातें सिखलाईं। सिनेमा अक्सर रंगीन नहीं होते, लेकिन तारिकाओं के होंठों के काले रंग से भी पता लगते देर नहीं लगती, कि उन्होंने भी लिपस्टिक से होंठों को रंग रखा है। कुंजा के मुहल्ले की तरुणियों को अब यह मालूम होने लगा था, कि केवल बेसली का फूहड़ औरतें ही आजकल के श्रृंगार से इनकार करती हैं। फिर बहुओं की ही तो बात नहीं थी। जो पति उन्हें सिनेमा दिखलाने के लिए ले जाते, वह भी तो चाहते थे कि उनकी बहुएँ सिनेमा को तारिका की शक्ल में दीखे। जब मधुपुरी में गर्मियों में कोई प्रसिद्ध तारिका आ जाती, तो साधारण समय से

सात-आठ गुनी आबादी हो जानेवाली मधुपुरी उसे देखने के लिए उमड़ पड़ती, बड़ी-बड़ी भद्र-तरुणियाँ धक्का खा करके भी एक नजर तारिका को देखकर अपने को कृत्य-कृत्य करने की कोशिश करतीं। कुंजा की बहू जैसी महिलाएँ वहाँ तक नहीं पहुँच सकती थीं, लेकिन खबर तो उनके कानों तक भी पहुँचती थी—कभी उनके पति ही बतलाते, कभी कोई देवर ही कह जाता। तारिकाओं और साधारण भद्र-महिलाओं में फर्क करना या पहचानना उनके लिए सम्भव नहीं था, नहीं तो जिस सड़क के ऊपर उनकी दूकान थी, उसपर से कितनी ही बार तारिकाएँ भी रिक्शा पर या पैदल गुजरती थीं। तारिकाओं का अनुकरण करना उनके लिए हर हालत में आवश्यक था? यही नहीं कि उसके द्वारा हर स्त्री के हृदय में सुन्दरी दिखाई देने की लालसा पूरी होती थी, बल्कि वैसा न करने पर पतियों के भी हाथ से बेहाथ होने का डर था। मुहल्ले का एक बनिया तरुण अपनी स्त्री के फूहड़पन के कारण ही दूसरी के साथ भाग गया। उसकी स्त्री बदसूरत नहीं थी, बल्कि कुंजा की बहू के कथानुसार "सौ में से एक थी, लेकिन अपनी सुधराई की कदर करना नहीं जानती थी।" कुंजा की बहू ने इतना जोर-शोर का प्रचार किया, कि लिपस्टिक महामारी की तरह इन घरों में फैल गई। पड़ोस की देवरानी ने उससे सीखकर होंठ रंगना शुरू किया। जेठानी ने पहले बहुत नाक-भौं सिकोड़ा, लेकिन जब देवरानी को सजकर मनमोहनी के रूप में देखा, और अपने पति को खिंचा-खिंचा तो उसे भी देवरानी का अनुसरण करना पड़ा। अब वह भी होंठ को लाल करती है। कुंजा की बहू को घर का सारा काम अपने हाथों करना पड़ता था। चूल्हा-चौका, बर्तन-बासन, कूटना-पीटना वह स्वयं करती है। बच्चों का भी देखना-सुनना उसे ही करना होता। फिर कपड़े क्यों न मैले रहें? कपड़े भले ही चीकट हो गए हों, चाहे जमीन पर ही बैठना पड़ता हो, लेकिन जब से कुंजा की बहू मुकलावा (गोना) के बाद सासरे आई, तबसे कभी उसके बिना रंगे होंठों को किसी ने नहीं देखा। दुनिया नई चीज के लिए चार दिन हँसती है। आदमी को दृढ़ रहना चाहिए, फिर वह उसका लोहा मानती, और अन्त में उसका अनुसरण करने लगती है। यही बात कुंजा की बहू के बारे में भी हुई।

यह कहना मुश्किल है कि नई चीज के स्वागत में पुरुष जल्दी आगे आते हैं या स्त्री। कुछ चीजें हैं, जिनमें शायद स्त्रियाँ आगे रहती हैं। उसका कारण भी है। स्त्रियाँ भली प्रकार जानती हैं, कि उनके जीवन का सारा सुख और सफलता अपने पतियों को खुश रखने में है। वशीकरण मंत्र की खोज में वह पीढ़ियों से चली आई है, इसलिए जो भी उस तरह की चीज सामने आती है, उसे अपनाने में वह सबसे पहले रहती हैं। पुरुष स्त्रियों की अपेक्षा अपनी सुन्दरता की कम परवाह करते हैं, यह बात नहीं है, लेकिन यह जरूर है, कि वह कृत्रिम सुन्दरता के लिए उतने पागल नहीं बनते। आखिर स्त्री की तरह उन्हें किसी की कृपा पर जीना नहीं है, वह अपनी

रोजी आप कमाते हैं। इसके अपवाद भी देखे गए हैं। मधुपुरी में होंठों पर हलका लाल रंग लगानेवाले तरुण भी कभी-कभी देखे गए हैं।

(3)

—व्हाट नॉनसेन्स! इन फूहडों को यह भी पता नहीं है, कि वही चीज किसी जगह काजल हो जाती है, और किसी जगह कालिख।

—तुम्हें वह सिखलाना चाहिए, शैला!—शैला को हैंडबैग छोटा शीशा निकालकर होंठों पर लिपस्टिक फेरते देखकर विमला ने कहा।

—हाँ, यह बनियाइने तो लिपस्टिक को भी टके सेर बना देना चाहती हैं।

—यदि किसी भली चीज को अधिक लोग भोग सकें, तो इसमें ईर्ष्या करने की बात क्या है! विमला ने गम्भीर स्वर में कहा।

—हूँ, तुम्हें क्या, तुम तो वियोगिनी सीता का अभिनय करती हो, न लिपस्टिक लगाती न काजल-टीका।

विमला शैला से कहीं अधिक सुन्दर तरुणी थी। शैला ने मन-मारकर किसी तरह मैट्रिक पास किया था, लेकिन विमला एम.ए. थी। धनी बाप की बेटी होते हुए भी स्वावलम्बी बनने के खयाल से वह एक महिला कालेज में अंग्रेजी की प्रोफेसरी करती थी। दोनों बाल-सहेलियाँ थीं, और इस साल मधुपुरी में एक ही बँगले में रहने का अवसर पाकर दोनों ही बहुत प्रसन्न थीं। शैला को एक करोड़पति सेठ की बीवी बनने का अभिमान अपनी सहेली के सामने नहीं था, और विमला भी अपने बचपन के स्नेह को उसी तरह शैला के प्रति कायम रखे हुए थी। विमला पर आधुनिकता का कोई प्रभाव न पड़ा हो, यह तो नहीं कहा जा सकता। विचारों में वह अत्यन्त आधुनिक थी, लेकिन रंग-चँग कर सौंदर्य बढ़ाने की न उसे इच्छा थी और न आवश्यकता। वह उससे कुढ़ती भी नहीं थी, क्योंकि जानती थी कि आज की स्त्री भी उसी तरह रूपाजीवा हैं, जिस तरह पचासों पीढ़ियों से स्त्रियाँ रहती आई हैं। सुन्दर रूप है, तो कमाकर खिलाने-पहनानेवाला पति उसपर रीझता है, उससे उसकी आजीविका अच्छी और निश्चित हो जाती है। इसलिए जबतक स्त्री पुरुष की कमाई खानेवाली है, तबतक उसे अपने रूप की परवाह रखनी ही होगी। उसकी सहेली शैला सज-धज कर यदि प्रथम श्रेणी की तारिका जैसी नहीं दिखाई देगी, तो करोड़पति सेठ उस पर अपने को न्योछावर करने के लिए तैयार नहीं रहेंगे, बल्कि वह किसी दूसरी तारिका के पीछे दौड़ते फिरेंगे। शैला अपने प्रेम की गारंटी इसी बात में समझती है, कि वह खूब सुन्दरी दीख पड़े। लेकिन, उसे यह बर्दाश्त नहीं था, कि कुंजा की बहू जैसी मैली-कुचैली साड़ी पहननेवाली काली स्त्रियाँ लिपस्टिक जैसे अमोघ अस्त्र को भद्दे तौर से इस्तेमाल करें।

—हर काम का सलीका होता है। सलीका ही तो बतलाता है, कि आदमी चतुर है या गँवार।

—सलीका भी एक तरह का नहीं होता शैला! तुम जितनी मूल्यवान लिपस्टिक लगा रही हो, क्या दूसरी शिक्षिता, संस्कृता, तरुणियाँ भी वैसी लिपस्टिक इस्तेमाल कर सकती हैं? वह दस-बीस नहीं खर्च कर सकती, इसलिए दो-डेढ़ की इस्तेमाल करती है।

—यह बुरा है, विमला बहन। डॉक्टर बतला चुके हैं, कि खराब लिपस्टिक इस्तेमाल करने से होंठों में घाव हो जाने का डर है।

—डॉक्टर महँगी लिपस्टिक बनानेवालों के दलाल भी हो सकते हैं। वह चाहते हैं, कि लोग महँगी को खरीदें, सस्ती को न लें। लेकिन सबके पति करोड़पति तो नहीं हैं, और आज लिपस्टिक सबके लिए अत्यावश्यक चीज बन गई है, इसलिए तुम ही बताओ, वह क्या करें?

—तुम तो मालूम होता है, लिपस्टिक की बड़ी पक्षपातिनी हो गई!

—पक्षपातिनी का सवाल नहीं। मैं इसे इनकार नहीं करती, कि जबतक स्त्री अपने पैरों पर खड़ी नहीं होती, तबतक वह रूपाजीवा रहेगी, चाहे वह कोठे पर बैठे या महल के भीतर। सारी दुनिया में और देश कालानुसार कुछ देर से हर समय स्त्री में जो स्वाभाविक प्रवृत्ति देखी गई है, उसके लिए मैं स्त्रियों को दोषी क्यों ठहराऊँ?

—तुमने तो शैला बहन! शायद इसीलिए स्वाबलम्वी बनना स्वीकार किया।

—हाँ, मैं मानती हूँ : "तुलसी कर पर कर धरो, कर-तर कर न धरो।" किसी के हाथ के नीचे हाथ रखने पर कोई अपने स्वाभिमान की रक्षा कैसे कर सकता है? मैं चाहती हूँ, कि सभी महिलाएँ कर-तर कर न धरनेवाली हो जाएँ, लेकिन साथ ही यह भी जानती हूँ, कि यह काम जितना कहने में आसान है उतना करने में नहीं।

—अर्थात उसके लिए तुम सामाजिक क्रान्ति चाहती हो?

—सामाजिक क्रान्ति से डरो मत शैला, वह केवल तुम्हारे सेठजी के लिए और तुम्हारे लिए नहीं आएगी, यह बाढ़ की तरह आएगी, जिसमें सभी डूब जाएँगे और जिससे पार हो सभी सुखी और समृद्ध जीवन बिताएँगे।

—तुम्हारे क्रान्ति के बाद के संसार में मैं क्या करूँगी?

—जो यह बनिये की बहू कर रही है, जिसका लिपस्टिक लगाना तुम देख नहीं सकती।

—देख नहीं सकती, यह कहना तो विमला बहन, ठीक नहीं है। मैं इतना ही चाहती हूँ, कि सारी दुनिया की तरुणियाँ लिपस्टिक लगावें, लेकिन तरीके के साथ।

—लेकिन जानती हो शैला, तरीका यह तीन अक्षर कितना महँगा है? कहाँ से ये बेचारी तीस रुपये की जार्जेट की साड़ी लाए? उन्हें भी मैला-कुचैला न होने के

लिए कम-से-कम चार साड़ियाँ तो पास होनी चाहिए और तिसपर भी वह घर के सारे कामकाज में लगी अपनी साड़ी को दो दिन भी साफ न रख सकेगी। साफ रखने के लिए अधिक पैसो ही की ज़रूरत नहीं है, बल्कि काम से हाथों को खींच लेना भी जरूरी है। तब क्या यह परिवार जीवित भी रह सकेगा?

—तो किसने कहा कि लिपस्टिक लगाओ?—शैला ने झुँझलाकर कहा।

—जिसने तुम्हें लगाने के लिए कहा। सुन्दर बनने की सबको इच्छा है—विमला ने मुस्कुराकर शैला को जवाब दिया।

शैला इस विषय पर कितनी ही बार विमला से बात कर चुकी थी।

—हमें किसी चीज को करने के लिए आगे रखना नहीं चाहिए, जबतक यह न समझ ले कि यह दूसरे की शक्ति भीतर है। अगर कोई चीज लाभ की समझी जाती है, तो एक को देखकर दूसरा भी उसे स्वीकार करता है, लेकिन, उसे ऐसा बनाकर, जिससे उसके लिए वह साध्य हो सके।

—लेकिन तुम्हारी क्रान्ति के सफल होने पर तो सब धान बाईस पसेरी हो जाएगा, फिर भी स्त्रियाँ लिपस्टिक लगाने लगेंगी, और शायद पेरिस की बनी हुई इस लिपस्टिक जैसी।

—मैं लिपस्टिक पर लेक्चर देने नहीं आई हूँ। हमारी क्रान्ति के सफल होने पर स्त्री जाति स्वतंत्र होगी, हर तरह से, आर्थिक तौर से भी। उसे लिपस्टिक की जरूरत होगी या नहीं, यह मैं नहीं जानती। अधिक से अधिक यही कह सकती हूँ, कि इतनी मात्रा आवश्यकता नहीं होगी, उसकी इतनी परवाह नहीं की जाएगी और वह कुछ भद्र महिलाओं के लिए ही सुरक्षित नहीं मानी जाएगी।

—तो फिर वही बात हुई न—सब धान बाईस पसेरी। मुझे ताज्जुब होता है, जब हमारी सब बातों की नकल करनी ही है, तो बाल भी क्यों नहीं छोटा करवा लेती।

—छोटे करवाने के लिए पैसा हाथ में आने दीजिए, फिर शैला, तुम उसे भी देख लोगी। तुम्हारी एक बार की बाल कटाई में 60 रु. लगते हैं, और फिर उसको कितना यतन करके तुम्हें रखना पड़ता है। ये बेचारी उसके लिए कहाँ से पैसा लाएगी?

—तब तो हमें यह सब छोड़ना होगा।

—छोड़ना चाहो भी शैला, तो छोड़ नहीं सकती। एक शैला के छोड़ने से ही क्या हो सकता है? क्या मधुपुरी में शाम के वक्त एक से एक बन-ठनकर चलने वाली सुन्दरियाँ ऐसा करके अपने पैरों में आप कुल्हाड़ी मार सकती हैं? तुम जानती हो, यदि बनाव-शृंगार छोड़ भी दो, तो तुम कुरूप नहीं रहोगी, तुम्हारा शृंगार वास्तविकता से 19-20 का ही अन्तर कर देता है, लेकिन हमारे भद्र वर्ग-महिलाएँ जो रग-चग कर शाम के वक्त निकलती हैं, क्या उनमें अधिकाश वैसा करने पर कौड़ी की तीन नहीं हो जाएँगी? इसीलिए न मैं इनको बनाव शृंगार छोड़ने के लिए कहती, न उसके लिए घृणा प्रकट करती।

—यह दुनिया है, अब यही वेदान्त तुम्हें बघाड़ना रह गया है न?

—वेदान्त बघाड़ना नहीं है, वेदान्त का काम है लोगों को दुनिया से भगाना। लेकिन, उसे रहने दो। नई बातों का सभी समाज में पहले ही स्वागत नहीं हो जाता। शिक्षित वर्ग नवीनता को जल्दी स्वीकार करने के लिए तैयार होता है, क्योंकि यह देश और काल दोनों में कितने ही परिवर्तनों को अपनी आँखों के सामने देखता है। लेकिन, तो भी क्या घरपर रहने पर तुम इसी तरह स्वच्छन्द रह सकती हो, जैसा कि यहाँ मधुपुरी में।

—नहीं, शैला बहन, मैं तो मनाती हूँ यह दँतटुट्टी बुढ़िया क्यों गोड-तोड़ कर बैठी हुई है। यद्यपि उसके बड़बड़ाने से मेरा कुछ नहीं बिगड़ता, सेठ जी हमेशा मेरा पक्ष लेने के लिए तैयार हैं, लेकिन तब भी संकोच तो होता है।

—और यहाँ चाहो तो एक सलाई की जगह पावभर काजल लगाओ, मांस की जगह पाँच तोला लिपस्टिक से होंठ रंगो चाहे जो करो, यहाँ तुम्हारी दुनिया है, सास की दुनिया के लिए यहाँ स्थान नहीं है।

—तुम बहुत बढ़ा-चढ़ा के कहती हो। कौन इतना काजल और लिपस्टिक लगाता है।

—मात्रा से अधिक लगानेवाली बहुत-सी को रोज ही तुम देखती हो। मैं तो हैरान होती हूँ, कि हमारी बहनें पश्चिमी महिलाओं के सभी प्रसाधनों को स्वीकार करने के लिए तैयार हैं, लेकिन साथ ही अपनी बढ़ी-बूढ़ियों की बातों को छोड़ना नहीं चाहतीं। आखिर कौन पश्चिमी महिला है, जो काजल लगाती है।

—उनको इसका महातम नहीं मालूम है, विमला बहन। आँखों के दोनो कोरों पर, कान की ओर जरा काली रेखा खींच देने पर आँखें दूनीं नहीं तो ड्योढ़ी जरूर बढ़ जाती है।

—हर देश को सौंदर्य-विशेषज्ञ पैदा करने का अधिकार है, मैं यह मानती हूँ। लेकिन मुझे तो यह सब कुछ खेल-सा मालूम होता है। चाहे यह बनिये की बहू हो या शैला रानी, सभी अपने-आप को लेकर गुड़िया का खेल रच रही हैं, अभिनय कर रही हैं।

—कहा है, 'दुनिया एक तमाशा है', फिर गुड़ियों का खेल रचाया जाए, तो क्या बुरा?

—मैं बुरा नहीं कहती, इससे कितनों का मनोरंजन हो सकता है। लेकिन, मैं इतना अवश्य कहूँगी कि मधुपुरी में आजकल सीजन के समय बराबर रहनेवाले लोग दाल में नमक के बराबर और बाकी सभी हमारे-तुम्हारे जैसे सैलानी और शौकीन हैं। कुछ महीनों के लिए यहाँ एक बिलकुल नई दुनिया आकर बस जाती है। दिल्ली, कलकत्ता या बम्बई में हमारा वर्ग 10 सैकड़ा भी नहीं है, और यहाँ हमारे वर्ग से भिन्नता रखनेवाले 10 सैकड़े से कम हैं, इसीलिए वहाँ हमारी सभी

बातों का अनुकरण करने के लिए लोग उसी तरह तैयार नहीं हैं, जैसा कि हमारी पड़ोसन ये तरुण बने ने।

सचमुच ही मधुपुरी जैसी हिमालय की विलासपुरियों में फैशन का प्रचार जितनी जल्दी और व्यापक रूप से होता है, वैसा मैदानी शहरों में नहीं होता। इसका एक बड़ा कारण यही है, कि सीजन में आए सुन्दरियों के सैलाब में यहाँ की साधारण तरुणियों के पैर उखड़ जाते हैं और वे भी प्रवाह के अनुसार बहने लगती हैं।

ठाकुरजी

(1)

वैसे देखने में एक बिलासपुरी और ठाकुरजी का सम्बन्ध कुछ अजब-सा ही मालूम होगा। मधुपुरी मधु (शराब) की पुरी है, वहाँ विलासी लोग गर्मियाँ में मौज-मेले के लिए चले जाते हैं। मधुपुरी के स्थायी निवासी जहाँ 8 हजार हैं, वहाँ सीजन में उसकी आबादी 50-60 हजार तक पहुँचती है। स्थायी निवासियों के लिए अपने मन्दिर और मस्जिद थी। अंग्रेजों ने मधुपुरी को साधारण इंग्लैंड की नगरी के तौर पर बनाया था, इसलिए उन्हें वहाँ अपने पूजा-स्थानों की आवश्यकता थी, जो जरूरत से अधिक गिरजों और कैथेड्रलों के रूप में यहाँ खड़ी हो अब मधुपुरी के लिए एक समस्या हो गई है।

लाखों रुपये लगाकर बनी इन भव्य इमारतों में सीजन के समय गौरांग भक्तों-भक्तिनियों की भीड़ भी रहा करती थी। चन्दे से इतना पैसा आ जाता था कि उनकी मरम्मत और सजावट की वहाँ कोई समस्या ही नहीं थी। मधुपुरी में क्रिस्तानो की संख्या अब नाममात्र है जो आधे दर्जन से ऊपर के गिरजों में से मुश्किल से एक को थोड़ा-बहुत भर सकते हैं। गिरजों के बनाते समय उनके बनानेवालों को कहाँ खयाल था कि एक समय भगवान अधिक और भक्त कम हो जाएँगे।

अंग्रेजों के भगवानों के भी अपने बड़े-बड़े घंटे होते हैं, जिनके द्वारा भक्तों को पूजा की सूचना दी जाती है, लेकिन नेटिव (काले) लोगों के भगवानों के घड़ी-घंटे उनको पसन्द नहीं थे। दार्जिलिंग में सबसे ऊँची टेकरी के ऊपर सदियों से विराजमान हिन्दुओं और बौद्धों के सम्मिलित देवता महाकाल को इसीलिए हटवा दिया गया, जब पास में विशाल गिरजे की नींव डाली गई। मधुपुरी में भगवानों की—चाहे वह हिन्दुओं के हों या मुसलमानों के—नेटिव क्वार्टर में ही सीमित रखने के लिए मजबूर किया गया था, मधुपुरी के हर बाजार में एक मन्दिर कम-कम पहले ही मौजूद था। लेकिन अंग्रेजों के चलते-चलते द्वितीय महायुद्ध के समय एक ठाकुरजी और आकर विराजमान हो गए। एक देश में एक राजा रहते थे। उनकी एक लाडली

लड़की थी। लड़की अपने पीहर से ज्यादा ननसाल का अभिमान करती है, यह इसी से मालूम होगा कि वह ब्याही जाने के बाद भी अपने ननिहाल की लौड़ियों को उनकी राजस्थानी पोशाक में रखना अधिक पसन्द करती है। कभी-कभी वह स्वयं भी लहँगा-चुनरी पहन लेती। यद्यपि वह बाल कटाए, होंठ रँगाए, पैंट पहनकर खुले मुँह घूमनेवाली रानी है, लेकिन उनका हृदय प्राचीनता-प्रेमी है।

राजा की लड़की का एक दूसरे राजा से ब्याह होना स्वाभाविक है। कहते हैं दामाद साहब राजा होते हुए भी पैसों के लिए उतने खुशहाल नहीं थे, या हो सकता है पिता राजा अपनी इस लड़की को भारी दहेज देना चाहते थे। जो भी हो, ब्याह करने के बाद पिता-राजा को साध हुई कि गर्मियाँ बिताने के लिए अपनी फूल-सी लड़की के लिए मधुपुरी में एक मकान बनवा दे। मकान बनवाते समय वह भी थोड़े समय के लिए छोटे रूप में शाहजहाँ बन गए। छोटा ही हो तो भी किस तरह का सुन्दर महल बने, इसके लिए इन्होंने बहुत खयाल दौड़ाया और अन्त में किसी लन्दन टावर या दूसरे किले की तसवीर सामने खड़ी हुई। निश्चय किया, मकान ऐसा ही बनाया जाए, जो दूर से देखने में एक भव्य कैसल (गढी) जैसा मालूम हो।

जगह के लिए भी उन्होंने यहाँ के पहाड़ों में ढूँढना शुरू किया। वैसे होता तो अंग्रेजों की कोठियों-बँगलेवाले मुहल्ले में नेटिव राजा को अपने मकान के लिए स्थान पाना आसान नहीं होता, लेकिन यह अब द्वितीय महायुद्ध का समय था। अंग्रेजों का रोब भारत में दो दशाब्दी पहले से ही उठ चुका था। उनके बँगले लड़ाई के समय ही कुछ दिनों के लिए भरे थे, नहीं तो अधिकांश खाली रहने लगे थे। अंग्रेज चाहे भारतीयों के प्रति अपने भाव को न भुला सके, लेकिन अंग्रेजों के परमभक्त राजा साहब भी अब उनको देवता मानने के लिए तैयार नहीं थे। मधुपुरी की हरेक टेकरी पर राजा साहब के आदमियों ने छानबीन की। अन्त में एक अत्यन्त उपयुक्त टेकरी उन्हें मिल ही गई। यह टेकरी मधुपुरी के सबसे बड़े एक होटल के पास थी, जिसके एक पार्श्व में ईसाइयों का एक मठ था। वहाँ टेकरी के सबसे ऊपरवाली अपेक्षाकृत चौरस भूमि पर का बँगला बिक रहा था। राजा साहब ने इसी को अपनी बेटी के महल के लिए पसन्द किया।

द्वितीय महायुद्ध के बाद ही में मधुपुरी में दूर-दूर बने हुए बँगलों और कोठियों का दाम बहुत गिर गया था। राजा साहब लड़की के लिए महल बनाने में जितना रुपया लगाना चाहते थे, उससे आधे में ही सजी-सजाई बहुत अच्छी कोठी मिली, लेकिन उतने से अपने मानसपटल पर अंकित कैसल को वह धरती पर कैसे उतार सकते थे? फिर उन्हें अपनी लड़की के लिए केवल कैसल से सन्तुष्ट नहीं होना था।

राजकुमारी को अंग्रेज आयो के साये में पाल-पोसा गया था। वह अंग्रेज लड़कियों की तरह स्वच्छन्दविहारिणी थी, उसे अन्तःपुर की चहारदीवारी के भीतर रोककर कभी नहीं रखा गया। रियासती या जमींदारों के राजकुमार अब पैदा होते

ही अंग्रेजी की घुट्टी पीने लगे थे और रंग छोड़ सब बातों में अंग्रेज बन रहे थे। ऐसे राजकुमारों का काम 'नेटिव' राजकुमारियों से नहीं चल सकता था। कितनों ने अपनी लालसा पूरी करने के लिए गौरागिनियों से ब्याह किया था। किन्हीं-किन्हीं ने अपनी ब्याहता रानी को आजीवन महल की चहारदीवारी के भीतर रोने के लिए छोड़ दिया था। इससे कुमारियों के पिताओं की चिन्ता का बढ़ जाना आवश्यक था और उन्होंने निश्चय किया कि क्यों न अन्त:पुरी में ही मेमों को पैदा किया जाए।

पुराने समय में अपने उत्तर और पश्चिम लड़ाकू सामन्ती को हाथ में रखने के लिए भारी सेना के अतिरिक्त राज्यकन्या प्रदान करना भी चीन सम्राटों की एक सफल नीति थी। यद्यपि सम्राट के अन्त:पुर में रानियों की संख्या इतनी अधिक थी, कि उनमें से कितनों के नामों और चेहरों का परिचय भी सम्राट को नहीं था। तो भी सम्राट-कुमारियों की जितनी माँग थी, उसे पूरा करने के लिए वह पर्याप्त नहीं होती थी, इसलिए सुन्दर शिशु-कुमारियों को लेकर पालन किया जाता, जिन्हें सम्राट-कुमारी कहकर खास्तगारों को दिया जाना था। इस तरह चीन में राजकुमारियों के लिए एक पूरी नर्सरी तैयार कर दी गई थी। भारत के राजमहल चाहे उस तरह की विशाल नर्सरी न बने हों, लेकिन वह 20 वी शताब्दी के प्रथम पाद के बीतते-बीतते मेमराजकुमारियों के बनाने के कारखाने जरूर बन गए थे।

राजकुमारी इसी वातावरण में पैदा हुई और बढ़ी, लेकिन मेम बनना जितना आसान नहीं है, अपने सारे मनोभावों को बदलना उतना आसान नहीं है और उसकी जरूरत भी नहीं थी। अपनी यूरोपियन आया या आका मेमसाहबों को देखकर वह जानती थी कि भगवान में उनकी भी श्रद्धा वैसी ही अटूट है, जैसी हिन्दू ललनाओं की। उनमें जो रोमन कैथलिक है, वह माता और पुत्र की बड़ी सुन्दर मूर्तियाँ अपने गिरजों में रखती है और जो प्रोटेस्टेट है, उनके गिरजों में हमारे आर्यसमाजियों की तरह निराकार भगवान की उपासना होती है। राजकुमारी की माँ और नानी दोनों बड़ी भक्तिन थीं। वेषभूषा और चाल-ढाल में पूरे यूरोपियन साँचे में ढली राजकुमारी को भगवान की भक्ति माँ और नानी से दाय-भाग में मिली थी। वह बराबर पूजा के समय राजा साहब के महल से लगे हुए खानदानी मन्दिर में जाती और भक्ति-भाव से आरती में शामिल हो प्रसाद लेकर घर लौटती।

(2)

राजकुमारी का ब्याह हो गया और जैसाकि ऊपर बतलाया गया, पिता-राजा को अपनी बेटी के लिए मधुपुरी में एक कैसल बनाने का खयाल आया। उनके घर में एक मीरा पैदा हुई थी। मालूम नहीं वह भी मीरा के शब्दों में "नित उठ दरमन पास्यूँ" गाया करती थी या नहीं। गाने के लिए सभी को कंठ नहीं मिलता, चाहे

उसका जन्म और परवरिश अन्त:पुर की कोकिलाओं में ही हुआ हो, लेकिन बिना गाए भी भक्ति की जा सकती है। जिस वक्त पिता-राजा कैसल के नक्शे को दिखला रहे थे, उसी वक्त बेटी के इंगित या साक्षात शब्दों से पता लग गया कि राजकुमारी पुराने बँगले से परिवर्तित कैसल में कभी सुखी नहीं रहेगी, यदि उसे भगवान का दर्शन नित्य नहीं मिला करेगा।

पिता ने जिस तरह कैसल का नक्शा तैयार कराने में भारी मेहनत की थी, उसी तरह वह अब मन्दिर के बारे में भी सोचने लगे। यह कोई सार्वजनिक मन्दिर नहीं था, जिसमें मधुपुरी के हजारों भक्त नर-नारियों दर्शन का प्रबन्ध किया जाता। उन्हें तो अपनी कुमारी के लिए छोटा-सा, किन्तु सुन्दर मन्दिर बनवाना था। सुन्दरता बढ़ाने के लिए शाहजहाँ ने ताज को बिलकुल संगमरमर का बनवाया था। राजा साहब ने भी अपनी बेटी के लिए संगमरमर नहीं तो उस जैसे सीमेंट की ठाकुरवाड़ी बनवाने का निश्चय किया। लड़ाई चल रही थी। सभी चीजें महँगी थीं, लेकिन अभी राजा साहब के वर्ग को यह विश्वास नहीं था कि लड़ाई खतम होते ही उनकी जमींदारियों पर बज्र गिरेगा और आमदनी का स्रोत सूख जाएगा। अभी उनके किसान चुपचाप राजा साहब की लगान, बेगार और पचीसौ तरह के अवैध करों को अदा करते जा रहे थे।

राजा साहब भी उतने फजूल-खर्च नहीं थे कि तालुकदारी की आमदनी के पूरा न पड़ने पर कर्ज का बोझ सिर पर लादें। उनके खजाने में काफी रुपया था। राजा साहब में भी भक्ति-भावना थी, अपनी संस्कृति के प्रति आदर भी था, लेकिन उनकी रुचि बहुत उथली थी, जो देश और काल में दूर तक जाकर अपने लिए कोई नमूना नहीं तैयार कर सकती थी। पिछले सौ वर्षों में जो सीधे-सादे शिखरदार मन्दिर उत्तरी भारत में बनते आए थे, बस उन्हीं में से एक को उन्होंने चुन लिया और निश्चय किया कि बँगले से बनने वाले कैसल के सामने सबसे ऊँची जगह पर यह सफेद ठाकुरबाड़ी खड़ी की जाए।

कोई भी आदमी मधुपुरी के इस देवालय में पहुँचकर इस बात को मानने के लिए तैयार हो जाएगा, कि इतना सुन्दर स्थान शायद ही मधुपुरी में कहीं और मिलता। यहाँ खड़े होकर आप पूर्व से पश्चिम दूर तक चली गई हिम-शिखर पंक्तियों का नयनाभिराम हृदय देख सकते हैं, हरे-भरे वृक्षों से ढके मधुपुरी के टेढ़े-मेढ़े चले गए पहाड़ों के दर्शन से अपनी आँखों को तृप्त कर सकते हैं। नीचे से ऊपर तक चढ़ा-उतार चली गई कितनी घाटियों का दृश्य यहाँ सामने विशाल चित्रपट की तरह चित्रित मालूम होता है। इन सारी विशेषताओं के रहते भी एक सबसे अधिक सुभीता इस जगह पर यह था कि मधुपुरी को मुख्य सड़क यहाँ से बिलकुल नजदीक थोड़ी ही उतराई उतरकर आ जाती है, जहाँ हर वक्त रिक्शे मिल सकते हैं और सैलानी लाग जहाँ झुंड के झुंड टहलने आया करते हैं—अर्थात कैसल एकान्त में भी है और नगर के भीतर भी।

लड़ाई के दिनों में ट्रेनें सेना और सैनिक-सामग्री ढोने में लगी हुई थीं। कारखानों को कोयला नहीं मिल रहा था, जिसके अभाव में लकड़ी के महँगे हो जाने के कारण लोगों ने आमों के कितने ही बगीचे कटवा दिये। ऐसे समय कैसल और ठाकुरबाड़ी के लिए मधुपुरी जैसे पहाड़ पर गृहनिर्माण सामग्री को पहुँचाना आसान काम नहीं था, लेकिन कहावत है "द्रव्येण सर्वे वशाः" अथवा "जर बरसरे-फौलाद निही नर्म शवद"—सोना फौलाद को नर्म करता है, चट्टान को तोड़कर भी रास्ता निकाल देना है। उधर दुनिया के भाग्य का निबटारा करने के लिए घमासान लड़ाई हो रही थी और इधर मधुपुरी में राजकुमारी के कैसल के मीनारों की नींव रखकर एक के ऊपर एक पत्थर रखते दीवारें खड़ी हो रही थीं। राजा साहब के कर्मचारी उसकी देखरेख कर रहे थे। ठेकेदार और इंजीनियर इसके लिए पूरी तौर से जागरूक थे कि कैसल ठीक उसी तरह का बने, जैसाकि नक्शा दिया गया था।

राजकुमारी के शयनकक्ष के बिलकुल सामने मन्दिर की नींव पड़ी। यदि वह लेटे-लेटे मन्दिर के शिखर का दर्शन करना चाहती, तब तो पैरों को मन्दिर की ओर करना पड़ता, लेकिन धर्मपरायणा आधुनिक मीरा—यूरोपीय पोशाक और बालकटी होने पर भी जहाँ तक भक्ति भाव का सम्बन्ध था, राजकुमारी और अब रानी साहिबा मीरा से कम नहीं थी—कब ऐसा करने के लिए तैयार हो सकती थी? आशा यही रखनी चाहिए कि ठाकुरबाड़ी उनके सिरहाने की ओर पड़ती होगी और सबेरे उठकर वह उधर मुँह फेरकर भगवान के दर्शन करती होगी। उनके शयनकक्ष में खिड़की लगाते तथा ठाकुरबाड़ी के दरवाजे को बनाते वक्त इस बात का पूरी तौर से खयाल रक्खा गया था कि बिना मन्दिर में गए वह अपने शयनकक्ष या उपवेशनकक्ष से ठाकुरजी का दर्शन करके हाथ जोड़ सके—मधुपुरी में वर्षा काफी होती है, इसलिए कैसल से मन्दिर हर वक्त जाना आसान नहीं है।

मीनारों की दीवारें उठती गईं, और कुछ ही महीनों बाद एक तरफ कई शयनकक्षों, स्नानागारों, भोजनशाला और उपवेशनशालावाला कैसल तैयार हो गया। किनारों पर उसी तरह के कटे हुए मीनार बने, जैसाकि इंग्लैंड के पुराने कैसलों में देखा जाता है। उसकी दीवारों को शत्रुओं की तोपों का सामना करना नहीं था, क्योंकि असली नहीं नकली कैसल (गढी) था। ठेकेदारों द्वारा बनवाई इमारतें विश्वसनीय तो नहीं होतीं, क्योंकि सीमेंट की बचत करने के लिए यह उसकी जगह मिट्टी-बालू का इस्तेमाल ज्यादा करते हैं; भीतर जो भी हो, वह केवल बाहर से भव्य और ठोस बनाने का प्रयत्न करते हैं। आखिर मिलनेवाले पैसे में से एक-तिहाई तो उनके पाकिट में जाना चाहिए। आधुनिक मीरा कैसल बाहर से देखने में भव्यता के साथ ठोस भी लगता है, बाकी तो सामने बैठे भगवान ही जानते होंगे।

मन्दिर दूर से देखने पर चूने का कोई साधारण-सा मन्दिर मालूम होता है। वही सीधी-सादी रेखाएँ और वही मामूली-सा शिखर, जिसके ऊपर सोने का चक्र।

संगमरमर जैसा होने पर भी उसमें सौन्दर्य कैसे पैदा हो सकता है? आखिर उतना ही तो सौन्दर्य निखरता, जितना कि यह उसके बनानेवालों के दिमाग में था। मधुपुरी में साधारण घरों में भी बिजली के चिराग चमचमाते हैं, तो इतनी साध से बनाए मीरा के मन्दिर में बिजली के दीपक क्यों न जगमग-जगमग करते। चारों कोनों पर प्रखर तेजवाली बड़ी बत्तियाँ या सर्चलाइट लगा दी गई। जब वह जलती, तो रात के समय भी यह शंखश्वेत देवालय दूर तक अलकापुरी के किसी भव्य कंगूरे की तरह दिखाई पड़ता है। इसे कहने की आवश्यकता नहीं, कि जिस समय इस सारी सजावट के साथ मन्दिर बनाया गया था, उस समय खयाल नहीं आया था कि ताल्लुकदारी पर वज्र पड़नेवाला है और तब ठाकुरजी के लिए पैसे-वैसे ही सुलभ न रहेंगे।

मीरा को अपने गिरिधर गोपाल की उपासना के लिए बहुत कष्ट सहना पड़ा, विष का प्याला पीना पड़ा, यह सभी जानते हैं इसलिए मधुपुरी की आधुनिक मीरा के बारे में यह नहीं समझ लेना चाहिए कि इन्हें भी उन मंजिलों से गुजरना पड़ा। आधुनिक मीरा के पति एक आधुनिक ढंग के तरुण हैं। उनकी शिक्षा-दीक्षा यूरोपीय ढंग पर हुई है, लेकिन हर देश के सामन्तों की तरह वह भी प्राचीन-पथिता परमोपासक हैं। अपनी मीरा के समान वह भी भगवद्‌भक्ति में लीन हो यह भला कहाँ हो सकता है, लेकिन मीरा की भक्ति में बाधा डालना वह हर्गिज नहीं चाहते। लक्ष्मीपात्र पिता की लाडली कन्या का सत्कार करना भी वह अपना कर्तव्य समझते हैं। कैसल और ठाकुरबाड़ी को बनने के आधे दर्जन वर्षों बाद भी उन्हें उसी तरह से रक्खा जाता है, जैसाकि वह बनकर तैयार होने के वक्त थे। ठाकुरजी की दोनों साँझ आरती होती है। घंटा-घड़ियाल बजते हैं, एक पुजारी भी बारहों महीनों रहता है, चौकीदार के अलावा माली भी है। मधुपुरी में आधी मई से जून के अन्त तक भारी भीड़ रहती है, यद्यपि वह 'सन्तन की भीर' नहीं होती। उसके बाद सितम्बर के अन्त तक मधुपुरी सैलानियों में बिलकुल सूनी नहीं होती। कैसल की मीरा उस समय तक बराबर रहती है, जब तक कि सर्दी अधिक बढ़ नहीं जाती। इसका एक फल ठाकुरजी को भी मिलता है—जन्माष्टमी, दीवाली को मन्दिर के बाहर बिजली की दीपमालिका की जाती है। उस समय सैकड़ों चिरागों के बीच में जगमग-जगमग करते मन्दिर को दूर-दूर से देखा जा सकता है।

मुख्य सड़क मन्दिर तक पहुँचने में दो-ढाई सौ गज की चढ़ाई पड़ती है, जिसके कारण श्रद्धा या कौतूहल रखनेवाले सभी लोग वहाँ पहुँचने की कोशिश नहीं करते हैं, लेकिन जिनकी लालसा भी होती है, उनके रास्ते में भी बाधा है। आधुनिक मीरा अन्तःपुर की असूर्यपश्या नहीं है, बल्कि शाम-सबेरे कोई भी उन्हें सिर खोले, पतलून पहने सड़कों पर देख सकता है। वह किसी तीसरी श्रेणी की सिनेमा-तारिका या मसूरी में सीजन के वक्त आमतौर से घूमती रहनेवाली 'सोसायटी गर्ल' से कोई भिन्नता नहीं रखती, लेकिन ठाकुरजी के पास पहुँचने के समय उनका

कैसल अन्त:पुर का रूप ले लेता है।

ठाकुरजी आखिर मीरा के प्राइवेट गिरधर गोपाल हैं, इसलिए उनका दरवाजा हर ऐरे-गैरे नत्थू खैरे के लिए खुला नहीं रह सकता। कैसल में जाने की पहले इजाजत लो, फिर मन्दिर की तरफ बढ़ो। इसके कारण बहुतों की श्रद्धा का स्रोत सूख जाता है। जाड़ों के आने पर कैसल सूना हो जाता है, एक चौकीदार और एक पुजारी रह जाते हैं। उस समय इजाजत लेने की शायद जरूरत नहीं पड़ती, लेकिन तब दिन में दो बड़े-बड़े काले कुत्ते खुले फिरते हैं, जिनसे शरीर नुचवाने के लिए तैयार होकर कैसे कोई भक्ति-भाव प्रकट करने के लिए वहाँ पहुँच सकता है।

ठंडी सड़क पर घूमनेवाले लोगों को सामने पहाड़ी पर मन्दिर दिखलाई पड़ता। यदि निरभ्र नीला आसमान पीछे हो, तो कलाशून्य होने पर भी अपनी निर्मल श्वेतिमा को लिए नीले पट पर वह बड़ा आकर्षक मालूम होता है। सारी मधुपुरी में कैसलनुमा एकमात्र इमारत होने से भी वह लोगों का ध्यान अपनी ओर आकृष्ट किये बिना नहीं रहती। अधिकतर सैलानी मधुपुरी की समतल सड़कों को ही पसन्द करते हैं, लेकिन कुछ मनचले चढ़ाई चढ़ने में भी नहीं हिचकिचाते। बेचारे रिकशों के अड्डे के पास आकर मन्दिर की ओर पैर बढ़ा देते हैं, लेकिन कुछ ही दूर जाने पर या तो काले कुत्ते यमराज के कुत्तों की तरह उनका रास्ता रोक देते हैं, या चौकीदार कह देता है—बिना आज्ञा के आगे न बढ़िए।

सचमुच इस सुन्दर ठाँव पर कहावतों में मशहूर खजाने का साँप आ बैठा है, लेकिन इसका दोष हम केवल मीरा ही को नहीं दे सकते। आखिर वहाँ कुछ फूल भी फुलबाड़ी भी है। हमारे देश के अधिकांश लोग नागरिकता की जिम्मेवारी उठाने के लिए तैयार नहीं हैं। वह कहीं फूल तोड़ लेते हैं, कहीं कोई दूसरी चीज बिगाड़ देते हैं, मन्दिर में अगर कोई न रहे तो कोयला या पैन्सिल से अपना नाभ अमर करने के लिए उसकी दीवारों पर कुछ लिखे बिना नहीं रहते। ऐसी अवस्था में बिना आज्ञा प्रवेश निषिद्ध करना अन्यायोचित नहीं है, यह सभी मानेंगे। हम समझते हैं, शाम-सबेर की आरती में सम्मिलित होने के लिए कैसल-निवासिनी की ओर से कोई बाधा नहीं हो सकती, लेकिन जैसाकि बतलाया, मधुपुरी विलासियों के लिए बनी है, भक्तों के लिए नहीं।

(3)

मधुपुरी के एकान्त-वासी ठाकुरजी एक सहृदय पिता और भक्तिभाव सम्पन्न उनकी तरुण पुत्री की श्रद्धा के प्रतीक है श्रद्धा के प्रतीक सभी अच्छे होते हैं, लेकिन जमाना भी कैसा है? मन्दिर के भीतर आकर विराजमान होते समय ठाकुरजी को क्या मालूम था? या यदि उनको मालूम भी था, तो उनके भक्त राजा और राजकुमारी

को क्या पता था, कि जमाना पलटा खाएगा। निश्चय ही जो चीज किसी समय श्रद्धा की प्रतीक थी, वह अब बेवकूफी की प्रतीक हो गई है। आखिर ठाकुरजी चट्टान काटकर खुले आसमान के नीचे खड़े किये गए, शिवलिंग नहीं है, जो आकाश की वर्षा से संतुष्ट हो जाएँगे।

यह ठाकुरबाड़ी है। अपनी लक्ष्मी सहित ठाकुरजी मन्दिर के भीतर विराजमान हैं। उनको पहनने के लिए कपड़ों की आवश्यकता होती है और जेवरों की भी। यदि कुछ हजार के असली जेवर ठाकुरजी के हुए, तो किसी समय भी जाड़ों में पुजारी या चौकीदार को जान से हाथ धोने का डर है। ठाकुरजी केवल जल-अच्छत सन्तुष्ट रहनेवाले नहीं हैं, उनके राग-भोग के लिए पकवान की जरूरत है। आरती के समय शंख घड़ी-घंटा बजाने के लिए कुछ और आदमियों की आवश्यकता है। यह सब खर्चीली चीजें हैं। अगर शंख-धवल मन्दिर की सजावट का खयाल न किया जाए, तो भी वह दो-ढाई सौ रुपये महीने का नुसखा है। टूट-फूट की मरम्मत तथा त्योहारों की तैयारी का खर्च जोड़ देने पर खर्च साल में चार-पाँच हजार रुपये कम का नहीं हो सकता।

रियासतें और तालुकदारियाँ खतम हो गईं। अब तो अपने देह की चर्बी या गला गलाकर जीवन यात्रा पूरी करनी है। ऐसे समय गले से बँधा कब तक यह चरखा चलता रहेगा?

पुजारी बारहों महीना रहता है जब शाम-सवेरे मन्दिर से घंटे-घड़ियालों की आवाज न सुनाई दे, तो पता लग जाता है कि कैसल मीरा ने सुना है। पुजारी शायद रोज की तरह ठाकुरजी की आरती दिखला देता है। इसमें भी सन्देह है कि आरती में दालदा छोड़ असली घी डाला जाता है। पट न बन्द होने पर भी छह महीनों के लिए तो ठाकुरजी बेचारे तपस्या के लिए छोड़ दिये जाते हैं। ठाकुरजी को ऐसी तपस्या करने के लिए जिन्होंने मजबूर किया, क्या वह उन्हें आशीर्वाद देंगे? जाड़ों भर ठाकुरबाड़ी की ओर नजर डालने पर दया आए बिना नहीं रहती, चारों तरफ सुनसान, चारों तरफ उदासी!

आज सौ वर्ष बाद की ओर नजर जाती है। 2053 ई. सन् आएगा। उस समय इस कैसल और ठाकुरजी की क्या अवस्था होगी? आज की तरुण मीरा का कहीं पता न होगा, उसकी चौथी या पाँचवीं पीढ़ी करोड़ों जनगण के समुद्र में बूँद की तरह विलीन हो गई रहेगी। शायद उसे बहुत धुँधली-सी स्मृति होगी, कि हम किसी तालुकदार राजा के वंशज हैं निश्चय ही उसे यह तो नहीं मालूम होगा, कि मधुपुरी में उसकी पूर्वजा महादादी के लिए एक संगमरमर जैसा मन्दिर बनवाया गया था, उसके पास के कैसल में वह रहा करती थी।

मन्दिर हो, गिरजे या मस्जिद हो, वह केवल पूजा-अर्चना के लिए ही नहीं बना करते, बल्कि निर्माता उनके रूप में अपने अहंकार को धरती पर चिरस्थायी

करना चाहते हैं। वह समझते हैं कि इससे उनका नाम अजर-अमर रहेगा। पहाड़ को काटकर अचल गुहा-प्रासादों के बनानेवालों का नाम तक लोग अब नहीं जानते। पहाड़ छीलकर एलोरा के जैसे सुन्दर विशाल मन्दिर को जिन्होंने निकाल खड़ा किया था, उनके नाम का हमें पता नहीं, तो मधुपुरी के हाल के बने इस मन्दिर की क्या हैसियत है? यह तो सौ वर्षों तक शायद अपनी जगह खड़ा भी न रहे। फिर इसके द्वारा बनानेवाले की अमरकीर्ति कैसे कायम रह सकती है?

कला की दृष्टि से भी इस मन्दिर में कोई ऐसी बात नहीं है, जिसके लिए सौ वर्ष आगे आनेवाली सरकार को उसे अपना संरक्षण देने की आवश्यकता हो। उसकी मूर्तियाँ भद्दी हैं और मन्दिर भी अनाकर्षक। मूर्तियाँ इस योग्य भी नहीं हैं, कि इन्हें किसी म्यूजियम में रखा जाए। मन्दिर की शिलाएँ शायद किसी उपयोग में आ जाएँ। जो भी हो 100 वर्ष बाद इस निर्जन कैदखाने से ठाकुरजी के मुक्त होने की सम्भावना है।

और कैसल? उसका भाग्य तो मधुपुरी के भाग्य के साथ बँधा हुआ है। आज देश में जिस तरह की दरिद्रता बढ़ी हुई है उसी का फल है मधुपुरी का दिन-दिन सूखना, रक्त-मांसहीन बनना। पचासों लाख रुपये जिन इमारतों के बनाने में लगे, अब वह वर्षों से परित्यक्त है, अधिकांश फर्नीचर लुप्त हो चुके हैं, कितनों ही के किवाड़, चौखट लुट चुके हैं और द्रौपदी के चीर की तरह कितनों के टिन उतारे जा रहे हैं। जहाँ कभी सुन्दर बँगला या कोठी थी, वहाँ अब नंगी दीवारें खड़ी हैं। सौ वर्ष बाद हम समझते हैं, भारत की यह स्थिति नहीं रहेगी, वह धनधान्य सम्पन्न देश होगा। उस समय मधुपुरी को और विशाल तथा समृद्ध बनाया जाएगा, लोगों की यहाँ और भी अधिक चहल-पहल रहेगी। यदि कैसल की दीवार खोखली नहीं हो गई है तो यह शायद खड़ा रहे। तब उसका आज से अधिक सुन्दर इस्तेमाल होगा, लेकिन उस समय "नित उठ दरमन पास्यूँ" कहकर ठाकुरजी को हाथ जोड़नेवाली कोई तीसरी मीरा नहीं होगी।

रायबहादुर

(1)

कुछ ही साल पहले रायबहादुर कितनी मोहक उपाधि थी। रायबहादुर तो दूर, अगर सिर्फ रायसाहब की उपाधि भी मिल जाती, तो लोग अपने को कृतकृत्य समझते, पूर्व पुण्य का उदय या भारी तपस्या का सफल होना मानते। आर. बी. (रायबहादुर), सी. आई. ई., सर, के. सी. आई. ई. के चन्द अक्षरों द्वारा अंग्रेजों ने हमारे देशवासियों को कितना मोह लिया था? कुछ लोगों के लिए यह चन्द अक्षर सम्मान के लिए उपयोगी भले ही हो, लेकिन अधिकतर वह खर्च कराने के कारण होते थे। जिला-मजिस्ट्रेट से लेकर लाट साहब तक जिसे भी किसी काम के लिए चन्दे की आवश्यकता होती, वह इन उपाधिकधारियों से कहता, और वह उनकी आज्ञा को शिरोधार्य करने के लिए मजबूर थे। लेकिन व्यवसायियों के लिए यह चन्द अक्षर हजारों नहीं लाखों का काम कराते थे। इन अक्षरों के द्वारा बाजार में उनकी साख बढ़ जाती थी। सरकारी ठेकों से वह अपने को मालामाल कर सकते थे। लाला दयाचन्द को रायबहादुर की उपाधि केवल खर्च की चीज नहीं थी। उनके वैभव के आगे बढ़ने में इसका बहुत हाथ था। पहले एक बेकार वकील, फिर अपने चलते-पुर्जेपन से अंग्रेजों कृपापात्र और अंत में वकालत छोड़ व्यवसाय में हाथ लगाना। उन्होंने कभी पीछे मुड़ने का रास्ता नहीं देखा, वह हमेशा आगे ही बढ़ते रहे। यद्यपि रायबहादुर इसे भगवान की दया और भाग्य की बात समझते हैं, लेकिन दरअसल यह बात नहीं थी। इसमें उनकी तपस्या का बड़ा हाथ था और उससे भी अधिक उनका समय को पहचानना और उसके अनुसार चलना।

रायबहादुर बड़े जमींदार भी बनते थे, अच्छी वकालत चलने पर किसी-किसी वकील को भी रायबहादुरी दे दी जाती थी, जब अंग्रेज समझते, कि इसे अपने हाथ में रखना अधिक लाभदायक है। कालेज की पढ़ाई समाप्त कर दयाचन्द ने जिस वक्त न चलनेवाली वकालत शुरू की, उस समय उन्हें कहाँ खयाल हो सकता था, कि वह युग-युग जीते, हर युग में सिरताज बने रहेंगे। वकालत से निराश हो वह

एक छावनी में सिविलियन क्लर्क हो गए। वहाँ संयोग से ऐसा काम मिल गया था, जिसमें रसद और उसके ठेकेदारों से काम पड़ता था। अंग्रेज फौजी अफसर उतनी दिलेरी के साथ रिश्वत नहीं ले सकते थे, जितना कि आज लिया जा रहा है। लेकिन, शराब की बोतलें और दूसरे उपहार अफसरों या उनकी मेमों के लिए त्याज्य नहीं थे, खासकर बड़े-दिन में तो महँगी से महँगी डालियाँ दी जा सकती थीं। दयाचन्द ने इस गुण को बहुत अच्छी तरह सीख लिया। क्लर्क रहते समय वह अपने साहब और मेम के पास यह भेंट और उपहार ठेकेदारों द्वारा भिजवाते थे। जब उन्होंने देख लिया, कि एक लगावे, नब्बे पावे वाली बात है, तो आठ साल बाद उन्होंने वेतन और ऊपर की आमदनी वाली नौकरी को लात मारी। एक सैनिक ठेकेदार ने ऐसे चलते-पुर्जे नौजवान को अपने काम में भागीदार बनाना लाभ का सौदा समझा। "हलदी लगे न फिटकरी, रंग चोखा आवै" वाली बात हुई। दयाचन्द को पूँजी लगाने की आवश्यकता नहीं थी। बस, अपने बड़े भागीदार को अधिक से अधिक नफा कराना था और स्वयं भी उसमें हिस्सेदार बनना था। चार वर्ष में ही इतनी पूँजी जमा हो गई, कि उन्होंने ठेकेदार को धता बताया, और स्वयं ठेकेदारी शुरू कर दी। उसी छावनी में उन्होंने अपना जेनरल स्टोर भी खोल दिया। उधार पर चीजें मिलने में कोई दिक्कत नहीं थी। स्टोर और ठेकेदारी दोनों चलने लगीं, प्रतिद्वन्द्विता थी, लेकिन सैनिक ठेकेदार पुराने टाइप के आदमी थे और दयाचन्द ने प्रथम विश्वयुद्ध के समय होश संभाला था। वह नये अंग्रेज अफसरों के अधिक परिचित थे। पुराने ठेकेदार प्राचीनतावादी थे, छूआछूत और कितनी ही दूसरी रूढ़ियों के शिकार थे; लेकिन दयाचन्द सब तरह से निर्मुक्त थे, जैसे भी हो वैसे वह अपने स्वामियों को रिझाने के लिए तैयार थे। उनका व्हाइटवे या आर्मी-नेवी के यहाँ का बना नया सूट देखकर ही अंग्रेज अफसर प्रभाव में आ जाते। अंग्रेजी बोलने में भी वह बाबू इंग्लिश नहीं, बल्कि ग्वाँटी इंग्लिश का इस्तेमाल करते थे। यह दोनों सम्बल उन्हें उच्चकुलीन साबित करने के लिए पर्याप्त थे। यदि क्लर्की की बात चलती, तो दयाचन्द यह विश्वास दिलाने में बहुत आसानी से सफल हो जाते, कि अमीरी में पले लड़के को जमाने ने तबाह किया, एक मर्तबे उसे सबसे निचली सीढ़ियों से जीवन आरम्भ करना पड़ा, लेकिन अपने अथक परिश्रम और दूसरे गुणों से उसे जल्द ही फिर अपने पैरों पर खड़ा होने का मौका मिला। दयाचन्द के कुर्सीनामे के पीछे पड़ने की किसको फुर्सत थी। कौन जानता था, कि उनके पिता नहीं सात पीढ़ियाँ एक गाँव में छोटी-सी दूकान करके मुश्किल से अपना गुजारा करते आए थे। प्रकृति की दया भी उनके साथ थी, उनका रंग असाधारण गोरा था, अर्थात यूरोप में वह अपने को इतालियन या स्पेनवासी आसानी से कह सकते थे। दयाचन्द यद्यपि पीछे लक्ष्मी के लाड़ले होने के साथ-साथ पैसों में ही नहीं, चबी में भी वह गए, लेकिन जिस वक्त वह सफलता की आरम्भिक सीढ़ियों पर बड़ी तेजी से चढ़ रहे थे, उस वक्त उनका

बदन लम्बा, छरहरा था, वह एक बड़े स्वस्थ तरुण थे।

पैसा पैसे को खींचता है, यह कहावत दयाचन्द पर पूरी तौर से चरितार्थ होती है। हरेक लाभ का पैसा उनके घर में और पैसा ला रहा था। दयाचन्द चाहे गरीब परिवार में पैदा हुए हों, और केवल अपने अव्यवसाय से ही पढ़ पाए हों, लेकिन उनके स्वभाव में दरिद्रता कभी नहीं समाई। वह हमेशा खुले हाथोंवाले रहे। क्लर्की के समय भी उनका हाथ खुला रहता। अपने लिए एक शाम भूखे रह जाते, लेकिन यार-दोस्तों का मुँह मीठा किये बिना नहीं रहते। अब वह बेसरो-सामानी की अवस्था नहीं थी, स्वतंत्र ठेका और स्टोर कायम करते ही हर महीने हजारों की आमदनी होने लगी। उसमें से वह उसी तरह उदारता के साथ खर्च भी करते थे। जल्द ही चालाकपुर के आर्य-समाज के वह सभापति बना दिये गए। चन्दा देने में जो हमेशा आगे रहता हो, और साथ ही शहर में रहने पर बिना नागा हर रविवार समाज-मन्दिर की उपासना में सम्मिलित होता हो, उससे बढ़कर इस पद के योग्य कौन हो सकता था? उन्हें आर्य-समाज के सिद्धान्तों का ज्ञान पुस्तकों से करने की आवश्यकता नहीं थी। वैसे दयाचन्द हिन्दी और उर्दू दोनों भाषाएँ भी जानते थे, और उर्दू में आर्य समाज की काफी पुस्तक थी, लेकिन दयाचन्द को उनके पढ़ने की फुर्सत नहीं थी। हाँ, हर महीने के चार इतवारों के कुछ घंटे समाज-मन्दिर में लगाने के कारण उन्हें बराबर व्याख्यानों के सुनने का मौका मिलता था, और वह इस तरह सुनते-सुनते आर्य-समाज की बहुत-सी बातों से परिचित हो गए थे। पक्के आर्य-समाजी और एक बड़े नगर के समाज के प्रधान होते हुए भी उन्हें कट्टरता और धर्मान्धता छू नहीं गई थी। मुसलमानों से भी उनका सम्बन्ध अच्छा था। उनके कारबार में सहायक कितने ही मुसलमान कर्मचारी थे। मुसलमानों के जल से और त्योहारों में भी वह खुलकर चन्दा देते और ईसाइयों के किसी चन्दे में सबसे पहले और अच्छी रकम दयाचन्द की ही होती थी। वह चालाकपुर के बड़े आदमियों में इतनी जल्दी शामिल हो गए, कि किसी को पता भी नहीं लगा। दस ही वर्ष पहले तो वह 30 रुपये के क्लर्क थे। ईर्ष्या करने वाले लोग भी थे, लेकिन उनकी संख्या बहुत कम थी। खाते-पीते लोगों में से अधिकांश दयाचन्द की प्रशंसा करते थे। अपने कारबार को किये दस ही वर्ष हुए थे, कि दयाचन्द को सरकार ने रायबहादुर बना दिया। उनके रूप-रंग चाल-बर्ताव और उदारता को देखकर जिला-मजिस्ट्रेट रायबहादुरी की सिफारिश के लिए भी हिचकिचाता था। उसकी चली होती, तो वह सीधे सी. आई. ई. की उपाधि दिलवाता। अब से वह रायबहादुर दयाचन्द कहे जाने लगे।

(2)

रायबहादुर अंग्रेजों के अनन्य भक्त थे, जैसाकि हरेक रायबहादुर के लिए होना

चाहिए। आखिर अंग्रेजों की राय में राय (हॉम हाँ) मिलाने में बहादुर होने के कारण ही तो रायबहादुरी दी जाती थी। फिर उपाधियों का क्या यही अन्त था? रायबहादुर के हृदय में आशा थी, कि अंग्रेज बर्करार रहे एक दिन मैं सर और राजा की उपाधि लेकर रहूँगा। नमक-सत्याग्रह चल रहा था, लोग पिट रहे थे और जेलों में ठूँसे जा रहे थे, उस समय अपने जिला-अफसरों के पास रायबहादुर की हमेशा यही राय थी, कि इन बदमाशों को डंडे से ठीक किया जाए। उनका विश्वास था—हिन्दुस्तान के लोगों को आदमी बनाना, यहाँ शान्ति और समृद्धि स्थापित करना अंग्रेजों का काम है। जो भी अंग्रेजी राज्य के खिलाफ कहता है, वह उनकी दया का पात्र नहीं हो सकता। रायबहादुर को ऑनरेरी मजिस्ट्रेटी भी मिल रही थी, लेकिन उन्होंने कार्य के अधिक होने का बहाना करके उसे नम्रतापूर्वक इनकार कर दिया। रायबहादुर अंग्रेजों के लाडले थे, तो अंग्रेजी शासन के उखाड़नेवाले उन्हें अच्छी नजर से कैसे देखते? लेकिन, उनकी उदारता किसी एक वर्ग तक सीमित नहीं थी। शिक्षा-संस्थाओं में भी पैसे देते, और खासकर ऐसी संस्था में जिसका प्रमुख कोई प्रभावशाली कांग्रेसी वकील होता। रायबहादुर अच्छी तरह जानते थे, कि आदमी के पास सोना रहना चाहिए, फिर "सर्वे गुणा: काचनमाश्रयन्ति।" जिस वक्त कोई राजनीतिक आन्दोलन अधिक उग्र हो उठता, उस समय बेचारे रायबहादुर के लिए चालाकपुर में रहना मुश्किल हो जाता। लेकिन, अब उनका कारोबार कई शहरों में फैल चुका था। द्वितीय महायुद्ध के समय उन्होंने खूब पैसा कमाया और लुटाया भी। अब वह अधेड़ उम्र के हो चुके थे। जब व्यवसाय में अपनी सफलता दिखा चुके, तो इस उम्र में फिर ब्याह करने में क्या कठिनाई हो सकती थी? इस समय उन्हें एक शिक्षिता कन्या को ब्याहने का सौभाग्य प्राप्त हुआ। उनकी दूसरी पीढ़ी भी आगे बढ़ रही थी। उनका घर एक आधुनिक धनकुबेर के अनुरूप सजा-धजा रहता था। प्रथम महायुद्ध के आर्य-समाजी कम-से-कम स्त्रियों में अंग्रेजियत के घुसने के घोर विरोधी थे। वह अपनी स्त्रियों को आर्य-महिला बनाने के लिए उनकी शिक्षा आर्यभाषा और संस्कृत तक सीमित रखना चाहते थे, लेकिन जब रायबहादुर की पत्नी स्वयं मैट्रिक पास हों, तो उनकी लड़कियाँ वहीं तक कैसे रह सकती थीं? रायबहादुर ने अच्छी तरह समझ लिया था, कि अंग्रेजी राज्य में सफलता प्राप्त करने के लिए लड़के और लड़कियों दोनों को बचपन से ही अंग्रेजी की घुट्टी मिलनी चाहिए, इसलिए उनके घर में उसी समय अंग्रेजी का अखंड राज्य हो गया था, जब कि कितने ही दूसरे लोग इसे विचारकोटि ही में रखे हुए थे। हिरण्यकश्यपु के घर में भी प्रह्लाद होते देखे गए, लेकिन रायबहादुर इस बात में बड़े सौभाग्यशाली थे, उनके लड़के-लड़कियाँ अपने पिता की तरह ही कांग्रेस और कांग्रेसियों से नफरत करते थे।

रायबहादुर के आलीशान बँगले में बड़े-बड़े अंग्रेजों की दावतें होती थीं और उनके भोजन में आर्यसमाज या हिन्दू धर्म में वर्जित पान-भोजन को ही किसी अंग्रेज

रेस्तराँ से तैयार कराया जाता, जिसके लिए कभी-कभी उन लोगों की भी नुकताचीनी सुननी पड़ती, जो रायबहादुर के बड़े समर्थक थे। जग में सेवा-धर्म बहुत कठिन है। रायबहादुर ने जब गौराग सेवा का अनन्य व्रत ले लिया था, तो अपने और परायों की नुक्ताचीनियों से वह कैसे विचलित हो सकते थे?

रायबहादुर को हमेशा बड़े-बड़े शिकारों का शौक था। वह छोटी बातों में हाथ नहीं लगाते थे। कितनी ही बार वह अपने सर्वस्व की बाजी भी लगाकर किसी व्यवसाय में पड़ जाते। इसमें शक नहीं, यदि उसमें असफलता का मुँह देखना पड़ता, तो रायबहादुर को लँगोटी पहननी पड़ती। लेकिन, उनको पूरा विश्वास था, कि मुझे ऐसे दिनों का मुँह नहीं देखना पड़ेगा, जबकि मैंने एक नहीं अनेक विघ्न-विनायकों की उपासना कर रखी है। उनका कारबार अधिकतर सरकारी ठेकों का था, जिसे वह कभी-कभी अपनी शक्ति से कई गुना अधिक का ले लेते थे। खतरा तो था, लेकिन यह कलकत्ता-बम्बई के फाटकें-जैसा नहीं था। रायबहादुर इस तरह आगे बढ़ने जा रहे थे, लेकिन उन्हें यह देखकर दुख भी होने लगा था, कि अंग्रेज बागी कांग्रेसियों के साथ जैसा बर्ताव करना चाहिए, वैसा करने से हिचकिचाते हैं। इन्हीं बागियों के हाथों में (यद्यपि उनके अपने प्रदेश में नहीं) भारत के कितने ही दूसरे प्रदेशों में अंग्रेजों ने कितना ही शासन भी दे दिया। रायबहादुर की गोरागनिष्ठा पर इससे बहुत आघात लगा। पहले तो एक भक्त की तरह तिलमिलाए, फिर सोचने लगे, कि कहीं नाव को गाड़ी पर चलने के लिए मजबूर न होना पड़े। उनको मालूम हो गया, कि सभी अंडों को एक ही टोकरी में नहीं रखना चाहिए। उनके अपने प्रदेश में यद्यपि कांग्रेस नहीं, बल्कि अंग्रेजों के अनन्य भक्तों का राज्य था, तो भी रायबहादुर अग्रसोची थे, उनकी नजर वर्तमान ही पर नहीं, बल्कि भविष्य पर भी बराबर लगी रहती थी। अब भी अंग्रेजों की अनन्य-भक्ति से ही वह पैसा कमा सकते थे, किन्तु वैसा करते हुए भी भीतर ही भीतर वह दुविधा के शिकार हो गए थे। रायबहादुर को अंग्रेजों के प्रतिपूर्ण-विश्वास के कम करने का एक कारण यह भी पैदा हो गया, कि जहाँ सभी तरह की सैनिक-असैनिक ठेकेदारियों में हिन्दुओं का एकाधिपत्य चला आया था, वहाँ अब अंग्रेज मुसलमानों की भी पीठ ठोंक रहे थे, और मुसलमान ठेकेदार भी भारी प्रतिद्वन्द्वी बन गए थे। अपने प्रदेश में आगे बढ़ने का रास्ता उन्हें रुकता दिखाई दिया, इसलिए अब वह पड़ोसी प्रदेशों में भी अपना कारबार बढ़ाने लगे। लड़ाई समाप्त होते-होते रायबहादुर का सूर्य मध्याह्न से ढलने लगा, उन्हें कुछ बड़े-बड़े घाटे सहने पड़े, लेकिन अभी वह संभाल से बाहर नहीं थे।

(3)

लड़ाई के बाद रायबहादुर की यही अवस्था थी, जबकि अंग्रेजों ने भारत का शासन-

सूत्र भारतीयों के हाथ में सौंपा। स्थिति इतनी तेजी से बदलने लगी, कि इसका पता रायबहादुर जैसे तेज दिमाग के आदमी को भी नहीं लगा। अभी वह अपने रोजगार बारे में नई तरह से सोचने की तैयारी ही कर रहे थे, कि 15 अगस्त, 1947 को अंग्रेज हिन्दुस्तान छोड़ गए। उसके बाद ही रायबहादुर के अपने प्रदेश में आग लग गई और उन्हें वहाँ से भागना पड़ा। लेकिन वह दूसरे लाखों आदमियों की तरह अकिंचन होकर अपने प्रदेश से नहीं निकले। राजधानी दिल्ली में भी अपना कारोबार शुरू कर दिया था, और थोड़ा ही पहले वह मधुपुरी में एक बहुत बड़ा होटल खरीद चुके थे। खरीद के लिए पैसों का अभाव होने के कारण उन्होंने कर्ज लेकर अंग्रेज मालिक को होटल का दाम चुकाया था।

रायबहादुर का सूर्य मध्याह्न से ढल चुका था, जिस तरह कि उनकी उम्र ढल चुकी थी। अब नये-नये मनसूबे बाँधने की हिम्मत नहीं रह गई थी, लेकिन जिस बुद्धि से वह इस स्थान पर पहुँचे, इतने तूफानों और झकोरों से नाव को खेया, वह अब भी उनके पास मौजूद थी। रायबहादुर ने मधुपुरी में रहने का निश्चय कर लिया। उनका सबसे बड़ा कारबार यहाँ के सबसे बड़े होटल के रूप में था, इसलिए भी उन्हें मधुपुरी में रहने का निश्चय करना पड़ा। मधुपुरी में आने के समय अभी अंग्रेज-भक्ति उनसे अलग नहीं हुई थी, लेकिन चालाकपुर की सर्वतोमुखीन गौराग-आराधना का इतिहास अब पीछे छूट गया था, इसलिए उसके कारण लोगों की अंगुलियों के उठने का डर नहीं था। मधुपुरी में गौराग-उपासना की अभी पूरी तैयारी नहीं हो सकी थी, कि उपास्य देवता यहाँ से कूच कर गए। गौराग-देवताओं के प्रति अपनी भक्ति को धारा रायबहादुर ने कांग्रेसी देवताओं की ओर मोड़ दी। उनकी बुद्धि यही बतलाती थी, कि जिधर सूर्य उगे, उसी ओर सिर नवाओ। कांग्रेस में सीधे आने में अभी रायबहादुर हिचकिचाते थे। मधुपुरी के कांग्रेसी पंडे भी नये प्रतिद्वन्द्वी को भीतर घुसने नहीं देना चाहते थे। उन्हें रायबहादुर का पुराना इतिहास मालूम नहीं था, तो इससे क्या? वह झूठ गढ़-गढ़कर उनके खिलाफ प्रचार कर सकते थे। लेकिन रायबहादुर ने तो निश्चय कर लिया था, कि नये सूर्य की अनन्य-भक्ति हमें हर हालत में करनी है। मधुपुरी का सबसे बड़ा और फैशनेबल होटल उनके हाथ में था ही।

मधुपुरी से भागते वक्त जब अंग्रेज अपनी कोठियों को मिट्टी के मोल बेच रहे थे, तो बड़े-बड़े सेठों ने उनमें से कितनों को खरीद लिया था। कितनों ने तो खरीदने की कीमत अपने मिलों के मजदूर-कल्याण-फंड से दी। इससे एक पथ दो काज हुआ—मजदूर-कल्याण-फंड में जितना रुपया दिया गया, उसपर इनकम-टैक्स लगनेवाला नहीं था और कल्याण-फंड से खरीदे हुए मकान में उनके चिथड़ेधारी मजदूर रहकर मधुपुरी का आनन्द लेंगे, इसकी सम्भावना ही नहीं थी। चाहे किसी कल्याण-फंड से ये महल लिए और सुधारे गए हो, अब उनमें सेठ-परिवार का

निवास होता था। कानून छोटे-मोटे लोगों के लिए होता है, बड़े लोग कानून से ऊपर हुआ करते हैं। चाहे यह निरी धोखाधड़ी हो, कि मजदूरों के हक के पैसे सेठों के विलासमहल तैयार करने में लगाए जाएँ, लेकिन जब इन विलासमहलों में कानून के धनी-धोरी, स्वयं सरकार के बड़े-बड़े मंत्री आकर निवास करते हैं, तो किसी की मजाल क्या, कि सेठों की और अंगुली भी दिखा सके? वैसे मजदूर कल्याण-फंड में लाखों देने के लिए मजबूर नहीं थे। जो चोरबाजारी के करोड़ों रुपयों और इंकमटैक्स की भारी रकमों को हजम करके डकार तक नहीं लेते, उनके लिए, यह चन्द लाख रुपये कोई चीज नहीं थे। यद्यपि मधुपुरी जैसी विलासपुरियों की यह कोठियों—जिन्हें अंग्रेजों से लेकर और अच्छी तरह सजाने में लाखों खर्च किये गए—मजदूर-कल्याण-फंड द्वारा किसी दूसरे ही उद्देश्य के लिए ली गईं, लेकिन, अब वह मंत्रियों और बड़े-बड़े अधिकारियों के अतिथि-प्रासाद के काम के लिए अधिक उपयुक्त की जाने लगी। हाँ, देवता तो बराबर आकर विराज नहीं सकते, इसलिए बाकी समय वह सेठ-परिवार के लिए इस्तेमाल की जाने लगी।

रायबहादुर के लिए सेठों के इन अतिथि प्रासादों से होड़ करना आसान काम नहीं था। रायबहादुर दस-बीस लाख के आदमी रह गए थे, जबकि जगत सेठों को हर साल करोड़ों का नफा था। वह अपने अतिथि-प्रासादों में देवताओं का सत्कार-सम्मान जितनी शाहखर्ची से कर सकते थे, उतना रायबहादुर के बस की बात नहीं थी। लेकिन कुछ बातें रायबहादुर के पक्ष में थीं, जो सेठों को मयस्सर नहीं थीं। मधुपुरी के सबसे बड़े और सबसे अधिक फैशनेबुल होटल में आधुनिक विनोद-विलास के जितने साधन एकत्र हो सकते थे, उतने सेठों के अतिथि-प्रासादों में हर्गिज नहीं हो सकते थे। बूढ़े देवता चाहे सेठों की इन अतिथि सेवाओं, और उससे भी अधिक समय-समय पर मिलनेवाले उपहारों से सन्तुष्ट हो जाएँ, लेकिन देवकुमार, देवकुमारियाँ और देववधुएँ मधुपुरी में एकान्तवास के लिए नहीं आतीं। उन्हें ऐसे स्थान की आवश्यकता है, जहाँ उन्हें नवीन सोसाइटी अपने पूरे सावन और सौन्दर्य के साथ प्राप्त हो। माँ-बाप या सास-ससुर के कांग्रेसी होने से यह मतलब नहीं, कि उनकी सात पीढ़ी ने अपने भाग्य को गांधीजी के नाम पर रेहन कर दिया है। अब तो बड़े-बड़े खद्दरधारी मुख्यमंत्रियों की बहुएँ और कन्याएँ एक बार के बाल सँवारने, कटाने और शपू पर सौ-सौ रुपया खर्च कर देती है। जब चिराग तले अँधेरा हो, तो गांधीवादियों की नई पीढ़ी से आशा नहीं रखी जा सकती, कि वह उदुम्बरवर्णा (लाल) शराबों में अपने को वंचित रखेगी। संक्षेप में इन देवकुमारों और देवकुमारियों को जिस नृत्यशाला की, जिस खानपान की आवश्यकता थी, और जैसे लोगों के साथ मिलने, भेटने की इच्छा थी, उसकी अच्छी तरह पूर्ति रायबहादुर के होटल में ही हो सकती है। इसीलिए रायबहादुर सेठों से पीछे नहीं रहे। कितनी ही बार बूढ़े माता-पिता सेठों के अतिथि-प्रासाद में ठहरे देखे गए, और उनके सुपुत्र

और सुपुत्रियाँ रायबहादुर के होटल में। यदि वे देवताओं की पूजा से करोड़ों की कमाई कर सकते थे, तो रायबहादुर को भी खाली हाथ लौटना नहीं था। पिछली उथल-पुथल के समय वह बड़ी मुसीबत में पड़ गए थे। कर्ज देनेवालों का अलग दबाव था, इंकमटैक्सवाले अलग परेशान कर रहे थे, और अपने प्रदेश में छूटी सम्पत्ति के बिलकुल डूब जाने का पूरा डर हो गया था। रायबहादुर ने नये देवताओं की उपासना करके अपनी डगमगाती नैया फिर ठीक कर ली। पहले उन्हें रातों नींद नहीं आती थी, हर वक्त यही डर लगा रहता, कि न जाने कब डिग्री की कुडकी आवे और परिवार सहित मुझे होटल से निकालकर बाटका भिखारी बना दे। अब उन्हें देवताओं का वरदान मिल चुका है। सब कुछ ले-देकर भी यह विशाल होटल अब उनकी ऋणमुक्त सम्पत्ति है। यह और कुछ और सम्पत्ति मिलाकर 20-25 लाख की निष्कंटक जायदाद उनके हाथ में है।

बतला ही चुके हैं, कि रायबहादुर अब जवान नहीं रहे, और अच्छे खाते-पीते रहने के कारण ही देखने में प्रौढ़ मालूम होते हैं, नहीं तो वह बुढ़ापे की सीमा के भीतर पैर रख चुके हैं। ऐसी अवस्था में नित नये मनसूबे बाँधना उनके रायजादों और राजजादियों का काम है। वह अब चौथेपन की मर्यादा पूरा करने के लिए यथालाभ सन्तुष्ट है। 20-25 लाख की अकटक सम्पत्ति कम नहीं है। रायबहादुर को भविष्य की चिंता से ही अब मुक्ति नहीं मिल गई है बल्कि तरुणाई से ही जिस सेवा-व्रत (उपासना) की उन्होंने दीक्षा ली, उसे भी वह अब अच्छी तरह से कर सकते हैं। मधुपुरी के सबसे बड़े होटल से बढ़कर ऐसी उपासना का मन्दिर कौन-सा हो सकता है? छोटा-बड़ा कोई भी मंत्री मधुपुरी में क्यों न पहुँच जाए, रायबहादुर उसके स्वागत में एक भोज दिये बिना नहीं रहते। यहाँ यह कह देना आवश्यक है, कि अंग्रेजों के चले जाने के बाद जब उनकी दी हुई रायबहादुर, सर और दूसरी उपाधियों को छोड़ दिया गया, तब भी कितने ही समय तक रायबहादुर ने इतनी मेहनत से कमाई अपनी उपाधि को छोड़ना नहीं चाहा। लेकिन, अब तो कागज-पत्रों में कहीं भी अंग्रेजों की दी हुई उपाधियों का नाम नहीं देखा जाता, जिन्दगी भर सर के नाम से पुकारे जानेवाले लोग अब केवल मिस्टर कहे जाते हैं और केवल "स्टेट्समैन" ही जानकारी होने पर जब-तब सर की उपाधियाँ पुराने महापुरुषों के नामों के साथ लगा देता है, तो दयाचन्द की अपने रायबहादुर के बनाए रखने की कैसी आशा हो सकती थी? अब उनके नौकर उन्हें बड़ा साहब कहते हैं, छोटे साहब का नाम उनके बड़े पुत्र के लिए सुरक्षित हो गया है। दूसरे लोग लालाजी या किसी और नाम से सम्मान प्रदर्शित करना चाहते हैं, लेकिन यदि रायबहादुर के हृदय की बात पूछी जाए, तो उन्हें अब भी आनन्द आता है, जब कोई उन्हें 'रायबहादुर' कहकर सम्बोधित करता है। यह अब भी समझ नहीं पाते, कि यह रायबहादुर का शुद्ध भारतीय शब्द अंग्रेजों के जाने क्यों वर्जित हो गया?

(4)

अब भी यद्यपि रायबहादुर पहले ही की तरह सेवाव्रत-परायण है, लेकिन उनकी अनन्य-भक्ति अंग्रेजों के साथ विदा हो गई। उन्होंने जिस वक्त गौराग-भक्ति को शुरू किया था, उस वक्त यही खयाल था, कि बड़ी जाति की कन्याओं की तरह सारे जन्म के लिए मेरा यह एक ही विवाह हो रहा है। जिस तरह मीरा कहती—"मेरे तो गिरधर गोपाल दूसरा न कोई" उसी तरह रायबहादुर भी गदगद होकर गा सकते थे—"मेरे तो गौराग प्रभु, दूसरा न कोई।" गौराग प्रभु चल बसे, लेकिन रायबहादुर उनके साथ सती नहीं हो सके। यही नहीं बल्कि उन्हें एक नहीं अनेक प्रभुओं के परिणयसूत्र में बँधना पड़ा। इस नये जीवन से रायबहादुर को असन्तोष नहीं है, या असन्तोष रहा तो थोड़े ही दिनों के लिए। अब उनके प्रेम और श्रद्धा के पात्र अनेक हैं। कांग्रेसी मंत्री-नेता, अंग्रेजों के समय में भी बड़े कहे जानेवाले तथा आज भी उसी तरह शक्तिशाली नौकरशाह तो उनकी भक्ति के भाजन है ही, अब चौथेपन में वह अपने देवताओं की देखा-देखी जनता-जनार्दन की सेवा में भी उत्साह दिखला रहे हैं। मधुपुरी के हरिजनों के वह सबसे अधिक गमखाह हैं। उनकी भलाई के लिए जहाँ कहीं भी दौड़-धूप करनी हो, टेलीफोन खटखटाना हो, उसके लिए वह तैयार रहते हैं। बड़े साहेबजादे ने होटल का काम सँभाल लिया है, इसलिए सेवा-व्रत में सारा समय लगाने के लिए रायबहादुर पूरी तौर से स्वतंत्र हैं। रायबहादुर की हरिजन-भक्ति को देखकर मंत्री भी बहुत सन्तुष्ट हैं, और वह हरिजनों के लिए किसी माँग को ले जाने पर रायबहादुर को निराश नहीं करते। लेकिन इतने में ही रायबहादुर सन्तुष्ट कैसे हो सकते हैं? वह मधुपुरी के मजदूरों के कष्टों को भी दूर करना चाहते हैं। मजदूरों की सभा उनसे बढ़कर किसी कर्णधार को कैसे प्राप्त कर सकती है? उन्होंने मजदूर-सभा संगठित की, और कृतज्ञता दिखलाते हुए सभा ने उन्हें अपना प्रधान बनाया। वह मजदूरों में प्रिय क्यों न होते, जबकि लखपति होते हुए भी पतलून और कोट के गन्दे होने की कोई परवाह न कर वह उनके साथ टाट पर बैठने के लिए तैयार हैं, अपने गन्धर्व-प्रासाद समान होटल में मजदूरों को चाय की दावत कर सकते हैं। मजदूरों के नेताओं के लिए उनके घर में हमेशा स्वागत और साधु-वचन तैयार रहता है। मधुपुरी के मजदूर भी अधिकतर पाँच महीने के होते हैं। गर्मियों और शरद के दोनों बड़े-छोटे सीजनों के खतम होते ही वह फिर अपनी पहाड़ी कन्दराओं को लौट जाते हैं। ऐसे मजदूरों का संगठन करना आसान काम नहीं है। रायबहादुर को श्रेय देना चाहिए, कि उन्होंने उनका संगठन किया, उनकी तकलीफों को ऊपर तक पहुँचाने में सहयोग दिया और उनके प्रभाव के कारण अधिकारियों ने कुछ बातों को मान भी लिया। बाकी न रायबहादुर चाहते हैं, कि मधुपुरी में मजदूरों का राज्य हो, न यहाँ के मजदूरों के नेता जिनमें कितने

ही रायबहादुर के कृपापात्र हैं। यदि मजदूरों के सच्चे हितैषी, मजदूरों के राज्य का स्वप्न देखनेवाले मधुपुरी में नहीं पहुँचते, तो वह रायबहादुर के मजदूर नेता बन जाने की शिकायत कैसे कर सकते हैं? और जगहों की तरह मधुपुरी में भी लबाना मजदूर नेता की खोट निकालने वालों का अभाव नहीं है।

रायबहादुर ने सचमुच अपने अंडों को कई टोकरियों में रख रखा है। यदि एक में वह खराब भी हो जाएँ, तो उससे भारी क्षति नहीं हो सकती। कांग्रेजी ठेवताओं के यहाँ सुरखुरु हो जाने पर अब उनके रास्ते को स्थानीय छोटे-मोटे नेता कैसे रोक सकते हैं? यदि कहते हैं, कि रायबहादुर की चाँद खुशामद करते-करते गँजी हुई, तो दुनिया जानती है कि आज कांग्रेसी भी दूध के धुले नहीं हैं। वह भी अपनी पुरानी तपस्याओं का आवश्यकता से अधिक मूल्य ले चुके हैं, और ले रहे हैं। परमिट और कंट्रोल से उन्होंने भी अपने घर भर अपनी शक्ति के अनुसार अपने भाई-भतीजे-भाजों को नौकरियाँ दिलवा चुके हैं। काँच के महल में बैठकर वह दूसरे के ऊपर पत्थर कैसे फेंक सकते हैं? फिर राजकाज सँभालते ही कांग्रेस-महादेवों ने घोषणा तो कर दी है, कि 'बीती ताहि बिसारि दे'। तभी तो सन 42 के संग्राम में देशभक्तों के खून से हाथ रंगने वाले अफसर आज पहले से भी बड़े-बड़े पदों पर पहुँचे हैं, पहले से भी उनका मान बढ़ा है। अंग्रेजों का जूता चाटते-चाटते, उनके इशारे पर देशभक्तों को नाको चना चबवाते जिनके केश सफेद हो गए, वहीं दिल्लों के देवताओं के सबसे अधिक कृपाभाजन हैं, वही वस्तुत: सरकारी नैया को चलाते हैं। नौकरशाह ही नहीं, बल्कि पुराने समय के देशद्रोही कहे जानेवाले अंग्रेजों के अनन्यभक्त भी अब बड़े-बड़े पदों पर विराज रहे हैं। जब "गणिका, गिद्ध, अजामिल" जैसों को हमारे महादेवों ने तार ही नहीं दिया, बल्कि अपनी बिरादरी में सबसे ऊँचे स्थान पर बैठा दिया—किसी के लड़के से अपनी लड़की ब्याही और किसी की लड़की को बहू बनाया, रोटी-बेटी एक कर डाली—तो रायबहादुर बेचारे ने क्या बड़ा अपराध किया था? उन्होंने गोराग-भक्ति की थी, लेकिन यह सब करते हुए वह उतने आततायी कभी नहीं बने, जितने कि आज बड़े-बड़े पदों पर पहुँचे कितने ही नौकरशाह और दूसरे दिखलाई पड़ते हैं।

दो ही साल पहले यदि कहा जाता, कि रायबहादुर मधुपुरी की कांग्रेस के सभापति, यहाँ के सबसे बड़े कांग्रेसी नेता होने जा रहे हैं तो किसी को विश्वास नहीं होता। लेकिन कौन कहता है, कि हमारे देश में सभी जगह कछुए की चाल ही से हरेक काम होता है? दफ्तरों में फाइल भले ही कछुए से भी धीमी गति से चलती हो—अंग्रेजों के समय जिस काम को एक आदमी समय पर कर सकता था, उसके लिए पाँच आदमी रखे गए और तब भी फाइलें तबतक पड़ी रहती हैं, जबतक कि उनके कुछ भाग को दीमक नहीं चाट जाता। एक तरफ ऐसी मन्द गति देखने पर भी दूसरी जगह लोगों को हम तेजी से तरक्की करते देखते हैं। दो सौ

पानेवाला पलक मारते-मारते 15 सौ की गद्दी पर बैठ जाता है। जिनके खानदानों में किसी क्षेत्र में किसी ने कभी कोई प्रतिभा नहीं दिखलाई, अब उन खानदानों की इजासदारी सभी बड़े-बड़े विभागों पर देखी जाती है। यदि कुछ वर्षों की प्रादेशिक और केन्द्रीय सिविल-लिस्टों को देखा जाए, तो विश्वास हो जाएगा, कि सरकार के यहाँ सभी जगह धीमी चाल नहीं है। फिर यदि दो वर्ष के भीतर ही रायबहादुर को मधुपुरी की अकटक नेताशाही मिल जाए, तो इसमें आश्चर्य करने की क्या बात? अंग्रेजों के समय मधुपुरी में कांग्रेसियों की संख्या कम थी। जहाँ अंग्रेजों का एक बड़ा अड्डा हो, जहाँ चार महीने के लिए हर साल काफी संख्या में फौजी रहते हों, और जहाँ जीविका के सारे साधन उन सैलानियों के बल पर निर्भर हों, जो स्वप्न में भी अंग्रेजभक्ति से विमुख नहीं हो सकते; वहाँ अधिक संख्या में बहुत साहसी कांग्रेसी मिल कैसे सकते थे? हाथ-पैर बचाकर कुछ लोग कांग्रेस की बात कर लिया करते थे, आसपास कोई गोरा न हो, तो गांधी टोपी भी पहन लेते थे, बिना बहुत जोखिम उठाए कुछ लोग जेलखाने में भी हो आए। बस इसी पर यह लोग रायबहादुर को कांग्रेसी नेता बनने के अयोग्य मानते थे। लेकिन, कांग्रेस का जितना पता मधुपुरी के इन कूपमंडूकों को था, उससे कहीं अधिक रायबहादुर रखते थे। वह समझ रहे थे, कि स्थानीय नेताओं की साख अब जनता में नहीं है, इनकी जड़ अब केवल ऊपर के नेताओं और मंत्रियों की कृपा में निहित है, जिसको ग्राम करने की सुविधा मेरे पास अधिक है। कोई देर तक सोता रहे और आँख मलकर देखे, कि "चिड़िया चुग गई खेत", तो इसमें उसका अपना कसूर है। कांग्रेस के नेतृत्व राय बहादुर का अब सधुपुरी में कोई प्रतिद्वन्द्वी नहीं रह गया।

गुरुजी

(1)

सहस्राब्दियों से मिथिला (विदेह) प्राचीन विद्या की खान रही। जनक वैदेह ने हजारों गायों का पारितोषिक रखकर ब्रह्मविद्या के विद्वानों का टूर्नामेंट शुरू करके जो यज्ञ आरम्भ किया था, वह निर्बाधरूपेण आजतक चलता जा रहा है। सभी जगह के ब्राह्मणों ने अनर्थकरी विद्या समझकर संस्कृत का प्रायः पूरा बायकाट कर अर्थकरी अंग्रेजों को अपनाया, लेकिन मैथिल ब्राह्मणों की बहुत पीछे, सो भी थोड़ी-थोड़ी उसकी ओर प्रवृत्ति हुई। भारतवर्ष में कोई भी प्रदेश या जिला ऐसा नहीं होगा, जहाँ इतनी संस्कृत की पाठशालाएँ और विद्यालय हों, तथा इतने विद्यार्थी अपने जीवन का आधा समय संस्कृत के भिन्न-भिन्न शास्त्रों के अध्ययन में लगाते हों। गरीब विद्यार्थी भी वहाँ छात्रवृत्ति पाकर अथवा आसपास के किसी धनी घर में मुफ्त भोजन करके संस्कृत पढ़ सकते थे, यह बात भी संस्कृत के पक्ष में थी। अंग्रेजी पढ़ने के लिए गरीब विद्यार्थी के पास फीस, किताब और खाने का पैसा कहाँ से आए? मिथिला ने अबतक एक से एक दिग्गज विद्वान पैदा करके मंडन मिश्र, वाचस्पति मिश्र, उदयन, पार्थसारथी मिश्र और गगेश उपाध्याय की प्राचीन परम्परा को अक्षुण्ण रखा। आज अनाज का दाम चौगुना बढ़ गया है, इसलिए जिन पाठशालाओं में पहले 20 को वृत्ति दी जाती थी, अब उनमें 5 को भी देना मुश्किल है। बड़ी-बड़ी जमीदारियों के उठ जाने का प्रभाव इन पाठशालाओं और उनके विद्यार्थियों पर बहुत बुरा पड़ा है। संस्कृत विद्वानों की संख्या बहुत पहले से ही आवश्यकता से अधिक रही, इसलिए मिथिला के पंडित जीविका के लिए सारे उत्तरी भारत में प्रवास करते थे। जहाँ एक-एक गाँव में दर्जनों तीर्थ और आचार्य हों, वहाँ गाँव में रहते किस-किसको अध्यापिकी मिलेगी?

असहयोग का समय था, बिहार में उसकी आग भारत भर के और प्रदेशों से अधिक लगी थी, लेकिन मिथिला के संस्कृतज्ञ पंडित उसकी ओर सावधानी से दृष्टि डालने के लिए तैयार नहीं थे। जहाँ बालकों को तरुण जीवन में पाँच शताब्दियों

पहले को ही शिक्षा-दीक्षा दी जाती हो, उसी समय की विचारधारा का बोलबाला हो, वहाँ प्रखर तर्कशास्त्री और बुद्धिवादी भी यदि कूपमंडूक बने रहे, तो इसमें आचार्य ही क्या? वह एक भी रूढ़ि को छोड़ने के लिए तैयार नहीं थे। दूसरे प्रदेश में गए, सन्देह किया गया—वहाँ जरूर कुछ भक्ष्याभक्ष्य का सेवन किया है, या किसी के हाथ का पानी पी लिया है, और देश लौटते ही बाकायदा प्रायश्चित करने के लिए मजबूर किया गया, गाढ़ी कमाई में से पचीस-पचास जाति-भोज और ब्रह्म-भोज में लगाना पड़ा। मिथिला में पुरानी भक्ष्य परम्परा आज भी मानी जाती है। 'पच पचनखा भक्ष्याः' के महावाक्य को मानते हुए वहाँ के महान विद्वान और धर्मशास्त्री भी मांस और मछली से ही नहीं, बल्कि कछुए से भी अपने को वंचित नहीं रखते, क्योंकि कछुए के भी पाँच नख होते हैं। लेकिन, उनका मांस और मछली का आहार भी सात्त्विक होता है, उसमें प्याज-लहसुन नहीं पड़ता। उसे कच्ची रसोई की तरह ही न चौके से बाहर खाया जा सकता है, और न अपने सपंक्ति व्यक्ति को छोड़कर किसी दूसरे के हाथ का बना भक्ष्य माना जा सकता है। जब उस समय की पाठ्य-पुस्तकों तक भूगोल-ज्ञान को सीमित रखा गया हो, जबकि आधुनिक भूगोल का आविष्कार नहीं हुआ था, तब भारत के मानचित्र में कौन-सा देश कहाँ है, इसका कैसे पता लग सकता था?

गुरुजी इसी मिथिला के एक रत्न थे। उनकी शिक्षा-दीक्षा परम्परा के अनुसार हुई थी। वह अक्षर-परिचय के लिए किसी प्राइमरी स्कूल में नहीं गए, बल्कि पुरानी परिपाटी से उन्होंने अपने गाँव ही एक संस्कृत पंडित से वर्णमाला सीखी। यदि दो-तीन साल किसी प्राइमरी पाठशाला में लगाए होते तो कम-से-कम जिले का भूगोल तो उन्हें पढ़ना और नक्शा देखना पड़ा होता। उन्होंने संस्कृत का अध्ययन किया। जहाँ पर अनेक शास्त्र के आचार्यों की संख्या अधिक हो, वहाँ पंडितों की अगली पंक्ति में बैठना हर एक के भाग्य की बात नहीं है, और जिसे अगली पंक्ति में बैठने का सौभाग्य प्राप्त हो, उसे अधिक मनस्वी होने पर भी मिथिला से बाहर जाने की आवश्यकता थी। मिथिला का कोई विद्वान किसी मलेच्छ देश में जाना पसन्द नहीं करता, परन्तु पेट उसे मजबूर करके बाहर ले जाता है। जिस देश में वैदिक काल से चले आते मत्स्य-मास के पवित्र आहार को अपवित्र समझा जाए, वहाँ जाने के लिए भला कोई धर्मप्राण मैथिल पंडित कैसे तैयार हो सकता है, जबकि वह जानता है कि यहाँ सालों घासाहारपर गुजर करने के बाद भी गाँव में आनेपर प्रायश्चित करना पड़ेगा। गुरुजी की उमर उस समय 24-25 की थी, जबकि उन्होंने विद्या का अध्ययन समाप्त किया और जब उन्हें दरिद्रता के पक में निमग्न अपने परिवार का उद्धार करना था, और अपना भी।

मिथिला में जनक ने अपनी सीता को वीर्यक्रेया घोषित किया था, जो कार्य उस समय भी शायद क्षत्रियों तक ही सीमित था। ब्राह्मण हमेशा से द्रव्य-क्रेया कन्या से

विवाद करते आते रहे—अपवाद बहुत कम रहे और वह भी हाल की देखादेखी से शुरू हुए। दरभंगा जिले के सौराष्ट्र में हजारों आमों का यह बगीचा अब भी मौजूद है, जो हर साल पचासों हजार आदमियों के मेले से भर जाता है, और यह मेला होता है केवल विवाह ठीक करने के लिए। घटक (ब्याह के पंडे) अपनी पुरानी पजियो या कुसानामे की बहियों को लेकर वहाँ बैठ जाते हैं। उनकी साक्षी बिना किसी का ब्याह नहीं हो सकता। वही वंश की प्रामाणिकता को बतलाते हुए कन्या और वर के परिवारों का परिचय कराते हैं और ब्याह का निर्णय देते हैं। हाल में कितनी ही बार इन घटकों ने अमैथिल ब्राह्मणों या निम्नश्रेणी ब्राह्मणों से पैसे लेकर ब्याह भी करवा दिए हैं, यद्यपि ऐसा कम ही हुआ है। सालभर में मिथिला में जितने भी विवाह-योग्य लड़के और लड़कियाँ होते हैं, उनके सम्बन्धी सौराष्ट्र की इस विवाह-सभा या मेले में सम्मिलित होते हैं। वर को स्वयं जाना पड़ता है, कन्या के जाने की आवश्यकता नहीं। कन्या चाहे दस वर्ष या कम की भी हो, लेकिन वर शायद ही कोई 20 से कम का मिले। उसी मिथिला में दूसरी बड़ी जातियाँ जहाँ वर के लिए बड़े-बड़े तिलक माँगती है, वहाँ मैथिल ब्राह्मण अपनी कन्या के लिए कन्या-शुल्क माँगता है, जो कुछ सौ से हजारों तक हो सकता है। गुरुजी यदि अपनी जन्म-भूमि में रह जाते, तो चाहे किसी तरह भूखे-दूखे रहकर गुजारा भी कर लेते, किन्तु उनका ब्याह तो कभी नहीं हो सकता था। छोटी उमर की कन्या के लिए भी तो अब पाँच-सात सौ रुपये चाहिए थे, जिसे वह कहाँ से लाते? गाँव में रहकर वह न सौराष्ट्र की सभा में जाने की हिम्मत करते, और न उन अनेक मत्स्य-मांस तथा दूसरे स्वादिष्ट भोजनों की आशा रख सकते थे, जोकि विवाह के समय मैथिल ब्राह्मण वर को महीने भर श्वसुरकुल में रहकर मिलता है।

गुरुजी अभी उनका नाम नहीं था। वह तो उन्हें अगले तीन दर्जन वर्षों के कर्मक्षेत्र में जाने पर मिला। यद्यपि गुरुजी गाँव के रहनेवाले तथा कूपमंडूक शिरोमणियों के कुल में पैदा हुए और बटे थे, किन्तु हजारों दूसरे मैथिल संस्कृतज्ञों की तरह उनके गाँव के भी कुछ पंडित जीविका के लिए स्वेच्छापूर्वक प्रवास करते थे। गुरुजी का भूगोल-ज्ञान इन्हीं पंडितों की बताई हुई बातों तक ही सीमित था। पश्चिम को मैथिल ब्राह्मण ज्यादा पसन्द करते थे क्योंकि अभी वहाँ शास्त्रों की माँग थी। उनके दक्षिण में बंगाल नवशिक्षा में दीक्षित हो चुका था। मैथिल ब्राह्मण रसोइबों की माँग यद्यपि बंगाल में काफी थी, किन्तु पंडितों की नहीं, इसीलिए उनकी यात्रा पश्चिम दिशा के लिए होती थी। पश्चिम में राजस्थान तथा दूसरे प्रदेशों में बहुत-से राजा भी रहते थे, जिनकी सभा में अपनी विद्वत्ता के कारण कितने ही मैथिल विद्वान राजपंडित भी बन चुके थे, उन्होंने सम्मान के साथ धन भी काफी कमाया था। यद्यपि सबके लिए राजपंडित होना साध्य नहीं था, लेकिन बनने की कामना तो हर एक कर सकता था। यदि वैसे स्वभाव का न भी हुआ, तो भी किसी संस्कृत पाठशाला में मिथिला

की अपेक्षा तिगुना-चौगुना वेतन तो अवश्य मिलता। गुरुजी को गाँव के पंडितों ने बतला दिया था, कि पश्चिम देशवाले धर्मशास्त्र की मर्यादा से भ्रष्ट हैं, उनके यहाँ मछली-मांस खाना भारी पाप समझा जाता है, इसीलिए हमें वर्षों ऋषियों के समय से पुनीत मधुपर्क को बिना मांस के ही ग्रहण करना पड़ता है। मत्स्य-कच्छप-बराह जैसे विष्णु के तीनों अवतारों को चट कर जानेवाले किसी मैथिल विद्वान को निरे घासाहारी देश में जाना क्योंकर पसन्द आता? यदि संस्कृत पाठशाला में नौकरी मिलती, तो वहाँ भी कसम खाकर कहना पड़ता, कि हमारी सात पीढ़ी ने कभी मांस-मछली को छूआ नहीं। चुपके से भी मांस-मछली बनाने का कोई प्रबन्ध नहीं हो सकता था। घोर-से-घोर घासाहारी शहर या कसबे में भी पका-पकाया मांस कभी-कभी सुलभ होता है, लेकिन चौके से बाहर बना मांस तो अभक्ष्य ठहरा!

गुरुजी ने देशाचार और भूगोल की जो भौतिक शिक्षा ग्राम में प्राप्त की थी, उसने बता दिया था कि पश्चिम में बड़ी तपस्या का जीवन बिताना होगा। उनको यह मान लेना पड़ा था, कि 'परदेश कलेसु नरेसहुको'।

(2)

एक दिन गुरुजी ने दरभंगा जिले के अपने गाँव से शुभ मुहूर्त देखकर पश्चिम की ओर प्रस्थान किया। रेल थी, इसलिए कुछ रुपयों का किसी तरह से प्रबन्ध करके कहीं भी पहुँचा जा सकता था, लेकिन कहीं भी पहुँचकर नौकरी थोड़े ही मिल सकती थी? गुरुजी ने प्राचीन परिपाटी से केवल संस्कृत का अध्ययन किया था। बुद्धि अच्छी थी, इसका परिचय तो इसी से मालूम होगा कि उन्होंने देश के बाहर पैर निकालने का साहस किया। उनके सम्बन्धी परिचित विद्वान उत्तर प्रदेश के पश्चिमी शहरों में जहाँ कहीं भी थे, वहाँ वह जीविका के लिए गए। कभी एक पाठशाला में कुछ समय रहकर पढ़ाया और कभी दूसरी पाठशाला में। पाठशालाओं में वेतन बहुत कम मिलता था। स्कूलों में संस्कृत पढ़ानेवाले अध्यापकों का वेतन कुछ अधिक होता था, लेकिन उसके लिए थोड़ा-सा अंग्रेजी का ज्ञान भी आवश्यक था। गुरुजी को यह बात मालूम होते देर नहीं लगी और उन्होंने किसी पाठशाला में पढ़ाते हुए ए-बी-सी-डी सीख ली, एकाध किताब भी पढ़ ली। उनकी तो इच्छा थी, कि अमरकोश की तरह का यदि कोई अंग्रेजी का कोष होता, तो उसे रट लेते। बहुत पूछताछ करने पर जब सबने यही बतलाया कि अंग्रेजी में अमरकोश की तरह का कोई पर्यायवाची कोश नहीं है, तब उन्हें विश्वास हो गया कि अंग्रेजी अभी विद्या में बहुत पिछड़े हुए है। यद्यपि उन्हें यह बात गलत बतलाई गई थी, चाहे पद्य में न हो, किन्तु गद्य में अंग्रेजी के पर्यायवाची कोश हैं, हाँ, कोश के रटने की परिपाटी न होने के कारण उनका उपयोग केवल कवि तथा विशेषज्ञ ही करते हैं, दूसरे लोगों

को अकारादि क्रमवाले कोश ज्यादा लाभदायक होते हैं, और वह उन्हीं के बारे में जानते हैं। घोखने की महिमा गुरुजी बचपन से ही जानते थे। वह अनेक बार सुन चुके थे 'धोखन्त विद्या खनन्त पानी।' दूसरों के लिए घोखना चाहे शामत की बात हो, किन्तु गुरुजी अपने दूसरे सहाध्यायिओं की तरह उसमें विजय प्राप्त कर सकते थे। न जाने कितनी बार उनको खयाल आया—'यदि सारस्वत या लघुकौमुदी की तरह का रटने लायक सूत्रों में अंग्रेजी का व्याकरण होता और अमरकोश की तरह का पद्यबद्ध पर्यायवाची कोश, तो केवल एक-डेढ वर्ष की बात थी। दोनों को कंठस्थ करके मैं सिद्धमनोरथ हो जाता।' ऐसे साधन न रहने पर भी गुरुजी ने यह निश्चय कर लिया, कि थोड़ी-सी अंग्रेजी जरूर पढ़नी है, जिससे किसी अंग्रेजी स्कूल में संस्कृत पढ़ाने का काम मिल जाए। लेकिन, इस नगर के हाईस्कूलों से अब थोड़ी-बहुत अंग्रेजी जाननेवाले संस्कृतज्ञ दुर्लभ नहीं थे। गुरुजी को किसी ने बतलाया, यदि पहाडों में चले जाएँ, तो इतने अंग्रेजी ज्ञान से भी आप किसी स्कूल में संस्कृत अध्यापक बन सकते हैं और उन स्कूलों में मैदानी स्कूलों की अपेक्षा वेतन भी अच्छा मिलता है।

जो तरुण अपने गाँव से निकलकर पश्चिम के बड़े-बड़े शहरों की हवा खा चुका था, उसके लिए मधुपुरी जाना कोई मुश्किल नहीं था। एक दिन गुरुजी मधुपुरी में पहुँच ही गए।

मैथिलों की पंडिताई का लोहा सभी जगह माना जाता है, इसलिए मधुपुरी में आने पर उनके लिए यह सुभीता जरूर था, कि जानकार उनके पांडित्य को मान सकते थे। अंग्रेजी का ज्ञान उनका नहीं के बराबर था, पर सर्दी के भय के कारण मधुपुरी में जाकर अध्यापकी करने से लोग हिचकिचाते भी तो थे। पहाड़ी लोगों के लिए मधुपुरी की सर्दी कोई सर्दी नहीं, लेकिन उनके यहाँ आज से 30-35 वर्ष पहले संस्कृत पंडितों की संख्या माँग से अधिक नहीं थी। मधुपुरी में आकर मैथिल तरुण को गुरुजी की उपाधि जल्दी ही मिल गई। मधुपुरी अभी पूरी तौर से अंग्रेजी की पुरी थी। गांधीजी का असहयोग आन्दोलन उस समय सारे भारत में छाया हुआ था, और लोगों के हृदयों से अंग्रेजों की धाक उठ गई थी। लेकिन मधुपुरी-इंग्लैंड से उठाकर रखे इस भूमि के टुकड़े-में उनका प्रताप-सूर्य अभी भी मध्यान्ह पर था। गरमी और बरसात के पाँच-छ महीनों में मधुपुरी अंग्रेजों की होती थी। उसके किसी-किसी मुहल्ले में काले चमड़े की अपेक्षा गोरे ही अधिक देखे जाते थे—नौकरपेशा सरकारी अफसर भी यहाँ आते थे, व्यापारी और ईसाई धर्म-प्रचारक भी। यद्यपि ईसाई को संस्कृत पढ़ाना पाप था, तथापि मैथिल पंडित जब नास्तिक आर्यसमाजियों और जैनों के हाथ में विद्या बेच सकते थे, तब उससे एक ही सीढ़ी नीचे मधुपुरी के पादरी थे। दूसरे जहाँ 40-50 देकर समझते थे कि हम बड़ी उदारता से काम ले रहे हैं, वहाँ पादरी 100 रु. देकर भी उपकार नहीं जतलाते थे। गुरुजी को पहले पढ़ाने का

काम इन्हीं पादरियों और उनके स्कूलों में मिला। वह समझते थे, जब वेतन लेना स्वीकार किया, तब विद्या का बेचना तो हो ही गया। अब सवाल केवल इसी का है कि सस्ते बेचे या महँगे। दूसरे मैथिल विद्वान जिस तरह वैतनिक अध्यापक होकर भी अपने धर्म की खान-पान और रीति-रिवाज के पालन द्वारा रक्षा करना चाहते थे, वही करने के लिए गुरुजी भी तैयार थे। सीधे-सादे इस विद्वान से उनके शिष्य बहुत प्रसन्न रहते थे। गुरुजी झूठ-साँच नहीं जानते थे और अपने काम को बड़ी तत्परता से करते थे। देर भले ही हो, किन्तु जो भी उनके घनिष्ट सम्पर्क में आता, वह उनमें अपने विश्वास और श्रद्धा को बैठाए बिना नहीं रहता। गुरुजी के जब इतने प्रशंसक हों, और सो भी गोरागो में, तो उन्हें यहाँ के हाईस्कूलों में संस्कृत पढ़ाने का काम मिलने से क्या दिक्कत हो सकती थी। सिफारिश करनेवाले भी जानते थे, कि इससे हमारी पढ़ाई में कोई कठिनाई नहीं होगी, स्कूल के समय के बाद गुरुजी हमें पढ़ा जाया करेंगे। गुरुजी अब बाकायदा एक अर्ध-सरकारी स्कूल में अध्यापक हो गए।

(3)

गुरुजी मधुपुरी जैसे यूरोपीय लोगों की एक नगरी में रहकर कैसे वहीं रह सकते थे, जो कि वह दरभंगा गाँव में रहते समय थे। एक-दो साल तक उन्होंने धोती मधुपुरी के जाड़ों को बिताना चाहा, लेकिन साल में दो-चार बार जहाँ बरफ पड़ जाती हो, दो-चार हफ्ते जहाँ तापमान हिमबिन्दु से नीचे जाता हो, वहाँ दरभंगा मैथिल ब्राह्मण की पोशाक कभी सुखद नहीं हो सकती। एक ही दो जाड़ों ने गुरुजी को बतला दिया, कि धोती और मिरजई का आग्रह बेकार है। उन्हें अपने ट्रक जरूर रख लेना चाहिए, जिससे वे गाँव जाने के समय काम आएँ। अब वह कोट और पायजामा पहनने लगे। मोटे ऊनी पट्टू का बन्द गले का कोट तथा पतलूननुमा पायजामा, जब उन्होंने पहले पहल दिसम्बर के महीने में पहना, तब उन्हें अपनी वेबकूफी पर अफसोस होने लगा—"मैंने क्यों दो वर्ष तक यों ही जाड़ों को झेला।" तब से गुरुजी बराबर बन्द गले के कोट और पायजामे में रहते। गरमियों में वह धोती पहन सकते थे, लेकिन अब उन्हें धोती स्कूल के लिए सम्भ्रान्त पोशाक नहीं जँचती थी। स्कूल में हो चाहे मिशनरियों की पाठशाला में, सभी जगह वह इसी विनीत और सुखकर वेष में जाते। मैथिल पगड़ी मधुपुरी तक उनके साथ आई थी, लेकिन उसकी यहाँ कोई महिमा नहीं थी। गांधी टोपी का मिथिला के गाँव से लेकर सभी जगह प्रचार हो गया था, पर, मिशनरी या सरकारी स्कूल के अफसर यह पसन्द नहीं कर सकते थे, कि गांधी टोपीवाला उनके यहाँ काम करे। इसकी दवा मुश्किल नहीं थी। गुरुजी ने सफेद गांधी टोपी को नहीं अपनाया, दूसरे रंग की गांधीनुमा टोपी से किसी की चिढ़ नहीं थी। मधुपुरी ने जवानी में ही गुरुजी को अपना एक विशेष रंग इस पोशाक के

रूप में दिया, जिसे वह घर से बाहर सदा अपनाते रहे और जाड़ों में घर के भीतर भी।

मैथिल पंडितों के लिए नित्य स्नान करना और अपने हाथ से भोजन बनाना आवश्यक था, यदि वे अपने धर्म की पूरी तौर से रक्षा करना चाहें। इन कूपमंडूकों के धर्मशास्त्र की उन्हीं पोथियों से मालूम हो जाता है, कि धर्म की विधियाँ भी देश, काल और पात्र के अनुसार भिन्न-भिन्न होती हैं। मधुपुरी-जैसे ठंडे स्थान से नित्य स्नान करना धर्म के लिए आवश्यक नहीं है। ऋषियों ने हिमालय के वायु में पवित्र करने की उतनी शक्ति मानी है, जोकि मैदान में गंगाजल में है। यदि गरम पानी हो और गुसुलखाना, तो स्नान करने में अधिक कष्ट नहीं हो सकता, लेकिन गुरुजी आखिर चार पैसा कमाने के लिए घर छोड़कर आए थे।

मधुपुरी आने के दो ही वर्ष बाद उनके पास इतना पैसा हो गया था, कि सौराष्ट्र की सभा में जाकर उन्होंने अपना ब्याह ठीक करवा लिया। लाल धोती पहनकर दामाद भी बन गए, और श्वशुर-कुल के महीने भर के मधुर आतिथ्य, स्वादिष्ट भोजन और तरुण ब्राह्मण-कुमारियों के मधुरालाप और व्यंग्य का आनन्द लेते रहे। साल में एक बार अब घर जाना भी उनके लिए आवश्यक था। गृहिणी को साथ ले जाना मैथिल ब्राह्मणों में अभी निषिद्ध था। यदि वह अपनी पत्नी को साथ ला सकते, तो इसमें शक नहीं उन्हें बड़ा आराम होता, पका-पकाया खाना मिलना और घर चलाने की चिन्ता से दूर हो जाते। लेकिन, यह तो उनकी अगली पीढ़ी के भाग्य में बदा था। उनकी ही उमर के एक दूसरे मैथिल किन्तु अंग्रेजी के विद्वान मधुपुरी के दूसरे छोर पर अपने बँगले में रहते। उनका एक मिनट भी बिना सिगार के गुजारा नहीं चल सकता था और खाने-पीने में भी यह परम स्वच्छन्द थे। मैथिल आचार-व्यवहार और वेषभूषा उनके पिता के साथ ही खतम हो चुकी थी और वह स्वयं विलायत भी हो आए थे। गुरुजी यह भी देख रहे थे, कि इस तरह स्वच्छन्द विहार करते भी बिरादरी में अब भी वह सबसे कुलीन समझे जाते हैं, मिथिला जाने पर उनकी मान-मर्यादा में कोई कमी नहीं है; लेकिन, वह उनका अनुकरण नहीं कर सकते। जानते थे 'समरथ को नहिं दोष गुमाई।' उन्हें अपनी सीमा के भीतर रहना था।

मैदानी स्कूलों में लम्बी छुट्टियाँ गर्मियों में होती हैं, लेकिन मधुपुरी-जैसे हिमालय के ठंडे नगरों के स्कूल जाड़ों के सबसे कड़े महीनों—जनवरी-फरवरी—में बन्द होते हैं। मधुपुरी से मिथिल जाने में खर्च पड़ता था जरूर, लेकिन अभी रेलों का किराया उतना बढ़ा नहीं था और जाए बिना काम भी नहीं चल सकता था। इसलिए जबतक जवानी की सीमा के भीतर रहे, गुरुजी प्राय: हर साल, छुट्टियों में अपने घर चले जाया करते थे। जब दो-चार सन्तानें हो गईं, तब उनका यह नियम कुछ शिथिल होने लगा। गुरुजी ने ठंडे पानी से नित्य स्नान का नियम बहुत सालों तक बनाए रखा, पीछे जब आर्थिक अवस्था कुछ बेहतर हो गई, तो गरम पानी से स्नान कर लिया करते थे। नित्य स्नान से ज्यादा कष्टदायक उनके लिए था, स्वयं-पाकी

बनना। उन्हें खाना अपने हाथ से बनाना पड़ता। केवल एक धोती और अंगोछा पहनकर मई-जून छोड़ दूसरे समय में भी रहना मुश्किल था, फिर नवम्बर-दिसम्बर में धोती ऊपर-नीचे करके खाना बनाना जबर्दस्त साँसत थी। ऐसा करने पर आधी भूख दाँत के कड़कड़ाने में ही निकल जाती थी। गुरुजी पुराने समय के पुराने ढंग के पंडित थे, पर, उन्होंने अपनी अक्ल बेच नहीं खाई थी। मधुपुरी के वातावरण ने जहाँ एक ओर उनका दाँत से दाँत बजाना शुरू किया था, वहाँ उन्हें कुछ अक्ल भी दे दी—"क्यों झूठ-मूठ साँसत सह रहे हो। इसके कारण तुम्हारे लिए स्वर्ग में पैसा एक बँगला रिजर्व नहीं हो जाएगा, जैसा कि तुम्हारे जाति-भाई के लिए मधुपुरी के दूसरे छोर पर बन गया है। दरभंगा से तुम्हारे गाँव का आदमी रोज-रोज नहीं आ रहा है कि वह जाकर शिकायत कर देगा और तुम्हें जातिच्युत होना पड़ेगा।" दरभंगा के गाँवों में भी जब गांधी की जयजयकार होने लगी थी, और जहाँ कस्बों और शहरों में हिन्दू भोजनालयों का कहीं पता नहीं था, वहाँ अब मांस-मछली सहित सस्ते भोजन देनेवाले हिन्दू होटलों की भरमार हो गई थी, जिनमें आँख बचाकर कभी-कभी गाँवों के पंडित भी खा आते थे। गुरुजी को मालूम हो गया कि अब खानपान के बारे में पुरानी कट्टरता का अक्षरशः पालन करना निरी मूर्खता है। मधुपुरी में वैष्णव भोजनालय भी थे, जहाँ ब्राह्मण के हाथ का शुद्ध निरामिष पका-पकाया भोजन उससे सस्ते में मिल सकता था, जितना कि खुद पकाने में लगता। गुरुजी ने अब गौड़-भोजनालयों में भोजन करना शुरू कर दिया; पर उन्होंने यह निश्चय कर लिया, कि सुलभ होने पर भी मांस-मछली का मधुपुरी में रहते समय परित्याग करना ही अच्छा है। इसकी कसर वह छुट्टियों के दिनों में अपने गाँव में निकाल करते थे। मधुपुरी के जिस मुहल्ले में वह रहते थे, वह बनियों का था, जो कट्टर घासाहारी थे। गुरुजी को वह भी गुरुजी कहते, समय-समय पर उनसे कथा बँचवाते, साइत-मुहूर्त पूछते, और भोज में बुलाकर दक्षिणासहित भोजन कराते। इन सबके साथ जिधर से भी गुजरते, गुरुजी के लिए नित्य सैकड़ों अंजलियाँ उठ जातीं। यदि गुरुजी के बारे में जानते कि वह मांसाहारी हैं तो निश्चय ही उनकी श्रद्धा सूख जाती। गोड-भोजनालय के भोजन को बनिए भी पवित्र मानते थे। पर यदि मिथिला में उनके गाँव के लोगों को पता लगता कि वह दूसरी जाति के ब्राहाण के हाथ की रसोई खाते हैं, तो वह गंगा की बालू फाँकने और स्नान करने से ही छुट्टी नहीं देते बल्कि एक गवाह देकर गया भेजते और सभी जगहों पर सात पीढ़ी के पुरखों को पिंडदान देकर पंडे का प्रमाणपत्र लाने के लिए बाध्य करते। गुरुजी में मैथिल कवि नागार्जुन-जैसी प्रतिभा नहीं थी, कि गंगापार उतरते ही साक्षी को भी लेकर पटना के सिनेमाघर में पहुँच जाते और सुन्दर फिल्म दिखाकर कृत्यकृत्य होते साक्षी को यह कहकर फँसा लेते; "क्यों पैसा-कौड़ी पड़ो और उनके श्राद्ध-तर्पण पर खर्च करोगे। इसी तरह 'अर्ध अर्ध स्वाहा', बचे पैसे का आधा हमारी जेब में और आधा आपके

सैर-सपाटे और जेब के लिए। पंडे का प्रमाणपत्र आठ आने में ले लेना मेरे दाहिने हाथ की बात है।" नागार्जुन हर प्रायश्चित्त के बाद चुटिया कटाते और सभी तरह के भक्ष्याभक्ष्य का सेवन करते बाहर घूमते रहे। लेकिन, गुरुजी को इतनी हिम्मत नहीं थी। वह मधुपुरी में गौड़-भोजनालय में भोजनकर तथा म्लेच्छों के अधोवस्त्र और ऊर्ध्ववस्त्र पहनकर ही सन्तोष कर लेते थे।

मधुपुरी के स्थायी निवासियों में गुरुजी के परिचितों की संख्या बहुत जल्दी बढ़ गई। पुराने ढर्रे के बनिए तो उनका सत्कार-सम्मान करते ही थे, अंग्रेजी स्कूल के संस्कृत पंडित होने से नव-शिक्षितों में भी उनके परिचितों की संख्या काफी हो गई थी। सबके साथ उनका बर्ताव बड़ा अकृत्रिम और मधुर होता, इसलिए भी उनके मित्रों की संख्या बहुत अधिक बढ़ गई। मधुपुरी में यूरोपीय स्कूलों के यूरोपीय अध्यापक भी उनसे परिचित थे, पादरियों के यहाँ भी उनका मान था। कोई पार्टी हो या भोज, उनके पास निमंत्रण जरूर आता था। गुरुजी ऐसे निमंत्रण की अवहेलना करने के लिए तैयार नहीं थे, चाहे वह हिन्दू का हो या म्लेच्छ-क्रिस्तान का। वह वहाँ पहुँच, मेज पर एक तरफ बैठ जाते थे। इसमें मेजबान को भी आपत्ति नहीं हो सकती थी कि गुरुजी निरामिषाहारी हैं। चाय, फलाहारी देशी-विदेशी मिठाइयाँ, फल उनके सामने भी आते थे। जिस तरह गौड-भोजनालय में भोजन करके वह मिथिला के धर्मशास्त्र की अवहेलना कर रहे थे, उसी तरह यहाँ भी कर सकते थे। कौन मैथिल ब्राह्मण यहाँ देख रहा था? लेकिन गुरुजी की बुद्धि का ताला पूरी तौर से खुला नहीं था। सब लोग अनेक प्रकार के स्वादु भोजन पर हाथ साफ करते और वह चाय के प्याले तक से भी हाथ नहीं लगाते। उनके चेले-चाँटे भी अब अध्यापक हो चुके थे। कितने ही ऐसे भोजों में गुरुजी की बगल में बैठते और गुरुजी अपनी तश्तरियों को धीरे से उनकी ओर खिसका दिया करते। फलों में कोई छूत नहीं थी, लेकिन गुरुजी शायद ही कभी फल को मुँह में डालते। आखिर तब भी तो पानी की जरूरत पड़ती, जोकि बैरा-खानसामा का छुआ शीशे के गिलासों में आता। वह हर साल सैकड़ों भोजों में जाते, लेकिन अपना कर्म-कमंडल हाथ में लिए ही, जिसके कारण तुलसी बाबा के कथनानुसार 'बुन्द न अधिक समाय।' कुछ समय तक बनियों के यहाँ भी खानपान से परहेज करते थे लेकिन पीछे वह उनके घृतपक्व, पयःपक्व को भक्ष्य मानने लगे।

(4)

गुरुजी को मधुपुरी में आए अब तीस वर्ष से ऊपर हो गए थे। मौसम के समय यद्यपि मधुपुरी में सैलानियों की संख्या सात गुनी आठ गुनी हो जाती, जिनमें बहुत से नए चेहरे होते, लेकिन जहाँ तक मधुपुरी के दूकानदारों, स्कूलों के अध्यापकों

तथा दूसरे स्थायी निवासियों का सम्बन्ध है, वह सभी गुरुजी के परिचित थे। मधुपुरी उनके लिए अब घर से भी बढ़कर थी। यहाँ रहते हुए वह महीने में इतना पैसा कमा लेते थे, जितना मिथिला के किसी पंडित को कल्पना भी नहीं हो सकती थी। साथ ही समुद्रतल से साढ़े छह हजार फुट की ऊँचाई पर बसी इस पुरी की आबोहवा भी उनके लिए बड़ी मोहक थी। वह केवल जाड़ों में ही महीने-डेढ़-महीने के लिए घर जाते थे, उस समय उनके गाँव में गरमी का डर नहीं था और सर्दी तो उसमें कड़ी मधुपुरी की गरमियों में भी वह देखते थे। गुरुजी अब 56 साल के हो रहे थे, जिसके बाद स्कूल की नौकरी से अलग होना था। उन्हें सबसे कठिन बात यह मालूम होती थी, कि गरमियों में दरभंगा अपने गाँव की लू मैं कैसे बरदाश्त कर सकूँगा? यद्यपि 24-25 वर्ष की उमर तक इस लू को वह अपने गाँव में काटते आए थे, लेकिन तब उनका परिचय मधुपुरी से नहीं हुआ था। इसके अतिरिक्त, वह यह भी जानते थे, कि गाँव पहुँचकर मैं फिर कोई कमाई नहीं कर सकता। अर्ध-सरकारी स्कूल में पेंशन नहीं बल्कि प्राविडेंट फंड का कुछ रुपया मिलनेवाला था, लेकिन वह कितने दिनों तक चलता? कठिनाइयाँ थीं, लेकिन गुरुजी को अपने गाँव भूखे मरने की आवश्यकता नहीं थी, क्योंकि उन्होंने मधुपुरी में कमाए रुपये से कुछ बीघे खेत खरीद लिए थे। यदि खुद खेती कर सकते, तो कबीर साहब के वचनानुसार 'कहै कबीर कुछ उद्दम कीजे आप खाय औरन को दीजे,' की कहावत को चरितार्थ कर सकते थे। अबतक वह अपने खेत को अधिया-बँटाई पर लगाते आए थे, जिससे घर के खर्च के लिए साल भर का चावल ही नहीं मिल जाता था, बल्कि फाजिल को बेचकर कुछ रुपये भी आ जाते लेकिन अब उनके गाँव भी 'खेत जोतनेवालों का' नारा लगने लगा था। गुरुजी को डर लग रहा था कि इतनी मेहनत की कमाई से खरीदा गया खेत कहीं जोतने वालों का न हो जाए। उनको गुस्मा भी आता था, लेकिन जब सारे कुएँ में भाँग पड़ गई हो, तो गुस्सा करने से फायदा क्या? दुनिया की हवा ही बिगड़ गई थी। गुरुजी अब भी मधुपुरी में किसी भोज में जीभ को सींचने के लिए एक बूँद पानी भी नहीं पीते थे, और उनका भतीजा अब लाल झंडा लिए गाँव-गाँव घूम रहा था। बाप-दादों को दिखाते शूद्रों के साथ बैठकर भाव खाता और चैलेंज करता—"आओ, जरा मुझे जात से निकालो तो।" किसी की मजाल नहीं थी, कि उसको प्रायश्चित्त करने के लिए जोर देता। उसने सभी लम्बी नाकवाले पंडितों के लड़कों को अंडा खिला दिया था। गुरुजी जब-तब इन बातों की देखकर झुंझलाते, कभी कहते—"जो भी हो, मैंने तो अपने शरीर से धर्म निभाया।" कभी कहते—"मैंने अपने को पानी में सीन प्यासी रखकर बेवकूफी तो नहीं की?" यह तो उन्हें निश्चय हो गया था, कि उनकी आँखों के देखते-देखते कलियुग अपने पूरे चरण से धरती को चाप लिया है, और अब पुरखों की बात कोई चलनेवाली नहीं है। जीवन में अपने को एक सीमा में रखकर उससे आगे बढ़ने की उनमें हिम्मत

नहीं थी और न आवश्यकता ही। अगली पीढ़ी अपना काम करती जा रही है, और निश्चय ही उनका पोता अब मधुपुरी के किसी भोज में निमन्त्रित होकर खाली हाथ नहीं उठ सकता, और उसी पोते के हाथ का पिंडदान उन्हें स्वर्ग में जाकर लेना होगा।

गुरुजी को इन बातों की उतनी चिन्ता नहीं, क्योंकि वह जानते हैं : बीमारी एक घर की नहीं है, बल्कि यह महामारी होकर आई है। लेकिन चिन्ता थी, स्कूल से अलग होना पड़ेगा। कहने-सुनने पर दो साल तक उन्हें और अध्यापक रहने का अवसर मिला था। इस बीच उन्होंने इस बात की पूरी कोशिश की कि कहीं और कोई पढ़ाने-लिखाने का काम मिल जाता, तो बाकी जीवन भी मधुपुरी में ही बिता देते। लेकिन अंग्रेजों के चले जाने के बाद मधुपुरी में संस्कृत की कदर बढ़ी नहीं, घटी है। उसकी अपेक्षा अंग्रेजी की कदर बढ़ी है। आज भी यूरोपीय ढंग के चलनेवाले छोटे-बड़े लड़कों के कान्वेंटों और स्कूलों में मुश्किल से नए प्रवेशार्थी को जगह मिलती है। अब भी मधुपुरी की सड़कों पर पहले से अधिक अंग्रेजी बोली जाती है। यदि गुरुजी अंग्रेजी के अध्यापक होते, तो मुमकिन है कुछ ट्यूशन मिल जाते या यही दूसरा काम कर लेते।

स्कूल से अलग होने के बाद भी कितने महीनों तक मधुपुरी में ही गुरुजी बाट जोहते रहे। इधर-उधर दौड़-धूप करने का उन्हें कोई फल नहीं मिला। प्राविडेंट फंड के पैसे को खाकर मधुपुरी में बैठे रहना बुद्धिमानी की बात नहीं थी, यह वह अच्छी तरह जानते थे। उनके हित-मित्र नहीं चाहते थे, कि गुरुजी की सौम्य मूर्ति मधुपुरी की सड़कों से सदा के लिए लुप्त हो जाए। पंडिताई पुरोहिती की ओर उन्होंने कभी विशेष ध्यान नहीं दिया। उनसे उनका सिर्फ इतना ही सरोकार था, जितना कि गुरुजी और पंडितजी कहलाने के लिए आवश्यक था। अन्त में गुरुजी को मधुपुरी से प्रस्थान करना पड़ा। वह जब पहले-पहल मधुपुरी में आए थे, तब अत्यन्त तरुण थे, लम्बा भविष्य उनके सामने था, चाहे उसकी रूपरेखा अभी कोई नहीं बनी थी। अब भविष्य लम्बा नहीं हो सकता था, लेकिन जबतक जीवन, तबतक उसके प्रति अनुराग तो अक्षुण्ण हो रखना पड़ता है। चलते वक्त मधुपुरी अपने पूरे गुणों के साथ उनके सामने खड़ी थी। तीस से अधिक गरमियाँ और बरसातें उन्होंने यहाँ कितने आनन्द के साथ बिताए। न कभी पसीना आया न पंखा झेलने की जरूरत पड़ी। मधुपुरी में उनके कितने अधिक मित्र और परिचित थे। अब उनकी जगह गाँव के वे चहरे मिलेंगे जिनके ऊपर पारस्परिक सहानुभूति कम और ईर्ष्या की रेखाएँ ही अधिक, दिखाई पड़ेंगी।

भक्तों ने बड़ी सहृदयता के साथ विदाई दी और गुरुजी एक दिन मधुपुरी से चले गए।

मीनाक्षी

मधुपुरी को अंग्रेजों ने अपनी विलासपुरी के तौर पर बनाया था और बहुत समय तक वह एकमात्र उन्हीं की विलासपुरी रही। पीछे सामन्त-वर्ग अर्थात राजा-महाराजा-तालुकदार लोग भी "ग्रीष्म काले च शीतल" की प्रसिद्धि सुनकर इधर दौड़ने लगे। पहले तो उनकी संख्या बहुत कम थी और दूसरे अंग्रेजी के रंगभेद के कारण उन्हें बहुत बच-बचकर साधारण स्थानों में रहना पड़ता था। अभी उनके अन्तःपुरो में सात-सात ताले लगे हुए थे, इसलिए यहाँ कोई अपनी रानी या बेगम के साथ आता भी था, तो उसे सात तालों का इन्तजाम करना पड़ता था। 20वीं शताब्दी के आरम्भ के साथ मधुपुरी का यौवन खतम होने लगा। इस समय अभी-अभी अन्तःपुरो में जरा-जरा आधुनिकता का प्रकाश पड़ने लगा था। पहले महायुद्ध के समय मधुपुरी का बुढ़ापा आ गया। इसी समय अन्तःपुरिकाओं के सात ताल टूटने शुरू हुए। अन्तःपुर के दरवाजे तो उस समय तोड़े गए, जबकि द्वितीय महायुद्ध छिड़ गया। महायुद्ध के बाद ही अंग्रेज बोरिया-बँधना बाँधकर चल पड़े। अब मधुपुरी हमारे सामन्तों के लिए भुक्तभोग्या थी। बहुतेरे अन्तःपुर शताब्दियों का अन्धकार खोकर प्रकाश में आ गए। जिनके यहाँ अब भी कुछ रोकथाम थी, वहाँ की भी अन्तःपुरिकाएँ मधुपुरी में आकर कितनी स्वच्छन्दविहारिणी हो गई, यह इसी से मालूम होगा कि एक दिन राजस्थान की एक ठाकुरानी अपनी बहू और बेटी के साथ मुँह खोले ही नहीं घूम रही थी, बल्कि उनके गंगा-जमुनी केशों पर भी आँचल नहीं था। जब इसी समय उनके सामने अपनी सम्बन्धिनी आ गई, तब बेचारी ने हड़बड़ाकर सिर को ढाँक लिया। आजन्म बन्दिनियों की जब यह हालत है तो उनके बारे में क्या कहना, जो 20-25 वर्ष पूर्व अन्तःपुर में पैदा हुई। पर यह चाँदनी चार दिन की ही साबित हुई। यद्यपि अन्धेरी रात फिर नहीं आई, किन्तु सामन्तों के लिए तो इस स्वच्छन्दता के साथ-साथ मौत का वारंट कट गया—रियासतें और तालुकदारियाँ खतम हो गईं और नपे-तुले मिलनेवाले पैसे को निस्संकोच खर्च नहीं किया जा सकता।

अन्तःपुरो में आधुनिकता एक रूप और एक मात्रा में नहीं प्रविष्ट हुई। इस शताब्दी के आरम्भ में कुछ अन्तःपुरो के फाटक बिलकुल खोल दिये गए, दूसरों

में केवल दरार से ही प्रकाश जाने लगा, इसलिए अन्त:पुरिकाओं के विकास भी असमान हुए। तो भी उन्हें यह सुभीता जरूर था, कि राजाओं के आपस में विवाह सम्बन्ध थे, और 20वीं सदी में राजपूत राजाओं ने—जिनकी ही भारी संख्या रियासतों और तालुकदारियों में थी—जात-पाँत के बारे में बड़ी उदारता दिखलाई। धर्मशास्त्र में सर्वथा निषिद्ध समुद्र-यात्रा राजपूतों ने ही सबसे पहले शुरू की। सौ वर्ष पहले उनमें से जो विलायत गए, वह अपने साथ गंगाजल ही नहीं, बल्कि भारत की मिट्टी भी हाथ धोने के लिए ले गए थे। मालवीय जी ने तो इस तरह की बेवकूफी वर्तमान शताब्दी के प्रथम पाद के अन्त होने के समय भी की और तिलक जैसे राष्ट्र नेता ने भी विलायत से लौटने पर पाप का प्रायश्चित करना आवश्यक समझा, लेकिन राजपूत राजाओं के दिल से यह खयाल बहुत जल्दी उतर गया। राजस्थानी राजपूत राजा कच्ची-पक्की और खाने-पीने में छूत का खयाल नहीं रखते थे, न चौके-चूल्हे से उनको सरोकार था। उनके महलों में एक फर्लांग से सभी तरह के बने हुए कच्चे-पक्के भोजनों को जूते पहनकर नौकर लाते-ले जाते थे, और खाने के समय एक पाँत में उनके सजातीय मुसलमान भी खा सकते थे। हाँ, जात का बन्धन जरूर था, खानदान देखते थे और खाँटी राजपूत के साथ ही ब्याह-शादी करते थे। लेकिन हजार-डेढ़ हजार वर्ष बाद इतिहास फिर दोहराया गया, पैसे और तलवार के बल पर पहले भी जातियाँ बनती और बिगड़ती थीं, और अब फिर वैसा ही होने लगा। हमारी आँखों के सामने तिरुवाकुर, कोचिन, पुदुकोट्टे जैसे कुछ राजाओं को छोड़कर बाकी सभी रियासत के स्वामी विवाह सूत्र में एक-दूसरे के साथ बँध गए। लोग आँखें मलकर देखते ही रह गए कि कल के कुम्हार, गडरिये, कुर्मी, जाट, कलवार और दूसरी जातियों के राजा कैसे राजपूत बन गए? लेकिन जिनके घरों में खाँटी सूर्यवंशियों, चन्द्रवंशियों या अग्निवंशियों की राजकन्याएँ आ गईं, उन्हें आप कैसे राजपूत छोड़कर दूसरा कह सकते हैं? विवाह-सम्बन्ध से अन्त:पुरों पर बहुत जबर्दस्त प्रभाव पड़ने लगा। जो राजकन्या कमी अन्त:पुर की चहारदीवारी के भीतर बन्द नहीं रही, वह ब्याह होकर सासरे में आने पर कैसे पर्दे को स्वीकार कर सकती थी? आखिर ब्याह भी जान-सुनकर हुआ था, न राजकुमार नाबालिक थे, न उनकी परणीता। पहले साड़ी पहनकर सिर ढाँके, मुँह खोले शर्मीली आँखोंवाली कोई रानी जब बाहर दिखाई पड़ती तो लोग चकित होकर देखते। लेकिन मधुपुरी के लिए वह कुछ भी नहीं थी, उसे तो यहाँ पुराणपथिता कहा जाता। आज अपने सारे लम्बे बालों को रखना कोई राजकुमारी पसन्द नहीं करती, सभी के बाल कटे हुए हैं, लेकिन जैसा कि पहले बतलाया, आधुनिकता का प्रभाव सब पर एक-सा नहीं है। ऐसी रानी है, जो पतलून पहनकर घूमती है, उसके बाल भी कटे हुए हैं, पति क्या अपने बच्चों से भी वह केवल अंग्रेजी में बोलती है और नौकरों-चाकरों से हिन्दी बोलना होता है, तो उच्चारण और व्याकरण में अंग्रेज-मेमों के कान काटती है। तो

भी उसका सिन्दूर नाक की जड़ से शुरू होता है, नाक में लौंग पड़ी है, सासुओं के पगे लागने में पुरानी बहुओं से कोई अन्तर नहीं रखती और पौढने पर सासू के पैर भी दाब आती है। मन्दिरों और पूजास्थानों में भक्तिभाव से दंडवत प्रणाम करती है। ऐसी रानियों या राजकुमारियों को कैसे आप शुद्ध आधुनिक कह सकते हैं।

जिनके कुल में आधुनिकता की तीसरी पीढ़ी चल रही है, वहाँ कुछ और ही डौल दिखलाई पड़ता है। चाहे दोनों तरह की राजकुमारियाँ बालकटी और पतलून पहने घूम रही हैं, किन्तु दोनों को एक साथ देखने में फर्क साफ मालूम हो जाता है। पूर्णतया आधुनिक तरुणी की नाक छिदी नहीं मिलेगी, न उसे लौंग पहनने की आवश्यकता है। उसके ललाट और माँग में सिन्दूर भी नहीं दिखाई पड़ेगा। सिनेमा तारिकाओं को इसका धन्यवाद देना चाहिए, कि उनके निकाले फैशन के कारण कभी-कभी इन आधुनिकतम रानियों के ललाट पर भी कोई छोटी-सी बिन्दिया दिखाई पड़ जाती है। घुट्टी के साथ पाश्चात्य या आधुनिक सभ्यता को अपनाया, इसलिए उनकी किसी बात में बनावट नहीं मालूम होती, उनके परिधान से पतलून, कमीज या कोट से यह साफ मालूम होता है। यद्यपि इसका यह मतलब नहीं, कि कृत्रिम शृंगार से वह अपने को बचा सकती हैं।

आधुनिकतम राजकुमारियाँ सीजन में मधुपुरी में काफी देखी जा सकती हैं। शाम के वक्त होटलों और रेस्तराओं की नृत्यशालाओं में उन्हें बाल डान्स करते देखा जा सकता है। कोई भी बड़े कर्मचारी या मंत्री का स्वागत हो, वहाँ वह जरूर पहुँची रहती हैं। कुल की मर्यादा का खयाल करके उन्हें अगली पक्ति में स्थान दिया जाता है। अन्तःपुर के अन्धकार में जिस तरह वह पहले गुमनाम-सी रहा करती थीं, अब वह उसी तरह सम्यग उजागर दीखती हैं।

मीनाक्षी ऐसी ही आधुनिकतम राजकुमारी है, जिनको मधुपुरी में गर्मी के सीजन में ही नहीं, उसके बाद भी देखा जा सकता है। धूप हो तो उन्हें वर्दीधारी रिक्शे में ही देखा जाएगा, नहीं तो मधुपुरी की प्रधान सड़क पर वह पैदल भी घूमती मिलेगी। मीनाक्षी उनके लिए अनुपयुक्त नाम नहीं है, बल्कि पिछले हजार वर्षों में हिमालय से कुमारी तक, आसाम से राजस्थान तक फैले इस विस्तृत महादेश में यदि किसी के लिए मीनाक्षी शब्द का ठीक से उपयोग किया जा सकता था, तो इन्हीं के लिए। इतनी बड़ी आँखें देखने के लिए आपको जैन हस्तलिखित पुस्तकों के पन्नों को उलटना पड़ेगा, न ऐसे किसी देवता की झाँकी करनी पड़ेगी, जिसके चेहरे की अपेक्षा कहीं अधिक बड़े आकार की आँखें ऊपर से चिपका दी गई हैं। सचमुच जीते-जागते, चलते-फिरते मनुष्य में ऊपर से बड़ी आँख का चिपकाया जाना असम्भव है, लेकिन असम्भव बात मीनाक्षी के लिए सम्भव हो गई है। उनकी आँखों के समान भौंहें नहीं है, इसलिए उन्हें पतली करते समय बराबर काली पेंसिल से रेखा को लम्बा करना पड़ता है। आधुनिकतम होने पर भी वह सभी प्राचीन शृंगार-सामग्रियों को बायकाट

करने के लिए तैयार नहीं है। सुरमा नहीं, बल्कि घना काला काजल उनको बहुत पसन्द है, और उसे आँखों में लगाते समय सलाई को अंगुल-डेढ़-अंगुल आँखों की कोर से बाहर खींचना पड़ता है। आँखों की वृद्धि करने में इससे तो कोई सहायता नहीं मिलती और उनकी जरूरत भी नहीं है, लेकिन भौंहों की पंक्ति इससे जरूर बढ़ जाती है। उभरे हुए सफेद अक्षिगोल को में चमकती काली पुतलियाँ अद्भुत हैं। अगर नकली बालों की तरह नकली आँखें भी चिपकाई जा सकती, तो मीनाक्षी की दोनों आँखें लाखों-करोड़ों की नहीं बल्कि अनमोल होती। मीनाक्षी कभी अपने भाल को किसी बिन्दी से कलंकित नहीं करती। उनके बाल कटे और घुँघराले और खुले रहते हैं। उनकी माँ भी जब-तब पुत्री के वेष में ही मधुपुरी में दिखाई पड़ती हैं। देखनेवालों को भ्रम हो जाता है कि शायद दोनों छोटी-बड़ी बहनें हैं। लेकिन, इसका यह अर्थ नहीं कि माँ को भी मीनाक्षी जैसी आँखें मिली हैं। जब पहली पीटी ही बाल कटा पतलून पहन बिलकुल आधुनिक बन गई, तो नई पौध के बारे में क्या कहना?

मीनाक्षी की आँखों के देखने के बाद एक बार उनके नख-शिखर नजर डालने पर ब्रह्मा की बुद्धि पर तरस आता है। आँखों के देने में जब उसने इतनी उदारता दिखलाई, तो और बातों में इतनी कृपणता करके अपनी नीच हृदयता का परिचय क्यों दिया? चेहरा आँखों के अनुरूप बिलकुल नहीं है। वह लम्बा निर्मासल और बेपानी का है। बेचारी मीनाक्षी गालों को बारबार रूज लगाकर लाल करती रखती है, ठुड्डियों पर भी लेप करती है, चेहरा तो हर वक्त बड़ी सावधानी के साथ लगाए मुखचूर्ण से ढँका रहता है। लेकिन, दर्पण में देखते हुए वह अच्छी तरह समझ सकती है, कि दुश्मन ब्रह्मा की करतूत के ऊपर मैं किसी तरह से भी पर्दा नहीं डाल सकती। शायद इसीलिए खीझकर वह अपने होंठों पर उतर आती है। सचमुच यदि किसी तरुणी को मन-मन भर लिपस्टिक लगानेवाली कहा जा सकता है, तो मीनाक्षी को ही। उनके कटे हुए काले केश किसी भी सुन्दरतम सिनेमा नायिका के केशों से होड़ ले सकते हैं, लेकिन मुख की ओर देखने से मन उतर जाता है। ब्रह्मा की रेखपर मेख कौन लगा सकता है? आँख छोड़ मीनाक्षी के विरुद्ध षड्यन्त्र करने में उनका सारा शरीर शामिल है। हाथ और पैर मामो लकड़ी के गढ़कर चिपका दिये गए हैं। जिनको छिपाने के लिए सबसे अच्छे पतलून और सबसे भड़कीला कोट भी समर्थ नहीं है। मीनाक्षी को लाल रंग बहुत ज्यादा पसन्द है, यह होंठों के अधर-राग से ही नहीं मालूम होता, बल्कि अधिकतर उनके शरीर पर देखे जाने वाले लाल कोट से भी मालूम होगा। कभी-कभी खिलाड़ियों का कोट भी वह पहनती है, यद्यपि यह कहना मुश्किल है, कि उन्हें किसी प्रकार के खेल का कोई विशेष शौक है। यदि मोसिम की जबर्दस्त माँग न हो, तो मीनाक्षी केवल कमीज और पतलून में घूमती रहे। इससे कुछ सौन्दर्य का भ्रम जरूर हो जाता है, यदि आदमी की नजर चेहरे पर न जाए। यह कहने की आवश्यकता नहीं, कि चेहरे पर जाने पर भी यदि आदमी

की नजर केवल उन विशाल आँखों को ही देखती रहे, तो वह उनकी प्रशंसा में कालिदास से लेकर के आजतक के सभी महाकवियों की हजारों पक्तियों को पढ़ने का आनन्द ले सकता है। हाथ-पैरों का ही अनुकरण उनकी सारी शरीर यष्टि करती है, जहाँ मांस बहुत कम दिखाई पड़ता है, और चर्बी तो कहीं है ही नहीं। इस शरीर यष्टि के लिए कद भी कुछ लम्बा अनुकूल नहीं है। चलने में वह न गजगामिनी है, न हंस की-सी चालवाली। बोलने में बचपन से ही अपनी अंग्रेज आयाओं और दूसरी शिक्षिकाओं के निर्देशन में उन्होंने नाक से धीरे-धीरे बोलने का अभ्यास डाला, लेकिन उसमें स्वर-माधुर्य नहीं हुआ।

मीनाक्षी के साथ भी 20वी शताब्दी तोताचश्मी अर्थात उन्हें प्रेम वंचिता करे, यह सरासर अन्याय है। ऐसी अनमोल आँखों का ग्राहक न पैदा हो, इससे बढ़कर पुरुष की कृतघ्नता और क्या हो सकती है? क्या राजकुल में किसी भी कवि-हृदय या कविता-पारखी राजकुमार को पैदा करने की शक्ति नहीं है? यदि एक-एक दोहे और एक-एक श्लोक पर पुराने राजा लाखों अशर्फियाँ देते थे, उनके आधा राजपाट बकसने की भी बात सुनी जाती है, तो मीनाक्षी की सचमुच मीन जैसी—मीन में भी सिंघी, रोहू या चित्हवा जैमी साधारण मछलियाँ नहीं, बल्कि ठीक शफरी जैसी आँखों पर मरनेवाले किसी को पैदा न करके ब्रह्मा, सचमुच ही तूने अपने को पाषाण-हृदय साबित किया। अगर यह मृग और कमल को मात करनेवाली आँखें अन्त:पुर में छिपी होतीं, कोई राजकुमार उन्हें देखं नहीं पाता, तब यदि उनके साथ ऐसा बर्ताव हुआ होता, तो किसी को दोष नहीं दिया जा सकता था; किन्तु आज तो मधुपुरी की एकमात्र प्रधान सड़क पर ये मीन जैसी आँखें वर्ष में छह महीने बराबर घूमती रहती हैं। सभी देखनेवाले उन असाधारण आँखों को आँख बचा अतृप्त होकर अवलोकन करना चाहते हैं। राजकुमारी मीनाक्षी अपने वश के अनुरूप कुमार को ही वर सकती हैं, साधारण बाबू या सेठ वर्ग का तरुण उनके हाथों की ओर अपना हाथ नहीं फैला सकता। मधुपुरी की सड़कों पर पिछले दस वर्षों में जब से कि मीनाक्षी का मधुपुरी में हर साल आना-जाना रहता है, हजारों कुमार गुजरे होंगे। संसार कितना कठोर है। और अब, जबकि वह समय भी नजदीक आ रहा है, जबकि उजड़े बहार में बुलबुलों का चहकना बन्द हो जाएगा। पुराने अन्त:पुर की कुमारियों के भाग्य पर मीनाक्षी अब ईर्ष्या कर सकती है, जिन्हें एकान्त जीवन इस तरह बिताने की आवश्यकता नहीं होती थी। पति देवता घर में आ जाने पर ही नवपरिणीता का मुख देख सकते थे, उनकी ओर से देखने के लिए भेजी गई लौंडियों से कुछ भेंट रखकर सर्टीफिकेट ले लेना मुश्किल नहीं था। और यदि कोई सीखी-समझी लाडी मीनाक्षी की आँखों की प्रशंसा में बिहारी के कुछ दोहों को उद्धृत करती, तो उसपर झूठ बोलने का इलजाम भी लगाया नहीं जा सकता था। अधरराग, सज, सुखचूर्ण, खिजाब कुछ ही दिनों और यौवन की आयु को बढ़ा सकते हैं, लेकिन

असली बसन्त में जब भँवरे नहीं आए तो बनावटी बसन्त में उनके आने की क्या सम्भावना हो सकती है?

मधुपुरी अब गौरागो की नहीं रही, शासन के लिहाज से ही नहीं, बल्कि प्रभाव के खयाल से भी। अंग्रेज और दूसरे यूरोपियन मिश्नरी बहुत थोड़े-से देश में जहाँ-तहाँ रह गए हैं, जिनमें से कुछ गर्मियों में मधुपुरी भी चले आते हैं। भारतीय भाषाओं के सिखलाने के लिए एक ही केन्द्रीय स्कूल होने के कारण उनकी संख्या दो-तीन सौ हो जाती है। उनमें कुछ गौराग महिलाएँ भी होती है, लेकिन जिस तरह यूरोप के छटुये पुरुष मिश्नरी बनकर दुनिया के और देशों की तरह भारत में ईसा मसीह का झंडा गाड़ने आते हैं, उसी तरह वहाँ की छटुई स्त्रियाँ इस क्षेत्र में कदम रखती हैं। सुन्दरियों नहीं, यदि कुरुपाओं की प्रतियोगिता करनी हो, तो विश्वकुरुपाय इनमें मिल सकती हैं। फिर वह मधुपुरी में फैशन की डिक्टेटर कैसे बन सकती हैं? दूसरी गौरांगनाएँ दिल्ली के दूतावासों की होती हैं, लेकिन उनकी संख्या अत्यन्त अल्प तथा वह भी एक कोने के होटल में रहती हैं। हाँ, उनके बारे में यह नहीं कहा जा सकता, कि उनमें सौन्दर्य का अभाव है। इस प्रकार मधुपुरी के रूप के बाजार में अब केवल स्वदेशी महिलाओं का ही आधिपत्य है, जिसके लिए हरेक देशाभिमानी को उचित अभिमान होना चाहिए। कम-से-कम इस एक क्षेत्र में तो, चाहे अपने देश के भीतर ही सही, अपनी महिलाओं का नेतृत्व स्थापित हो चुका है। कितने ही लोग इसे "देशी चिड़िया मराठी बोल" या "देशी बोतल में विलायती शराब" कहकर उपहास करेंगे, लेकिन ठोप निकालनेवाले खलों का तुलसीबाबा के समय में भी अत्यन्ताभाव नहीं था।

मधुपुरी के रूप-हाट में देशी सुन्दरियों की प्रधानता है, जो तीन वर्गों में साफ बँटी हुई है। परम्परा का अनुसरण करते हुए हम कह सकते हैं, कि पहली श्रेणी राजांगनाओं और राजकुमारियों की है, जिनमें मीनाक्षी तथा उनसे अधिक सौभाग्यशालिनी भूतपूर्व अन्तःपुरिकाएँ या उनकी सन्ताने हैं। दूसरी श्रेणी नौकरशाही के घरों में पली तितलियों की है, जो आधुनिकपन में सामन्तनियों और सामन्त-कुमारियों से अधिक प्रौढ़ है, इसे कहने की आवश्यकता नहीं। तीसरी श्रेणी सेठानियों और सेठ-कुमारियों की है। इनके बाद नगण्य बाबुआनियों और दूसरों की, जिनको न हम तीन में रख सकते हैं न तेरह में।

फैशन के बाजार में केवल रूप का शासन नहीं है, वहाँ पर भी लक्ष्मी ही प्रधानता रखती है। लक्ष्मी से मतलब सौदर्य-लक्ष्मी नहीं बल्कि धन-लक्ष्मी से है। फैशन की दुनिया सबसे अधिक खर्चीली है, इसलिए वहाँ लक्ष्मी का एकमात्र आधिपत्य हो, तो कोई आश्चर्य नहीं। पुराने जमाने में भी कहा गया था "व्यापारे वसति लक्ष्मी," लेकिन उस समय यह वाक्य आधे दिल से ही निकला था। शासन सामन्तों के हाथ में था, जिनकी तलवारें महासेठों के भी खजाने को क्षण भर में लूटकर अपना घर

भरने में समर्थ थी। इसलिए लक्ष्मी के स्वामी उस समय केवल सेठ नहीं थे। अब जबकि हमारे देश का शासन भी सेठों के हित के लिए हो रहा है, तो उनका स्थान कुछ दूसरा ही हो गया है, ऐसा स्थान, जो इतिहास में उन्हें कभी नहीं मिला था। वही शासन-सूत्र के वास्तविक सूत्रधार है। उनके घरों में बैंकों, बीमा कम्पनियों और चोरबाजारों के रूप में सचमुच कल्पवृक्ष लगे हुए हैं, सोने की टकसाल तैयार है। उनकी सम्पत्ति की सीमा नहीं है। आज किसी बड़े सेठ को लखपति क्या करोड़पति कहना अपमान की बात है। यह सेठवर्ग मधुपुरी के लिए सबसे नया रंगरूट है। संख्या में वह अभी सामन्तों और नौकरशाहों के बराबर नहीं है, लेकिन अंग्रेजों की बड़ी-बड़ी कोठियाँ उन्हीं के हाथों में है। जिनमें दस-बीस नौकरों के साथ रहने की केवल वहीं हिम्मत कर सकते हैं। यद्यपि सेठ तरुण-तरुणियों के भीतर आधुनिकता की बाढ़ फूट पड़ी है, लेकिन पूरे वेग से नहीं। उनके तरुण घर के कितने ही संकोचों की मधुपुरी में भी लाते हैं, और पैंट पर बन्द गले का कोट पहनकर चलते हैं। उनमें जो व्हाइटवे-लैडला के सूट को मधुपुरी के लिए खासकर खरीदकर लाते हैं, वह भी यह भूल जाते हैं कि कोट पैंट के साथ चलने की चाल दूसरी होती है। वह ऐसे चलते हैं, मालूम होता है, अपने बाप-दादा की तरह धोती और चौबन्दी पहने जा रहे हैं। बात में भी आधुनिकता की छाप बहुत कम मिलती है। वह यह नहीं समझते, कि मधुपुरी की यह एकमात्र प्रधान सड़क केवल अंग्रेजी बोलने के लिए है। कम-से-कम आधुनिक वेशभूषा में सज्जित नर-नारी के लिए ना मागन्ध है, कि वह अंग्रेजी छोड़कर किसी और भाषा को अपने सगे-सम्बन्धियों के साथ भी बोले। ये सेठ कुमार गाँठ के पूरे भले ही हों, लेकिन उनकी आँखों में अभी देखने की ताकत नहीं आई है। वह कभी आपस में मारवाड़ी बोल देते हैं, या गलत-सलत हिन्दी उनके मुँह से निकल आती है, जिसके कारण आधुनिक नर-नारी उनकी ओर मुस्कुराकर देखते हुए आपस में व्यंग्य करते चले जाते हैं। इनको अभी अपना दोष मालूम नहीं हो रहा है, लेकिन टीका-टिप्पणियों की भनक कभी-कभी तो उनके कानों में पहुँच ही जाती है।

अन्त:पुर पचासों पीढ़ियों से देश की सबसे अधिक सुन्दरियों का संग्रहालय ही नहीं, बल्कि सुन्दरियों की नर्सरी भी रहे। वहाँ ही अनिन्द्य सुन्दरियाँ पैदा होती थीं, जो किसी समय स्वयम्बरों में पारितोषिक के तौर पर रखी जाती थीं। शायद स्वयम्बर-प्रथा के उठ जाने के कारण ही अन्त:पुरो ने सुन्दरियों के नर्सरी होने के अपने विशेष पद को खोया। उसी अन्त:पुर से कुमार भी पैदा होते हैं और कुमारियाँ भी। यदि कुमारों में आप कुरूपों की संख्या अधिक देख रहे हैं, तो कुमारियाँ में भी सौंदर्य की मात्रा उनसे बढ़कर नहीं है। जिस समय देश की सौंदर्य राशि खिंचकर महलों में आती थी, और हमारे ऋषि-मुनियों ने विधान बनाया था "श्रीरत दुष्कुलादपि" उस समय, वस्तुतः सौंदर्य के हाट में अन्त:पुरों का एकाधिपत्य था। अब तो क्या है? तो भी,

सेठानियों और सेठ-कुमारियों से मुकाबला करने पर अभी सामन्तवर्ग बहुत आगे है, यह मधुपुरी में आसानी से समझा जा सकता है।

इन दोनों श्रेणियों के अतिरिक्त तीसरी श्रेणी नौकरशाहों की है। बुद्धिजीवी शिक्षित वर्ग को भी एक हाड़ मांस के होने के कारण हम इनके भीतर रख सकते हैं, लेकिन यह साफ है, कि पिछली तीन दशाब्दियों में स्वयम्बर-प्रथा के अनुसार सुन्दरियों का वितरण सारे शिक्षित वर्ग में नहीं बल्कि नौकरशाह श्रेणी में हुआ है। आई. सी. एम. दामाद पाने के लिए कितने ही पिता लोग वैसे ही तपस्या करते थे, जैसे राजर्षि, भगीरथ। वह अपना सब कुछ लगाकर घर में पैदा हुई लड़की को सुशिक्षित करते, आधुनिक समाज के रीतिरिवाजों के सीखने, समझने और आचरण करने से अपनी कन्या को निष्णात करते और विलायत से लौटे दामाद की सभी इच्छाओं की पूर्ति करने के लिए कन्या को हर गुण से अलंकृत करने में कोई कसर नहीं उठा रखते। प्राचीन स्वयम्बर प्रथा और इस स्वयम्बर प्रथा में अन्तर इतना ही था, कि जहाँ पहले निर्वाचन का अधिकार कन्या को था, वहाँ अब वह स्वयंवर को था। अंग्रेजों के समय साल में 25-50 आई.सी.एस. हो पाते थे, जिनके लिए हजारों नव-शिक्षिता सुन्दरियाँ जयमाला लिए खड़ी-खड़ी रहती। एक साल असफल होने पर भी वह और उनके अभिभावक हताश नहीं होते। यह तबतक खड़ी प्रतीक्षा करती रहतीं, जबतक कि जयमाला मुरक्षा नहीं जाती। इस प्रकार सौंदर्य निर्वाचन का क्षेत्र सामन्त और सेठवर्ग में नहीं, बल्कि नौकरशाह-वर्ग में चला आया था। यह बिलकुल स्पष्ट है। मधुपुरी में सेठ और सामन्तवर्ग की ललनाएँ नौकरशाह-पत्नियों और पुत्रियों के सामने उसी तरह निष्प्रभ मालूम होती है, जिस तरह सूर्य के सामने दीपक। कुछ सामन्त अब भी अधिक पैसे खर्च कर सकते हैं। सेठ-कुमारियों के बारे में तो कुछ कहना ही नहीं। पुराने सेठ अपने सपूतों और सपूतनियों की साखची को देखकर हार्टफेल कर जाते, लेकिन सौभाग्य से वह मधुपुरी में पैर नहीं रखते। खर्च के हिसाब में चौकसी की विद्या चोर-बाजारी ने यदि बूढ़ों को सिखाई है, तो नौजवान उनसे पीछे क्यों रहे। बूढ़े या प्रौढ़ सेठ को अपने खर्च का लेखा-जोखा देने के लिए तरुण सेठ मजबूर भी नहीं है। संयुक्त-परिवार अब इस वर्ग में भी बड़ी तेजी से टूट रहा नहीं, बल्कि टूट चुका है। सेठ-पत्नियाँ और पुत्रियों में अब उनकी जातीय वेषभूषा जैसे उठ चुकी है, वैसे ही शील संकोच भी खतम हो चुका है—बुरे अर्थों में हर्गिज नहीं। जिस तरह पिंजड़े में बन्द अन्तःपुरिकाओं ने अपने को आजाद किया उसी तरह सेठ-परिवार भी आगे बढ़ रहा है। उमर के अनुसार भी आधुनिकता के प्रभाव के तारतम्य को देखा जा सकता है। अधिक उमरवाली सेठानियाँ साड़ी और ऊँची एड़ी की बूट में भी वैसी ही चलती हैं, मानो लम्बा-चौड़ा घाघरा और चुनरी पहने हुई हैं। आजकल की सिनेमा-तारिकाओं की नकल पर थोड़े से किन्तु बहुत कीमती आभूषणों में अपने को सजा-धजाकर निकलने पर भी मालूम होता

है, कि उनका कभी-कभी अपने सिर पर के बोर को बँटा करता है। प्राचीन प्रभाव अभी जड़ से निकला नहीं है, लेकिन उनके लिए क्या इतना कम है कि अब वह आरपार दिखनेवाली महीन चुनरी के पेट तक लटके घूँघट और खुली साद लिये अपनी सासुओं की तरह नहीं निकलती, उनकी पोशाक में एक तरह की नफासत और संजीदगी मालूम होती है। जब उनके पति लौंग कोट पहनकर भी हंस की चाल नहीं अपना पाते, तो इनका क्या कसूर है? लेकिन इसका यह अर्थ नहीं कि लंका में विभीषण या विभीषणाय नहीं हैं। अब वैसी भी अपेक्षाकृत प्रौढ़ सेठानियाँ देखी जाती हैं, जो नौकरशाह-पत्नियों की तरह ही अपनी लड़कियों से राजस्थानी या हिन्दी में नहीं, बल्कि अंग्रेजी में बात करती है। "पिता रक्षति कौमारे, भर्ता रक्षति यौवने। पुत्रस्तु स्थाविरे भावे न स्त्री स्वातत्र्यमर्हति।" के ऋषिवाक्य को ताक पर रखकर अब तो सेठ-पत्नियाँ अकेली विमानों पर आकाश में विचरण करती दिखाई पड़ती हैं। अति तरुण सेठानियाँ अब ठीक उसी रास्ते पर चल रही हैं, जिसपर आजकल की सामन्त-पत्नियाँ और नौकरशाह ललनाएँ। यही दोनों उनके सामने आदर्श है। अभी मधुपुरी में उनमें से बहुतों में नौसिखियापन दिखाई पड़ता है, लेकिन कोई-कोई आगे बढ़ने से काफी सफल हुई है। अब तो सेठ-कुमार और सेठ-कुमारियाँ यूरोपियन ढँग के स्कूलों में शिक्षित-दीक्षित होने लगे हैं। समुद्रयात्रा से धर्म मिट जाता है—की बात उनके लिए एक उपहास की चीज रह गई है और टीकाधारी सेठों के पुत्र अब धड़ल्ले से यूरोप और अमेरिका की सैर कर रहे हैं। कितने ही प्रौढ़ विधुर से पत्नी के मर जाने पर यूरोपीय सेठों के ढंग का एक पत्नीव्रत पालन कर रहे हैं। तरुण सेठ आज विलायत से लौटकर आनेवाले नौकरशाहों से कम पाश्चात्य प्रभाव को अपने समाज में नहीं प्रवेश करा रहे हैं।

सामन्त, नौकरशाह और सेठ तीनों एक ही नाव पर चढ़े हुए हैं। उनका जीवन एक-दूसरे के बहुत नजदीक और समान होता जा रहा है! भारत की अपनी विशेषता को लीजिए। यह जात-पाँत की रूढ़ि है, जोकि एक नाव में बैठी हुई इन तीनों श्रेणियों को एक होने में बाधा डाल रही है। यूरोप में भी कभी राजकुल सामन्त-कुलों के साथ रक्त-सम्मिश्रण नहीं होने देता था और दोनों धन्नासेठ-बनियों को दूध की मक्खी मानते थे। लेकिन अब वहाँ एकतामय देखी जाती है। लक्ष्मीपात्र सभी एक जाति के हैं। हमारे देश में भी कबतक यह मृत रूढ़ि चलती रहेगी? समय दूर नहीं है, जब तीनों श्रेणियाँ उसी तरह मिलकर एक हो जाएँगी, जिस तरह इस शताब्दी के आधे काल में भारत की सभी रियासतों के राजा एक राजपूत बिरादरी में मिल गए लक्ष्मी पुत्रों और सत्ताधारियों के खिलाफ एक नया वर्ग भी तैयार हो रहा है, किन्तु उसकी आवाज धीरे-धीरे जोर पकड़ रही है और भारत की अडिग प्राचीनता पर विश्वास रखनेवालों को उससे डरने की जरूरत नहीं। उस समय शायद मीनाक्षी की आशा का क्षेत्र बहुत विशाल होता।

अवश्य आने वाला जमाना लेकिन कब आएगा? उस वक्त आने पर क्या हुआ "जब चिड़िया चुग गई खेत", "का वर्षा जब कृपी सुखाने"। मीनाक्षी के लिए उससे क्या आशा हो सकती है? आज तो उसका क्षेत्र नंगे हो या भूखे, सामन्तों की श्रेणी तक ही सीमित है। सेठों और नौकरशाहों के विस्तृत क्षेत्र तक आधुनिकतम होते भी अपने पैरों को नहीं रख सकती। वह मन में सिर्फ यही खयाल रखती है, कि मेरी श्रेणी की दूसरी तरुणियाँ कदम आगे बढ़ाकर उस युग को जल्दी लाए। अपने को आगे बढ़ाने की हिम्मत न रखकर वह अपनी आधुनिकता पर बट्टा लगा रही है। इसमें सन्देह नहीं। मीनाक्षी की इस दयनीय और दुनिया भरी स्थिति को देखकर कलिम्पोग-जेल के बार्डर बलिया जिले के तिवारी याद आते हैं जो 50 के करीब पहुँच रहे थे और अबतक कुंवारे ही थे। उन्हें आशा नहीं रह गई थी, कि ब्याह कभी भी हो सकेगा। बड़े दयनीय स्वर में बेचारे कहते थे "आखिर सगैया (विधवा-विवाह) होई, लेकिन...तिवारी के मुआ के।" अगर तिवारी जी से कहा जाता, कि आप ही क्यों न किसी ब्राह्मणी बालविधवा का हाथ पकड़ते, तो उन्हें भी मीनाक्षी की तरह ही आगे कदम बढ़ाने में डर लगता। वह चाहते थे, दूसरे पहले करके रास्ता बनाए, तब मैं उसपर कदम रखूँगा।

गोलू

—राम-राम बाबूजी।

—राम-राम गोलू,—मैंने कहा। मधुपुरी गोलू की श्रेणी के लोग आपस में ही राम-राम कहते हैं, नहीं तो अधिकतर यहाँ अपने से बड़े वर्ग के लोगों को सेठजी कहकर सम्बोधित किया जाता है। लेकिन, गोल अधिकतर राम-राम ही कहता है। इसे बुढ़ापे का असर कह सकते हैं। गालू यद्यपि अभी 50 वर्ष से ऊपर नहीं गया है, लेकिन देखने में बहुत बूढ़ा मालूम होता है। जाड़ों के दिन थे। सैलानी अक्तूबर के दूसरे सीजन को भी खतम करके अपने घरों को लौट गए थे। दूसरे सीजन में पहले सीजन के छठे से भी कम ही लोग आते हैं, लेकिन तो भी बुझते हुए दीपक की तरह उनके कारण मधुपुरी में एक बार फिर जीवन आ जाता है—मजदूरों को काम मिल जाता है बनियों और दूकानदारों की कुछ चीजें बिक जाती हैं। लेकिन, नवम्बर के मध्य तक पहुँचते-पहुँचते यहाँ वही लोग रह जाते हैं, जिनका और कहीं ठौर-ठिकाना नहीं है। मैं भी उन्हीं में से हूँ, और गोलू भी। शायद इसलिए हम दोनों में भाईचारा स्थापित हो गया है। उस दिन घंटा भर रात गए सड़क-किनारे वह सूखी लकड़ियाँ जमा करने की कोशिश कर रहा था। चाँदनी रात थी, लेकिन वहाँ वृक्षों की छाया थी। उँगली जैसी पतली छोटी-छाटी पाँच-छह लकड़ियाँ उसने जमा करके बत्ती के खम्भे के पास में रक्खी थी। दिन में उसे आसानी से और अधिक अच्छी लकड़ियाँ मिल जातीं, पर दिन तो उसके लिए काम के वास्ते बना है। जब कभी काम नहीं रहता, तो यह दिन भी लकड़ियाँ जमा कर लेता। मधुपुरी की धनी बस्तियों के आसपास जंगल कम रह गए हैं और वहाँ लकड़ियाँ जमा करना आसान नहीं है। पर, गोलू को तो इस विलामनगरी के एक छोर-से दूसरे छोर तक प्रतिदिन कम-से-कम दो चक्कर लगाने पड़ते हैं। जाड़ों में यदि दो चकर करने को मिल जाएँ, तो वह अपने को भाग्यवान समझता है। अधिकतर वह बनियों के सौदों को होता है। दूसरे मजूर जिसका एक रुपया लेते हैं, गोलू उसका 12 आना लेने के लिए तैयार है, इसलिए अगर माल रहा तो बनिये उसी से ढुलवाना चाहते हैं। गोलू मधुपुरी के हमार छोर पर अक्सर देखा जा सकता है। यहाँ के दूकानदार सैलानियों

पर कम और पास-पड़ोस के पहाड़ी गाँवों पर ज्यादा निर्भर करते हैं, इसीलिए उनका कारोबार कुछ-न-कुछ साल भर चलता रहता है। और गोलू उनका स्थायी भरिवा (भारवाहक) है।

गोलू यद्यपि इस ओर दिन में बराबर आता-जाना रहता है, लेकिन वह रहता है अपने लोगों के साथ यहाँ से दो मील पर मधुपुरी के केन्द्र स्थान में। उसके भाई-बिरादरीवाले भी उसी की तरह खटते हैं। गोलू की आँख एक बार बिलकुल खतम हो गई थी, लेकिन डॉक्टर ने ऑपरेशन करके उनको कुछ ठीक कर दिया है, तो भी उसे बड़ा मोटा चश्मा लगाना पड़ता है। लकड़ी जमा करते समय भी वह मोटा चश्मा उसकी आँखों पर था। उसके साथवाले उसकी रोटी बना देते हैं और वह जलाने के लिए लकड़ी जमा करके ले जाता है। वह बहुत दुबला-पतला है, हड्डियों पर बहुत थोड़ा मांस है। सहारे के लिए अपने एक हाथ में एक मोटा डंडा वह बराबर रखता है। उसका बोझ मनभर पक्के से कम शायद ही कभी हो। यदि कम होता, तो बनिये या तो आधी मजूरी देते, या उससे ढुलाई नहीं कराते। उसका गोरा चेहरा अब पीला पड़ गया है। कद पहाड़ में जैसे आमतौर से होता है, वैसा ही मझोला है। अपने इस शरीर-सम्बल से वह मनभर का बोझ पीठ पर लादे तेज नहीं चल सकता, यह स्वाभाविक है। दो मील जाना दो मील आना तो आमतौर से उसे करना पड़ता ही है, कभी-कभी इस छोर से मधुपुरी के अन्तिम बाजार के अन्तिम छोर तक भी बोझ ले जाना पड़ता है। उस वक्त उसे चार मील आना-चार मील जाना पड़ जाता है। आठ मील से कम तो शायद ही कभी गोलू को जाना-आना पड़ता हो। बोझ मिल जाए, तो वह बारह मील या अधिक भी हो सकता है। वह नपी-तुली चाल से चलता है, जिसे मन्द नहीं कहा जा सकता। सुसताने का हरेक स्थान निश्चित है। वस्तुतः उसको चलते और बैठते देखकर मालूम नहीं होता, कि कोई आदमी चल रहा है। उसकी क्रियाएँ यत्रवत होती हैं। रास्ते में कोई परिचित मिल गया तो राम-राम कर दिया। नहीं तो पैरों से धरती को नापना और ठहराब पर थोड़ी देर के लिए दम लेना, बस यही देखा जाता है। गोलू को देखकर लद्दू पशु याद आते हैं। फर्क इतना ही, कि पशु अपनी इच्छा से इस तरह नहीं कर सकता, लेकिन गोलू सब कुछ अपनी इच्छा से करता है। उसे जीना है, जीने के लिए खाना चाहिए। मधुपुरी की साढ़े छह-सात हजार फुट की ऊँचाई पर जाड़ों में बर्फ पटा करती है। जाड़ा हो या गर्मी, बसन्त हो या वर्षा, गोलू के लिए सब बराबर है। शरीर को और पैरों को टाँकने के लिए काफी कपड़ा न हो, तो यहाँ आदमी एक ही दिन में टें बोल जाए। जाड़े के निवारण के लिए गोलू कैसे कपड़े को पहनता है, इसे पाठक स्वयं जान सकते हैं। कबाड़िये के यहाँ से वर्षों पहले पुराने ऊनी कोट और पायजामे की उसने लिया था, जिसमें साल-ब-साल और पैबन्द लगते गए। उन्हें धोबी को धोने के लिए गोलू देगा, इसकी सम्भावना नहीं। उसने स्वयं भी कभी

उनको पानी में डाला हो, इसमें भी सन्देह है। पैरों में मोटर के टायर का बना हुआ एक जूता भी कबाड़ी से उसने खरीदा। सिर पर गढवाली टोपी जरूर रहती है, जो शायद गंजी चाँद की रक्षा कुछ कर सके—गोलू गंजा नहीं है।

गोलू क्यों इस तरह सारे दिन पशु बना रहता है? शायद माल ढोनेवाले खच्चर भी दिन में इतने घंटे काम करने के लिए तैयार नहीं होंगे। उसका यह काम जवानी के समय से ही चल रहा है। पहले शायद कुछ दूसरी तरफ भी आकर्षण रहे हो, किन्तु वह अब नहीं है। पहाड़ के लोग मशक्कत करके चूर हो जाते हैं, तो सस्ती शराब से गले को तरकर दुखों और चिन्ताओं को भूलने की कोशिश करते हैं, लेकिन, गोलू को मैंने कभी शराब पिये नहीं देखा। मधुपुरी के इस छोर पर शराब बहुत सस्ती बिकती है। यह वैध शराब नहीं होती, बल्कि पास-पड़ोस के इलाके में पहाड़ी जन-जाति के लोग रहते हैं, जो अनादि काल से अपने घरों में नाज को सड़ाकर शराब बनाते आए हैं। शायद सरकार उनके इस हक को छीनना नहीं चाहती। छीनने पर भी उसमें सफलता की आशा कम है, क्योंकि वहाँ की शत-प्रतिशत जनता अपने इस सनातन हक को छोड़ने के लिए तैयार नहीं है। सस्ती शराब पीने की इच्छा रखनेवाले लोग मधुपुरी के छोरों पर पहुँच जाते हैं, और 60 रुपये बोतल पीनेवालों के लिए दूकानें जाड़ों में कम हो जाने पर भी नगरी के केन्द्र में बराबर बनी रहती है। गोलू का यह जीवन कब खतम होगा, इसे कोई नहीं कह सकता। बर्फानी रातों में उसकी छाती में जरूर सर्दी लगकर दर्द होता होगा, किन्तु यदि वह दर्द की पर्वाह करे, तो जीवन-नैया को कैसे खायेगा? गोलू को सैलानियों में से शायद एक के दिल में भी खयाल नहीं आता होगा, कि यह मनुष्य होकर भी ऐसा जीवन बिताने के लिए क्यों मजबूर है? जो उसे जानते हैं, उनमें से भी बहुत कम के दिल में ऐसा भाव उत्पन्न होता होगा, जिसे करुणा का हल्का-सा रूप कह सकते हैं। शायद यह गोलू जैसे और कितनो ही को रोज देखा करते हैं। लेकिन, यह गलत है। मधुपुरी में गोलू जैसा जीवन बितानेवाला मैंने तो किसी को नहीं देखा। दूसरे यदि उसके जैसे कोई होंगे भी, तो वह दुनिया में अकेले नहीं होंगे, स्त्री, बेटा-बेटी या कोई यार-मददगार उनके जरूर होगा।

(2)

वर्तमान शताब्दी शुरू ही हुई थी। भारत के बहुत से भागों में उस समय आबादी आज की दो-तिहाई भी नहीं थी, अर्थात खानेवाले मुँह अभी एक-तिहाई कम थे। आज के बूढ़ों की बात पर यदि विश्वास किया जाए, तो सत्ययुग अभी धरती पर से बिलकुल उठा नहीं था। इसमें तो शक नहीं, कि उस समय तक केदारखंड के पहाड़ी लोग चोरी करना नहीं जानते थे, झूठ बोलना सीखे नहीं थे। देश के आनेवाले यात्री

उनके भोलेपन को देखकर सराहना करते नहीं थकते थे। उस समय के बूढ़े अपने को अपने सत्ययुग को अपने बचपन में खींचकर ले जाना चाहते हैं। रुपये का बीस सेर गेहूँ और डेढ़ सेर घी होना बतलाता था, कि लोगों के पेट की समस्या आज जैसी कठिन नहीं हुई थी। चाहे रुपये का मन या दो मन गेहूँ क्यों न बिके, लेकिन जब सभी आदमियों को साल में कुछ महीनों के लिए ही काम मिले, तो सन्ता होने पर भी वह खाने के लिए अनाज खरीद कैसे सकते थे! जो भी हो, इसी समय केदारखंड के एक ऊँचे पहाड़ी गाँव में गोलू का जन्म हुआ था। बाप जवान था, उसकी पहली बीवी भी जवान थी और शायद गोलू दोनों का पहला लड़का था। पहला नहीं तो माँ की जीवित सन्तानों में वह एकमात्र था। भारत के और प्रदेशों की तरह यहाँ भी हरेक लड़के लड़की जीने के लिए पैदा नहीं होते। उनके जीवन की अवधि निश्चित है। कोई पैदा होते ही मर मर जाता, कोई कुछ महीने या कुछ वर्षों बाद बचपन में ही बिन खिले मुर्झा जाता। पूरी जवानी पर पहुँचनेवाले आधे भी नहीं होते और आधी शताब्दी लाँघनेवाले तो विरले ही होते हैं। लेकिन, बच्चा चाहे महल में पैदा हो या झोंपड़े में, माँ-बाप के हृदय में उसके कारण उल्लास अवश्य होता है। गोलू का बाप अकेला था, या उसका कोई और भी भाई था, यह कहना मुश्किल है। यदि था, तो वह अलग रहता था। उसकी झोंपड़ी नहीं पत्थर की दीवारों और छतोंवाला बहुत-सा लकड़ी का बना एक छोटा-सा मकान था। ऊँचाई एकमंजिला मकान से अधिक नहीं थी, लेकिन सहस्राब्दियों के तजुर्बे से लोग सीख जाते हैं, कि किस आबोहवा में कैसा मकान बनाना चाहिए। गाँव में कभी-कभी बर्फ भी पड़ जाती, न भी पड़ने पर जाड़ों में सर्दी बहुत होती, इसीलिए वहाँ बहुत हवादार अतएव ऊँचे तथा खिड़कीवाले कमरे को बनाना पसन्द नहीं किया जाता। गोलू के बाप के मकान में आम रवाज के मुताबिक निचली मंजिल पशुओं के लिए थी, और ऊपरी मंजिल मनुष्य के लिए। दोनों मजिलों में दो-दो कोठरियाँ थीं, जिनकी लम्बाई-चौड़ाई इतनी ही थी, कि आदमी पैर फैला कर सोये तो सिर और पैर दीवार छूने लगते।

यदि गोलू के बाप का घर नीचे नदी के पास होता, तो उसके पास धान के भी खेत होते, लेकिन यहाँ ऊँचे स्थान पर गाँव के पास थोड़े-से बाकायदा खेत थे—अर्थात अनगढ़ पत्थरों की नीचे की ओर दीवार खड़ी करके मिट्टी को भरकर समतल बने खेत। खेत क्या इन्हें अधिक चौड़ी सीढ़ियाँ कह सकते हैं। लेकिन, गोलू के बाप के पास यह सीढ़ियाँ बहुत थोड़ी ही थी। गाँव के ऊपरी भाग में खिल जमीन थी—अर्थात जंगल काट कर जमीन को साफ़ कर दिया गया था, दीवार नहीं खड़ी की गई थी। रामभरोसे बरसात में वहाँ जरा खोद-खादकर बीज छीट दिया जाता और जो कुछ भाग्य-भोग में होता, वह मिल जाता। गोलू के बाप के पास ऐसी ही कुछ जमीन थी। बचपन सभी का बड़ा मधुर होता है। इसका यह अर्थ नहीं, कि उस वक्त हरेक बच्चे को खाने-पहनने की निश्चिन्तता होती है। माँ-बाप भूखे रहकर

बच्चे को सुखी रखना चाहते हैं। उस वक्त की निश्चिन्तता वस्तुतः बच्चे के अपने भीतर से पैदा होती है। फिर जैसे-जैसे वह हो सँभालता है, वैसे ही वैसे उसके चारों ओर की परिस्थितियाँ वास्तविकता के समझाने में सहायता करती हैं। गोलू और गरीब बच्चों की तरह ही शैशव से बचपन में पहुँचा। बकरी जितनी नहीं, पर बकरी के बराबर ही दूध देनेवाली उसके घर में दो-तीन गाएँ थीं। उतनी ही बकरियाँ भी थीं। बैल के लिए खेत नहीं था, इसलिए गोलू के बाप ने माँग-जाँच कर ही काम निकालना पसन्द किया था, नहीं तो खेती दोनों पति-पत्नी पहाड़ी छोटी-छोटी कुदालों के सहारे कर दिया करते थे। लँगोटी लगाने की भी योग्यता जब नहीं थी, तभी से गोलू अपने पशुओं को जंगल में ले जाने लगा। इसमें चरवाही से भी ज्यादा उसे खेल का आकर्षण था, और रोज गाँव के और बच्चों की तरह वह भी गाँव के ऊपर वाले काफी दूर पर बचे-खुचे जंगलों में चला जाता। साथ में भुना हुआ दाना या रोटी का टुकड़ा होता। वह अपने पशुओं के साथ ही शाम को घर लौटता। नदी दूर थी। गोलू के गाँव में सर्दी बारहों महीने कुछ-न-कुछ बनी ही रहती थी। लोग पानी झरने का पीते थे, जो बराबर ठंडा रहता। लेकिन, नहाने को वहाँ शौकीनी माना जाता, इसलिए गोलू भी बचपन से ही उसकी आवश्यकता नहीं समझता था। गरीबों के पास पहनने के चिथड़े ही होते हैं, चिथड़ों का धोना उससे भी वंचित होना था। ऐसी गुदड़ियों में यदि जूथे और पिन्सू बराबर के लिए अपना डेरा डाल दे, तो आश्चर्य क्या? उनके काटने की फिकर नहीं करते हैं, जिनको इत्तिफाक से कभी उनका सामना करना पड़ता है।

गोलू 14-15 वर्ष का हो गया। अब वह उन सभी कामों को कर लेता था, जिन्हें उसके बाप-माँ कर सकते थे। कुदाल लेकर खेत गोडना, फसल की निकाई करना, जंगल से काटकर पीठपर लकड़ी ढो लाना, खेतों में खाद पहुँचाना, किसी के यहाँ खरीदे ऊन को चलते-बैठते तकुए पर कातते रहना आदि-आदि। आज के गोलू को देखकर कैसे कोई समझ सकता है, कि वह कभी गाता भी था। उसकी तान पहाड़ में दूर-दूर तक गूँजती थी? वह छोरियों से गाने में होड़ लगाता था। गोलू को सुरीला कंठ मिला था, यह नहीं कहा जा सकता। वैसे पहाड़ के तरुण-तरुणियों देश की अपेक्षा अधिक मुकंठ होते हैं। गोलू अपने गाँव के उत्सवों में नाच भी सकता था। यद्यपि वह राजपूत था, लेकिन पहाड़ के गरीब राजपूत कई ऐसी बातें करने में स्वतंत्र है, जो देश में नहीं होती। राजपूत क्या ब्राह्मण भी यहाँ विधवा विवाह कर सकते हैं। स्त्री पसन्द न आने पर पुरुष को छोड़कर दूसरे की बन सकती है, यदि नया पति विवाह का खर्च लौटाने के लिए तैयार हो।

गोलू के घर में फसल के वक्त पेटभर खाने को मिलता, बाकी समय आध पेट भी मिल जाए, तो वह इसे अपना सौभाग्य समझता था। ऐसे पखवारे भी आते थे, जब अन्न के नाम पर जंगल से जमा किया हुआ भाग, कन्द या कुछ फल ही

प्राप्य थे। लेकिन, जब बसन्त के समय काफल पक कर लाल होता, तो लड़के और तरुण "काफल पाक्यो" गाते नाचने लगते। उन्हें यह नहीं मालूम था, कि बड़ी गुठली और थोड़े गूदेवाले इस फल में विटामिन और तामा कूट-कूटकर भरा हुआ था, जो स्वास्थ्य के लिए सबसे लाभदायक चीज है। उन्हें तो यही मालूम था कि देर तो होगी, लेकिन चाहने पर काफल के रस से अपने पेट को भर सकते हैं। निश्चिन्तता का जीवन समाप्त होते-होते अब अपने अन्तपुर पहुँच रहा था, और चिन्ता अपने पैरों को बड़ी तेजी से आगे बढ़ा रही थी। गोलू के लिए माँ-बाप की झिड़की और थप्पड़ मामूली-सी बात थी। लेकिन, जवानी पर पहुँचते-पहुँचते अब वह पहले की तरह उसे बर्दाश्त करने के लिए तैयार नहीं था। माँ बेचारी ने वर्षों से बल्कि उसे कभी छूआ नहीं था।

(3)

गोद 17 वर्ष का था, जबकि उसकी माँ मर गई। आखिरी बच्चा पैदा होते ही चल बसा, साथ ही माँ को जल्दी आने का निमंत्रण दे गया। बाप अभी जवान था। उसे ब्याह करने की इसलिए भी आवश्यकता थी, कि घर में रोटी पकाकर देनेवाला कोई नहीं था। पर, अभी वह उसके लिए जल्दी नहीं कर रहा था, क्योंकि पैसे का सवाल था। पहाड़ में आमतौर से लोग तिलक पाने की आज्ञा नहीं रखते, बल्कि उन्हें पैसे से लड़की को खरीदना पड़ता है। गोलू की माँ के खरीदने में उसके बाप का सबसे अच्छा खेत बिक गया। यह भी एक कारण ब्याह के खयाल को मुल्तवी रखने का था। जीवन बड़े संघर्ष का था, पर लड़का कमाने लायक हो गया या। पहाड़ के लोग बदरी-केदार की यात्रा के महीनों में तीर्थयात्रियों या उनके सामान को पीठ पर ढोते। लेकिन, आसपास के सभी गाँववालों के टूट पड़ने के कारण माँग से पूर्ति अधिक हो जाती है, जिसके कारण मजूरी गिर जाती है। फिर तीर्थयात्रियों में सभी बड़े धनी नहीं हुआ करते, इसलिए वह पैसे को बहुत संकोच से खर्च करते हैं। मधुपुरी जैसी विलासपुरियों में मजदूरी अधिक मिलती, आदमियों की माँग भी अधिक थी। गोलू के गाँव के दो-तीन आदमी मजूरी करने मधुपुरी पहुँच चुके थे। गोलू ने भी भाग्य-परीक्षा करनी चाही। बाप ने बड़ी खुशी एक दिन उसे विदा किया, उस दिन से उसका यह जीवन आरम्भ हुआ था, जो आज भी चला जा रहा है। मधुपुरी से आने पर उसे मालूम हुआ, कि जो बातें उसने सुन रक्खी थी, वह सब उसी तरह नहीं है। इधर के पहाड़ी और नेपाली पहाड़ी दोनों की होड़ थी। नेपाली दूना बोझ उठा सकते हैं, इसलिए वह अपेक्षाकृत सस्ती मजूरी भी ले सकते हैं। लेकिन, आज से तीस वर्ष पहले जब गोलू मधुपुरी में आया, बोझा ढोने में नेपालियों का वह एकाधिपत्य कायम नहीं हुआ था, जो आज है।

मधुपुरी में आकर कुछ दिनों उसे बैठा रहना पड़ा, वह घर से बाँधकर लाए आटे की रोटी नमक के साथ खाता रहा, फिर कुछ ढुलाई का काम मिला। अन्त में उसे रिक्शा का घोड़ा बनना पड़ा। बँधी हुई मजूरी होने से रिक्शा खींचना इधर पहाड़ियों का काम हो गया है, जबकि बोक्षा होना नेपालियों का काम है। किराए पर 6 आदमियों ने मिलकर एक रिक्शा ले लिया, और उसे लेकर अड्डों पर वह मुसाफिरों की प्रतीक्षा करते। अभी मोटरें बहुत कम देखने में आती थीं। मधुपुरी आनेवाले सैलानी उस वक्त साधारण लोग नहीं थे—अंग्रेज साहेबों के बाद बड़ी संख्या में राजा और नवाब यहाँ आते थे, फिर बड़े-बड़े हिन्दुस्तानी अफसरों का नम्बर आता था। यही कारण है, जो उस समय भी मधुपुरी के पहाड़ के नीचे काफी मोटरें देखी जा सकती थी। मधुपुरी तक मोटर-सड़क बनने में एक दशाब्दी की देर थी, नहीं तो वह यहाँ भी पहुँच गई होती। इसके फलस्वरूप रिक्शावालों को ढोकर लाने के लिए नीचे से सवारी मिल जाती थी। रिक्शावाले यही कोशिश करते, कि किसी अंग्रेज की सवारी मिले। वह बिना माँगे ही मजूरी देने में बड़ी उदारता दिखलाते थे। राजा-नवाब के नौकर मजूरी में से कुछ अपने लिए रखना चाहते थे, तो भी दूसरे नम्बर पर वह उनको पसन्द करते थे। बाबुओं-बनियों की सवारी उनके लिए किस्मत फूट जाने जैसी थी। पहाड़ में चाहे बोझा ढोना हो, या रिक्शा खींचना; चढ़ाई में आदमी का प्राण निकल जाता है। लेकिन, जो उन पर चढ़ कर चलते हैं, वह इसे खेल समझते हैं, और बहुतेरे तो मुफ्त जैसी सवारी करना पसन्द करते हैं।

आजकल भी आमतौर से देखा जा सकता है—लोग अड्डे पर बिना किराया किये बैठ जाते हैं—किराया ठीक करने की जरूरत भी नहीं, क्योंकि सभी जगहों का किराया नगरपालिका ने बाँध दिया है। अपने स्थान पर पहुँचने पर रिक्शेवाला दर के अनुसार किराया माँगता है, तो उसे झिड़कियाँ ही खानी नहीं पड़ती, बल्कि बाज-वक्त लोग गाली-गलौज पर भी उतर आते हैं। यह रिक्शेवालों का सौजन्य ही समझिए—जिसे दूसरे दब्बूपन बतलाते हैं—जो हर जगह ले-दे नहीं होने पाती।

पहले ही सीजन में गोलू रिक्शेवाला बन गया—रिक्शे का मालिक नहीं, बल्कि रिक्शा खींचनेवाला घोड़ा। पैसा मिला, लेकिन उसे खर्च करते वक्त उसे बराबर खयाल रहता था, कि सीजन के बाद घर लौटना है, कुछ पैसा साथ ले जाना होगा। इसीलिए खाने-पीने में वह बहुत संकोच रखता था। मधुपुरी का पहला ही सीजन (मई-जून) मुख्य होता है, जिसका आधा उसे करीब-करीब बेकारी में काटना पड़ा था। बरसात के दिनों में कभी सवारी मिलती, कभी नहीं मिलती। नवम्बर के शुरू में जब गोलू दूसरे साथियों की तरह अपने गाँव के लिए लौटने लगा, तो उसने 40 रुपये बचा पाए, इसके अलावा अपने और बाप के लिए कुछ कपड़ा भी ले लिया था। कमाऊ पुत्र गरीब बाप को पसन्द आते ही हैं। बाप की ओर से बड़ा स्वागत हुआ। जाड़ा बिताकर उसका फिर मधुपुरी जाना निश्चित था। बाप की बात से वह

सहमत हो गया, जबकि उसने कहा, कि रोटी-पानी के लिए ही नहीं, बल्कि खेती-बाड़ी के काम में सहायता देने के लिए भी घर में स्त्री की आवश्यकता है। गोलू ने समझा, शायद वह मेरी शादी की बात कर रहा है। वह इसे क्यों न पसन्द करता। उसने अपनी सहमति प्रकट की। अगले साल वह पूरे सौ रुपये बचाकर ले गया। उसे बहुत खुशी हुई, इतना पैसा हाथ में देखने से ही नहीं, बल्कि इस खयाल से भी कि जल्दी हो उसका ब्याह हो जाएगा।

ब्याह हुआ, लेकिन गोलू का नहीं, बल्कि उसके बाप का। सौतेली माँ कमाऊ गोलू के साथ अपना सम्बन्ध बिगाड़ना पसन्द नहीं कर सकती थी, और न बाप ही। लेकिन, गोलू उनमें खिचा-खिचा-सा रहता। बाप को डर लगा, कहीं यह हाथ से बेहाथ न हो जाए, इसलिए उसके ब्याह की बातचीत चलाने लगा, और मधुपुरी के पूरे दस सीजनों को बिताने के बाद गोलू का भी ब्याह हो गया। वह इससे पहले ही हो जाना चाहिए था, लेकिन बाप को जल्दी नहीं पड़ी थी, और सीधे-सादे गोलू को आशा पर रखना उसने काफी समझा था। गोलू बैल की तरह कमाकर एक-एक पैसा बचाकर ले जाता, और बाप उसे उड़ाने के लिए तैयार था। उसने अपनी स्त्री के लिए जेवर बनवाए, बहु के लिए भी वैसे ही चाँदी के कुछ जेवर बना दिये, कुछ लड़की के बाप को देना पड़ा। उससे भी अधिक बाप ने पीने-पाने में उठाया। यहीं नहीं, ब्याह करने के बहाने उसने हजार रुपया कर्ज भी लाद लिया। सभी पहाड़ी मजदूरों की तरह गोलू भी अपनी बीवी को मधुपुरी नहीं लाना चाहता था। मधुपुरी में जहाँ दूसरी तरह के सैलानी भोज-मेले के लिए आया करते हैं, वहाँ अंग्रेजों के समय वहाँ कई सौ फौजी गोरे रहा करते थे, जिनके कारण स्त्रियों की इज्जत दिन-दहाड़े लुट जाती थी। ऐसी अवस्था में भला कौन मजदूर अपनी स्त्री साथ लाना चाहता?

गोलू के दो सौतेले भाई भी पैदा होकर बढ़ने लगे। घर के भरण-पोषण का सबसे अधिक भार गोल के ऊपर था। हाँ, घर में दो स्त्रियों के आ जाने से अब खेत का काम कुछ अधिक मुस्तैदी से होता था। बकरियाँ भी बढ़ा दी गई थीं, गाएँ भी पाँच हो गई थीं। उस घर में और अधिक पशुओं को रखना सम्भव नहीं था, नहीं तो उन्हें और बढ़ने दिया जाता। यदि कर्ज न किया होता, तो इसमें शक नहीं नाज-पानी का काम घर से चल जाता। लेकिन महाजन का सूद बढ़ रहा था, कर्ज की फिकर बाप से ज्यादा गोलू को थी; यदि सारी जमीन बिक गई तो फिर सीजन के बाद वह कहाँ के जाएगा? गोलू फिर उसी तरह हर साल मधुपुरी आता, पुराना होने के कारण अपने रिक्शे के 6 मजूरों का खुद ही मुखिया हो गया। उससे पूछिए, तो वह इसे भाग्य की बात समझेगा, किन्तु वस्तुत: यह उसकी मुस्तैदी और मिलनसारी थी, जो उसके रिक्शे की माँग सबसे अधिक हुआ करती थी, और साल ब साल वह अधिक रुपया बचाकर अपने घर लौटता। यदि कर्ज ही बेबाक करना होता, तो इतना समय नहीं लगता, किन्तु बाप की और भी कितनी ही फरमाइशें

उसे पूरी करनी पड़ती थी, घरवालों के लिए एक-दो कपड़ा ले जाना पड़ता, साथ ही बाप इधर-उधर उधार लेने से बाज नहीं आता था। सारे कर्ज को उतारते-उतारते दूसरा महायुद्ध खतम होने की आया, इसी समय बाप भी चल बसा।

गोलू अब अपने घर का मुखिया था, खानेवाला नहीं बल्कि कमानेवाले, इसलिए भी घर में उसकी बात बहुत चलती थी। उसके दोनों सौतेले भाई भी उस उमर को पहुँच रहे थे, जिसमें वह पहलेपहल मधुपुरी आया था। उसे अच्छे दिनों की आशा होने लगी। रिक्शेवाले को अधिक परिश्रम के कारण छाती और फेफड़े को नुकसान पहुँचता है। इसी मेहनत के कारण जवानी में भी गोलू के शरीर पर अधिक मांस कभी नहीं चढ़ने पाया। उसे आँखों से कम दिखलाई पढ़ने लगा, लेकिन वह डर नहीं था, कि वह कुछ ही समय में अपनी आँखों से हाथ धोनेवाला है। लड़ाई के बाद दो-तीन साल तक वह किसी तरह मधुपुरी आता रहा, फिर आँखों की रोशनी एकदम जाती रही, और वह अपने गाँव में बैठ जाने के लिए मजबूर हुआ। लेकिन बेबस बैठकर खानेवाले को गरीब परिवार कब तक ढो सकता है? उसका आदर घटने लगा, फिर अवहेलना होने लगी और अन्त में चारों ओर से हर वक्त वाग्बाण ऊपर छूटने लगे। गोलू इसका अभ्यासी नहीं था।

मधुपुरी आनेवाले अपने यहाँ के एक आदमी से उसने बड़ी चिरौरी-मिन्ती की, जब मालूम हुआ कि वहाँ हर साल आँख बनानेवाले डॉक्टर आया करता है। लोगों ने समझाया—एक बार चली गई आँख की रोशनी फिर लौट कर नहीं आती, लेकिन मनुष्य तो जन्मजात आशावान है। वह अगले साल किसी का हाथ पकड़े, हाथ में डंडा लिए दुरारोह पहाड़ों के कठिन रास्तों को पार करता मधुपुरी पहुँचा। डॉक्टर ने कहा, अभी एक आँख का ही आपरेशन हो सकता है, दूसरी अभी उसके लायक नहीं हुई है। गोलू को बहुत खुशी हुई यदि एक आँख भी उसकी काम देने लगे, तो वह अपनी जीवननैया को भँवर में से निकाल सकता है। आपरेशन हुआ, हरी पट्टी बँध गई और तीन हफ्ता देखने के बाद डॉक्टर ने एक बहुत मोटा चश्मा लगवा दिया। डॉक्टर ने तो और भी रुकने के लिए कहा था, लेकिन गोलू एक हफ्ते बाद ही चश्मे के सहारे आँखों से काम लेने लगा। आखिर उसे जीते रहने के लिए खाने का इन्तजाम करना था। उसे दूसरी श्रेणी के लोगों से परिचय प्राप्त करना था। रिक्शा खींचने वाले धीमी चाल से नहीं चल सकते। यद्यपि ऐसा करने पर उनकी पीठ पर कोई नहीं चढ़ सकते, लेकिन बात का कोडा और भी ज्यादा दुस्सह होता है, और उससे भी ज्यादा पहली सवारी छोड़ दूसरी सवारी पकड़ने की जल्दी रहती है। भला गोलू जैसे को कौन रिक्शावाला पसन्द करता?

अब गोलू को रिक्शा छोड़कर बोझा ढोने का काम करना पड़ा। उसके स्वभाव से लोग जल्दी ही परिचित हो गए और उसे बोझा मिलने लगा। गोलू ने दो वर्ष बाद दूसरी आँख भी बनवा ली, लेकिन उससे भी पहली से अधिक रोशनी नहीं थी। अब

उसके लिए रिक्शा के जीवन की ओर लौटना सदा के लिए बन्द हो गया। मोटी बैशाखी हाथ में लिए वह पीठपर बोझ ढोते मधुपुरी की सड़कों पर घूमने लगा। पहले साल मुश्किल से खानेभर के लिए कमा सका। करके वह उस साल जाड़ों में भी वह घर नहीं लौट सका। अगले साल के सीजन को पूराकर अपने गाँव गया, तो यह देखकर उसके दुख का ठिकाना नहीं रहा कि उसकी स्त्री अब सौतेले भाई की हो चुकी है। उसने बैल की तरह मर-मर के बाप को पैसा दिया, उसका ब्याह करवाया, कर्ज बेवाक किया, परिवार को पाला था। लेकिन जब स्त्री ने देखा कि वह अन्धा और समय पहले ही बूढ़ा भी हो गया है, तो उसने उसे छोड़कर देवर का पल्ला पकड़ा। गोलू ने कहा-सुनी की, लेकिन जल्दी ही उसे मालूम हो गया कि इसका कोई सुफल नहीं मिल सकता। छोटे भाइयों के साथ पिटने से क्या फायदा? यह निश्चित ही था कि अब वह पहले के जितना कमा भी नहीं सकता। अंग्रेजों के हिन्दुस्तान छोड़कर चले जाने के बाद मधुपुरी की अवस्था दिन-पर-दिन गिरती ही गई थी, और स्वस्थ रहने पर भी पहले जैसी कमाई नहीं हो सकती थी। यदि वह पुरानी कमाई लौट सकती तो शायद गोलू का फिर से मान बढ़ता। हो सकता है, उसकी स्त्री फिर लौट आती। लेकिन, मधुपुरी के लिए न कोई अभी अच्छे दिनों की आशा थी और न गोलू के लिए ही।

बड़ी मुश्किल से जाड़ों को गाँव में बिता सीजन के समय वह फिर मधुपुरी चला आया—हमेशा के लिए, अब उसका कोई दूसरा घर नहीं था। हाथ-पैर चलाते धीरे-धीरे उसने अपने लिए मधुपुरी में बारहों महीने के वास्ते स्थान बना लिया। मजूरी कम किये बिना उसको बोझा नहीं मिल सकता था, इसलिए उसने वह भी किया। मोटा चश्मा लगाए अब वह कुछ देख सकता ही था, इसलिए उसने अपने इस नये अनिश्चित काल तक समाप्त होने वाले जीवन को आरम्भ किया।

डॉक्टरों ने बतला दिया है कि धुएँ से आँख को बचाना, नहीं तो हमेशा के लिए उससे हाथ धोबोगे। गोलू अच्छी तरह जानता है कि आँखों के बराबर कोई नियामत नहीं, इसलिए वह उनका बड़ा ध्यान रखता है। यदि अपनी बीवी होती, तो वह इस समय जरूर रवाज तोड़कर उसे अपने साथ मधुपुरी में रखता। अब उसे रोटी के लिए दूसरों पर निर्भर रहना पड़ता है। गरीब लोग जितने ही अधिक कष्ट में रहते हैं, उनमें उतना ही सौहार्द भी रहता है। गोलू की रोटी कोई साथी मजदूर अपने साथ पका देता। आटा और दूसरी चीजें तो गोलू देता ही है, साथ ही उसने ईंधन की लकड़ी लाने का काम अपने ऊपर ले लिया। दिन में अगर समय मिल जाता, जिसका मतलब है कुछ मजूरी से वंचित रहना—तो इधर के जंगल में वह मोटी-मोटी सूखी लकड़ियाँ जमा करके ले जाता। उस दिन घड़ी भर रात को ईंधन से जाना जरूरी था, तभी तो सड़क किनारे से वह उँगली भर मोटी लकड़ियाँ जमा करने की कोशिश कर रहा था।

रूपी

(1)

वह इस जीवन के लिए पैदा नहीं हुई थी। कई बार इस दलदल से निकलने की उसने कोशिश भी की। मधुपुरी सवा सौ वर्ष पुरानी विलासनगरी है। उसके पहले वही लोग यहाँ के घने जंगलों में अपने पशुओं को चराते थे, जो अब उसकी सीमा के बाहर अपने छोटे-छोटे गाँवों में रहते हैं। सभी बातों में यह लोग बहुत पिछड़े हुए हैं, लेकिन पिछड़ा होने का मतलब बुरा होना नहीं है। मधुपुरी के बसने के पहले वह अव्वल नम्बर के ईमानदार थे और दूसरों की अपेक्षा अब भी हैं। व्यभिचार इनके यहाँ नहीं था। हाँ, एक पुरानी परिपाटी इनके वहाँ चल रही थी, जो दूसरी जगहों में सहस्राब्दियों पहले उठ चुकी है। अतिथि सेवा इनमें परम-वर्ग मानी जाती थी, और अतिथि सत्कार केवल खानपान से ही नहीं, बल्कि स्त्री को भी सुलभ करके वह करते थे। लेकिन, जब उन्हें मालूम हुआ कि वे बाहर से आनेवाले अतिथि ऐसी सेवा का दुरुपयोग करते हैं, तो वह उससे हट गए। गरीबी कहाँ नहीं है, लेकिन इनमें खाते-पीते लोगों की संख्या बहुत कम थी। रूप-रंग में यहाँ की तरुणियाँ ज्यादा अच्छी होती है, वह भी इनके लिए घाटे का सौदा हुआ। मधुपुरी ने यहाँ बसकर यहाँ की तरुणियों के जीवन के साथ खेलवाड़ करना शुरू किया।

उसकी माँ जब तरुणी थी, तो मधुपुरी के मेला-उत्सव में अपनी सहेलियों के साथ आती। फिर किसी तरह एक देशी सैनिक के साथ उसका भाग्य जुट गया। दोनों पति-पत्नी के तौर पर रहते। उन्हें एक कन्या पैदा हुई। रूप-रंग में माँ से अधिक सुन्दरी थी। उसका नाम रूपी रक्खा गया। उसने बचपन से ही नागरिक जीवन को देखा। बाप अपनी कन्या के बारे में कितने ही मनसूबे रखता था। लेकिन, अनेक बापों की तरह उसका भी मनसूबा धरा रह गया, जब चार वर्ष की बच्ची को छोड़कर वह चल बसा। माँ तरुणी थी। परिस्थितियों ने चाहे जो भी उससे कराया हो, लेकिन वह स्वभावत: बुरी नहीं थी। दुनिया सूनी हो जाती है, जब तरुण स्त्री असहाय छोड़ दी जाती है। अपने सैनिक पति की नगरी में भी

शायद कोई रखनेवाला उसे मिल जाता, लेकिन उसे विश्वास नहीं हुआ, या उसे स्वच्छन्द पहाड़ी जीवन प्रिय लगा। वह फिर मधुपुरी चली आई और एक दुबले-पतले पहाड़ी चौकीदार से उसका नाता जुट गया। पति दो भाई थे। अभी भी इस अचल में पांडव-विवाह की प्रथा है, जिसे लोग बाहरवालों के सामने छिपाने की कोशिश करते हैं। यह छोटे पति को देवर का करती, और अब बड़े के मर जाने पर उसे जेठ का नाम देती है।

करेला और नीमचढ़ा—गाँव के जीवन को नागरिक जीवन में परिवर्तित करने पर यह कहावत लागू नहीं होती, यह ठीक है, किन्तु, पहाड़ी ग्राम के सीधे-सादे जीवन पर नागरिक जीवन जब हावी हो जाता है, तो वह अति को पहुँचा देता है। गाँव में रहते समय चाहे कुछ स्वच्छन्दता बरती जाए, लेकिन वहाँ समाज का कानून सिर पर रहता है, जाति-बिरादरीवालों की राय की पर्वाह करनी पड़ती है। उनका समाज इसे बुरा नहीं मानता, यदि कोई स्त्री अपने एक पुरुष को छोड़कर दूसरे से ब्याह कर ले, उसे केवल ब्याह का खर्च लौटाना पड़ता है लेकिन, सिपाही की स्त्री जब मधुपुरी जैसी बिलासपुरी में आकर रहने लगी, तो उसपर वहाँ के आकर्षण और प्रलोभन अपना असर करने लगे। चौकीदार की तनख्वाह ही कितनी होती है? फिर उसकी तीन-चार और सन्तानें भी हो गईं। सात-सात आठ-आठ आदमी का खर्च चलाना मुश्किल था। चाहे घर भर मेहनत करने के लिए तैयार था। वह पास के जंगलों से लकड़ियों काट कर बेचते। बँगले में साग-सब्जी उगाने लायक काफी जमीन थी, लेकिन पानी का अभाव था, इसलिए उसका कोई उपयोग नहीं लिया जा सकता था। मधुपुरी में दूध की भी बड़ी माँग है, और सारी कड़ाइयों के रहने पर भी उसमें पानी डालना रोका नहीं जा सकता। किन्ही-किन्ही चौकीदारों ने गाय पाल रक्खी हैं, कुछ बकरियाँ भी पाल लेते हैं, क्योंकि कसाई बकरी का अच्छा दाम दे देते हैं। लेकिन, चौकीदार ने कभी अपने यहाँ कोई जानवर नहीं पाला। शायद नगरी के एक छोर पर जंगल के बीच होने के कारण यहाँ बघेरे का डर बना रहता है, इसलिए उसने पशुपालन पसन्द नहीं किया, अथवा उतना पैसा नहीं जुट सका, कि जानवर खरीदे। हाँ, नगर के छोरपर तथा बाहर के गाँवों के पास होने से एक सुभीता उसे यह जरूर था कि गाँव की बनी सस्ती शराब को लाकर दूने दाम पर यहाँ लोगों को पिलावे। उस समय अभी आसपास के गाँव अंग्रेजी-भारत में नहीं, बल्कि रियासत थे, इसलिए इस पिछड़े इलाके में शराब बनाने में कोई बाधा नहीं थी। बाधा अब भी नहीं है, क्योंकि यदि कानून कड़ाई करना चाहता है, तो गाँव के गाँव को ले जाकर जेल में बन्द करना पड़ेगा और गांधी जी के असहयोग आन्दोलन का नजारा सामने आएगा। हजारों-हजार कैदियों का भरण-पोषण करना सरकार के लिए सिर-दर्द का कारण होगा। लेकिन, मधुपुरी के किसी बँगले में ऐसा करना आसान नहीं था। कभी-कभी पुलिस भी छापा मारती। पर, चौकीदार

काफी होशियार था, पुलिस के कितने ही जवानों के लिए उसने सस्ती शराब की सदावर्त खोल रक्खी थी।

संक्षेप में करतार की जीविका के यही साधन थे।

(2)

'बुभुक्षितः किं न करोति पाप' की बात इस परिवार के ऊपर घटने लगी, जबकि बच्चे सयाने होकर अधिक खाने और कपड़े की माँग करने लगे। अपनी सामाजिक प्रथा के अनुसार बड़ी लड़की को किसी अपने जात-भाई को विवाह कर कुछ रुपया मिल सकता था, लेकिन, यह रुपया बहुत कम होता, जो एक-दो महीने में खतम हो जाता। माँ को नगर की हवा लग चुकी थी। उसके दोनों पति बिलासपुरी के निवासी होने के कारण कितनी ही बातों को जानते थे। आखिर ब्याह के लिए पैसा लेना भी लड़की को बेचना था। एक बार के बेचने में कम और रोज-रोज के बेचने में ज्यादा पैसा तथा स्थायी आमदनी होने लगे, तो इससे बढ़कर क्या बात हो सकती थी? लड़की चौकीदार या उसके भाई की नहीं थी। यदि होती भी तो कुछ दूसरा खयाल करते, इसकी कम सम्भावना थी। शायद तरुणाई में पैर रखने पर शराब पीने के लिए कुटिया में पहुँचनेवाले लोगों से लड़की की छेड़छाड़ होने लगी थी। उसकी माँ मधुबाला थी, शायद उसने भी लड़की के लिए रास्ता साफ किया था। लेकिन, इस बँगले में जिस तरह निर्द्वन्द्व शराब के ग्राहक मिल सकते थे, वैसे रूप के ग्राहक नहीं मिल सकते थे। कभी-कभी कितनी आमदनी होती। माँ ने सलाह ही नहीं दी, बल्कि वह एक दिन अपनी लड़की को लेकर देश के एक नगर पहुँच गई। वेश्यावृत्ति आज की नागरिक सभ्यता का एक अभिन्न अंग है, और नगरों के अस्तित्व में आने के साथ ही वह खुद अस्तित्व में आई भी। उसके कई प्रकार है। कुछ वेश्याएँ नाच-गाने का पेशा भी करती हैं, कुछ को ऐसी किसी कला से प्रयोजन नहीं, वह खुद केवल अपने शरीर को अर्पण करती हैं, लेकिन तो भी खुलेआम बाजार में बैठती हैं। एक तीसरी तरह की वेश्यावृति का भी स्थान है, जिसमें पेशेवर और गैर-पेशेवर दोनों प्रकार की शरीर बेचनेवाली स्त्रियाँ सामूहिक रूप से वेश्यावृत्ति करती हैं, जिसे चकला कहते हैं। यदि माँ चकले से बिलकुल अपरिचित होती, तो एकाएक लड़की के साथ वहाँ पहुँच जाना उसके लिए सम्भव नहीं था।

उसका नाम बहुत अच्छा-सा किसी और ही खयाल से रक्खा गया था, लेकिन उसके आज के जीवन में उस नाम को दोहराना अच्छा नहीं है—रूप से आजीविका करनेवाली होने के कारण हम उसे रूपाजीवा कहते। पहले पहल चकले का जीवन शुरू करने में उसको बहुत बेचैनी-सी होती, यदि माँ ने पहले से ही उस पथ के

लिए तैयारी न कराई होती। वह ठंडे पहाड़ की रहने वाली थी, और देश के नगर चार-पाँच महीने से अधिक उसके अनुकूल नहीं हो सकते थे। पहला जाड़ा इस तरह उसने चकले में बिताया। चकले की दलाल स्त्री उसके घर का प्रबन्ध करती, ग्राहक पैदा करती और खाने-पीने आदि चीजों के प्राप्त करने में उसकी सहायता करती। यह सब वह मुफ्त थोड़े ही करती? इसके लिए रूपी को अपने बेचने की कीमत का कितना ही भाग उसे दे देना पड़ता। तो भी उसने पहले जाड़ों में अपने लिए कुछ कपड़े और जेवर बनवाए, माँ और भाइयों के लिए भी कुछ खरीदा और सौ रुपया नकद लेकर मधुपुरी लौट आई।

अब गर्मियों और बरसात में मधुपुरी और जाड़ा तथा वसन्त में देश के किसी नगर में वह जाया करती। वह न शिक्षिता थी और न शिक्षित समाज में पली थी, इसलिए उच्च आदर्श क्या है इसकी भनक भी उसके कान में नहीं पड़ी थी। लेकिन, अपने व्यवहार से कीचड़ में गिरी होने पर भी वह स्वार्थ में डूबी नहीं थी। वह समझती थी, अपने भूखे परिवार की सहायता करना मेरा कर्तव्य है। कर्तव्य भी उसकी समझ से बाहर का शब्द था, सीधी बात यह थी कि भूखे पेट चिथड़े लपेटे अपने परिवार को देखकर उसका दिल तिलमिला जाता और उसका ही उपचार वह इस प्रकार सहायता पहुँचाकर कर रही थी।

(3)

मौसम बीतते वर्ष बीत रहे थे। उसने 14-15 वर्ष की उमर से इस जीवन को स्वीकार किया था। उस समय से अब उसकी बुद्धि भी ज्यादा विकसित हो चुकी थी। पहले घुटनों चलते बालक की तरह अपनी माँ की अंगुली पकड़कर चलना ही भर वह जानती थी। अब वह कुछ खुद सोचने लगी थी। उसके परिवार की स्थिति इस सहायता से सुधर नहीं रही थी। मांस और शराब घर में कुछ और खाई-पी जाती, कुछ दिनों में पैसे खर्च हो जाते तथा ग्राहकों के दुर्लभ हो जाने पर फिर भूखे पेट रहने पड़ते। चिथड़े कभी थोड़े दिनों के लिए उतर जाते और कबाड़ियों की दूकान से कोई सूती या ऊनी कोट आ जाता। लेकिन कुछ दिनों बाद वह फिर बिक जाते और कोने में फेंके चिथड़े फिर शरीर पर पड़ जाते। रूपी चिथड़े लपेटकर नहीं चल सकती थी, तब उसे ग्राहक कहाँ से मिलते? उसके शरीर को मांसल रखना भी आवश्यक था, इसलिए परिवार भले ही भूखा रहे, लेकिन उसे भूखा नहीं रखा जाता।

वैयावृत्ति को सभी धर्मों ने पाप बतलाया है और इसके लिए नर्क में कठोर यातनाओं का चित्र सोचा है, लेकिन हजारों वर्षों से नर्क की धमकी दी जा रही है, तो भी वेश्यावृत्ति कम होने की जगह बढ़ती ही गई। उधार के दंड का यहाँ कोई

सवाल नहीं। धीरे-धीरे प्रकृति भी इसे बर्दाश्त करने के लिए तैयार नहीं हुई और उसने इसी जन्म में आँखों के सामने घोर दंड देना शुरू किया, और रतिज-रोग (सूजाक और गमी) ने दुनिया में अपना फैलाव शुरू किया। कौन देश है जहाँ थैली का बोलबाला हो, और यह दोनों उसके अभिन्न सहचर आ मौजूद न हो। पुरियों और विलासपुरियों में तो इनका और भी जबर्दस्त प्रभाव है। ठंडे पहाड़ों को देखकर अंग्रेजों ने जहाँ-जहाँ गोरों की छावनियाँ बनाई, वहाँ दस-दस मील चारों तरफ लोग इनके मारे त्राहि-त्राहि करने लगे। अगर इनके प्रभाव की मात्रा जानना हो तो किसी गाँव कितने निस्सन्तान परिवार हैं, इसे पूछ लीजिये। सूजाक आदमी को निस्सन्तान बनाता है। शिमला के पास ऐसे कितने ही गाँव मिलेंगे, जिनके आधे घर निस्सन्तान होकर उजड़ गए। पेनिसिलिन उसकी अमोघ दवा है, लेकिन एक बार अच्छा हो करके भी तो मुक्ति नहीं मिल सकती, यदि समाज में उसका बहुत फैलाव हो और ऐसे स्त्री-पुरुषों का संसर्ग हो। गर्मी या आतशक उससे भी भयंकर है, क्योंकि यह निस्सन्तान तो नहीं करता, लेकिन कोढ़ को पैदा कर देता है। रूपी अपने इस जीवन में इन भयानक रोगों से कैसे बच सकती थी? तीन साल भी बीतने नहीं पाए, कि वह आतशक का शिकार हुई। जब बनिये ने हाट लगा दी, तो वह किसी ग्राहक के हाथ में अपने सौदे को बेचने से इनकार कैसे कर सकता है? आज से डेढ हजार वर्ष पहले शूद्रक ने अपने 'मृच्छकटिक' नाटक में लिखा था।

वाप्या रनाति विचक्षणो द्विजवर: मूर्खोपि वर्णाधम:,
फुल्ला नाम्यति वायसोपि विगो या नामिता वर्हिणा।
ब्रह्मक्षत्रिवश: तरन्ति च यया नावा तथैवेतरे,
सा वापीव लतेव नौरिव जन वेश्यामि सर्वं भज॥

इस प्रकार बावड़ी, लता और नौका की तरह वेश्या को किसी के साथ भेदभाव न करके उसको सेवा करने के लिए उसी काल की तरह आज भी तैयार रहना पड़ता है। रूपी की बीमारी बहुत भयंकर थी, घाव हो गए थे, उसे चलना-फिरना मुश्किल हो गया था। उसे मधुपुरी के अस्पताल ले गए। दवाई होने लगी, लेकिन सात रुपये रोज वहाँ देना उसके लिए बहुत दिनों तक सम्भव नहीं था। घाव अभी पूरी तरह अच्छा नहीं हुआ था, तभी वह वहाँ से चली आई। सौतेले बाप का गाँव अब भी मौजूद था, वहाँ कुछ खेत भी थे, और एक टूटा-फूटा घर भी। वह वहाँ भेज दी गई। उसे मालूम होने लगा, कि यह जीवन भारी संकट का है। उसे हाल की बीमारी में मृत्यु के मुँह साफ-साफ दिखाई पड़ते थे। शायद वह यह न जानती थी, कि कुष्ट में परिणत होकर उसका जीवन उस मृत्यु से भी कहीं अधिक भयंकर होगा। जबतक रोग छिपा रहे, तभी तक ग्राहक आ सकते थे, जब उन्हें साफ मालूम हो, तो कौन अपने गले में अपने हाथ से फाँसी लगाना

चाहेगा? यदि उसे अपनी हाट उठा देनी पड़ी, तो फिर क्या वह दाने-दाने के लिए मुहताज नहीं होगी। उसने ऋषिकेश और दूसरी जगहों पर सैकड़ों की तादाद में कोढ़ी स्त्रियों को नहीं देखा था, नहीं तो जानती कि उनमें से अधिकांश रूप की हाट लगाने के कारण ही मौत से भी बदतर जिन्दगी भोगती कड़ी धूप में रास्ते के किनारे बैठी भीख माँग रही हैं।

जो भी हो, खतरे का उसे कुछ पता लग गया। बीमारी न होती, तब भी उसे यह खयाल तो आता ही था, कि रूप आजीवन साथ नहीं रहता, यौवन बादल की छाया की तरह इतना जल्दी निकल जाता है, कि पता नहीं लगता। उसे इस बात की फिकर पड़ी, कि किस तरह इस जीवन से निकला जाए। स्वस्थ हो जाने पर फिर उसे आधा समय देश के शहरों के चकलों में और आधा समय अपनी माँ की कुटिया में उसी जीवन को बिताना पड़ेगा। लेकिन, जिस तरह चकले का रास्ता पा जाना उसके लिए आसान था, उसी तरह उससे निकलने का रास्ता पाना आसान नहीं था। पहले उसके चेहरे पर मुस्कुराहट खेला करती थी, अब वह साफ दिखलावटी मालूम होती थी—वह कभी-कभी आती और वह भी कृत्रिम मालूम होती। रूपी रूपाजीवा थी जरूर, लेकिन वह निर्लज नहीं थी। शास्त्र में 'सलजा गणिका नष्टा' कहा गया है। इसका कुछ प्रभाव उसके व्यवसाय पर भी पड़ सकता था। वह सचमुच सुन्दरी थी, जिसमें यौवन ने मिलकर बहुत आकर्षण पैदा कर दिया था।

(4)

अँधेरे में उसने बहुत हाथ-पैर मारा। जो भी ग्राहक उसके पास आते, सभी अपना अनन्य प्रेम दिखलाते हुए उसपर अपने को न्यौछावर करते। लेकिन, उसने सैकड़ों मुखों से यही बात सुनते-सुनते अब पुरुषों के प्रति विश्वास खो दिया था। बीमारी एक नहीं दो मर्तबे आई और फिर उसने दवाई सुनने से इनकार कर दिया। अब वह यौन रोग को निर्बाध रूप से वितरित कर रही थी, लेकिन तो भी गुड़ के ऊपर टूटनेवाली मक्खियों की तरह पुरुषों की कमी नहीं थी। कुछ उसके स्थायी ग्राहक बन गए थे, और कुछ कभी-कभी आते थे। चकले नगर के अन्धेरे कोने में होते हैं, और वहाँ बहुत भय भी रहता है, इसलिए ग्राहकों को लुक-छिपकर ही पहुँचना पड़ता है। पर, मधुपुरी में रहने के समय उसका दरबार खुला-सा चलता। पुलिस बहुत दूर नहीं रहती थी, कानून भी बाधक था, लेकिन जिस तरह उसकी कुटिया में सस्ती शराब बराबर बिकती रहती, उसी तरह सस्ता रूप भी। मधुपुरी में बड़े-बड़े लोग ही अपनी स्त्रियों के साथ आते हैं। छोटे-मोटे काम करनेवाले चाहे पहाड़ी हो या देशी, सभी अकेले आते हैं। रूपी ने अपनी कीमत बढ़ा-चढ़ाकर नहीं रक्खी थी, इसलिए भी ग्राहकों की कमी नहीं होती थी। पिछले छह-सात सालों में उसे कितनी

ही बार कई महीनों के लिए अपने गाँव में जाकर रहना पड़ा, जिसका मतलब यही था, कि बीमारी ने उसे व्यवसाय के लायक नहीं रक्खा था।

रूपी अब 25 से ऊपर की हो गई थी। इधर पाकिस्तान बनने के बाद पंजाब से भागे कितने ही साधारण लोग मधुपुरी में भी रोजगार के पीछे या सैर करने के लिए आते थे, जिनमें कुछ उसके स्थायी ग्राहक ही नहीं बन गए, बल्कि ब्याह का प्रलोभन देने लगे। स्त्रियों की जहाँ कमी हो, वहाँ उनका मूल्य बढ़ जाता है। एक तरुण दर्जी उसके यहाँ बराबर आने-जाने लगा। उसने जब पहले ब्याह का प्रस्ताव किया, तो रूपी ने इनकार तो नहीं किया, किन्तु वह विश्वास नहीं कर सकी। अब वह ज्यादा उतावली हो उठी थी। बीमारी और उससे भी ज्यादा जवानी के हाथ से निकलने का भय उसको हमेशा सताया करता था। उस साल की गर्मियों में दर्जी बराबर उसके यहाँ आता रहा और जाड़ों में नीचे के नगर में ले जाने के लिए तैयार हो गया।

रूपी फिर उन्हीं नगरों में से एक में गई, जिनके चकलों में वह फेरा लगा चुकी थी। दर्जी ने बड़ी खातिर से रक्खा। उसके घरवाले कुछ मामूली-सा विरोध करते रहे, लेकिन वह जानते थे, कि अपनी जाति की कन्या को पाने की हमारे पास हैसियत नहीं है, इसलिए उन्होंने भी अपनी मूकसहमति दे दी। रूपी की माँ से जब कोई पूछता, तो वह बड़े तपाक के साथ कहती—ससुराल गई है।

जाड़ों को बिताकर गर्मियों में वह फिर मधुपुरी लौट आई। दर्जी इस साल नहीं आया, क्योंकि उसकी दूकान नीचे अच्छी चलने लगी और मधुपुरी में जरूरत से अधिक दर्जी आकर बैठ गए थे। रूपी को देखने ही से मालूम होता था, कि दर्जी ने उसको बहुत अच्छी तरह से रक्खा था। उसके गालों पर फिर सुर्खी आ गई थी, मांस भी बढ़ गया था, आँखें जो पहले दबी-दबी रहती थीं, वह अब उभड़ी और चमकीली हो गई थीं। दर्जी ने उसे अच्छे कपड़े का सलवार और दुपट्टा बना दिया था। एक सुन्दर ओवरकोट उसके शरीर की शोभा बढ़ा रहा था। दर्जी ने सोचा था, ठंडी जगह की स्त्री नीचे की गर्मी को एकाएक बर्दाश्त नहीं कर सकती, इसलिए उसके खर्च-बर्च का इन्तिजाम करके मधुपुरी भेज दिया।

लेकिन, मधुपुरी में आकर तो उसे अपने उसी परिवार में रहना था, उसी मधुशाला में उठना-बैठना था, जिसमें उसकी माँ मधुबाला बनकर रहती थी। शराब और रूप दोनों के ग्राहक वहाँ बराबर आया करते थे। माँ कैसे पसन्द करती कि हाथ में आई लक्ष्मी को लौटाया जाए? रूपी के पहले कितने ही घनिष्ठ ग्राहक उसके रूप के नये निखार को देखकर कैसे चुप बैठ सकते थे? वह सोचने लगी, मैंने यहाँ आकर भूल की। लेकिन जब उसे यह बात साफ-साफ समझ में आने लगी, तब तक नीचे लू चलने लगी थी—अखबारों को पढ़ सकती तो देखती कि वहाँ 112 और 115 डिग्री की गर्मी है। ऐसी लू में वहाँ जाकर कोई पहाड़ी बच नहीं सकता, यह

वह जानती थी, तो भी उसने अपने दर्जी पति को चिट्ठियाँ लिखवाई कि आकर ले जाओ। पर, वह इस तरह का खतरा मोल लेने के लिए तैयार नहीं था। रूपी मुश्किल से एक महीने तक अपने को बचा पाई। इसमें भी किसी न किसी बहाने से कई बार उसको अपनी माँ और सौतले बाप की झिड़कियाँ खानी पड़ीं। सबने मिलकर फिर उसी खड्ड में उसे धकेल दिया।

गर्मियाँ बीतीं, वर्षा शुरू हो गई। ढाई-तीन महीने हो आए हो गए थे। पैर भारी है यह देर से मालूम हुआ। उसकी और उससे भी अधिक उसकी माँ की इच्छा थी, कि दर्जी जल्दी आकर ले जाए। दर्जी की चिट्ठियाँ बराबर आती थीं और वह अपने प्रेम को प्रदर्शित करने के लिए कभी-कभी सिनेमा के गाने की कुछ पाँतियाँ भी उद्धृत कर देता। अचानक एक बार उसने अपनी चिट्ठी में लिखा—मेरे माँ-बाप तुम्हें लाना पसन्द नहीं करते। रूपी के पैर से धरती निकल गई। अब क्या किया जाए? माँ के सामने वह हमेशा दबती रहती थी, लेकिन अब की उसने उसे बहुत फटकारा—मैं दलदल से निकल चुकी थी, तुमने मुझे अपने लोभ के लिए फिर गड्ढे में धकेला। दर्जी की इनकार सूचक चिट्टी मिली। उसने जब उसे पढ़वाकर सुना, तो वह अपने को सँभाल न सकी और फूट-फूट कर रोने लगी।

उसकी माँ की मधुशाला यद्यपि कानून की दृष्टि से एक गुप्त चीज थी, लेकिन अन्तर्जगत के लोग उसे अच्छी तरह जानते थे। रूपी के 'ससुराल' से लौटकर आने की खबर जहाँ पुराने भँवरों को लगी, वहाँ इनके मँडराने और फूल सूँघने की गन्ध कुछ ऐसे आदमियों को भी लग गई, जो दर्जी के परिचित थे। उन्होंने ही चिट्टी में सारी बात उसके पास लिख दी थी। यहाँ बैठी-बैठी झूठी-सच्ची सफाई पेश करना भी रूपी के लिए आसान नहीं था। फिर उस सफाई को मानता ही कौन? तो भी उसने गिड़िगड़ाकर एक-पर-एक चिट्टियाँ लिखीं। दर्जी का दिल नरम हुआ। शायद वह यह भी समझता था, कि यदि यह स्त्री हाथ से गई तो हमेशा के लिए मैं अनब्याहा ही रह जाऊँगा। एक दिन वह माँ की मधुशाला में पहुँच गया। भीतर से शंकित होने पर भी रूपी के मन से बड़ा संतोष हुआ। उसने किसी बहाने जल्दी चलने के लिए कहा।

(5)

माँ ने लड़की को दर्जी के साथ भेज दिया, और बिना पूछे ही आसपास के लोगों को कहना शुरू किया—मेरी बेटी ससुराल चली गई। उसने उसके पास चिट्टी भी लिखी, लेकिन महीनों कोई जवाब नहीं आया। एक दिन देखा, कि रूपी फिर उसके घर आ गई है। दर्जी उसे वहाँ छोड़ जरा भी न ठहर चला गया। रूपी के चेहरे पर खून नहीं था। मालूम होता था, कई महीनों से बुखार में पड़ी थी, आँखें भीतर

धँस गई थीं। दर्जी भलेमानुस था, इसे वह मानने के लिए तैयार थी। उसने जो भी जेवर-कपड़े उसके लिए बनवा दिये थे, उनमें से किसी को नहीं लौटाया। वस्तुत: वह माँ-बाप से लड़-झगड़कर उसे अपने पास रखने के लिए तैयार था। लेकिन, जल्दी ही मालूम हो गया, कि उसके तो पाँच महीने का गर्भ है। पाँच महीने क्या उससे भी पहले से रूपी उसके पास नहीं थी। वह कैसे मान लेता, कि यह गर्भ मेरा है। इतनी कड़वी घूँट पीने के लिए उसका समाज तैयार नहीं हो सकता था। उसके समाज में किसी भी कुल से कन्या को ले लेना वैध था, लेकिन ऐसी अवस्था में नहीं। तो भी उस ईमानदार दर्जी ने उसका अनिष्ट नहीं करना चाहा। किसी डॉक्टर से मिलकर या किसी दूसरी तरह गर्भ गिरवा दिया। दो-तीन महीने का होता, तो शायद स्वास्थ्य पर बुरा प्रभाव नहीं पड़ता, किन्तु गर्भ आधी अवधि पूरी कर चुका था, इसलिए जब रूपी मधुपुरी लौटी, तब भी रक्तस्राव हो रहा था।

उसके जीवन में एक बार उषा की लाली छिटकी, उसने अपने भावी जीवन के कितने ही सपने देखे। मालूम होता था वह जमीन पर नहीं, आकाश में किसी देव-विमान में विचरण कर रही है। यह जीवन उसने वासना के वश में होकर स्वीकार नहीं किया था, बल्कि दरिद्रता ने उसे वहाँ धकेल दिया था। कई आशाओं और निराशाओं के बीच में होकर आखिर उसे एक बार रास्ता मिला था, लेकिन अब वह फिर उसी खड्ड में थी।

शरीर की ऐसी अवस्था में मधुपुरी में रहना बेकार था, इसलिए उसे गाँव में भेज दिया गया। अब के सारे सीजन—गर्मियों और बरसात दोनों—को उसने गाँव में बिताया। मधुशाला की ओर जो दाढ़ी और बेदाढ़ीवाले, टोप और बेटोपवाले दर्जनों की संख्या में लोग हर रोज आया करते, अब उनकी संख्या बहुत कम थी। शाम के वक्त कोई-कोई शराब पीने के लिए आते। मालूम होता था रास्ते पर फिर घास जम आएगी। जब चलनेवाले पैरों की संख्या कम हो तो वैसा होना ही था।

अक्तूबर के महीने में फिर रास्ता चालू हो गया। तरह-तरह की मूर्तियाँ उधर आती-जाती देखी जाने लगी। बिना कहे भी मालूम हो गया, कि रूपी आ गई है।

अब फिर उनका वही जीवन आरम्भ हो गया है। दर्जी के बनवाये हुए ओवरकोट, और सलवार तथा दुपट्टे को पहनकर कभी-कभी वह बाहर भी जाती देखी जाती है। जो लोग दिल से चाहते थे, कि इस जीवन से उसका निस्तार हो और जिन्होंने कुछ दिनों उसके परिवर्तित जीवन को देखकर बहुत खुशी मनाई, उनकी ओर अब देखने की भी उसमें हिम्मत नहीं होती। वह अपने आप शर्म से धरती में गड़ जाती है। उसे चलते देखकर मालूम होता कोई मनुष्य नहीं, बल्कि यन्त्र चल रहा है। उसके मन में अब क्या आशा हो सकती है? जीवन में एक ही बार समाज की अनेक बाधाओं को तोड़कर उसको निकलने का मौका मिला था, और कितने सालों के प्रयत्न के बाद। अब क्या फिर कोई उस दर्जी जैसा उसे मिलेगा?

मधुपुरी के लिए यह अकेली रूपी नहीं है। यहाँ ओर भी कितनी ही रूपिया अपने जीवन को बर्बाद कर चुकी हैं। जब हम मधुपुरी के मधुर सौन्दर्य की प्रशंसा करते नहीं थकते, उस समय हमें नहीं खयाल आता, कि सौन्दर्य को पैदा करने के लिए कितनों को नर्ककुंड में पड़ने के लिए मजबूर होना पड़ा।

राउत

(1)

भारत कृषिप्रधान देश है। यहाँ के बहुत अधिक लोगों की जीविका खेती पर निर्भर है। हमारे कोई-कोई प्रदेश इतने घने बसे हुए हैं, कि वहाँ भूमिका ठीक से वितरण करने पर भी पर्याप्त खेत लोगों को नहीं मिल सकता। देश के जिन भागों में आबादी बहुत घनी है, और भूमि उसका बोझ नहीं सम्भाल सकती, वहाँ के लोग पेट के लिए देश-विदेश में जीविका कमाने जाते हैं। पूर्वी उत्तर-प्रदेश, उत्तर-बिहार, उत्तरी भारत में ऐसे ही भूभाग हैं। दक्षिण में तमिलनाडु के सामने भी यही समस्या है। अवधी से मैथिली भाषा क्षेत्रों के लोग इसी कारण फीजी, गायना, ट्रिनिडाड मार्शसतक कुली बनकर गए, और अब उनकी सन्तानें वहाँ मानवीय अधिकारों के लिए संघर्ष कर रही है। उनको कुली बनाकर भेजनेवाले अब भी उसी अवस्था में रखना चाहते हैं, इसका ताजा उदाहरण ब्रिटिश-गायना में वहाँ के संविधान को ताक पर रख मंत्रिमंडल को तोड़कर चर्चिल की सरकार ने दिया है। कुली भेजना बहुत कुछ उसी तरह का था, जैसे 18वीं सदी में अफ्रीका के लोग फँसाकर गुलाम बनाकर द्वीपातरों में भेज दिये जाते थे। यद्यपि कुली बनानेवाले एजेन्ट (अरकाटी) सीधे बलप्रयोग नहीं करते थे, लेकिन एक बार जब उनकी झूठी बातों में कोई सीधा-सादा ग्रामीण फँस जाता, तो यह जेलखाने का कैदी बन जाता और अंग्रेजों की पुलिस उनके इस काम में सहायता देती थी। इसी भूभाग के लोग कलकता और बम्बई तक रोजी कमाने के लिए आज भी दौड़ते हैं। आज यदि दोनों शहरों में हिन्दी अधिक बोली जाती है, तो इसके कारण हमारे यही अवधी-भोजपुरी-मैथिली बोलनेवाले मजूर हैं। यदि मद्रास में वहाँ के सस्ते मजूरों के साथ होड़ न होती, तो वह वहाँ भी पहुँचे होते। कालेपानी पर रंगून और सिंगापुर में भी वह भारी संख्या में पहुँचे हैं।

कलकत्ता और बम्बई दोनों चुम्बक की तरह एक समान इन श्रमजीवियों को अपनी ओर खींचते हैं, लेकिन उनके गन्तव्यस्थान यही दो नगर नहीं हैं। कुछ लोग पंजाब तक भी भाग्य-परीक्षा के लिए पहुँचते रहे हैं। यहाँ उसी तरह कलकत्ता और

लाहौर जानेवालों की सीमारेखा बन जाती थी जैसे दैनिक समाचारपत्रों के अपने विक्रय-क्षेत्र। लाहौर और पंजाब में मजूरी के लिए जानेवाले लोग प्राय: सभी अवधी भाषाभाषी होते थे, पश्चिमी भोजपुरी के थोड़े से मजूर वहाँ पहुँचते थे। अंग्रेजों ने जग पंजाब में अपनी काली-गोरी छावनियाँ कायम की, तो इस बात का ध्यान रक्खा, कि वहाँ की काली पलटन पंजाब की अपेक्षा पुरबियों की ज्यादा हो। पुरबियों और पच्छिमियों की सीमारेखा प्राचीन काल से ही विवादास्पद रही है। कभी अम्बाला जिले में बहनेवाली शरावती या सरस्वती के पूर्व के भारत को प्राची (पूर्व) कहा जाता था। लेकिन, संस्कृत वैश्याकरणों की इस सीमा को लोगों ने स्वीकार नहीं किया। पंजाबवाले मेरठ जिले को भी पुरबिया कहते हैं, और मेरठवाले गंगा पार रुहेलखंडवालों को। रुहेलखंडवाले अवधी भाषाभाषियों को, और वह भोजपुरियों को। भोजपुरी भी अपनी सीमा पार करा मिथिला को पूर्व में गिनते हैं, और शायद वह भी इस बोझ को बर्दाश्त करने के लिए तैयार नहीं है। तो भी, बहुमत अवधी की पश्चिमी सीमा को पूर्व की सीमा मानता है और इन तीनों भाषाओं के बोलने वालों को पुरबिया कहता है। यद्यपि मेरठ कमिश्नरी के और जिलो में मजूरों की कमी नहीं है, लेकिन देहरादून इसका अपवाद है। विशेषकर सिवालिक और हिमालय के बीच की दून तो अब भी पुरबिये मजूरों को चाहती है। 1815 ई. में जब अंग्रेजों ने नेपाल से दून को छीना, तो इसकी आबादी 10-15 हजार ले ज्यादा नहीं थी। सारी भूमि बेकार पड़ी थी, जगह-जगह घने जंगल थे, जिनमें हाथी और बाघ घूमा करते थे। मनुष्य के लिए यही भयानक शत्रु नहीं थे, बल्कि इनसे भी भयानक मलेरिया के मच्छर थे, जो आनेवाले आधे लोगों को साफ करने के लिए तैयार रहते थे। धीरे-धीरे तब भी मनुष्य ने खतरा मोल लेकर यहाँ बसने का प्रयत्न किया। पहले आनेवाले पड़ोस के सहारनपुर जिलेवाले किसान थे। कुछ संख्या बढ़ने के साथ जब बनियों की आवश्यकता हुई, तो करनाल, रोहतक आदि हरियाना के जिलों के भी लोग थोड़ी संख्या में पहुँचे। लेकिन मजूरों की आवश्यकता को वह पूरा नहीं कर सकते थे, जिसकी भनक सुनकर लाहौर तक धावा मारनेवाले पुरबियों से कुछ ने दून की ओर मुँह फेर दिया। आज देहरादून के समतल भूमिवाले इलाके (दून) के बड़े-बड़े किसान पुरबियों के बिना अपने काम को नहीं चल सकते।

(2)

राउत पूरब में बहुत जगहों पर अहीर को कहते हैं। यह जाति पूर्वी उत्तर प्रदेश और बिहार में सबसे अधिक संख्यावाली जाति से तिगुनी से भी अधिक है। यद्यपि उच्च समाज ने उन्हें अछूत नहीं बनाया, लेकिन अनुकूल स्थान भी नहीं दिया, तो भी इन्होंने आत्माभिमान को कभी भी हाथ से जाने नहीं दिया। लड़ने-भिड़ने, वीरता -निर्भीकता

दिखाने में यह सबसे आगे रहे। किसी समय पशुपालन भैंस-गाय पालना और उनका घी-दूध बेचना उनका पेशा था। अब भी कुछ-कुछ इस पेशे को करते हैं, विशेषकर शहरों और कस्बों के पास रहनेवाले, लेकिन अब उतनी गोचरभूमि नहीं है। जिस तरह जंगल कटते गए, उसी तरह पशुओं की संख्या भी कम होती गई, और उन्होंने भी दूसरी जातियों की तरह खेती को अपनाया। किन्तु ब्राह्मणों की बनाई वर्ण-व्यवस्था केवल प्रणाम और आशीर्वाद की योग्यता का ही निर्णय नहीं करती, बल्कि वह बड़ी जातियों—ब्राह्मण, क्षत्री, लालों (बनियों कायस्थों)—को धनागम के सभी स्रोतों को दे देती है। इसलिए अहीर बेचारे छोटे-छोटे किसान या खेतिहर मजूर छोड़कर और क्या हो सकते थे? हमारे चरितनायक राउत थे। राउत—राजपुत्र कितना बड़ा नाम है। हो सकता है, जब इनमें से अधिकांश के पूर्वज शक लोग इस देश में आए, तो उनका राज्य होने के कारण उन्हें राउत कहा जाने लगा, जिसे आज भी दोहराया जा रहा है। किन्तु, वह केवल उनके साथ परिहास का नाम है।

राउत 20 साल के रहे होंगे, जबकि रोटी ढूँढने के लिए अपने गाँव से उन्होंने पश्चिम का रास्ता पकड़ा। शायद उनके गाँव या आसपास का कोई आदमी मलेरिया की भूमि में कुदाल चला रहा था। वह भी वहाँ पहुँचे। कितने ही सालों तक वहाँ मजूरी करते नून के साथ रोटी खाते रहे। दो-चार बार मलेरिया की पकड़ में भी आए, लेकिन जीवट था, शरीर अधिक स्वस्थ था, और वह उन लोगों में नहीं हो पाए, जिन्होंने इस भूमि में आकर रोटी की जगह यमराज का निमंत्रण पाया। राउत कुछ दिनों बासमती के खेतों को अपना खून-पसीना एक करके तैयार करते, और कभी जिले में निकलनेवाली नहरों में मिट्टी खोदते। दो-तीन साल बाद अपने घर भी हो जाते। उस समय रेल का किराया आज की तरह बढ़ा नहीं था। मजूर रुपये नहीं एक-एक पैसे को बचाना चाहता था, उसे घर की चिन्ता बनी रहती है। यदि माँ-बाप और भाई-भौजाई को सहायता देने की इच्छा न होती, तो भी अपने ब्याह या ब्याहता के वास्ते कुछ जमा करना जरूरी था। इसीलिए राउत हर साल छुट्टियाँ मनाने घर नहीं जा सकते थे। कुछ कमाई करने के बाद ब्याह होने में दिक्कत नहीं हुई। उनकी जाति में अभी न लड़के बिकते थे न लड़कियाँ और विधवा को लेकर घर बसा लेना भी नीची निगाह से नहीं देखा जाता था। शायद उनका ब्याह बचपन में ही हो गया था, यह उनकी पत्नी को देखने से मालूम होता है। राउत स्वयं हट्टे-कट्टे हैं, जिसमें मधुपुरी के जलवायु का भी हाथ है, इसमें शक नहीं। देखने में वह 40 से अधिक के नहीं मालूम होते। लेकिन उनकी बीवी जो कद में अपने पति से छोटी नहीं मालूम होती। 60 वर्ष की बुढ़िया मालूम होती है। वह सीधी कमर करके चल सकती है, और चलती भी है, लेकिन जरा भी चढ़ाई चढ़नी हो, तो समकोण त्रिभुज की दो रेखाएँ बन जाती है। ऊँची होने से शायद कभी-कभी कोठरी के दरवाजे सिर

में ठोकर लगी हो, उससे सीख ग्रहण कर अब वह दूर से ही द्विभुज बनकर बढ़ती है, और देखनेवाले को हँसी आने लगती है।

मलेरिया की भूमि में कुदाल चलाते बीमारी के साथ संघर्ष करते कई साल बीत गए। राउत के बच्चे भी हो गए। आदमी-आदमी की बुद्धि और प्रकृति भिन्न होती है। राउत के इलाके के लोग रोटी कमाने दूर-दूर पहुँचते थे, इसमें उनकी समझदारी का नहीं, बल्कि भूख का अधिक हाथ था। लेकिन, राउत उनसे विलक्षण थे। वह कुछ सोच भी सकते थे, तभी तो मलेरिया की मार खाते-खाते उन्हें मधुपुरी आने का विचार पैदा हुआ। मधुपुरी बहुत दूर नहीं थी, और यहाँ मजूरी भी अधिक मिलती थी, यद्यपि काम बारहों महीने नहीं, बल्कि पाँच-छह महीने का ही था। शायद यह भी एक कारण था, जो मलेरिया में मरते पुरबिये यहाँ नहीं पहुँचे, अथवा वह पहाड़ियों के मुकाबिले में सफलता नहीं प्राप्त कर सकते थे। राउत ने खेतों में काम करते ही एक सीढ़ी आगे बढ़कर बगीचे में काम करना शुरू कर दिया था, जहाँ किसी बँगले के कुशल माली ने अपनी कला का क-ख उन्हें सिखला दिया। मालूम हुआ, मधुपुरी में मालियों की माँग है। उनके उस्ताद माली ने उन्हें स्वयं अपने साथ चलने के लिए कहा, और वह मधुपुरी चले आए। अपनी वर्तमान स्थिति से संतुष्ट रहना राउत के स्वभाव में नहीं था, इसलिए माली का मजूर बनकर रहना बहुत दिनों तक उन्हें पसन्द नहीं आया। पहले वह अपने उस्ताद को छोड़ मधुपुरी के दो सबसे बड़े होटलों में से एक के प्रधान माली के सहायक बन गए। उनके काम से सभी प्रसन्न थे। दक्ष माली बनने में कुछ ही वर्ष लगे। होटल के मनेजर को खुश रखना जानते थे, इसलिए कुछ ही सालों बाद वह वहाँ के प्रधान माली बन गए।

(3)

माली राउत अपने एक दर्जन मालियों के साथ 'होटल चार्म' में अपना काम करते। यदि वह दो प्राणी भर होते, तो आमदनी अपर्याप्त नहीं थी। वेतन के अतिरिक्त होटल में ठहरनेवाले मेहमान भी गुलदस्तों के लिए कुछ इनाम दे दिया करते थे। लेकिन, अब उनका परिवार बढ़ चुका था, लड़के-लड़कियाँ सयाने हो रहे थे। इतने खर्च के लिए वह आमदनी काफी नहीं थी। प्रधान माली होने से जाड़ों में भी तनखाह कुछ कम करके उन्हें रख लिया जाता था। पर, इतने से उनकी आवश्यकताओं की पूर्ति नहीं होती थी। राउत सोचने लगे—और कौन सा काम किया जाए। वह पौधों की प्रकृति से वाकिफ थे और होटल के पास की जमीन में कुछ साग-सब्जियाँ पैदा कर भी लिया करते थे। लेकिन, माली से एकदम आगे स्वतंत्र सब्जी पैदा करनेवाला बनने की उनको हिम्मत नहीं हुई। उन्होंने देखा, नीचे के पासवाले शहर में जो सब्जी चार आना सेर बिकती है, मधुपुरी में उसका

दाम 12 आना है। उन्होंने सब्जीफरोश बनने का निश्चय किया, लेकिन किराए पर दूकान रखकर नहीं, जिसे उनकी बुद्धिमानी कहा जा सकता है। दूकान स्थावर चीज है, जितने ग्राहक वहाँ पहुँचे, उतने ही से दूकानदार फायदा उठा सकता है। फेरी करनेवाले को न दूकान का महँगा किराया देना पड़ता है, और न अपने ग्राहकों को सीमित रखने के लिए मजबूर होना पड़ता। जहाँ तक पास का सामान नहीं बिकता, वहाँ तक वह बँगलों की फेरी लगा सकता है। मधुपुरी में बँगले बाजार से बहुत दूर हैं, और जिनके पास काफी नौकर हैं वही उन्हें भेजकर साग-सब्जी मँगवा सकते हैं। वह यह जानते हैं कि नौकर जरूर एक का डेढ़ नहीं, तो सवाया जरूर करता है, और आँख की न देखी वह सब्जी पसन्द की नहीं हो सकती। उस समय जहाँ तक दो छोटे-बड़े सीजनों का सम्बन्ध है मधुपुरी के सभी बँगले आबाद नहीं भरे रहा करते थे। उसके बाद भी बहुत से लोग यहाँ रहते थे। जाड़ों में जरूर ये बँगले खाली हो जाते थे, लेकिन मधुपुरी के तीन बाजारों में एक तो बारहों महीना एक-सा रहता और दूसरों में भी काफी दूकानदार बने रहते। राउत ने पहले ही समझ लिया, कि पैरों और मूँड में ताकत होनी चाहिए, मेरा सौदा बिके बिना नहीं रहेगा। वह तिहाई दाम पर किन्तु अच्छी सब्जी नीचे के शहर में खरीदते और अपने सिर पर मधुपुरी लाते। धो-धाकर साफ-सुथरी चौड़ी टोकरी में भरकर वह उसे बेचने निकलते। वह इस बात का ध्यान रखते थे, कि माल अच्छा हो, जिसमें किसी को शिकायत करने की गुंजाइश न हो, और साथ ही बाजार से दो पैसा सस्ता भी हो। ऐसे सब्जी-फरोश से जो आदमी एक बार सौदा ले ले, वह क्यों न स्थायी ग्राहक बन जाए?

राउत को बहुत दिनों तक अपने सिर पर उठाकर सब्जी की फेरी नहीं करनी पड़ी। आमदनी बढ़ने के साथ उन्होंने मजूर रख लिया, जो नीचे से भी सब्जी लाता और उनके साथ टोकरा उठाए मधुपुरी में भी घूमता। सिर्फ समतल मार्ग पर ही मधुपुरी के बँगले नहीं बने हुए हैं। बहुत से तो काफी चढ़ाई चढ़कर ऊपर है। राउत अपने सिर पर भी टोकरा रखकर यहाँ पहुँचते थे। बेचारे मैदानी श्रमजीवी होने के कारण चढ़ाई में परास्त हो जाते, लेकिन धीरे-धीरे उनको आदत पड़ गई थी। अब तो वह खाली हाथ होते। उनका काम केवल तराजू उठाकर तौलना था। राउत से पहले भी बँगलों में फेरी लगानेवाले मौजूद थे, लेकिन वह मांस, फल या अधिक मूल्यवाली दूसरी चीजों की ही फेरी करते थे। राउत का यह सौभाग्य कहिए, जो उनके क्षेत्र में मुकाबला करनेवाले लोग अभी नहीं थे। लेकिन द्वितीय महायुद्ध के छिड़ते-छिड़ते अब वह अकेले फेरीवाले सब्जी फरोश नहीं रह गए, चढ़ा-ऊपरी में दाम कम करनेवाले भी मौजूद थे। पर, इससे राउत को डरने की जरूरत नहीं थी, क्योंकि लड़ाई ने मधुपुरी को इतना आबाद कर दिया था, जितना उससे पहले वह कभी नहीं हुई थी। अमेरिकन सिपाही जब पूछकर कुली को एक रुपया मजूरी माँगते

देखते, तो पाँच रुपये का नोट फेंककर कहते—नहीं, तुम्हें इतनी मजूरी चाहिए। बेचारे डालर के देश के थे, जिसको वहाँ के लोग हमारे रुपये जैसा समझते, किन्तु वह यहाँ तीन रुपये से अधिक का था।

राउत की साग-सब्जी को खानेवाले अमेरिकन सैनिक नहीं थे। उनका खाना तो होटल और रेस्तोरा में होता था, इसलिए इस बहती गंगा में राउत हाथ नहीं धो सकते थे। तो भी, बरसाती मेढकों की तरह मधुपुरी में जगह-जगह लाज, होटल और रेस्तोराँ कायम हो गए थे, उनमें से कुछ को अपना स्थायी ग्राहक बना लेना मुश्किल नहीं था। कुछ ही समय बाद देखने में आया, कि चीजों की महँगी का प्रभाव साग-सब्जी पर भी पड़ा है और नीचे के शहरवाले अब उतने ही दाम पर सब्जी नहीं देते। राउत का सक्रिय दिमाग फिर कोई उपाय सोचने लगा। उन्होंने मधुपुरी के महँगे नौकर को हटाकर अपने गाँव से सस्ता मजूर बुला लिया। यदि अपना देश होता, तो उनको ही नहीं, बल्कि उनकी बीबी को भी सिरपर बोझ उठाकर चलने में कोई शर्म नहीं हो सकती थी। यदि वह वैसा कर सकते, तो मजूर रखने की जरूरत भी नहीं थी, उनकी पत्नी यह काम करती। लेकिन, हमारे देश में शारीरिक परिश्रम शर्म की बात समझी जाती है। जो बड़ा और ऊँचे कुल का बनना चाहता है, उसके लिए यह जरूरी है, कि वह अपने हाथ से कोई काम न करे। अगर बाजार से दो सेर भर भी कोई चीज लानी हो, तो उसके लिए कुली जरूर करे। यदि छोटी-मोटी कोई चीज हाथ में ले चलना ही हो, तो उसे अच्छे कागज या किसी दूसरी चीज में लपेटकर ऐसा बनाकर हाथ में ले, जिससे मालूम न हो, कि ढोने का काम किया जा रहा। देश से दूर और विशेषकर मधुपुरी में रहने के बाद मालियों का सरदार होकर सब्जीफरोश बननेवाले राउत को अब इस बात का पूरा ध्यान रहता था, कि कोई उन्हें कुली-मजूर न समझे। वैसे यह मधुपुरी में मजूर नहीं छोटे-मोटे माली बनकर आए थे, और नीचे शहर में रहते ही सफेद कपड़ा पहनने और सभ्यता की कई और बातें सीख गए थे। अवधी भाषी तथा किसानों के सिर में चिपकी दुपलिया टोपी कभी से हट चुकी थी, और उसकी जगह गोल दफ्तीदार काली टोपी उनके सिर पर रहती थी। मौसम के अनुसार उनकी दूसरी पोशाक भी बदलती रहती।

राउत में फजूलखर्ची नहीं थी। इस बात में उनकी बीवी एक कदम और आगे थी। बेचारी को छोटे-छोटे बच्चों को पालने-पोसने के समय तो काफी काम रहता था, किन्तु अब उनके सयाने हो जाने पर वह काम भी नहीं था। राउत ने इतने सालों की तपस्या से कुछ रुपये कमाए थे, जिससे उन्होंने अपने गाँव में काश्तकारी की कुछ जमीन खरीद ली थी, जिसमें काम करने के लिए लड़कों को घर भेज देना पड़ा। रौताइन के लिए रोटी पकाना, चौका-बासन करना काफी नहीं था। वह चाहती थी, कि कोई और भी काम मिले। किसान की बेटी थी, इसलिए किसानी उन्हें अधिक

प्रिय थी। जब पति साग-सब्जी की फेरी करने जाते, तो घर का काम कर लेने के बाद समय काटना उनके लिए मुश्किल हो जाता। रौताइन चुप्पी नहीं थी, और आवाज भी ऐसी ठनाकाकी कि दो फर्लांग तक सुनाई देती। बारह वर्ष पहले वह आज की तरह बहुत दुबली-पतली नहीं रही होंगी, लेकिन इसमें सन्देह है, कि उनके शरीर पर काफी मांस रहा हो सभ्यता की दुनिया में प्रवेश करने के बाद उनके वेष में इतना ही परिवर्तन आया कि अब अपने गाँव के घाघरे-चुनरी को छोड़कर वह साड़ी पहनने लगी। दुअन्नी भर का सोने का फूल अब भी उनकी नाक की शोभा बढ़ाता है। चाहे समय से पहले ही किन्तु जब बुढ़ी हो गई हैं, लेकिन अभी भी उन्हें कभी दिन में बैठा नहीं देखा जा सकता, उनका शरीर मानो नाचता रहता है। अपने विश्वास के अनुसार करम-धरम में भी बहुत चुस्त है। चाहे बर्फ पड़ गई हो, हाड़ चीरनेवाली सर्दी हो, लेकिन उस समय भी वह दिन में एक बार और सो भी ठंडे पानी से स्नान किये बिना नहीं रहती। यह देखकर भी आदमी को आश्चर्य होता है, कि तापमान जब हिमबिन्दु के नीचे चला जाता है, तब भी उनके शरीर पर वही साड़ी रहती है। सर्दी के भगाने की कौन-सी विद्या उन्हें मालूम है! रौताइन का इसे दोष कहा जा सकता है, कि वह मित्र बनाना नहीं जानती, लेकिन साथ ही उनके शत्रु भी अधिक नहीं है। और जो शत्रुता कर ले, उसे भगवान ही बचाए, उनकी जबान सरौते से भी तेज चलती है। उन्होंने अपनी भाषा को बिलकुल शुद्ध रक्खा है, यद्यपि समझ हिन्दी और पहाड़ी भी लेती हैं, लेकिन मजाल क्या, कि अपनी पूर्वी-अवधी में एक भी शब्द दूसरा आने दे। राउत में फर्क आ गया है। अपनी बीवी से भी वह शुद्ध अवधी नहीं बोलना चाहते, और बाहर तो अवधी-प्रभावित हिन्दी ही उनकी भाषा है। उनके वर्तमान वेष के वह अनुकूल भी है।

(4)

अपनी वर्तमान स्थिति को संतोषजनक न पा राउत ने फिर अपने कार्य को बदला। उन्होंने यह देख लिया, कि मेरे वास्ते साग-सब्जी छोड़ और दूसरा कोई क्षेत्र नहीं है। दो-चार सौ रुपये किसी दूकान में लगा सकते थे, लेकिन वह भली प्रकार जानते थे, कि बनियों का-सा धैर्य और साहस मेरे पास नहीं है। वह चलते-फिरते जीवन को पसन्द करते थे, दूकान पर मक्खी मारना उन्हें क्यों पसन्द आने लगा? मधुपुरी में हरेक बँगले के साथ नौकरों-चाकरों और घोड़ों के लिए कितनी ही कोठरियाँ (औट-होस) होते हैं, और कभी-कभी तो मालिकों के कमरों से तिगुनी-चौगुनी संख्या में। किसी समय अंग्रेज जब अपने घोड़ों और दल-बल के साथ आते थे, तो ये कोठरियाँ उनके लिए अपर्याप्त होती थी। पर, द्वितीय महायुद्ध के प्रताप से बँगलों के भर जाने पर भी ये कोठरियाँ आबाद नहीं हो सकी थीं। राउत को अपने

रहने के लिए मुक्त कोठरी पाना आसान था, खासकर जबकि वह मधुपुरी के सबसे दूरवाले स्थान में रहने के लिए तैयार थे। यहाँ के बँगलों में से कुछ अपनी दूरी के कारण महायुद्ध के वर्षों में भी एकाध ही साल आबाद हो पाए। ऐसे ही एक बँगले के औट-हौस में राउत-दम्पती रहने लगे। बँगले के आसपास कुछ जमीन मानो साग-सब्जी के लिए पहले से तैयार रक्खी थी। कभी यहाँ सेब और नासपाती के वृक्ष फलते-फूलते थे, लेकिन अंग्रेज मालिक के हाथ से निकलकर जब वह किसी भारतीय राजा के हाथ में आए, तो इन सेबों के वृक्षों को सूखते देर न लगी। राउत ने बँगले के औट-हौस में रहते खाली जमीन में साग-सब्जी लगानी शुरू की। रोताइन भी उनके काम में सहायता देतीं। अभी बाहर से सब्जी मँगाकर फेरी करना बन्द नहीं हुआ था और अपनी पैदा की हुई सब्जी केवल 'अधिकस्याधिक फल' के लिए थी। फिर उन्होंने देखा, कि पास के पड़े बँगले में दो-एक एकड़ के करीब सब्जी लायक जमीन है। यह कहने की आवश्यकता नहीं, कि बिलासपुरी में जिन अंग्रेजों ने इन सुन्दर बँगलों को बनवाया था, उन्होंने इस भूमि को साग-सब्जी के लिए नहीं तैयार किया था, इसमें फल और फूल पैदा होते थे, जो उनके जाने के बाद सूख गए, और जमीन खाली हो गई। बड़े बँगले में एक और भी सुभीता यह था कि वहाँ एक बड़ा पानीघर था, जिसमें बरसात में बँगले का पानी स्वयं भर जाता था। मधुपुरी में बरसात शुरू होने से पहले प्राय: दो महीने तक जमीन बिलकुल सूखी हो जाती है, और सिंचाई के बल पर ही साग-सब्जी या फुलवाड़ी कायम रह सकती है। यह सुभीता राउत की आँखों से कैसे बच सकता था? बँगलेवाले अब किराएदारों से निराश थे, जब राउत ने उनकी जमीन को कुछ थोड़ी सी लगान पर लेना चाहा, तो उन्होंने बड़ी खुशी से दे दिया।

राउत की उस समय की योजनाएँ शेखचिल्ली के सपनों से कम नहीं थी। दो एकड़ अच्छी जमीन और पानी का इतना सुभीता, साथ ही महँगी सब्जी के बेचने के लिए घरपर ही बाजार। इससे बढ़कर और क्या चाहिए? कुशल माली होने के कारण वह जानते ही थे, कि अच्छा बीज और अच्छी खाद जादू की तरह काम करते हैं। मटर सबसे लाभ की चीज थी, क्योंकि मधुपुरी में साढ़े छह हजार फुट की ऊँचाई पर सुन्दर स्वादवाली बड़ी-बड़ी मटर मई में पैदा होती है, जबकि नीचे वह दुर्लभ होती है, इसीलिए उसे डेढ़-दो रुपया सेर पर आसानी से बेचा जा सकता है। यही समय है, जब मधुपुरी सैलानियों से भर जाती है। यदि उनसे ज्यादा हो, तो भी वह अच्छे दाम पर नीचे के शहर या दिल्ली में बिक सकती है। द्वितीय महायुद्ध के समय से बहुत पहले ही मधुपुरी में मोटरें और लारियाँ आने लगी थी, और अब तो ठेठ दिल्ली तक अपनी सब्जी को बेचना आसान था। दार्जिलिंगवाले कलकत्ता में अपनी सब्जी बेंचकर मालामाल हो गए, किन्तु मधुपुरी और उसके आसपास के पहाड़ों के लोग बहुत सुस्त हैं। वह धनागम के ऐसे सुन्दर तरीके को अपनाने

के लिए तैयार नहीं हैं। राउत जानते थे, लेकिन अभी इसकी उन्हें आवश्यकता नहीं थी, क्योंकि उनके पास इतनी मटर ही कहाँ होती थी?

मटर के अतिरिक्त बन्द गोभी, गाजर, शलगम और मूली भी वह पैदा करने लगे। फूलगोभी इतनी ऊँचाई पर बहुत प्रयत्न से बोई जाए, तब भी दो तोले के फूल देती है, इसलिए उसमें कोई फायदा नहीं। गाँठगोभी कुछ और बड़ी होती है, लेकिन राउत को तो वजन देखकर काम करना था; इसलिए वह बन्दगोभी ही लगाते थे। मटर को वह इतना थोड़े-थोड़े समय के फर्क से बोते, कि मई से जुलाई तक उन्हें फलियाँ बेचने को मिलती। पहली बोआई नवम्बर में ही हो जाती। जाड़ों में उनके खेतो में कभी-कभी यदि हरियाली दिखाई पड़ती थी, तो सिर्फ मटर की, बाकी फसलें जाड़ा खतम होने के बाद मार्च के अन्त या अप्रैल में बोई जाती।

खेती का काम बहुत कुछ अपने हाथ में नहीं होता, कितना ही इन्तिजाम होने पर भी मौसिम सहायक या बाधक होता है। यदि ओले पड़ गए, तो काम खराब हो गया; कीड़े लग गए, तब भी मुश्किल। लेकिन, सबसे बड़ी आफत राउत के लिए साही थी। वह रात के वक्त आकर उनकी खड़ी फसल को खा जाती। आलू उन्होंने एकाध बार बोया, लेकिन साहियों ने चौपट कर दिया। जंगल से बिलकुल सटा होने से इन जानवरों के उपद्रव को शान्त नहीं किया जा सकता था। कुत्तों का भी कोई उपयोग नहीं था। उनके लिए तो बघेरा हर रोज फेरा दिया करता था, साही को देखकर भूकने से पहले ही वह बघेरे के मुँह में चले जाते। राउत को मालूम हुआ कि जंगल से सटे हुए स्थान में दो एकड़ की बारी जंगल के प्राणियों के लिए ही पर्याप्त नहीं।

(5)

किसी तरह लड़ाई के समाप्त होने के एक-दो साल बाद तक राउत ने इसी तरह गुजारा किया। रौताइन ने अपने बचपन के किसानी जीवन को फिर देखकर बहुत सन्तोष अनुभव किया। खेत जोतने के लिए राउत ने दो बैल भी रख लिए। दूध का रोजगार मधुपुरी में बड़े फायदे का है, और बाजार में मिलनेवाले विशुद्ध दूध का अर्थ है आधा पानी। उन्होंने दूध की ओर कभी ध्यान नहीं दिया। अगर चाहते तो स्वयं गाय-भैसों को न पाल गाँववालों से सस्ता खरीदकर भी दूध बेच सकते थे, जैसे कुछ लोग बेचते भी हैं। एकाध गायें कभी वह रखते थे, तो इसी खयाल से कि कुछ घर के लिए दूध मिल जाएगा और बछड़े जोतने के काम आएँगे। रौताइन अब सारे दिन काम में लगी रहती। खेत में सोहनी-रोपनी करनी थी, तरकारी जमा करना था। पास में लकड़ी सुलभ होने पर भी घर के गोबर के वह उपले पाथतीं और इन उपलों में बने भोजन को बहुत स्वादिष्ट मानती।

पर, अन्त में राउत ने देख लिया, कि इस खेती से काम नहीं चल सकता। लगी पूँजी भी इससे नहीं लौटेगी। राउत को अब सब्जी बेचने का ही नहीं, बल्कि सब्जी पैदा करने का भी अच्छा तजुर्बा हो गया था। मधुपुरी के जिस छोर पर रहते थे, उसके सभी लोग, बँगले और उनकी भूमियाँ परिचित थी। इस बँगले के पास ही एक काफी लम्बी-चौड़ी समतल जमीन थी। उनकी नजर उस पर गई। विधवा मेम अपने प्रासाद जैसे बँगले की मरम्मत भी नहीं कर पाती थी, और यहाँ कोई किराएदार भी नहीं आता था। राउत को उसने मालगुजारी पर खेती के लिए बिलकुल उपयुक्त एक-डेढ़ एकड़ जमीन दे दी। बँगले की दूसरी तरफ भी उतनी ही समतल जमीन पड़ी थी। बँगले के चारों तरफ फूल और बगीचे के लिए अलग पर्याप्त भूमि थी। जब यह बँगला पहले पहल बना था, उस समय इन भूमियों का काम सौन्दर्य वृद्धि के लिए होता था। परती रहने पर भी मेम ने सिर्फ एक ओर के हिस्से को दिया, और दूसरी ओर की भूमि पर वर्षा जब घास का मखमल बिछ जाता, तो उसे देखकर उसकी आँखें तृप्त हो जातीं। इस बँगले से कुछ हटकर तीन एकड़ से अधिक एक और भी समतल जमीन थी। राउत ने उसे भी मालगुजारी पर ले लिया। इस तरह की भूमि मधुपुरी कहीं नहीं है। यहाँ अनेक क्रिकेट के प्रांगण बन सकते हैं, फुटबाल के मैदान के तौर पर भी इस्तेमाल हो सकता है। चारों तरफ पहाड़ और बीच में यह समतल भूमि है। पानी निकलने का कहीं रास्ता नहीं, लेकिन बड़ी-से-बड़ी वर्षा होने पर भी कुछ ही घंटों में पानी न जाने किस रास्ते निकल जाता। यहाँ अत्यन्त सुन्दर सरोवर बन सकता है, लेकिन तभी, जबकि उन जगहों को सीमेंट कर दिया जाए, जिनसे पानी बाहर निकलता है।

राउत अब मेम के बँगले के औट-हौस में चले आए। दो-तीन कोठरियाँ क्या, चाहते तो यह एक दर्जन कोठरियों ले सकते थे। मेम गर्मी और बरसात के महीनों को बिताने के लिए हर साल यहाँ चली आती और चौधरी उसकी बराबर सलामी बजाते रहते। अब उनकी साग-सब्जी को निशिचर जन्तुओं का डर नहीं था। हाँ, मधुपुरी की साग-सब्जी के सबसे बड़े शत्रु लाल मुँह और काले मुँहवाले वानर एक बड़ी समस्या थे। राउत और उनमें होड़ लगी रहती कि फसल को कौन बटोरे। लेकिन, वह दिन में ही आक्रमण कर सकते थे। राउत ने उन्हीं के लिए एक बड़ा कुत्ता पाल लिया। बच्चा ही ले आए थे। चाहते तो किसी शुद्ध जाति व कुत्ते को भी अपने दोस्तों से मुफ्त पा जाते, लेकिन उन्हें जात से नहीं काम से मतलब था। और न जाने किस ज्योतिषी से साइज पूछकर इस पिल्ले को लाए थे, कि सचमुच ही उनका टैगर बड़े काम का निकला। मधुपुरी में यह आम विश्वास किया जाता है, कि कुत्ते केवल अंग्रेजी भाषा ही सीख सकते हैं, इसलिए उनके नाम अंग्रेजी में ही रक्खे जाते हैं। टैगर कहना रौताइन के लिए भी कठिन नहीं है। कभी-कभी उनका मेघनाद 'टैगर, टैगर' के रूप में आसपास के पहाड़ियों को प्रतिध्वनित करते सुना

जा सकता है। पुराने बँगले की अपेक्षा नई खेती में राउत को अधिक लाभ रहा। यहाँ जमीन भी काफी थी, और उपज भी दिक्कत यही थी, कि दो सूखे महीनों के लिए पानी का कोई प्रबन्ध नहीं था। फसल केवल रामभरासे थी। यदि पानी बरस गया, तो मालामाल, और ठीक वक्त पर नहीं बरसा, तो फूलों से भरी या कच्ची फलियों से लदी मटर आँखों के सामने ही सूख जाती। पिछले दो सालों से राउत को बुरे दिन ही अधिक देखने पड़े तो भी, वह निराश नहीं है।

राउत अहीर है गरीब मजूर और किसान श्रेणी के हैं; लेकिन, यह किसी को आँख दिखाना बर्दाश्त नहीं कर सकते। मेम टेट इंग्लैंड की थी, और उस समय हिन्दुस्तान में एक बड़े हिन्दुस्तानी अफसर की बीवी बनकर आई थी, जबकि अंग्रेजों की यहाँ खूब तपी थी। अंग्रेजी राज्य के चले जाने पर भी मेम के दिमाग में बहुत कम तबदीली हुई थी। वह राउत को भी काला आदमी समझ करके वैसा ही बर्ताव करना चाहती थी। जब राउत इसे बर्दाश्त करने के लिए तैयार नहीं हुए और रौताइन ने भी दो की चार सुनाई, तो मेम साहब के ऊपर भूत सवार हुआ, कि राउत से जमीन निकाल ली जाए। लेकिन, राउत जानते थे, जिस भूमि में मैंने चार-पाँच साल तक अपने हाथों से हल चलाया है, उस पर मेरा भी कुछ हक है। वह मुकदमा लड़ने के लिए तैयार हो गए। मधुपुरी के सबसे अच्छे वकील ने उनकी सहायता की। मेम हार गई। फिर भी आगे बढ़ने के लिए अभी गुंजाइश थी। पर, बेचारी मेम इसी बीच अकस्मात मर गई।

राउत और रौताइन मधुपुरी में बीस साल से अधिक रह रहे हैं। उनकी कुछ जमीन पर उनको खेती करने का स्थायी अधिकार भी मिल गया है। जमीन में केवल पानी की आवश्यकता है। आसपास में हर साल गाँववाले अपनी गाय-भैंसों को लाकर दूध का रोजगार करते हैं, जहाँ से जितनी चाहे उतनी खाद ले ले, सिर्फ ढोने की जरूरत है। बन्दरों की समस्या उनके टेगर ने हल कर रखी है। यद्यपि कभी-कभी उन्हें मौका भी मिल जाता है। मधुपुरी के बँगलों में इतनी साग-सब्जी लायक बनाई हुई जमीन मौजूद है, कि यदि पानी और बन्दरों का इन्तिजाम हो जाए, तो बाहर से साग-सब्जी मँगाने की जरूरत नहीं होगी, बल्कि दुर्लभ समय में यहाँ से काफी सब्जी पाँच-छह घंटे की मंजिल मार दिल्ली पहुँच सकती है। लेकिन अभी न इसकी तरफ नगरपालिका का ध्यान गया, न सरकारी कृषि विभाग का। आसपास के घरों से बड़े-बड़े हौजों में बरसात का पानी इतना जमा किया जा सकता है, कि राउत को अपनी खेती के लिए भगवान का भरोसा करने की जरूरत नहीं। पर इतने बड़े हौज बनाने के लिए उनके पास पूँजी कहाँ है? कभी-कभी फसल में कीड़े लग जाते हैं, उसका प्रबन्ध करना भी उनके लिए मुश्किल है। दूसरे शहरों में डी. डी. टी. छिड़ककर कीड़ों के मारने का म्यूनिसिपैलिटियों ने प्रबन्ध किया है, किन्तु यहाँ वह भी नहीं है। ग्यारह वर्षों से यहाँ का सारा प्रबन्ध नागरिकों से छीनकर नौकरशाही ने

ले लिया था पर, उसे लोकहित करना नहीं, बल्कि कागज भरना था।

राउत और रौताइन अब मधुपुरी के हैं। यह भूमि उनके पैरों से इतनी चिपक गई है, कि अब उन्हें यहीं से महाप्रयाण करना होगा। राउत सोच-समक्ष रखनेवाले साहसी और उद्योगी पुरुष हैं। लेकिन उन्होंने सारे जीवन के प्रयत्न से अपने लिए जो प्राप्त किया है, क्या उनकी मजूरी उतनी ही है?

कमलसिंह

(1)

मधुपुरी हिमालय की विलासपुरियों की रानी गढ़वाल की अपनी जैसी दूसरी पुरियाँ जैसी ही है। लेकिन, जान पड़ता है, वह अपने आसपास के भू-भाग से बिलकुल अलग है, कम-से-कम विलासी और विलासिनियों तथा उनके उपजीवी यही मानते हैं। अंग्रेजों ने यहाँ अपने बँगले और प्रासाद बनवाए। वह समझते थे, यहाँ दासता का जीवन बिताने के सिवाय स्थानीय दोपायों का और कोई अधिकार नहीं है। अंग्रेजों की स्थावर सम्पत्ति मैदानी लोगों के हाथ में चली आई। अब वह अपने को मधुपुरी का स्वामी मानते हैं। स्थानीय लोग तब भी पशुओं की तरह अपना खून-पसीना एक कर यहाँ जीते रहने की कोशिश करते थे, और अब भी उनका वही काम है। इस निकृष्ट जीवन में भी प्रतिद्वन्द्विता कम नहीं है। स्थानीय मजदूरों की संख्या के बराबर ही नेपाली मजदूर भी यहाँ हर साल पहुँच जाते हैं, जो बोझ उठाने में बाजी मार ले जाते हैं, और वर्षों पहले से ही बोझा ढोने का प्रायः सारा काम उनके हाथ में चला गया है। दूर से आकर नेपाली भरियों (भारवाहको) को जो इतनी जद्दोजहद करनी पड़ती है, वह यही बतलाती है, कि उनके यहाँ मधुपुरी के आसपास के गाँवों से भी अधिक गरीबी है। हाँ, स्थानीय लोगों को एक और भी काम मिल जाता है, वह है म्युनिसिपैलिटी की छोटी-मोटी नौकरियाँ और मजदूरी। सड़कों और इमारतों के बनाने का काम भी गढ़वाली मजदूरों के हाथ से निकल गया था। पाकिस्तान बनने से पहले लद्दाख के पास के बालतो लोग आकर इस काम को करते थे। मधुपुरी ही क्यों, सारे पश्चिमी और मध्य-हिमालय में विशेषकर सड़कों के बनाने का काम बालती मजदूरों के हाथों में था। उनका देश भी नेपाल से अधिक गरीब है, और वह लोग भी बड़े मेहनती हैं। 10-12 हजार फुट की ऊँचाई के रहनेवाले होने से वह सर्दी ज्यादा बर्दाश्त कर सकते हैं, और बिलासपुरियों में इमारती काम सर्दी में ज्यादा हुआ करते हैं। अगस्त 1947 में जो खून-खराबी हुई, उसकी पाँच-दस छीटे मधुपुरी पर पड़ी, पर उस समय प्राण बचा कर बालती जो

गए, तो अब तक नहीं लौटे। उनकी भूमि ज्यादातर पाकिस्तान के हाथ में चली गई है। यदि ऐसा न होता, तो मांस-सब्जी बेचनेवाले मुसलमानों की तरह वह फिर आकर अपना काम सँभाल लेते।

मधुपुरी के आसपास के गांववाले लोग हिमालय के अत्यन्त पिछड़े हुए लोगों में से हैं। वह उतने गरीब नहीं हैं, जितने कि गढ़वाल के और स्थानों के लोग, जिसका कारण शायद इनमें पांडव-विवाह की प्रथा भी है। इसलिए वह कुलीगिरी करने के लिए यहाँ अक्सर नहीं आते। बहुत हुआ तो कोठियों में चौकीदार हो गए, या कुछ हलके छोटे-मोटे काम पकड़ लिए। अधिकतर उनका काम दूध और घी पहुँचाना है। मधुपुरीवालों को दूध के नाम पर आधा पानी और घी के नाम पर तीन-चौथाई दालदा मिलता है। सूरत देखकर इस दूध घी से लोग भले ही सन्तोष कर लें। इतने पिछड़े हुए लोग भी पानी ही नहीं, दालदा के भी गुण को जान गए, यह बतलाता है कि जीवन का संघर्ष आदमी को कहाँ से कहाँ पहुँचा देता है। मजूरी की कुछ अधिक स्थायी और अधिक पैसे वाली नौकरियाँ आसपास के लोगों के भोलेपन के कारण उन्हें नहीं मिलती, और गढ़वाल के दूर के आदमी उन पर जम गए हैं। किसी वक्त भी शराब में बुत हो जानेवाले आसपास के देहातियों पर जवाबदेही के काम का सौंपना आसान नहीं था, यह भी इस स्थिति का कारण हुआ।

केदार-बदरी के यात्री जानते हैं, कि रास्ते के पहाड़ों के जंगलों का सहारकर किस तरह सीढ़ियोंवाले खेत बना दिये गए हैं, या चटियल बना दिया गया है। जनसंख्या के तेजी से बढ़ने के कारण ऐसा करना पड़ा। उसपर भी जीविका न चलने पर गढ़वाल-पुत्र जहाँ भी दो रोटी मिले, वहाँ जाने के लिए तैयार हो गए। कमलसिंह ऐसा ही एक तरुण था, जो आज से बीस वर्ष पहले भाग्य-परीक्षा के लिए मधुपुरी आया। उसने कुछ समय तक मामूली मजूरी की, लोगों के भांडे-बरतन मले। लेकिन, तरुण समझदार था। जो कोई अच्छा परिचित भी मिल गया, इसलिए म्युनिसिपैलिटी की बारहों महीने की मजूरी मिल गई। पहले की मजूरी में वह अच्छे पैसे कमाता था, लेकिन वह कुछ महीनों की थी, और रोज-रोज काम मिल जाए, यह निश्चित नहीं था। इसलिए कमल ने म्युनिसिपैलिटी की मजूरी स्वीकार की, इसमें मेहनत भी ज्यादा नहीं थी। वह किसी बिजली-मिस्त्री का मजूर था। कई साल रहते-रहते उसे बिजली के तारों की कुछ बातें मालूम हो गईं। आखिर उसके बारीक काम तो उसे करने नहीं थे। बिजली के स्विच को बन्द कर देना, फिर तार में जो भी जोड़ना-घटाना हो, उसको कर देना। देखते-देखते अपने उस्ताद जितना ज्ञान उसे भी हो गया, लेकिन, काम मिलना उतना आसान नहीं था। एक काम के लिए जब पचासों दाँत बाएँ खड़े हों, तो बेचारे कमल को वह कैसे मिल सकता था? उसे 20 रुपया वेतन मिलता था, पर द्वितीय महायुद्ध से पहले का 20 रुपया आज के 80 रुपये के बराबर हैं। कमल को पहले अपनी तनखा में से बचा-बचाकर बाप-माँ

को भेजना पड़ता। बिना पैसे वह कुँवारा ही रह जाता, इसका भी उसे खयाल था, लेकिन जब हर महीने 5-6 रुपये माँ बाप के पास पहुँच जाते, तो उन्हें भी इसकी चिन्ता थी—कहीं ऐसा न हो, कमल की वहीं किसी से आँख लड़ जाए और वह हाथ से बेहाथ हो जाए। अभी लड़कियाँ उतनी महँगी नहीं थी, सिर्फ सौ-सवा-सौ की बात थी। कुछ वर्षों में रुपये कमा लेने पर कमल का ब्याह भी हो गया। लेकिन, अल्लहड़ तरुणी को किसी विलासपुरी में ले जाना खतरे से खाली नहीं, यह समझकर कमल उसे अपने पास नहीं लाया।

कमल को तनखाह 20 रुपये ही कई साल तक रहीं, फिर उसे गुर मालूम हुआ, और उसने एक महीने की तनखाह ऊपर के अफसर को देकर वाजिब पाँच रुपये की वृद्धि करवाई। अब वह महीने में 25 रुपये पाता था। मधुपुरी में गरीबों के लिए मकान मुफ्त भी मिल जाते हैं। हरेक बँगले के साथ जब पाँच से बीस तक नौकरों-चाकरों की कोठरियाँ हों, जो किसी समय साहेब लोगों के घोड़ों और नौकरों-चाकरों से भले ही भर जाती हो, किन्तु प्रथम विश्वयुद्ध से यह अब अधिकतर खाली रहती थी। ऐसी किसी कोठरी को दे देने पर मालिक को हानि नहीं, बल्कि फायदा था। आदमी रहेगा, तो उसकी मरम्मत और देखभाल करता रहेगा। चौकीदार रखने पर जितना वेतन देना पड़ता, उससे तिहाई-चौथाई में अब मालिक का काम चल सकता था। हाँ, ऐसा करने पर आदमी को मधुपुरी के केन्द्र से बहुत दूर रहने के लिए तैयार होना पड़ता। कमल अकेला था, उसके हाथ-पैर मजबूत थे। दिन में दस मील की दौड़ भी उसके लिए कुछ नहीं थी। वह किसी कोठी का आनरेरी चौकीदार बन गया। अभी तक वह अपने किसी जोड़ीदार के साथ रहता और कई आदमी मिलकर अपनी रोटी-पानी करते थे। ईंधन का खर्च था, लेकिन उसपर पैसा लगाने की आवश्यकता नहीं थी। सभी जोड़ीदार काम से लौटते समय जंगल से सूखी कुछ लकड़ियाँ जरूर लेते आते। मधुपुरी जंगल में मंगल करनेवाली नगरी है। रास्ते से थोड़ा ही ऊपर या नीचे जाने पर पतली सूखी लकड़ियाँ मिलना मुश्किल नहीं है। दूर की कोठियों में तो अक्सर बहुत दरख्त होते हैं, और किसी-किसी में अपने कुछ जंगल भी हैं। इसलिए कमल को ईंधन की दिक्कत नहीं थी। किराए पर चढ़नेवाली कोठी होने से उसका नल भी बारहों महीने खुला रहता था, और सम्पत्ति टैक्स के लिए महीने में जितना मुफ्त पानी नगरपालिका से मिलता, उतना कमल के लिए जरूरत से ज्यादा था।

(2)

कमल ने साल भर इस कोठी में बिताए और अधिकतर अकेले। इस वक्त उसे खयाल आने लगा, यदि बीबी साथ होती, तो पकी-पकाई रोटियों मिल जातीं, वह

लकड़ी भी तोड़ लाती और घर की रखवाली भी करती। उसके अपने घर में बहुत चीजें ही कहाँ थी, लेकिन जो भी थी, वह उसकी दो महीने की तनखाह की तो जरूर रही होगी। फिर जिस कोठी का वह चौकीदार बना था, उसी में कहीं कुछ हो जाए, तो जिम्मेवारी तो उसी की थी—अभी द्वितीय महायुद्ध से पहले मधुपुरी में चोरियाँ कभी नहीं सुनी गई थीं। इसी समय कमल को दूसरे नम्बर के लाइनमैन का काम मिल गया, अर्थात उसे बिजली के तारों की देखभाल तथा उसके जोड़ने-जाड़ने की जिम्मेवारी लेने के योग्य समझा गया! तनखाह उतनी ही रही, लेकिन अब उसके बढ़ने की सम्भावना थी। अब उसको म्युनिसिपैलिटी की ओर से बना रहने का क्वार्टर भी मिल गया। नये आदमी को शहर के बीच में रहने का स्थान कौन देता? उसे जो क्वार्टर मिला था, वह नगरपालिका के आफिस से—जहाँ उसे रोज काम के लिए जाना पड़ता—ढाई मील पर था। वस्तुतः यह क्वार्टर पहले बिजली की छोटी चौकी के लिए बनाया गया था। वहाँ तारों के लगाने के लिए दीवारों में गौखें आादि का इन्तिजामा था। इसके दो फर्लांग पर ही दूसरी बिजली-चौकी थी, इसलिए इसे अनावश्यक समझा गया। सम्भव है, उस समय अंग्रेजों की नगरपालिका का खयाल हो कि मधुपुरी अभी और दूर तक फैलेगी, इसलिए उन्होंने यहाँ पर यह बिजली-चौकी बनाई। अब मकान खाली था। कमल ने कितने ही दिनों से खाली उस मकान को आकर सँभाल लिया। यह ठीक म्युनिसिपैलिटी की सीमा पर था, जिस कोठी की जमीन से यह बना था, वह मधुपुरी की इस दिशा में आखिरी कोठी थी। यहाँ आते ही उसका सबसे ज्यादा खयाल बीवी को लाने की ओर गया। पाँच मील रोज की यात्रा तो आफिस जाने तक के लिए ही करनी पड़ती, यदि काम कहीं और दूर हुआ, तो वह आठ-दस मील की भी हो सकती थी। अकेले रहने से रोटी बनाने का भी काम अपने जिम्मे था, जिससे कमल आधी रात से पहले पलक नहीं मार सकता था।

पिता-माता मर गए थे। भाई-भाभी का सम्बन्ध उतना मधुर नहीं था। सास-ससुर भी आपत्ति नहीं कर सकते थे, क्योंकि कमल की बीवी अब काफी सयानी थी, और वह अल्लहड़ तरुणी की जगह अब माता बनने योग्या थी। इसलिए कई सालों की इच्छा पूरी होने में कोई दिक्कत नहीं हुई, और अब की जाड़ों में एक महीने की छुट्टी पर जाकर वह अपनी बीवी को साथ ले आया। पहले घर उसे बिलकुल सुनसान एकान्त-सा मालूम होता था। घर में घरोंदों की-सी दो छोटी-छोटी कोठरियाँ थीं, फ्लश के साथ एक टट्टी थी, बिजली-पानी मुफ्त मिलता था, हाँ, एक निश्चित परिमाण में ही। जब अपनी बीवी को लेकर कमल इस घर में आया, तो वह उसे दूसरा ही मालूम हुआ। यदि संस्कृत की सूक्ति उसे मालूम होती तो कहता—'न गृहं गृहमित्याहुः गृहिणी गृहमुच्यते'। घरोंदे जैसी इन कोठरियों को भी आलसबस हफ्ते में यह एक बार भी साफ नहीं करता था। स्त्री ने आते ही झाड़ू

लगाकर सब को साफ किया और पास के पड़ोसी से गोबर माँगकर लीप भी दिया। बरतन अब चमचम कर रहे थे, जबकि कमल अपने तवे-थाली को शिष्टाचार के लिए ही धो दिया करता था। कोठरी के भीतर ही नहीं, बल्कि आसपास में भी सफाई और व्यवस्था दीखने लगी। स्त्री 22-23 वर्ष की थी। छोटी भी होती, तो भी आदमी सिर पर पड़ने पर होशियार हो जाता है। उसने माँ-बाप के घर रहते ब्याह होने के बहुत बाद तक जंगल में जाकर अपने पशुओं को चराया था, दूसरी तरुणियों के साथ मिलकर मुक्त गीत गाए थे, पहाड़ और जंगल उसे अपने शरीर जैसे परिचित और प्रिय मालूम होते थे। यदि कमल मधुपुरी की जगह नीचे मैदान के किसी शहर में काम करता होता, तो निश्चय ही उसकी बीबी को वह पसन्द न आता। उसका गाँव दो-ढाई हजार फुट ऊपर नहीं था, इसलिए वहाँ गर्मी अधिक होती थी। साढ़े छह हजार फुट ऊँची मधुपुरी में गर्मी का नाम नहीं था। नये क्वार्टर के आसपास अधिकतर घना जंगल था, दो-चार कोठियाँ जो थीं, वह भी जंगल में खोई-खोई सी मालूम होती थीं।

क्वार्टर के आसपास कुछ खाली जमीन तारों से घिरी हुई थी। बहुत जल्दी ही पत्नी के सुझाव पर कमल ने उसे खोद दिया। सीजन के समय जन आसपास के गाँवों के सैकड़ों परिवार अपनी भैसों और गायों को लेकर दूध बेचने के लिए मधुपुरी के आसपास डेरा डाल देते हों, तो खाद की क्या कमी थी? कमल के क्वार्टर की बगलवाली दो-तीन कोठियों में हर साल पाँच-छह महीने के लिए भैंसे आ जाती थीं। बीबी भी किसान की बेटी थी। पहाड़ में हल चलाना छोड़ किसानी का सारा काम स्त्रियाँ करती हैं, बल्कि कह सकते हैं, कि उनके सामने पुरुष पूरा निठल्लू, होंता है—कमल ऐसा नहीं था। उसकी बीबी किसानी के सारे कामों में निपुण थी। दो-दो गज की क्यारियों में हल चलाने की जरूरत नहीं थी। कौवे की चोंच जैसी पहाड़ी कुदाल खोदने के लिए पर्याप्त थी। यहीं बच्चा हुआ, और बच्चे को धूप में सुला, घर का चौका-बासन करके बीवी कुदाल लेकर पड़ जाती। मधुपुरी की जमीन में मिट्टी से पत्थर ज्यादा है, और कितनी ही जगहों पर लफूल गाने के लिए मिट्टी ढोकर मँगानी पड़ती है। स्त्री ने अपनी क्यारियों में मिट्टी ही नहीं डाल दी, बल्कि छान-बीनकर सारे रोड़े-पत्थर वहाँ से निकाल दिये। क्यारियाँ मैदानी नगरों के आसपास रहनेवाले कोइरी-मुराव लोगों के खेतों जैसी नरम हो गईं। पानी नगरपालिका से नाप-तोलकर मिलता था। वह घर के नल के पानी को इस्तेमाल करके पैसा देने की क्षमता नहीं रखता था। कमल के सौभाग्य से सौ कदम पर ही और बिना अधिक चढ़ाई-उतराई के सार्वजनिक नलका लगा हुआ था, जहाँ से टीन में पानी भर-भर कर वह अपनी क्यारी को सींचते।

बीबी को कमल जब ले आया, उस समय अभी जाड़े के सबसे कठोर दो महीने बाकी थे। लेकिन, वह भी बीत गए। मार्च के समाप्त होते-होते अब उसे

साग-सब्जी लगाने की फिकर पड़ी। आनरेरी चौकीदारी करते समय सब्जी और फूल लगाने का काम वह कुछ सीख गया था। बीबी गेहूँ, चावल और मक्की की खेती जानती थी। साग-सब्जी में केवल आलू और पेड़ या छत पर चढ़नेवाले कद्दू, लौकी जैसों से ही यह परिचित थी। कमल ने अपने परिचितों से पौध माँगकर एक क्यारी में प्याज लगा दी, दूसरी में टमाटर, तीसरी में मूली बो दी और चौथी में बन्दगोभी या कोई दूसरी और सब्जी। पत्नी के आग्रह पर उसे आधे खेत में गेहूँ बोना पड़ा। इसमें न उतना लाभ था, न सदा सफलता ही मिलती थी, तो भी बीबी का मन रखने के लिए उसे बराबर कुछ जगह में गेहूँ और मक्की बोनी ही पड़ती थी। तार से घिरी हुई जगह के बाहर उसी कोठी की जमीन थी, जिससे इतनी भूमि लेकर म्युनिसिपैलिटी ने बिजली चौकी बनाई थी। उसमें मेहनत करने पर और भी खेत बनाया जा सकता था, और कोठीवालों के लिए वह जमीन बेकार थी। दोनों पति-पत्नी ने मिलकर तारके बाहर पहले की क्यारियों से कुछ और अधिक जमीन को खेत में परिणत कर दिया। सवाल केवल मेहनत का था, पत्नी बराबर उसमें लगी रहती, और पति इतवार के दिन तथा छुट्टी के समय दूसरे दिनों में भी सहायता करता। कमल को अक्सर घर से 8 बजे सबेरे जाने पर शाम को सूर्यास्त के समय ही घर आने की छुट्टी मिलती।

अब कमल को पत्नी के साथ रहने के कारण सूनापन तथा रोटी-पानी की चिन्ता से ही मुक्त होने का अवसर नहीं मिला था, बल्कि उसकी अपनी क्यारियों में इतनी साग-सब्जी हो जाती, जिससे घर के लिए खरीदने की आवश्यकता नहीं पड़ती, और उसमें से आधा वह बेच भी सकता था। दाल मोल लेकर बनाने की जगह वह अधिकतर साग-सब्जी खाते। गेहूँ कभी-कभी होता, जो तीन-चार हफ्ते से अधिक चल नहीं सकता था।

(3)

कमल का इसे सौभाग्य कहना चाहिए या दुर्भाग्य, कि उसकी पत्नी ने यद्यपि पहली सन्तान पैदा करने में बहुत-देर की थी—22-23 वर्ष की उमर तक पहली सन्तान के लिए प्रतीक्षा करना बहुत सी सासुओं के लिए असह्य होता है। उन्हें शंका होने लगती है, कि शायद बहू बाँझ रहकर घर को निपूता करने के लिए आई है। लेकिन, कमल के घर में पहले लड़के के आने में ही देर हुई। फिर बड़े लड़के के बाद जरूर उसकी बहन के आगमन में तीन साल की देरी हुई थी। बाद में तो हर साल प्रायः नया मुँह उसके घर में आने लगा। इस तीन साल की फुर्सत में कमल और उसकी बीबी ने मिलकर अपनी कुटिया को स्वच्छ और सुन्दर ही नहीं बना दिया, बल्कि उससे उन्हें आमदनी भी होने लगी। लड़के का नाम उन्होंने नेम रक्खा और

पर्वत में पैदा हुई लड़की का नाम सारो (सरस्वती) होना बिलकुल ठीक था। लड़के माँ-बाप के ऊपर खर्च का बोझ बढ़ाते हैं। अमीरों के यहाँ तो वह खर्च एक सयाने पुरुष से कम नहीं होता, लेकिन कमल के जैसे गरीब परिवार में वह बात नहीं है। उन्हें माँ का दूध पूरा मिलता है। यदि कम भी हो, तो उसकी पर्वाह नहीं की जाती। माँ की गुदड़ी उनके लपेटने के लिए पर्याप्त होती है, और माँ की चारपाई सोने के लिए। धूप हुई, तो बाहर लिटा दिया। आँखों पर धूप पड़ने से आँसू खराब हो जाएगी, इसे गरीब माता अमीरों का चोंचला मानती हैं। अमीर माताएँ निश्चित काले शिशुओं को भी दूध से नहलाकर या दूध में सने आटे का उबटन करके गोरा बनाने का प्रयत्न करती हैं। और यहाँ तो सरसों का उबटन भी कभी ही कभी सुयस्सर होता है। ललाट और देह के बाल के लिए अमीर माताएँ बहुत चिन्तित रहती हैं, और जैतून का तेल और दूसरी कोमल चीजें बहुत हल्के हाथों से लगाकर उसे हटाने की कोशिश करती हैं; जबकि नेम की माँ रोज चूल्हे की राख ले कुछ कड़े हाथों से रगड़ देती और तीन महीना बीतते-बीतते बच्चे के सारे रोम निकल जाते। एक दिन नेम की माँ ने जब अपनी पड़ोसिन महिला से इस गुर को बतलाया तो उनका हृदय काँप उठा।

घर में एक और नये मुँह के आने के साथ तब भी खर्च बढ़े बिना कैसे रह सकता था? नेम की माँ ने अपने पति को एक बकरी का बच्चा लाने के लिए कहा। लड़ाई खतम हो चुकी थी, लेकिन उसने सभी चीजों के भाव को चौगुना कर दिया था। कमल की तनखाह 32 रुपये थी, 10 रुपया महँगाई भत्ता मिलता था। लेकिन, इस 42 रुपये का असली दाम लड़ाई से पहले 14 रुपये के बराबर ही था। एक छोटी-सी बकरी के लिए कमल को आधी तनखाह देनी पड़ी। बकरी गाभिन थी। आते ही पहली ही बार उसने दो बच्चे जने, जोकि अनहोनी-सी बात थी। छह महीने बाद उसी साल बकरे को बेचकर उन्होंने बकरी का दाम सधा लिया। नेम को भी एक खिलौना मिल गया था।

मधुपुरी के तीनों बाजारों को छोड़कर बाकी को मुहल्ला कहना गलत है, क्योंकि वहाँ जगल में दूर-दूर पर बनी हुई कोठियाँ हैं। उसके इस अचल में पाँच वर्ष तक पहुँचते-पहुँचते ही नेम की धाक जम गई। पिट जाने की उसे पर्वाह नहीं थी, पर अपने से दूनी उमर के लड़के पर हाथ छोड़ देना उसके लिए मामूली बात थी। हाथ से बढ़कर वह पत्थर से मारता था, जिससे कई लड़कों के सिर फूट गए थे, इसलिए वह उससे भय खाते थे। आसपास के बँगलेवालों से तो छह वर्ष के नेम ने टैक्स वसूल करना शुरू कर दिया था। यदि उसको कुछ खाने-पीने की चीज दो, तो फूल सुरक्षित थे, नहीं तो खिड़कियों के सीसे भी बचने मुश्किल थे। कमल और उसकी बीबी नेम को कितना ही मारती, लेकिन उस पर इसका कोई असर नहीं होता। घर में बकरी का रखना नेम को उपद्रव से रोकने का भी साधन था और

साथ ही आमदनी का भी। उन्हें जंगल की महिमा अब मालूम होती थी। मधुपुरी के छोर पर यहाँ छोटी-छोटी दातुनों को जमा करने की जरूरत नहीं थी। बस मेहनत करने की देर थी, जंगल से मोटी-मोटी डालियाँ काटकर जमा कर लो, और चाहो तो उसमें से कुछ बेच भी लो। कमल को बेचने भर की लकड़ी काटने की बहुत कम फुर्सत थी, लेकिन जाड़ों में घर गरम रखने के लिए उसके पास काफी लकड़ी रहती, ईंधन की तो बात ही क्या? तीन-चार बकरियों और उनके बच्चों को लेकर नेम को जंगल में भेज दिया जाता, जहाँ वह अपने दूसरे चरवाहों के साथ खेलने में लगा रहता। जब वह कुछ और बड़ा हुआ, तो कमल ने हलके दाम की एक बछिया भी खरीद ली। तीन-चार बकरियाँ हर साल बिक जातीं, जिससे सौ रुपये के करीब आमदनी हो जाती। बकरी का दूध पीना कमल ने कभी नहीं देखा था, नीचे के आए बाबू ने बतलाया, कि बच्चों के लिए बकरी का दूध बड़ा लाभदायक है। पर नेम की माँ को विश्वास नहीं हुआ। वह समझती थी, शायद इसका दूध पीना अनिष्ट का कारण है, तभी तो हमारे लोग इसे अपेय मानते हैं। उसको उसकी जरूरत भी नहीं थी, क्योंकि बच्चों को पिलाने के लिए उसका अपना दूध काफी था। आखिर तक बकरी के दूध को कमल और उसकी बीबी ने इस्तेमाल नहीं किया। बछिया बड़ी हुई, गाभिन होकर उसने बच्चा जना। इस दूध को लेने में उन्हें कोई आपत्ति नहीं थी। पर, पहाड़ की गाय दूध ही कितना देती है? एक शाम सेर भर हो जाए, तो इसे बहुत समझो। घास-चारे के लिए उन्हें चिन्ता करने की आवश्यकता नहीं थी, दिन में गाय और बकरियों को कभी माँ और कभी बेटा चराते, जो पेट भरने के लिए काफी था। जाड़ों में घास सूख जाती और दुर्लभ भी होती, उसके लिए कमल अपने हाते के पेड़ पर बरसात में ही सुखाकर काफी घास टाँग देता। उसकी गाय पर ऋतु का कोई प्रभाव नहीं पड़ता, वह वैसी ही मोटी-ताजी रहती।

सारो के बाद अब हर साल नये मुँह घर में आने लगे। तीसरी लड़की हुई, चौथी भी लड़की। एक लड़का मौजूद ही था, लेकिन माँ-बाप को उतने से सन्तोष नहीं था। यद्यपि लड़की के लिए तिलक दहेज के मारे उजड़ने का डर नहीं था, तो भी लड़के के प्रति पक्षपात हमारे देश में आम बात है।

(4)

पाँच बच्चे और दो माँ-बाप सात परिवारों का बोझा और कमल को महँगाई भत्ता मिलाकर केवल 59 रुपये मिलते थे अर्थात लड़ाई के पहले 15 रुपये, जबकि नौकरी शुरू करते समय उसे 20 रुपये मिलते थे। किसी भी अर्थशास्त्री या मध्यमवित्तवाले पुरुषों के लिए यह सोचना सिरदर्द का कारण हो सकता है, कि 59 रुपयों में सात प्राणियों का परिवार कैसे जीता है। लेकिन इसका उत्तर बहुत सीधा-सादा है, यदि

मानव जीवन को बिताना न हो, लड़कों को साल के अधिक समय नंगा रहने के लिए छोड़ दिया जाए, और जाड़ों में चीथड़ों को सीकर या मुफ्त मिली लकड़ी की आग ताप कर दिन काटना हो, चीथड़ों को किसी से माँग-जाँचकर भी जमा कर लिया जाए, बीमारी ही नहीं, भूख के लिए भी भाग्य पर भरोसा करना हो; तो प्रश्न बिलकुल आसान हो जाता है। कमल के परिवार का जीवन बहुत कुछ ऐसा ही था। यदि पासपड़ोस की कोठियों में रहनेवाले बाबू लोग हर साल आया करते, तो बीबी इतने बच्चों के रहते भी काम करके कुछ पैसे और उससे भी अधिक उपयोगी पुरानी साड़ियाँ या कपड़े पा जाती; लेकिन, युद्ध को समाप्ति विशेषकर पाकिस्तान के बनने के बाद से तो मधुपुरी की दूर-दूर की कोठियाँ हमेशा के लिए सूनी हो गईं, इसलिए नेम की माँ को इस तरह कुछ और पैदा कमाने की सम्भावना नहीं थी।

उनका जीवन मनुष्य-जीवन नहीं था, इसमें सन्देह नहीं, किन्तु कमल और उसकी बीबी दूसरे परिवारों को भी जानती थी, जो उनसे भी अधिक दुखी थे। आदमी को अपने से नीचे के स्तर को देखकर सन्तोष होता है, और ऊपर के स्तर को देखकर असन्तोष या ईर्ष्या। जीवन किसी तरह गुजर रहा था। 59 रुपये का मूल्य बहुत कम था। सभी सातों व्यक्तियों के लिए राशनकार्ड था, किसी का आधा किसी का पूरा। तनखाह का दो-तिहाई उसी में चला जाता था। बाकी 20 रुपये कपड़ा-लत्ता और घर का सारा काम नहीं चल सकता था। 15-16 रुपये बकरियों, गाय और साग-सब्जी से मिल जाते, जो भारी अवलम्ब थे। जिन दो कोठरियों में आकर पहले कमल रहने लगा था, अब उनमें एक की और वृद्धि हो गई। कहीं से माँग-जाँचकर पुराने टिन ला उसने एक ओसारा खड़ा कर दिया, जिसमें रसोई बना करती थी। दो कोठरियों में से एक कोठरी में सारा परिवार रहता और एक को उन्होंने गाय और बकरियों के लिए रख छोड़ा था। इस अंचल में रोज ही रात को बघेरा फेरा दिया करता है, इसलिए झोपड़ी में न रखने पर पशुओं की खैरियत नहीं थी। बारहों महीने कोई-न-कोई साग-सब्जी क्यारियों में लगी रहती। बचा पाने का सवाल ही नहीं था, जो भी पैसा आता, उसी में अगर गुजारा हो जाता, तो बहुत था। नेम अब स्कूल जाने लगा था। मधुपुरी में शिक्षा अनिवार्य थी और वैसे भी अनपढ़ कमल विद्या के मूल्य को जानता था। यदि दो अक्षर जानता होता, तो वह अब तक प्रथम श्रेणी का लाइनमैन जरूर हो गया होता। लड़के को वह चीथड़ों में नहीं भेज सकता था, इसलिए उसने कबाड़िये या कहीं से सबसे सस्ता जांघिया और कुर्ता लाकर बच्चे को पहना दिया। उसी तरह की एक टोपी नेम के सिर पर थी। नेम जैसे बच्चों के लिए जूता शौकीनी की चीज है। चाहे बर्फ पड़ी हो या तापमान हिमबिन्दु से नीचे चला गया हो, उसे पैर ढाँकने की जरूरत नहीं थी।

(5)

दूसरा सीजन भी समाप्त हो रहा था और बहुत से सैलानी मधुपुरी छोड़कर चले गए थे। अक्तूबर का अन्त होने वाला था। सर्दी अभी मामूली ही थी। कमल के पेट में दर्द होने लगा। वैसे रोज ही शाम-सबेरे कमल से भेंट हो जाती, लेकिन तीन दिन उसे न देखकर पड़ोसी ने पूछा। मालूम हुआ वह बीमार है, और बहुत बीमार है। पेट में मीठा-मीठा दर्द और जरा-जरा बुखार आया। उसकी उसने पर्वाह नहीं की। तीसरे दिन वह कुछ समय बेहोश भी रहा। उसे डांडी पर बैठाकर अस्पताल भेजा गया। डॉक्टर ने कहा निमोनिया है और बहुत खतरनाक। बीबी को निमोनिया की बात समझ में नहीं आई, यह उसके लिए अच्छा ही था। किन्तु, बीमारी भयंकर है, इसका उसे कुछ पता जरूर था। यदि कमल को कुछ हो गया। फिर अपने पाँच बच्चों को लेकर वह किसका दरवाजा देखेगी? बड़ी मेहनत से जो झोपड़ी और उसके पास क्यारियाँ दोनों ने मिलकर तैयार की थीं, उसमें भी तो नगरपालिका रहने नहीं देगी। उसके बच्चे बाट के भिखारी हो जाएँगे। हाँ, उसकी आशंका केवल काल्पनिक नहीं थी। भावुकतावश उसकी आँखों में आँसू नहीं उमड़ आते थे। जीवन तो बदतर था, यद्यपि उस स्त्री को इसका पता नहीं था, किन्तु बच्चों का दाने-दाने के लिए बिलख-बिलखकर मरना तो और भी बदतर होगा। अस्पताल तीन मील पर था। अपने चारों बच्चों को छोड़कर वहाँ जाना बहुत मुश्किल था—अभी पाँचवाँ बच्चा पैदा नहीं हुआ था। सबसे छोटी लड़की कुछ महीने की थी, बैठ सकती थी। पति—जीवन के एकमात्र अवलम्ब कमल को देखने के लिए पत्नी को जाना जरूरी था। नेम के ऊपर तीनों बच्चो को छोड़कर वह चली जाती, लेकिन नेम भला कहाँ बैठ सकता था? वह दूसरे बच्चों के साथ खेलने चला जाता था, और कभी-कभी सारो (सरस्वती) को भी अपने साथ लिए। सबसे छोटी बच्ची चारपाई पर पड़ी रहती। गरीबों के बच्चे बहुत रोना नहीं जानते, जब रोना सुनने के लिए अवसर न हो, वो माँ-बाप उनका ध्यान भी कैसे कर सकते थे? भूख या दूसरे कारण से कुछ देर से लिया, फिर सो गए। नेम की माँ अपने बच्चों के लिए जल्दी आना चाहती थी, लेकिन 6 मील का रास्ता नापना था, और आध-पौन घंटा कमल की चारपाई के पास भी बैठना था। कभी-कभी गोधूलि के समय दूसरी लड़की अकेली कुटिया के नीचे से जानेवाले रास्ते पर बैठी मिलती। उसको देखकर सहृदय व्यक्ति के लिए हृदय थामना मुश्किल जाता। गोधूलि की बेला, आसपास कोई आदमी नहीं, कंकड़-पत्थर से भरी सड़क पर वह डेढ़ वर्ष की बच्ची एक फटे-चीथड़े के कुर्ते को पहने बैठी सर्दी खाती रहती। यह ऐसा समय था, जबकि इस अंचल में बघेरे अक्सर आ जाया करते हैं। यद्यपि मधुपुरी में अभी तक किसी बघेरे ने मानव-सन्तान पर कभी आक्रमण नहीं किया, लेकिन इस छोटी बच्ची को अकेला देखकर वह

छोड़ देगा, इसकी कम ही उम्मीद थी।

तीन दिन तक अस्पताल में भी कमल जीवन और मृत्यु के बीच में झूलता रहा। चौथे दिन अपने पति को देखकर नेम की माँ जब आई, तो उसके चेहरे के देखने ही से मालूम होता था, कि अब निराशा की घड़ी चली गई। कुछ दिनों बाद कमल अस्पताल से चला आया। बीमारी दूर हो गई, लेकिन कमजोरी अभी भी थी। डॉक्टर ने बतलाया, मांस का शोरबा पीना चाहिए। मांस का दाम ढाई रुपया सेर था। तब भी पत्नी ने किसी तरह से करके दो-चार दिन मांस का थोड़ा-थोड़ा शोरबा पिलाया। दस दिन और घर पर बैठे रहना पड़ा। अभी ताकत पूरी नहीं आई थी, लेकिन उतने समय के लिए छुट्टी नहीं मिल सकती थी। कमल फिर काम पर जाने लगा।

(6)

जीवन का संकट फिर पहले की तरह चलने लगा। अभाव तो उसका एक अभिन्न अंग था ही, तो भी कालरात्रि समाप्त हो गई थी। यह समय भी आठ महीने तक ही रहा। एक दिन सात वर्ष की सारो बीमार पड़ी, और दूसरे ही दिन देखा, कि वह अपने हाथ-पैरों को उठा नहीं सकती, उसे लकवा मार गया है। मरने का डर नहीं था, लेकिन ऐसी लड़की का ब्याह कौन करेगा? क्या उसका बोझ हमेशा कमल को ढोना पड़ेगा। कमल ने अपनी गोद में उठाकर फिर अस्पताल की यात्रा की। डॉक्टर ने बतलाया, पोलियो है, इसकी कोई दवा नहीं, ले जाओ। जब बड़ा डॉक्टर ऐसा कह दे, तो बाप-माँ क्या आशा रख सकते थे? उस लोथड़े को उठाकर फिर वह अपने घर लाया। सारो चारपाई पर पड़ी रहती। कोई खिला देता, तो खा लेती। पेशाब-पाखाने के लिए भी दूसरे का सहारा लेना पड़ता था। अस्पताल के डॉक्टर ने तो निराश कर दिया पर इधर-उधर जो कोई दवा बतलाई जाती, उसे करते। महीने भर तक जब कोई अन्तर नहीं पड़ा, तो उन्हें विश्वास हो गया, कि डॉक्टर की बात सच है। इसी समय एक तजुर्बेकार वैद्य अपने मित्र से मिलने पड़ोस में आ गए, और मित्र के कहने पर उन्होंने लड़की को देखा। पोलियो की विभीषिका से वह आक्रान्त नहीं थे। उन्होंने साफ और दृढ़ शब्दों में कह दिया—इसका लकवा थोड़े समय का है। दवा फायदा नहीं होगा। तुम एक विशेष तेल की मालिश करो। तेल बनाने का सारा नुसखा उन्होंने बतला दिया, जिस पर दस-बारह आने से देशी खर्च नहीं हुआ। माँ-बाप शाम-सवेरे उसी तेल से लड़की की मालिश करने लगे। एक महीने में वह हाथ उठाने लगी, फिर और एक महीने बाद चारपाई पकड़कर खड़ी होने लगी। तीन-चार महीने में वह फिर अपने बल पर बिना किसी के सहारे चलने और अपने हाथ से खाने लगी। पहले दिन जब वह उठकर स्वयं पास की चट्टान पर आकर बैठी, तो माँ-बाप को ही नहीं, पड़ोसियों को भी बड़ी खुशी हुई। बेचारी

लड़की का जीवन बच गया।

कमल को फिर जीवन सुखमय मालूम होने लगा। दुख और चिन्ता की कुछ कमी हो, इस को तो यह लोग सुख समझते हैं। एक ही साल के भीतर कमल स्वयं मौत के मुँह से निकला था, फिर लड़की जिन्दा लोथ बनकर उठ खड़ी हुई। जो भयंकर आफत उसके ऊपर अब तक आई थी, वह आदमी के हाथ की नहीं थी। पर, जब आदमी ने उसके ऊपर प्रहार किया। किसी को उसका यह जीवन पसन्द नहीं आया, उसने अफसर को कह दिया—'कमल को बहुत वर्ष हो गए, एक ही जगह रहते। उसकी बदली कर देनी चाहिए।' अफसर को यह बिलकुल उचित मालूम हुआ, और उसने मधुपुरी नहीं, बल्कि इसी बिजली-व्यवस्था के अधीन पास के शहर में उसकी बदली कर दी। जिस दिन यह खबर आफिस में कमल ने सुनी, उस वक्त उसके हृदय को भारी धक्का लगा। उस कुटिया में उसके ही नहीं, बल्कि उसके घर के बारह और पैर जम गए थे—चार-पाँच महीने पहले कमल को पाँचवीं सन्तान बेटा हो चुका था। वहाँ से पैर उखड़ने पर उसकी क्या हालत होगी? नीचे के शहर में अवश्य ही उसे साग-सब्जी उगाने की जमीन नहीं मिलेगी, न वहाँ वह बकरी-गाय रख सकेगा। 59 रुपये महीने पर सात प्राणियों का खर्च कैसे चलेगा? ईंधन भी वहाँ उसे बहुत महँगे खरीदकर जलाना पड़ेगा। इन्द्र के वैभव पर ईर्ष्या हो, तो कोई बात नहीं, लेकिन कमल के पास ऐसा कौन सा वैभव था, जिसे मनुष्य देखने के लिए तैयार नहीं हुआ। वह क्या करे क्या न करे, यह उसकी समझ से बाहर की बात थी। आफिस में गिड़गिड़ाने का कोई फल नहीं हुआ। अपने पड़ोसी बाबू को उसने अपनी गाथा सुनाई। उन्हें यह निरी क्रूरता नहीं, पशुता मालूम हुई। सात-सात प्राणियों के साथ यह घोर अन्याय था। कमल भाग्यवादी था, तो भी वह कहता था—नीचे के शहर में गर्मी बहुत है, मेरे बच्चे मधुपुरी के सर्द स्थान में ही बराबर रहे। उन्हें लू लग जाएगी। गरीब अपने बच्चों के साथ कितना प्रेम करते हैं? वह अपने जीवन से भी उनके जीवन को अधिक प्रिय समझते हैं। बाबू का थोड़ा-बहुत परिचय मधुपुरी के नगरपालिका के अधिकारियों के साथ था। उन्होंने चिट्ठी लिखकर कमल के हाथ में दे दी। कमल आफिस के अपने सबसे बड़े अफसर के पास चिट्ठी को बड़ी आशा से ले गया। पड़ोसी ने कमल के परिवार की दयनीय दशा को भी संक्षेप में लिख दिया था। लेकिन, उसका कोई फल नहीं हुआ।

कमल को तुरन्त दूसरे शहर में अपनी ड्यूटी पर जाने का हुकुम हुआ। उसका परिवार इस क्वार्टर में एक महीने और इसीलिए रह सका, कि नगरपालिका को इसकी कोई आवश्यकता नहीं थी। अपनी 40 रुपये की बकरी को उसने 20 रुपये में बेचा। वह गाभिन थी, और परिवार की पुरानी कुटिया को छोड़ने से पहले ही जाकर तीन बच्चे जनी। गाय का तिहाई दाम भी नहीं मिला। इतने वर्षों से रहते घर के छोटे-मोटे बहुत से सामान उसने जमा कर लिए थे, ईंधन की लकड़ी थी, घास

चारा था। लकड़ी को बेचकर उसे 12 रुपये मिले, लेकिन दूसरी बहुत-सी चीजें उसके लिए बहुत मूल्य की, लेकिन दूसरों के लिए कौड़ी के मूल्य की भी नहीं थीं। चार इतवारी को कमल परिवार में आता रहा, इसी समय वह अपने घोंसले को अपने हाथों उजाड़ रहा था। फिर एक दिन सातों प्राणी अपनी कुटिया की ओर निराशापूर्ण आँखों से देखते चले गए। आज भी वह कुटिया खड़ी है, उसे देखकर कमल की सारी कहानी आँखों के सामने घूम जाती है, हृदय किसी अज्ञात बोझ से दबने लगता है।

डोरा

(1)

"लड़की भी बीमार है। खाने को भी कुछ नहीं। तुम भी अम्माजी डाँट रही हो!" —रोते हुए एक समय से पहिले अधेड़ हुई स्त्री ने बड़े करुण स्वर में कहा, जिससे मालूम होता था, कि वह दुख के समुद्र में नाक तक डूबी हुई है।

"उस दिन तेल लाए थे, अभी सारा खतम हो गया?" इसी बीच दूसरे सम्बन्धी ने कहा।

"माफ करो।"—गीली आँखों को एक ओर फेर कर उसने दूसरे पुरुष को जवाब दिया। इसी समय कंकालमात्र अवशिष्ट उसकी तीसरी लड़की को एक बन्धु अस्पताल से उठाए ला रहे थे।

28-29 वर्ष की बात है। वर्षों में शायद वैसा अन्तर न मालूम होता, किन्तु दाल-रोटी की चिन्ता और दूसरी बातों में तब से एक महायुग बीत गया है। गोपालू मधुपुरी का एक बड़ा होशियार खानसामा और रसोइया था। शुद्ध अंग्रेजों के क्लब में इसी कारण उसे 50 रुपया महीना मिलता था—हाँ, 50 रुपया, अर्थात आज का सवा सौ रुपया, और ऊपर से हरेक ग्राहक और मेहमान कुछ टिप (बखशीश) भी दिया करता था। गोश्त देनेवाला गोपालू की यदि कुछ पेट-पूजा न करे, तो वह उसके मांस को निकम्मा कहकर दूसरे को लगवा सकता था—रोज दो बकरे का ख़र्च था। सागवाले को भी क्लब के बड़े खानसामा की खुशामद बातों से करके छुट्टी नहीं मिल सकती थी। फिर शराब, चटनी, टिन के मांस और दूसरी जितनी चीजें क्लब की भोजनशाला में जातीं, उन्हें निकालनेवाला गोपालू ही था। गोपालू न चोर था, न झूठा। पहाड़ी आदमी उस समय आज से भी ज्यादा ईमानदार होते थे। लेकिन, खानसामा की हर जगह दस्तूरी बनी होती है, जिसके लेने में वह कोई दोष नहीं समझता। क्लब के मनेजर एंग्लो-इंडियन साहब को भी इसमें कोई एतराज नहीं था। उनकी शिक्षा-दीक्षा के अनुसार तनखाह से अधिक की आमदनी अवैध हो सकती थी, लेकिन वह भी तो दस्तूरी में शामिल थे। और फिर यह एक आल्प्स-

क्लब की बात नहीं थी, सारी मधुपुरी में यह चला आता था।

गोपालू बँगले के पर-जैसी धुली पोशाक में रहा करता। छोटे-बड़े दोनों सीजनों के समय मधुपुरी उतनी ठंडी नहीं रहती, वर्षा में यदि कभी भारी वर्षा के साथ-साथ तेज हवा भी चलती रही, तो माघ-पूस जरूर याद आने लगता था, और उसके लिए गोपालू के पास जाड़ों की गरम पोशाक थी ही। दूसरे होटलों, क्लबों और दूकानों की तरह आल्प्स-क्लब का कारोबार मई से अक्तूबर तक कमबेसी चलता रहता। उसके बाद सैलानियों के साथ-साथ नौकर-चाकर भी विदा हो जाते, दूकानें भी अधिकांश तालों में कपड़े लपेट मोहरबन्द हो जाती। लेकिन आल्प्स-क्लब जैसे स्थानों में सामान और घर की देखभाल के लिए एक चौकीदार के अतिरिक्त गोपालू जैसे को बारहों महीने रहना पड़ता। जरूरत पड़ती, तो वह मजदूरों को रखकर कुछ छोटा-मोटा मरम्मत का काम भी करवा लेता। वैसे जाड़ों में ही मधुपुरी के मकान में कोई नया काम किया जाता है। मकान प्रायः सभी किराये के हैं, और मरम्मत कराना मकान-मालिक का काम है। यदि फर्नीचर, पर्दे, पार्टीशन के सम्बन्ध में कोई नया काम करना होता, तो उसके लिए मनेजर अप्रैल ही में यहाँ पहुँच जाता। छह महीने के लिए सूने आल्प्स क्लब का मनेजर गोपालू था। इस समय उसे अपनी बँधी तनखाह पर गुजारा करना पड़ता। उस समय अंग्रेजों की तपी थी, मधुपुरी सोलहों आने उनकी नगरी थी। क्लब में आनेवाले मेहमान अगर तीन-चार महीना पहले अपनी जगह रिजर्व न करा लें, तो उनके लिए कमरा मिलना मुश्किल था। आधे मेहमान तो, बल्कि पहले ही साल एडवान्स दे जाते थे।

गोपालू पहाड़ी राजपूत था। काला अक्षर भैंस बराबर ही कहना चाहिए, क्योंकि यह वह बड़ी मुश्किल से हिन्दी में अपना हस्ताक्षर कर सकता था। उसके गोरे सुन्दर चेहरे और छरहरे बदन पर बेदाग नई-सी पोशाक देखकर कोई कह नहीं सकता था, कि वह शिक्षित नहीं है। लड़कपन से ही वह इसी क्लब में आकर नौकरी करता। उसे प्रथम महायुद्ध के दिन भी याद थे, जिसके समाप्त होते-होते उसको देख भिनने लगी थी। बचपन ही में मधुपुरी के उच्च समाज के सम्पर्क में रहने के कारण वह उसका एक अंग हो गया था। हर समाज के नौकर भी उसी के अनुरूप होते हैं। यहाँ रहते-रहते उसकी घनिष्ठता इसी होटल के बड़े खानसामा परिवार से हो गई, जिसके घर में एक तरुणी लड़की थी। गोपालू हिन्दू और वह खानसामा ईसाई था। था वह भी पहाड़ी ही। अन्त में अपने-बड़े खानसामा की लड़की से ब्याह करने के लिए वह भी ईसाई हो गया। नाम गोपालू का गोपालू रहा। सास-ससुर की एक ही लड़की थी। ससुर का यही ध्यान था, कि गोपालू एक दिन मेरी जगह ले। उसने साहेबों की खाने की एक-एक चीज को सिखलाकर उसे निपुण कर दिया। दो-तीन वर्ष बाद वह अपने ससुर का सहायक खानसामा बन गया। तीन-चार वर्ष बाद ससुर चल बसा, सास कितने ही वर्षों तक और जिन्दा रही। अब गोपालू आल्प्स-क्लब

का बड़ा खानसामा था। उसके एक लड़की हुई और भी बच्चे हुए, लेकिन वह मर-मर गए। पहली लड़की होने के कारण उसपर माँ-बाप का असाधारण प्यार था। गोपालू उसे अपनी बीबी के साथ गिरजे में ले गया। शायद पादरी साहब की मेम का नाम डोरोथी था, उन्होंने वही नाम इस लड़की को भी दे दिया। पर, हिन्दुस्तानी मुँह में पड़कर उसका कोई अर्थ नहीं मालूम होता था। प्यार से कभी पादरी की मेम ने डोरा कह दिया, और अब उसका वही नाम पड़ गया, लोग डोरा-सूत के अर्थ को समझते ही थे।

(2)

डोरा घर की इकलौती सन्तान थी। माँ-बाप और नानी भी उसको फूल की तरह आँखों पर रखना चाहते। वह फूल जैसी थी भी। माँ और बाप दोनों ओर शुद्ध खस-रक्त होने के कारण वह बिलकुल गोरी, नाक नुकीली, सिर लम्बा, और चेहरा सुन्दर कहलाने के अनुरूप था। क्लब के बड़े खानसामा के घर में इस वक्त लक्ष्मी का वास था। सीजन में खा-पीकर हजार रुपये से अधिक ही बच जाते, और जाड़ों में भी पूरी तनखाह मिलती। डोरा को बड़े सुख से उन्होंने पाला। जब वह पाँच-छह वर्ष की हुई, तो उसे पढ़ाने के लिए नये पादरी साहब की ओर से आग्रह हुआ और गोपालू ने उसे पादरियों के एक स्कूल में बैठा दिया। इसी मधुपुरी में तीन वर्ष से लेकर सयाने तक के अंग्रेज लड़के-लड़कियों के लिए कितने ही कान्वेन्ट और स्कूल थे, जहाँ सारे हिन्दुस्तान के बच्चे रहकर पढ़ते थे। गोरे साहेब ही नहीं, काले साहेबों को भी भारी खर्च देने पर अब कुछ संख्या में अपने लड़कों को भेजने की इजाजत दे दी गई थी, इसलिए उनके लड़के भी इन कान्वेन्ट (साधुनी शिशुशालाओं) और स्कूलों में पढ़ते थे, और उनमें से अधिकांश ईसाई नहीं थे। पर ईसाई होने से गोपालू परिवार भद्र-वर्ग में तो सम्मिलित नहीं हो सका था। वह खानसामा था और उसकी आमदनी खानसामों जितनी ही थी, साथ ही उसका सपना भी खानसामों से बढ़कर नहीं हो सकता था। सम्भव है, डोरा की जगह यदि कोई लड़का होता, तो उसके पढ़ाने के लिए गोपालू ज्यादा ध्यान देता। जो भी हो, उसने अपनी लड़की को ईसाइयों के एक छोटे से स्कूल में पढ़ने के लिए भेज दिया। लेकिन, न घर में पढ़ने-लिखने का वातावरण था, और न डोरा उतना दबाव मानने के लिए तैयार थी। माँ और नानी आधे दिल से ही उसको स्कूल भेज रही थीं। डोरा पहले साल तो बराबर जाती रही, इसके बाद दो दिन स्कूल जाती, तो तीन दिन मुहल्ले की लड़कियों के साथ खेलने में लग जाती। दस वर्ष की होते-होते मालूम हो गया, कि उसे पढ़ने की न इच्छा है न आवश्यकता। माँ-बाप और बुढ़िया नानी हर इतवार को गिरजे में जाते। मधुपुरी में ईसाइयों के भगवान के घर में भी रंग-भेद था—कितनी ही सड़कें एक तरह से

हिन्दुस्तानियों के लिए बन्द थीं, यदि कोई काला साहब भी उधर से गुजरता, तो उसे ठोकर खाने और गाली सुनने की नौबत आती। सड़कों, होटलों और क्लबों में रंग-भेद चलता था—आल्प्स क्लब का मेम्बर कोई हिन्दुस्तानी नहीं बन सकता था, न उसे वहाँ ठहरने के लिए जगह मिल सकती थी। यहाँ के हिन्दुस्तानी ईसाई यही बैरा और खानसामा थे। उनके अतिरिक्त थोड़े से एंग्लो-इंडियन थे, जिनका रंग अगर गोरों के समीप रहा, तो वह गिरजे की पूजा में उनके साथ शामिल हो सकते थे। रंग के अतिरिक्त भाषा की भी कठिनाई थी। अंग्रेजों के भगवान अंग्रेजी भाषा में ही गीत और प्रार्थना समझ सकते थे, और कालों के भगवान कालों की भाषा में। इसलिए भी डोरा के पिता गोपालू जैसे ईसाई हिन्दी में पूजा प्रार्थना होनेवाले गिरजे में ही जाते थे। ऐसे गिरजे एक ही दो थे। जिसमें बहुत भक्ति हो, मधुपुरी के ओर-छोर से हर इतवार को इस गिरजे में पहुँच सकते थे। लेकिन, गोपालू का क्लब उससे दूर नहीं था, और कहा जा सकता है, कि उस परिवार में भक्ति भी अधिक थी, इस प्रकार वह हर इतवार को वहाँ हाजिर हुआ करता था।

डोरा स्कूल में जाने में चाहे भले ही जान चुराती हो, लेकिन गिरजे में जाने के लिए इतवार को वह बड़े तड़के ही उठ जाती। उस दिन के लिए उसकी खास पोशाक होती, बाल सँवार करके उसमें लाल फीते बाँध दिये जाते, मुँह-हाथ पर पौडर लगा दिया जाता, पैरों में नया बूट होता, जो केवल इतवार को ही इस्तेमाल किया जाता। उसकी माँ-नानी में बहुत आधुनिकता नहीं थी, और न उन्हें क्लब में होनेवाली मेहमान महिलाओं के बनाव-शृंगार को नजदीक से देखने का मौका मिलता। मेमों को अपने बच्चों के लिए आया की जरूरत होती थी, लेकिन एक तो वह ऐसी आया रखना चाहतीं, जोकि उनके बच्चों से अंग्रेजी में बोले, जिसमें उनके सुकुमार-मति बच्चे काले आदमियों की बोली और उनके रीत-भात को सीख न जाएँ। आया अधिकांश काली ही होतीं, एंग्लो-इंडियन आया को तनखाह ज्यादा देना पड़ता, इसलिए उनको रखने की हिम्मत बड़े-बड़े साहब ही कर सकते थे। गोपालू को अपनी स्त्री को आया बनाने की इच्छा भी नहीं हुई। आसपास की और लड़कियों को जिस तरह बनाया-सँवारा जाता, डोरा को भी उसी तरह के गुलाबी फ्राक और दूसरी चीजों से सजाकर वह गिरजा ले जाते। अपने पहाड़ी पूर्वजों से वरासत के तौर पर डोरा ने मधुर कंठ पाया था। गिरजे में उसे भजन गाने का अवसर मिलता। ईसाई-धर्म में दीक्षा देनेवाले सभी बड़े-बड़े पादरी गोरे थे, उन्हें काले लोगों का संगीत प्रिय भी नहीं था। प्रिय तो नाम भी नहीं था, यह तत्कालीन पादरी की उदार हृदयता थी, जोकि गोपालू का नाम डेविड या जेम्स में नहीं बदला गया, और वह गोपालसिंह ही बना रहा। गिरजे में गीत तो था "ईसुमसी मेरे प्राण बचैया" लेकिन, उसे गाए जाते सुनकर साधारण हिन्दुस्तानी के लिए यह समझना मुश्किल था, कि गीत हमारी भाषा का है। पादरी साहब की मेम भी आग पढ़ाने के लिए शामिल होतीं

और जो उनसे नहीं बन पाता, उसे गिरजे का पियानो ठीक कर देता, इस प्रकार "ईसुमसी मेरे प्राण बचैया" की तान बिलकुल अंग्रेजी गान जैसी हो जाती। डोरा अपने मधुर कंठ से यूरोपीय तान में उसे बड़े मन से गाती। गिरजा जानेवाले सभी उसके गाने की तारीफ करते। उसे इससे क्या मतलब कि हिन्दुस्तानी भाषा के गाने की वहाँ रेड मारी जा रही है, या हिन्दुस्तानी संगीत का अपमान किया जा रहा है।

(3)

डोरा 15 वर्ष पूरा करके अब 16वें वर्ष में कदम रख रही थी। वह अपने रंग-रूप दोनों में सुन्दरी थी, फिर इस आयु के लिए तो सुजानों ने कहा है "प्राप्ते तु षोडशे वर्षे गर्द भी ह्यप्सरायते।"

द्वितीय महायुद्ध छिड़े तीसरा वर्ष हो रहा था। युद्ध ने दिल खोलकर मधुपुरी को निहाल कर दिया। साधारण तौर से आनेवाले अंग्रेज तो आते ही थे, अब युद्ध के सैनिक भी बड़ी संख्या में यहाँ रहते थे, और कितने ही तो बारहों महीने के मेहमान थे। मधुपुरी के भाग्य के साथ आल्प्स-क्लब का भाग्य बँधा था और उसके साथ गोपालू को खूब आमदनी थी। गोपालू का परिवार बड़े आराम की जिन्दगी बिता रहा था। बारह वर्ष पार करते ही गोपालू ने अपनी लड़की का स्कूल जाना बन्द कर दिया था। 4-5 वर्ष में मुश्किल से वह तीसरे दर्जे तक पहुँच पाई थी। उसकी पढ़ने की कोई इच्छा नहीं थी। नानी बेचारी चार वर्ष पहले ही मर चुकी थी। माँ-बाप समझते थे, कि सभी दिन इसी तरह आराम और निश्चिन्तता के होंगे, इसलिए हमारी डोरा को अधिक पढ़ने की क्या आवश्यकता?

गोपालू ईसाई हो गया था, लेकिन उसके सारे संस्कार वही पुराने थे। यदि कोई उसे छोटी जात का कह देता, तो वह लड़ने के लिए तैयार हो जाता। वह अपनी जात-पाँत को अपने साथ ले आया था। लड़ाई के समय जब शिक्षित यूरोपियन ही नहीं, बल्कि फौजी गोरे बड़ी संख्या में मधुपुरी की सड़कों पर घूमने लगे, तो उसे बड़ा खतरा मालूम होने लगा, और वह डोरा को अकेली घर से बाहर नहीं होने देता। यह ऐसा समय था, जबकि कितने ही एंग्लो-इंडियन माता-पिता अपनी श्वेतांग लड़कियों को दामाद ढूँढ़ने के लिए आग्रह के साथ भेजते थे। यदि किसी अमेरिकन या अंग्रेज सैनिक से ब्याह हो गया, तो हमारी लड़की धन और जाति दोनों में बड़ी बिरादरी की हो जाएगी—उनके दिल में यह खयाल घुसा था। पर गोपालू को डोरा के लिए बराबर चिन्ता बनी रहती थी। डोरा उन एंग्लो-इंडियन लड़कियों से बहुत अधिक सुन्दरी थी। चिन्ता के मारे गोपालू इतना परेशान था, कि उसे लड़की के ब्याह की जल्दी पड़ी हुई थी।

जल्दी का काम शैतान का है—यह कहावत ठीक ही है। जल्दी-जल्दी में डोरा

के योग्य दामाद मिलना मुश्किल था। जो ईसाई तरुण कुछ पढ़-लिख मैट्रिक पास हो गए थे, वह रूप होने पर भी अनपढ़ खानसामा की अनपढ़-सी पुत्री को ब्याहने के लिए तैयार नहीं थे। उस साल अपने हित-मित्रों के साथ गोपालू ने मधुपुरी के अपने वर्ग के सभी ईसाई तरुणों की खोज की। अन्त में उसे एक बड़े होटल में गोआनी तरुण मिला। यदि वह अच्छी तरह से पूछताछ करता, तो होनेवाले दामाद को समझ सकता था; पर उसे तो जल्दी पड़ी थी, अगर इतनी मीन-मेख निकालता, तो डोरा को अब भी कुँवारी रखकर खतरे को मोल लेना पड़ता। उसके अपने क्लब के जमादार की लड़की के साथ एक ऐसी दुर्घटना हाल ही में हुई थी, जिसके कारण वह और भी आशंकित हो गया था। गोआनी तरुण ने लड़की को देखा, तो वह उसपर मुग्ध हो गया। लेकिन, ब्याह करने के समय फिर कठिनाई उपस्थित हो गई। गोआनी रोमन कैथलिक था, और डोरा के माँ-बाप प्रोटेस्टेन्ट। रोमन कैथलिक लड़का-लड़की कैथलिक भिन्न से तभी शादी कर सकते हैं, जबकि वह कैथलिक बन उसी सम्प्रदाय के अनुसार शादी करें। शायद लड़का इसके लिए जिद्द नहीं करता, लेकिन उसके चचा का इसके लिए बहुत आग्रह था। गोपालू के लिए कोई बात नहीं थी। राजपूत से ईसाई बनने में एक बार उसको भारी हिचकिचाहट जरूर हुई थी, क्योंकि तब उसे अपने परिवार और नातेदारों से हमेशा के लिए सम्बन्ध तोड़ना पड़ रहा था, और वह दो रस्सियों के बीच कितने ही महीनों तक झूलता भी रहा। पर, जब वह उन सबसे नाता-गोता तोड़कर ईसाई बन चुका, अपने जान पतित हो चुका, तो प्रोटेस्टेन्ट हो या रोमन कैथलिक, इसमें उसे क्यों भेद मालूम होता?

डोरा का ब्याह रोमन कैथलिक चर्च में हुआ, जहाँ सबेरे के वक्त गोरे भक्त-भक्तिनों की पूजा-प्रार्थना चलती और शाम को काले लोगों की। उस दिन गोपालू ने लड़की के ब्याह में अपने सारे अरमान निकालने चाहे। उसकी अपनी श्रेणी के लोग जितनी कीमती-से-कीमती पोशाक दुलहिन के लिए बनवा सकते हैं, उसने वैसी बनवाई। विशेष शृंगार करने के लिए एक शिक्षिता भारतीय ईसाई महिला मिल गईं। गोपालू के ससुर के समय पादरी लोग अपने भारतीय शिष्य-शिष्याओं के नाम ही में नहीं, बल्कि पोशाक में भी औरों ने भेद रखना चाहते थे—स्त्रियाँ मेमों की नकल करती साया पहनतीं। लेकिन, डोरा के समय अब उस तरह का आग्रह नहीं था, और ईसाई महिलाएँ अपने देश की दूसरी स्त्रियों की तरह साड़ी पहना करती थीं। डोरा को भी रेशम की मूल्यवान् सफेद साड़ी पहनाई गई, पैरों में सफेद बूट और सिर के बालों को ढाँकने के लिए सफेद लम्बी जाली थी, हाथ में बड़े-बड़े गुलाबों का गुलदस्ता जाड़ा हो जाने के कारण नीचे के शहर से मँगाना पड़ा था। विवाह के उपलक्ष में मधुपुरी के सारे हित-मित्र गिरजे में जमा हुए। डोरा के सुन्दरी होने को पहले से भी सभी स्वीकार करते थे, लेकिन आज तो वह मानवी नहीं, कोई अप्सरा मालूम होती थी। सफेद पोशाक काले रंग को और काला और गोरे

को और गोरा बनाती है। डोरा गोरी थी, बिना रूज के भी इस समय उसके गाल आरक्त थे। चर्च में उपस्थित लोगों में वह तरुण भी था, जिसने उसकी पढ़ाई की कमी के कारण ब्याह करने से इनकार कर दिया था। सचमुच ही वह आज हाथ मलकर पछता रहा था। गोआनी काला नहीं था, लेकिन उसे सुन्दर तरुण नहीं कहा जा सकता था। अप्सरा को गदहे के गले बाँध दिया गया—यही सबकी राय थी। पर, गोआनी तरुण यदि हिन्दू होता, तो कहता मेरे पूर्व जन्म का फल है, जो मुझे ऐसा गुलाब मिला। ईसाई पूर्व जन्म को नहीं मानते, वह मुसलमानों और यहूदियों की तरह हरेक भले-बुरे भोग को भगवान की महिमा बतलाते हैं। ब्याह के बाद गोपालू ने अपने यहाँ एक दावत दी। भोजन के जितने प्रकार वह अपने आकाओं के लिए तैयार करता था, उन सबको उसने अपने हित-मित्रों के लिए तैयार किया। शरद का सीजन खतम हो रहा था, पर क्लब तो जाड़ों में भी खाली होनेवाला नहीं था। उसमें कितने ही सैनिक अफसर स्वास्थ्य लाभ के लिए ठहरे थे। इस प्रकार गोपाल को खर्च का डर नहीं था। अच्छी-अच्छी शराब मेहमानों को पिलाई गई। क्लब के मनेजर एंग्लो-इंडियन साहेब चाहे अंग्रेजों के सामने अछूत ही समझे जाते हों, लेकिन वह काले ईसाई और सो भी खानसामा मेहमानों साथ नहीं बैठ सकते थे। उनको और उनकी मेम के लिए गोपालू ने अलग खानपान का प्रबन्ध किया था। कुछ मनचली ईसाई तरुणियों ने जशन को और अच्छी तरह मनाने के लिए गाना भी आवश्यक समझा, लेकिन नाचना अभी उनके समाज में स्वीकृत नहीं था। गाने में भी यदि सिनेमा का प्रचार न हो गया होता, तो शायद उसे "ईसुमसी मेरे प्राण-बचैया" के ट्यून में ही गाना पड़ता।

दामाद का चचा जिस होटल में रहता था, वह जाड़ों के लिए आंशिक तौर से बन्द हो गया, और कितने ही नौकरों को छुट्टी मिल गई, जिनमें चचा भी था। उसने भतीजे और उसकी बहू को साथ चलने के लिए कहा, लेकिन गोपालू अपनी इकलौती बेटी को छोड़ने के लिए तैयार नहीं था। अन्त में उसने दामाद को भी अपने ही घर बुला लिया। शायद वह सोचता था, जैसे मैंने अपने ससुर का स्थान सँभाला, वैसे ही दामाद भी मेरी जगह लेगा। दूर रहता, तो शायद अभी और कितने ही दिनों तक गुन ढँके रहते, लेकिन अब जब बराबर साथ रहना था, तो किसी बात को कैसे छिपाया जा सकता? वह एक नम्बर का शराबी था। जो थोड़ी-सी शराब गोपालू उसे देता, वह उसके लिए पर्याप्त नहीं थी। वह कहता मैं तो बोतल की बोतल बरांडी, व्हिस्की और शम्पेन पीता हूँ। यह बिलकुल झूठी बात थी। इतनी महँगी शराब उसे नहीं मुयस्सर हो सकती थी और न उनसे उसकी तृप्ति होती थी। उसे तो सिर चकरा देनेवाला देशी ठर्रा चाहिए था। बीवी को डरा-धमकाकर कुछ पैसे ले वह अपने उसी होटलवाले छोर पर चला जाता, जहाँ पास ही में गाँववाले अपने घरों में कड़ी शराब चुबाया करते। शराब में बुत अँधेरा होते वहाँ से चलता।

रास्ते में बिना एक दो जगह गिरे-पड़े वह घर नहीं पहुँचता था। घर पहुँचते ही फिर तूफान मचता, बीबी को अकारण पीटता और गाली देता, सास और ससुर के भी नाक में दम कर देता। यह महीने में एकाध दिन की बात नहीं थी, हफ्ते में कितनी ही बार वह ऐसा करता। सबसे ज्यादा दुख गोपालू को था। अपनी लड़की के लिए उसने गले की फाँसी मँगा ली थी। लड़की ने दो हफ्ते भी अपने सोहाग को सूखपूर्वक नहीं भोगा, और यह नरक की आग उसके लिए तैयार हो गई। गोपालू का क्वार्टर क्लब के कमरों से बहुत दूर नहीं था। शराब पीकर गोआनी जिस तरह चिलाता, उससे डर था कि क्लब के मेहमानों की कहीं नींद न उचट जाए। आते ही उसे घर के भीतर कर दरवाजों को पूरी तौर से बन्द कर लेता, जिसमें आवाज बाहर न जाए। गुस्से का जवाब गुस्से में देना अनर्थकारी होगा, यह खयाल कर गोपाल उसे बहुत पुचकारकर मीठे से समझाना-बुझाना चाहता। जिसका फल यह होता कि अगले दिन के लिए दामाद को कुछ पैसे मिल जाते।

गोपालू के लिए यह भारी अभिशाप था। एकाध रात दामाद रास्ते में ही कहीं पड़ा रहता। यदि आने-जानेवाला कोई परिचित होता, या दया दिखलाता, तो वह उसे कुछ दूर तक पहुँचा देता, नहीं तो वह वहीं सड़क की मोरी में तब तक पड़ा रहता, जब तक कि नशा कुछ कम न हो जाता, फिर बड़ी रात को ससुर के घर पहुँचता। गोपालू यही मनाने लगा, वह वहीं खतम हो जाता, या रास्ते के जंगल में बघेरा उठा ले जाता, तो ही अच्छा। लेकिन मधुपुरी के बघेरे बड़े होशियार हैं। वह आदमी के साथ वैर ठानने के भयानक परिणाम को जानते हैं। ससुर का परिवार जितना ही दबता जाता, उतना ही दामाद शेर होता जा रहा था। गोपालू सोचता—यदि मेरा क्वार्टर यहाँ से कहीं दूर होता, तो बच्चा को सिखला देता।

मार्च महीना आया। जाड़ा पीछे छूटता जा रहा था। वैसे मधुपुरी के लिए मौसिम के बारे में बहुत पक्का नहीं कहा जा सकता। यदि वर्षा और हवा दो-तीन दिन लगातार रही, तो हिमवृष्टि हो सकती है। जाड़ों के बाद जब वसन्त आने लगता, तो मधुपुरी के स्थायी निवासी मैदान के लोगों की अपेक्षा अधिक आनन्द मनाते हैं। लेकिन गोपालू के घर तो आनन्द और खुशी उसी दिन विदा हो गई, जिस दिन दामाद घर आया।

(4)

1947 का अगस्त आया। अंग्रेज सदा के लिए भारत से विदा हुए, मधुपुरी विधवा हो गई। मानो वैधव्य को प्रमाणित करने ही के लिए उस साल के अगस्त में यहाँ पर भी उथल-पुथल हुई। विभाजन के पहले ही से लाहौर और पश्चिमी पंजाब के दूसरे शहरों के आदमी यहाँ भरे हुए थे। रोज रेडियो से कान लगाए सुनना चाहते थे,

कि लाहौर किधर गया। लाहौर पाकिस्तान में जाएगा, इसमें क्या कोई सन्देह था? उसके आसपास के गाँव मुसलमानों के थे। शहर में अगर हिन्दुओं का बहुमत होता, तो वहाँ हिन्दुस्तान का एक द्वीप अंग्रेज थोड़े ही स्थापित करनेवाले थे। हिन्दुओं ने नाकों दम करके उन्हें भारत छोड़ने के लिए मजबूर किया। मुसलमानों ने भारत की स्वतंत्रता के लिए संघर्ष नहीं किया, यह बात नहीं, लेकिन अंग्रेज सारी कसर हिन्दुओं पर निकालना चाहते थे, इसलिए रायबहादुरों और सरदारबहादुरों को अपनी अंग्रेज भक्ति पर इतनी आशा रखना दुराशा मात्र था, कि उनके पुराने आका लाहौर को पाकिस्तान को न देंगे। लाहौर के हाथ से चले जाने के साथ ही पंजाब में हिन्दुओं के खून की नदियाँ बहने की अतिरंजित खबरें आने लगीं, जिसे सुनकर मधुपुरी में बैठे पंजाबियों का खून भी खौलने लगा, और दस-बीस निरपराध मुसलमानों को उन्होंने मारकर दिल ठंडा करना चाहा।

अंग्रेज मधुपुरी के सर्वस्व को छीनकर गए। गोपालू अब भी आल्प्स-क्लब में था, लेकिन जब क्लब में मेहमानों का ठिकाना न हो, तो उसका सुखी जीवन कैसे बर्करार रह सकता था। भगवान ने उसकी प्रार्थना स्वीकार कर ली, और गोआनी साल भर पहले मधुपुरी छोड़कर भाग गया। नाक में दम आने पर गोपालू ने एक दो बार उसकी अच्छी तरह मरम्मत कर दी थी। उसके जाने से गोपालू को बहुत प्रसन्नता हुई, वही बात उसकी बीबी और डोरा की भी थी। लेकिन वह डोरा को दो लड़कियों की माँ बना कर गया। गोपालू का हाथ तंग था। 50 रुपये अब भी उसे मिलते थे, लेकिन अब उनका दाम 15 रुपये भी नहीं था। ऊपर की आमदनी अब नाममात्र रह गई थी। आगे क्या होगा, इसका भी कोई पता नहीं था।

चिन्ता भी रोग का कारण होती है। गोपालू जैसे अच्छे दिनों को देख चुका था, उनके लौटने की अब आशा नहीं थी, और गृहस्थी की कठिनाइयाँ उसे परेशान कर रही थीं। इस स्थिति में यदि उसका शरीर घुलकर आधा रह जाए, तो आश्चर्य क्या! सीजन शुरू हुआ। मधुपुरी लोगों से भरी हुई थी, लेकिन वह थे अधिकतर पंजाब से आए शरणार्थी। एक-एक कोठरी में दस-दस आदमी ठूँस कर भरे हुए थे, पर बँगले और होटल बहुधा खाली पड़े थे। अंग्रेज लड़ाई खतम होने के बाद ही कम होने लगे थे, और अब इस साल के जाड़ों की खून-खराबी को सुनकर उन्हें मधुपुरी में सैर करने की इच्छा नहीं हो सकती थी। नवाब लोग अपने घरों में बैठे खैर मना रहे थे, उनमें से कितने ही पाकिस्तान जा चुके थे। अनिश्चित अवस्था के कारण राजा और बड़े-बड़े जमींदार भी उस साल नहीं आए। आल्प्स क्लब में लड़ाई समाप्त होने के बाद ही काले आदमियों के लिए छूट हो गई, और अब तो उसके स्वामी भी वही थे। लेकिन, उसके आधे भी कमरे इस साल नहीं लगे। गोपालू पहले सीजन में ही बीमार पड़ा। बहुत मुश्किल से उसने अपने को सँभालकर मई-जून को बिताया, बरसात आते ही चारपाई पर पड़ा तो फिर नहीं उठा। दुखों की दुनिया

सदा के लिए उससे दूर हो गई।

पर, डोरा को अपनी दो लड़कियों और माँ को लेकर इस दुनिया से भागने का कहीं ठौर नहीं था। खानसामा के मर जाने पर उसके परिवार को औट-हौस में कैसे रहने दिया जाता? डोरा को वह घर छोड़ना पड़ा, जिसमें उसने पहले-पहल आँख खोली थी, और जहाँ उसने शैशव को बड़े आनन्द से बिताया था।

डोरा की माँ भी साल भर बाद दुख से मुक्त हो गई। डोरा को किसी परिचित ने अपने पास की कोठरी दे दी। मधुपुरी के औट-हौस अधिकतर खाली ही रहते हैं, इसलिए मुफ्त में कोठरी मिलना मुश्किल नहीं था। लेकिन, डोरा को अपनी जिन्दगी की नैया अपनी दोनों लड़कियों को लिए खेना आसान नहीं था। स्त्री के लिए ब्याह कोई शौक की चीज नहीं है, खासकर डोरा जैसी के लिए। वह अभी 21-22 वर्ष की थी। बाप के मरने के बाद जिस कठिनाई से उसे गुजरना पड़ा, उसके कारण वह समय से पहले बूढ़ी हो जाए, इसमें सन्देह नहीं, लेकिन अभी उसमें शक्ति और कान्ति कुछ बच रही थी। यदि बाप को गुलाब-सी डोरा के लिए प्रयत्न करने पर भी गदहा दामाद मिला था, तो अब मारी-मारी फिरनेवाली डोरा किसी अच्छे आदमी को कैसे पा सकती थी? उसे अपनी मंडली के निकम्मे लोगों की शरण लेनी पड़ी। साहेब लोगों का वरदहस्त अब ईसाइयों के ऊपर से उठ चुका था। नौकरियों का रास्ता उनके लिए बहुत कुछ बन्द हो चुका था। मुसलमान खानसामों में से कितने ही पाकिस्तान चले गए थे, लेकिन तो भी जरूरत से अधिक खामसामा अभी मौजूद थे, जो कम लिए मारे-मारे फिरते थे। डोरा ने एक का पल्ला पकड़ा। वह उसका और उसके बच्चों का पालन-पोषण नहीं कर सका, बल्कि एक और बच्चे की वृद्धि करके साथ छोड़ गया। फिर दूसरे ने भी वही किया। पाँच बच्चों को लिए 28 वर्ष की डोरा अब किसी तीसरे का पल्ला पकड़े हुए है, जिसके चुचके हुए चेहरे को देखने से मालूम होता है, कि वह कोई कोकीन खानेवाला है। बाप और माँ के दिये एक-एक जेवर को बेचकर डोरा ने बच्चों को खिलाया। उन्हें अपनी आँखों के सामने तड़पते वह कैसे देख सकती थी? पहले जेवरों पर उसने उधार लिए, फिर चिरौरी -मिनती से जहाँ भी उधार मिल जाता, वहाँ से लाती। लोगों का बरतन मलती, झाड़ू देती, लेकिन छह-छह सात-सात पेट इतने से कैसे भरते?

डोरा ने अपने सारे कपड़ों को भी बेच खाया, लेकिन नकली रेशम की एक नीली पुरानी साड़ी और एक फटा-सा बूट अब भी उसके पास है। घर में रहते मैला-कुचैला लपेटे रहती है, लेकिन जब बाहर निकलती है, तो उसे यह पसन्द नहीं आता, कि उन्हीं कपड़ों में दूसरों के सामने जाए। अब भी यदि कहीं दो-चार आने उधार मिल जाते हैं, तो इन्हीं कपड़ों के भरोसे। इस साल बड़े उदार हृदय दम्पती

उसके पास की कोठी में आकर ठहरे। डोरा को भीख माँगने की आदत नहीं है, यद्यपि वह ऐसी स्थिति में पहुँच गई है, जबकि भीख माँगना उसके लिए अनिवार्य है। भीख माँगने की जगह वह उधार माँगती है। उदारहृदय पुरुष से उसने आठ आने उधार माँगे थे। वह जान गए, यह झूठ बोल रही है, उधार के पैसे लौटनेवाले नहीं हैं। यदि वह सच बोलती, या उसकी स्थिति का पता होता, तो उक्त सज्जन की दयालुता से वह वंचित न रहती। उन्होंने उसे दुत्कार दिया और वह अपना-सा मुँह लेकर रह गई।

डोरा की चार लड़कियाँ और 10-11 महीने का पाँचवाँ लड़का है। उनमें कोई काले नहीं हैं, सभी गोरे-गोरे हैं, यद्यपि गरीबी की कालिख सबके मुँह पर है। बड़ी लड़की 11 साल की है। भूख लगने पर सभी डोरा के पास आकर रोते हैं। वह खीझ जाती है, लेकिन समझती है, मेरे सिवा इनका कौन है। "कुपुत्रो जायेत क्वचिदपि कुमाता न भवति"। वह कुमाता नहीं है, उसके दुखों में वृद्धि होने का एक यह भी कारण है। मान हो या अपमान, काम करके हो, या उधार माँग के, जैसे भी हो, वह अपने बच्चों को पालना चाहती है। यह बच्चे अवसर पाने पर क्या हो सकते हैं, इसे कौन जानता? लेकिन, जब उनके पेट का ठिकाना नहीं, पढ़ने के लिए अवसर नहीं, तो वह कैसे कुछ बन सकते हैं?

डोरा बाजार की सड़क के पिछवारे एक मुफ्त मिली हुई कोठरी में रहती है। उसमें ही उसका पति और दो-एक और पुरुष रहते हैं, जो शायद उसके देवर हैं। सीजन में उन्हें कहीं नौकरी कभी-कभी मिल जाती हैं। डोरा सबको खाना बनाकर खिला देती है। सब उसी कोठरी में रहते हैं, बाद। कम से कम सीजन के बाद। सीजन में आध पेट खाना बच्चों को मिल जाता है, लेकिन बाकी समय कैसे चलता है, इसे सोचना भी मुश्किल है। पास के कमरों में सैलानी लोग आकर रहते हैं, हर साल और हर सीजन नये चेहरे। यह डोरा के लिए भी अच्छा है, नहीं तो उन्हीं आदमियों से उधार के नाम पर बार-बार माँगना बेकार होता। गरीब की व्यथा गरीब ही जानते हैं। पास के पंजाबी परिवार का नौकर देखता था डोरा की दशा को। अपने मालिकों के जूठे बचे हुए खाने में से वह उसे कुछ दे देता। जलने से बचा पत्थर कोयला भी डोरा के लिए मिल जाता, और बँगले के बाहर लगे हुए नल से अपने टिन में वह पानी भी भर लाती। पंजाबिन महिला को रोज इस चीकट पहने स्त्री को पानी भरकर ले जाते देखकर दया नहीं आई। उस दिन उसे उसने बुरी तौर से फटकारा, जबकि डोरा ने आँखों में आँसू भरकर अपनी दीन-हीन अवस्था को शब्दों में प्रकट करना चाहा। डोरा के पिता-माता अच्छे रहे, जो इस जीवन को देखने के लिए अब नहीं बच रहे हैं। डोरा भी कभी-कभी भगवान से प्रार्थना करती है—मुझे भी माँ-बाप के पास भेज दो। लेकिन गरीब की प्रार्थना इतनी आसानी से थोड़े ही स्वीकृत हो सकती है। उसकी काल-रात्रि का तो अभी मध्य भी नहीं मालूम होता।

बिसुन

(1)

नेपाल को लेते आसाम से लद्दाख तक भारत की सीमा तिब्बत अर्थात चीन-गणराज्य से मिलती है। दोनों देशों की सन्धि पर वहाँ प्राकृतिक दृश्य प्रायः सभी जगह एक-ब-एक परिवर्तित होते हैं। मालूम होता है, हम किसी दूसरी दुनिया में आ गए। कुछ ही मील पीछे हम वृक्ष-वनस्पतियों से लदे हरे-भरे पर्वतों को देखते थे, अब उनका अभाव-सा है, और यात्री के लिए ईंधन एक बड़ी समस्या हो जाती है। वह अधिकतर पशुओं के सूखे कंडे के रूप में ही मिलता है। हमारे मैदानी लोग तो कंडे के कारण भूखे ही मर जाएँ, लेकिन तिब्बती यात्री अपने साथ छोटी-सी भाथी जरूर रखते हैं, जिसके द्वारा कृत्रिम रूप से आक्सीजन को भीतर डाल उसे तेज कर सकते हैं। कनम इसी तरह के प्राकृतिक सन्धि-स्थान पर बसा हुआ है। मानसरोवर के भाई रावणह्रद से निकलने वाली सतलज अपने नाम शतद्रु, (सौ गुना दौड़ लगानेवाली) को चरितार्थ करती नीचे बह रही है, लेकिन इसका यह अर्थ नहीं, कि कनम गाँव में खड़े होकर आप उसके घर्-वर् स्वर को सुन सकते हैं और उसे घरघर या घाघरा नाम दे सकते हैं। सतलज के पास तक पहुँचने में एक कोस की उतराई उतरनी पड़ेगी, जो कितनी ही जगहों ऐसी भयानक हैं, कि पहाड़ी लोग ही हिम्मत कर सकते हैं। कनम गाँव के पास होती सतलज से पर्वत पृष्ठ के ऊपर तक जो रेखा खिंचती है, उसकी एक ओर देवदार और धुपी के दरख्त हैं—जो असावधानी के कारण कहीं-कहीं बिरल हो गए हैं और कहीं-कहीं देवदार वन का रूप लेते हैं। तिब्बत-हिन्दुस्तान सड़क को पकड़ करके ऊपर की तरफ चलें, तो एक ही दो मोड़ के बाद आपको वृक्षों से रहित पार्वत्यभूमि दिखाई पड़ेगी। इसमें घास जरूर है, जो सभी पशुओं की खाद्य नहीं है, और न बहुत घनी है। इनमें कुछ बहुमूल्य औषधियाँ हैं, अगुरु जैसी सुगन्धीवाली झाड़ियाँ भी यहाँ पर हैं। तेज चलने पर कनम से एक दिन में भारत के अन्तिम गाँव नमग्या में पहुँचा जा सकता है, जिससे एक-दो ही मील पर सतलज में गिरनेवाला वह सूखा नाला है, जिसे

दोनों तरफ के स्थानीय लोग भारत और तिब्बत की सीमा मानते हैं, यद्यपि अंग्रेजी सरकार और तदनुयायिनी भारत सरकार ने इस सीमा को अपने नक्शों में आज भी रेखांकित नहीं किया है। सतलज के साथ-साथ तिब्बत हिन्दुस्तान सड़क नम्या में जाकर समाप्त हो जाती है। व्यापारियों को अगला तिब्बती गाँव शिप्की मिलता है, लेकिन वहाँ सतलज के किनारे-किनारे आगे नहीं बढ़ा जा सकता। सतलज ने पहाड़ को काटकर ऐसी सीधी दीवार खड़ी कर दी है, जिससे चलना मनुष्य और पशु के लिए खतरनाक है। इसीलिए एक दूसरी छोटी नदी के किनारे-किनारे ऊपर चढ़कर एक डाँड़े (जीतू) को पारकर तिब्बत के भीतर घुस शिप्की में पहुँचना पड़ता है।

कनम से अगला गाँव स्पू काफी बड़ा गाँव है। पादरियों ने तिब्बत की सीमा से चार घंटे के रास्ते ही पर यहाँ अपना अड्डा जमाकर यहाँ के तिब्बती भाषा-भाषी लोगों को ईसाई बनाने की कोशिश की, मिडल स्कूल और अस्पताल भी खोल दिया था। उनके प्रभाव से अंग्रेजी सरकार ने स्पू में डाकखाना और डाकबँगला भी बना दिया। लेकिन तिब्बत से आने पर वृक्ष-वनस्पति-क्षेत्र के भीतर पड़नेवाला पहला गाँव कनम ही है। प्राकृतिक सीमा ही यहाँ से नहीं शुरु होती, बल्कि भाषा की सीमा भी यहीं से आरम्भ होती है। कनम के लोग किरात भाषावंश की कनौरी (किन्नर) भाषा को बोलते हैं, जोकि मारछी, राजकिरात, मगर, गुरुंग, तमंग, नेवार, लिम्बू, याखा, लेप्चा आदि भाषाओं की सहोदरी है। पूर्व किरात-वंशज लोगों की आँखों और गालों पर मंगोलायित मुख मुद्रा अधिक है, यद्यपि उसका यह अर्थ नहीं, कि उनका किसी तरह का चीन-भाषा से सम्बन्ध है। कनौर में मंगोलायित मुखमुद्रा की छाप कम मिलती है, बल्कि यदि कनम से सतलज पार उतर जाएँ, तो बहुत-से गावों में उसका नितान्त अभाव है। वहाँ के लोग गोरे, लम्बी नाकों और लम्बी खोपड़ी वाले शुद्ध खस होते हैं। पर, कनम तिब्बत से आने के मुख्य रास्ते पर हजारों वर्षों से है। कई शताब्दियों तक पश्चिमी तिब्बत के राजाओं का यहाँ पर शासन था। पश्चिमी तिब्बत के एक बहुत शक्तिशाली अवतारी लामा-लो छेन् रिम्पो—छे-का केन्द्रीय मठ यहीं पर है। कनौर के लोग अधिकतर अब भी बौद्ध हैं। कुछ नीचे के उनके भाई ब्राह्मणों को पुरोहित मानने लगे हैं, पर उनमें भी लामाओं का सम्मान बिलकुल उठा नहीं है। कहा जा सकता है, केवल राजपूत बनने का लोभ उन्हें ब्राह्मणों की ओर खींचता है। जहाँ तक कनम का सवाल है, वहाँ केवल बौद्ध-धर्म को माना जाता है।

प्रकृति ने कनौर को ऐसी स्थिति में बनाया है, कि लोगों को आधा घुमन्तू जीवन बिताना पड़ता है। भेड़-बकरियों का पालन अब भी वहाँ के लोगों की जीविका का एक मुख्य अंग है, जिसमें सहस्राब्दियों से पश्चिमी तिब्बत का व्यापार भी शामिल हो गया है। यहाँ सतलज सबसे नीची जगह पर भी पाँच-छह हजार फुट पर बहती है, और गाँव उससे उतने ही और ऊँचे तक चले गए हैं। नम् दस हजार फुट के करीब

ऊँचाई पर है। जाड़ों में यहाँ बर्फ पड़ जाती है, जिसके कारण वनस्पति-क्षेत्र में भी पशुओं के लिए घास-चारे के लिए केवल तिलौंज (ओक) की सदा हरी रहनेवाली कँटीली पत्तियाँ ही रह जाती हैं। तिलौंजो को गिन-गिनकर लोग उसी तरह अपनी मिलकियत बनाते हैं, जैसे मैदान में गाँव के लोग अपने बगीचे आम के वृक्षों को। वह तिलौंज को पत्तियों को बर्फ पड़ते ही खिलाने नहीं लगते, बल्कि जमा किया हुआ घास-चारा जब खतम हो जाता है, तब उन पर हाथ लगाते हैं। पर यदि कनौरे लोग अपने सभी पशुओं को जाड़ों में वहाँ रखना चाहें, तो किसी तरह भी उन्हें भूखों मरने से नहीं बचा सकते। इसीलिए घर के आधे लोग जाड़ा के आगमन से पहले ही अपने पशुओं को हाँके शिमला, मंडी, और देहरादून के जंगलों तक चले जाते हैं। बर्फ के न पड़ने के कारण घास-चारा वहाँ सुलभ होता है, और मिल जाने पर, अपने भेड़-बकरियों पर कुछ ढुलाई का भी काम कर लेते हैं। किन्नर नर-नारी को बचपन में ही निचले पर्वतों की भूमि और वहाँ के लोगों को देखने का मौका मिलता है, लेकिन लड़कियाँ या स्त्रियाँ शायद ही कोई नीचे की भाषा सीखती हैं। जाड़े के आते ही यह लोग नीचे की ओर जाते हैं। उसी तरह वसन्त के आगमन पर इनकी यात्रा ऊपर की ओर होती है। मई से पहले ही नीचे गए लोग भी अपने गाँव में पहुँच जाते हैं, और बर्फ से खाली खेतों को जोतकर बोआई शुरू करते हैं। जून आते ही फिर ऊपर की यात्रा उनकी ओर को होती है, और शिष्की या दूसरे डाँड़ों को पारकर भेड़-बकरियों पर विनियम के लिए आवश्यक अन्न या दूसरी चीजों को लेकर वह पश्चिमी तिब्बत के पशुपालों के पास पहुँचते हैं। इस प्रकार वहाँ जाड़ों को देहरादून के जंगलों में और बरसात को मानसरोवर की ठंडी भूमि में बितानेवाले लोग बहुत मिल सकते हैं। तिब्बत का व्यापार उनकी आमदनी का एक बड़ा साधन है। अपने कपड़ों के लिए वह वहीं की भेड़ों के नर्म ऊन पर निर्भर रहते हैं। अपने व्यवहार से अधिक होने पर वह उनको कानपुर या नीचे की दूसरी मिलों के एजेन्टों के हाथ में बेच देते हैं।

(2)

बालक बिसुन् किन्नर के इसी कनम में पैदा हुआ, जिसके कारण घुमक्कड़ी उसके खून में थी। माँ की गोद में उसने कभी देहरादून और कभी मंडी के जंगलों में जाड़ा बिताया था। कुछ और सयाना होने पर जब वह अपनी भेड़-बकरियों को चराने लायक हुआ, तो वह जाड़ों में अपने किसी बाप के साथ नीचे के जंगलों में आता। किन्नर लोग प्रकृति की कठोरता से त्राण पाने के लिए बहुत पहले ही समझ गए थे, कि सन्तान का बढ़ाना गरीबी और भुखमरी को बढ़ाना है। इसका का गुर भी अपनी जैसी भूमि वाले दूसरे देशों की तरह उन्होंने पांडव विवाह को समझा, और

वहाँ घर-घर पंचपांडव और घर-घर द्रौपदी आमतौर से होती हैं। इस सामाजिक नियम को राज्य ने भी माना था कि सब भाइयों का एक विवाह हो, और यदि कोई भाई इन नियम का उलंघन करे, तो उसे पैतृक उत्तराधिकार से वंचित कर दिया जाए। इसलिए वहाँ बापू, चचा, काका न कहकर बड़े बाप, छोटे बाप कहने का रवाज है। बिसुन ने बसन्त और वर्षा के दिन कभी कनम से ऊपरी और कभी निचले जंगलों में बिताए। जनजातीय जिन्दादिली उनके रग-रग में थी। गाते-नाचते काम करते दिन बीतते मालूम नहीं हुए। बरसात खतम हो जाती और उनके गाँव में ताल में मुश्किल से 10-12 इंच वर्षा होती—फिर घर में एकाध आदमियों को छोड़कर नीचे की यात्रा शुरू हो जाती।

यद्यपि तिब्बत के सीमान्त के ये भारतीय घुमक्कड़ी से सुपरिचित हैं, लेकिन उसका यह अर्थ नहीं कि इनमें सभी घुमक्कड़ होते हैं, सभी सूखे पत्तों की तरह हवा के ऊपर प्लवन करने के लिए तैयार रहते हैं। उनके घूमने की एक परिधि होती है, जिसका केन्द्र उनका अपना गाँव होता है। पांडव-विवाह से एक ही द्रौपदी के विवाहित होने के कारण बहुत-सी स्त्रियों का अविवाहित रह जाना स्वाभाविक है, जिनके लिए बौद्ध धर्म ने भिक्षुणी बनने का रास्ता निकाल दिया है। हर घर में वहाँ दो-चार भिक्षुणियाँ मिल सकती हैं। कनम में उन्होंने अपना एक अलग मठ बना लिया है, जिसमें वह सामूहिक और स्वावलम्बी जीवन बिताती हैं, उन्हें न घरवालों और न गाँववालों की दया पर निर्भर रहने की आवश्यकता है। वह स्वयं खेतों में काम करती हैं, अपनी फसल को बटोर लाती हैं। उनमें कुछ पूजा-पाठ भर के लिए पढ़ भी लेती हैं—श्रद्धालु तो सभी होती हैं। भिक्षु भी प्राय: हरेक घर में से एक दिखाई पड़ता है, उनमें से कितने ही विद्याध्ययन के लिए ल्हासा तक की दौड़ लगाते हैं। बिसुन् के पड़ोस के कुछ लड़के तिब्बत में पढ़ने गए थे, जिनमें कुछ वहाँ से लौटकर गाँव की बड़ी गुम्बा (बिहार) में रहते थे। बिसुन स्वयं क्यों नहीं भिक्षु बना, इसमें शायद गुंबा अधिक गाँव के आनन्दी जीवन का आकर्षण उसके मन में काम कर रहा था। 10-12 वर्ष के लड़के सिर मुड़ा लाल कपड़े पहन श्रामणेर (गेछुल) बनते ही उत्सवप्रिय किन्नर-जीवन से वंचित हो जाते हैं। बिसुन इतना त्याग करने के लिए तैयार नहीं था।

12-13 वर्ष के बिसुन को अपने बड़े बाप के साथ व्यापार के लिए पहले-पहल तिब्बत जाना पड़ा था। नीचे की ओर अपने से अधिक हरी-भरी भूमि को वह देख चुका था, लेकिन तिब्बत की ओर की प्रकृति अभी उसके लिए अपरिचित थी। सुमनम् से आनेवाली नदी को पार करते समय उसने देखा कि हम चटियल पहाड़ी भूमि में पहुँच गए हैं। इसके बारे में बाप से पूछा भी, लेकिन वह इससे अधिक क्या जवाब दे सकता था कि यहाँ की भूमि सकता था कि यहाँ की भूमि ऐसी ही है। पानी लानेवाले बादल दूर दक्षिण के समुद्र से चलते हैं, रास्ते में बड़े-बड़े

पहाड़ आकर उनके रास्ते को रोक देते हैं, और बहुत थोड़े ही बचकर आगे निकल पाते हैं, जिनमें भी कितने ही बहुत ऊँचाई पर पहुँच जाने के कारण पानी गिराने में असमर्थ हो जाते हैं। इसी वर्षा की कमी के कारण यहाँ वनस्पति की दरिद्रता है। यह सब बातें अभी बाप की समझ से दूर की थीं। गदहों-बकरियों-भेड़ों के साथ चलने वाले व्यापारियों की गति धीमी होती है। वह गाँवों में ठहरना भी नहीं चाहते, क्योंकि वहाँ उनके पशुओं के चरने के लिए सुविधा नहीं होती। लेकिन, रास्ते में पड़ने पर गाँव के भीतर से तो गुजरना ही पड़ता है। पहले ही गाँव स्पू में बिसुन ने देखा, कि वहाँ उसकी भाषा कोई नहीं समझता। अब तक चार-पाँच जाड़ों को वह नीचे बिता चुका था, इसलिए हिन्दी के कुछ शब्द उसे याद थे, उसी के द्वारा वह स्पू के किसी आदमी से बातचीत कर सकता था। नमग्स्या तक उसकी टूटी-फूटी हिन्दी सहायक रही, लेकिन शिप्की पहुँचते ही अब उसे गूँगा बनने के लिए मजबूर होना पड़ा—भाषा ही तो आदमी को वाचाल बनाती है। बिसुन को खयाल आने लगा, यदि मैं गुम्बा (बिहार) में गया होता, तो वहाँ के लोगों में रहते कुछ तिब्बती भाषा सीख लेता। लेकिन साथ ही गुम्बा में जाने के लिए जितने त्याग की आवश्यकता थी, उसके लिए वह तैयार नहीं था। अब तो यात्रा ही में उसे सीखना था।

शिप्की डाँड़े के बाद अब वह पूरी तौर से तिब्बत की भूमि में था। जहाँ के ही गाँव 14 और 15 हजार फुट की ऊँचाई पर आधे आसमान में टँगे हुए हैं, सर्दी की उसे पर्वाह नहीं थी, क्योंकि कनौरे लोग बारहों महीने ऊनी कपड़े पहनने के आदी हैं। बाप और गाँव के कुछ और आदमियों ने किसी गाँव के बाहर अपनी सूती छोलदारी लगा ली, जिसके किनारे पर 10-10 सेर अनाज की जोड़ी बोरियों की छल्ली लगा दी। फिर वह अपने परिचितों-मित्रों की सहायता से ऊन या पशम् से अपनी चीजों का विनिमय करने लगे। भेड़ों का ऊन इन्हें अपने हाथों काटना था। बिसुन भी अपने बाप के काम में मदद देता। वहाँ अधिकतर बातचीत तिब्बती में ही होने के कारण उसके कानों में भी एकाध शब्द अटक जाते। दो महीने बाद तिब्बत की यात्रा से वह लौटा, तो उसे मालूम हुआ, कि मैं वस्तुतः किसी यात्रा पर गया था। सीमान्त के सभी लोग-चाहे नीती और मिलम जैसे ब्राह्मणों के भक्त अर्थात जात-पाँत की कठोरता रखनेवाले हों—तिब्बत में जाने पर वहाँ के लोगों के साथ खान-पान करते हैं, यह जानते हुए भी, कि तिब्बती लोगों को गोमांस से कोई परहेज नहीं। कनौर, नेलंग, दरमा जैसी जगहों के लोग जोकि अब भी बौद्ध-धर्म को मानते हैं—तो इस तरह के छूतछात और भक्ष्या भक्ष्य का कोई खयाल भी नहीं रखते। उनके बड़े-बड़े गुरु तिब्बत से आते हैं, जिनको देवता समान पूजा करना वह अपना कर्तव्य समझते हैं, इसलिए वह उन्हें म्लेच्छ कैसे कह सकते हैं? बिसुन इस बात में बहुत सौभाग्यशाली था।

जिन लोगों का जीवन अधिक स्वाभाविक होता है, उनका बचपन तथा जवानी

भी अधिक लम्बी होती है, क्योंकि नाच-गाने और विनोद के बहुत से साधन उनके जीवन के अंग बने रहते हैं। बिसुन अभी इसी समय अपनी उमर से पाँच वर्ष कम का ही था। उसने लौटकर अपने साथियों से यात्रा के नये अनुभव का अतिरंजित वर्णन किया। जिन्हें अभी तिब्बत जाने का अवसर नहीं मिला था, उनके सामने अपने गिने-चुने शब्दों को बुरे उच्चारण के साथ दोहराकर उसने यह शेखी भी बघाड़ी, कि मैं हुणियों की भाषा जानता हूँ। हमारे सीमान्त के भीतर के तिब्बती-भाषाभाषी लोगों को किन्नर लोग जाड़ (जाट) कहते हैं, और सीमापार के तिब्बतियों को हुणिया या हूण। हूणों का सम्बन्ध तिब्बती लोगों के साथ क्यों जोड़ा गया? वास्तविक हूण भारतवर्ष में कभी आए ही नहीं। वह उभय मध्य-एशिया से उत्तर ही उत्तर रहे। जो यन्ता या हेफ्ताल भारत में आए, उनके श्वेत-हूण नाम का यही अर्थ था, कि उनका सम्पर्क हूणों से देर तक रहा। बिसुन ने अपने चरवाहे साथियों और साथिनों को बातें ही नहीं बतलाई, बल्कि साथ लाई मट्ठे को सुखाकर सूखे चमड़े की तरह चीमड़ छुरे की छोटी-छोटी टुकड़ियों को भी उनमें बाँटा।

(3)

बिसुन अपने बाप के साथ कई सालों तक तिब्बत जाया करता। वह अब 24 वर्ष का जवान था। यदि जेठा भाई होता, तो सम्भव है अगले जीवन का उसे खयाल न आता और उसे अपने घर को सम्भालना पड़ता। तिब्बत की इन यात्राओं में वह तिब्बती भाषा और चाल-व्यवहार समझने में पक्का हो गया और हर साल उस समय की बड़ी उत्सुकता से प्रतीक्षा करता, जबकि उसे कैलास मानसरोवर की ओर प्रस्थान करना पड़ता। पश्चिमी तिब्बत के साथ व्यापार करनेवाले केवल कनौर जैसे स्थायी निवासी लोग ही नहीं थे, बल्कि खमूबा लोगों का तो सारा जीवन ही इसी व्यापार पर आधारित था। खमूबा का शब्दार्थ है खामवाला—खाम चीन की सीमा पर अवस्थित तिब्बत का पूर्वी प्रदेश है। इनके पूर्वज कभी खाम से आए हों, इसकी सम्भावना कम है, क्योंकि इनकी भाषा और वेश-भूषा पर उसका कोई प्रभाव नहीं देखा जाता। खम्बा लोग पूरी तौर से घुमन्तू हैं। जाड़ों में वह दिल्ली, अमृतसर और मैदान के दूसरे शहरों में पहुँचते हैं, और गर्मियों में मानसरोवर की भूमि उनके पैरों के नीचे रहती है। हलकी सूती छोलदारी उनका बारहों महीने का घर है। घड़ी की सूई की तरह हर महीने उनके पैर एक स्थान से दूसरे स्थान में पहुँचते रहते हैं। वह किनकी प्रजा हैं, यह कहना मुश्किल है। हमारे सिरकीवाले मैदानी यायावर सहस्राब्दियों से पश्चिम एशिया के भिन्न-भिन्न देशों में अपने बन्दरों भालुओं या छोटी-मोटी दूसरी क्रय-विक्रय की चीजों को लिए घूमा करते थे। जबतक राजनीतिक और दूसरी कड़ाइयाँ चीन की महादीवार जैसी बाधक नहीं बन गईं, तब

तक उनका सम्पर्क अपनी जन्मभूमि से रहा, पीछे पूर्व की ओर सिन्धु पार करने की जगह वह पश्चिम को ओर बढ़ते गए, और मध्य एशिया और ईरान में लोली, रूस में सिगान, यूरोप के कितने ही देशों में रोमनी, इंग्लैंड में जिप्सी और स्वयं अपनी भाषा में रोम (डोम) के नाम से प्रसिद्ध हुए। यद्यपि चेहरे-मोहरे में खम्बा से रोम भेद रखते हैं, लेकिन दोनों के जीवन में बहुत समानता है। खम्बा लोगों को अभी तक इसकी जरूरत नहीं थी, कि वह अपने को चीन या भारत में से किसी की प्रजा घोषित करें। लेकिन, अब हमारी सीमा पर लाल रेखा खिंच गई है, इसलिए उनके स्वच्छन्द जीवन का प्रवाह अब उसी तरह चल नहीं सकता। मधुपुरी में बारह चौदह परिवार खम्बा लोगों के बस गए हैं। वह तिब्बत की दस्तकारी की कुछ चीजें लाकर गर्मियों में यहाँ आनेवाले देशी-विदेशी सैलानियों के हाथ बेचते हैं, और जाड़ो में दिल्ली की किसी सड़क पर अपनी चीजों को छान देते हैं। तिब्बत में नया परिवर्तन होते ही हमारी पुलिस की निगाह उनके ऊपर गई, और दिल्ली में पहले ही साल मंगोलायित मुखमुद्रावाले जो दस-बीस आदमी मिलें, उनके लिए जबर्दस्ती विदेशी कहकर फोटो के साथ पासपोर्ट बना दिया गया। उस साल मधुपुरी के इन लोगों में बड़ी खलबली मच गई। उन्हें तिब्बत या चीन की प्रजा कहा गया। कितनों ही ने तिब्बत को कभी देखा नहीं, यद्यपि घर में वह तिब्बती भाषा बोलते हैं।

तिब्बत की सरकार से खम्बा लोगों का इतना ही सम्बन्ध था, कि तिब्बत में जाने पर वहाँ के अधिकारियों को वह भारत की कोई सौगात दे देते थे। भारत में वह भी नहीं करना पड़ता था। लेकिन, इसका अर्थ यह नहीं, कि उनकी कोई सरकार नहीं थी। उनका राजा अपना गोवा (मुखिया) होता था, जिसे मानने-न-मानने के लिए हरेक स्वतंत्र था, किन्तु वह अपनी स्वतंत्रता को हर वक्त बरत नहीं सकता था। गोवा उनके शासन-यन्त्र का निरंकुश मुखिया नहीं था, इसलिए अयोग्य गोवा को खम्बा जनसाधारण उसके पद से हटा सकता था। लेकिन, अपनी जाति के भीतर कोई अराजकता नहीं फैला सकता था। गोवा सदा कोई धनी व्यापारी होता था। खम्बों का स्थायी निवास न होने का यह मतलब नहीं, कि उनकी अपनी भूमि-सीमा नहीं होती। पैर के नीचे किसी देश की भी जो भूमि आ जाती, वही उनकी भूमि थी। सहस्त्राब्दियों के तजुर्बे और झगड़ों के कारण उन्होंने अपनी-अपनी भूमि की सीमा बाँध ली। कनौर के खम्बे वे थे, जो मानसरोवर से सतलज होते शिमला और मंडी तथा नीचे तक जाया आया करते थे। इनका अपना अलग गोवा था। इसी तरह गंगोत्री से आनेवाली भागीरथी के किनारे होकर नैलंग के रास्ते तिब्बत जानेवाले खम्बों का अलग गोवा था। भारत से पश्चिमी तिब्बत जानेवाले सभी भागों के खम्बों के अपने अलग-अलग मंडल और संगठन थे, और अब भी हैं।

खम्बा का जीवन बिसुन को बहुत आकर्षक मालूम हुआ। उन्हें कोई गाँव का खूँटा बाँधनेवाला नहीं था, न खेत अपने से चिपकाके रख सकता था। एक खम्बा

तरुण के कथनानुसार—"हम जब तिब्बत जाते हैं, तो वहाँ चावल-मिठाई खाते हैं, जो कि वहाँ लोगों के लिए दुर्लभ है; और नीचे जाते हैं, तो वहाँ भी महार्घ खाद्य भी हमारे लिए सुलभ होते हैं। हमारे जैसा खाना-कपड़ा न मानसरोवर के रहनेवाले खा सकते हैं, और न नीचेवाले। यदि एक जगह बस गए, तो हम इन दोनों से वंचित हो जाएँगे।" बिसुन से किसी खम्बा तरुण ने अपने जीवन को महिमा गाई या नहीं, यह नहीं कह सकते। किसी गन्दे गाँव में न रह वह बाहर खुले जंगल या उन्मुक्त भूमि में अपना डेरा डालते। मोटे कपड़े की छोलदारी उनके लिए पर्याप्त थी, क्योंकि जहाँ अधिक वर्षा होती। वहाँ वह वर्षा में रहते ही नहीं। बिसुन का खम्बों से परिचय अपने गाँव से ही था। ऊपर जाते या नीचे लौटते समय उनकी छोलदारियाँ कनम में साल में दो बार जरूर पड़ा करतीं। उस वक्त वह अपनी छोटी-मोटी चीजें बेचने के लिए गाँवों में भी जाते। लेकिन, इन परिचित खम्बों से बिसुन (किसन) को कुछ लेना-देना नहीं था, क्योंकि वह कनौर को छोड़कर दूर की उड़ान करना चाहता था। वह गुम्बा में भिक्षु होकर तिब्बत की यात्रा कर सकता था, यद्यपि तिब्बत की सीमा उसके गाँव से दो ही दिन पर थी, लेकिन भिक्षुओं के पढ़ने के सभी बड़े-बड़े विहार ल्हासा के पास हैं, जहाँ तिब्बत के भीतर से जाने पर महीनों लग जाते। इसलिए ल्हासा के यात्री भी नीचे उतरकर रेल से सिलिगोड़ी पहुँच वहाँ से कलिम्पोंग होते तिब्बत का रास्ता पकड़ते हैं। गाँव के लोगों में कोई-कोई तीर्थयात्रा के लिए बोधगया या बनारस गए थे, लेकिन वही जिनके पास काफी पैसा था। बिसुन को इतनी जानकारी भी नहीं थी, और न उसको उसके लिए जरूरत थी। वह एक बार हर साल की तरह अपने बाप के साथ चाँगथाँग-पश्चिमी तिब्बत से शुरू होनेवाला तिब्बत का उत्तरी विशाल निर्जन मैदान-के घुमन्तू मेषपालों से ऊन खरीदने के लिए गया। भेड़ों, ऊन और दूसरी चीजों की बिक्री के लिए वहाँ ग्यानिमा आदि कितनी ही मंडियाँ हैं, जिनमें कनौर आदि के व्यापारियों की तरह खम्बा लोग भी जाते हैं। बिसुन देखने-सुनने में अच्छा तरुण था। उसकी आँखों पर बहुत हल्की-सी मंगोल मुखमुद्रा थी। वह कुरूप नहीं बल्कि हमारे माप से सुन्दर तरुण कहा जा सकता था। शरीरमें भी स्वस्थ और कद में औसत से ज्यादा लम्बा था। कई यात्राओं में जाने के बाद अब वह तिब्बती भाषा को अपनी मातृभाषा की तरह ही आसानी से बोल सकता था। ग्यानिमा में कई दिन रहते-रहते उसकी घनिष्ठता एक खम्बा तरुणी से हो गई, जिसे प्रेम में बदलते देर नहीं हुई। पिता यह कैसे पसन्द करता? उसके घर में सभी लड़कों की सम्मिलित बहू पहले ही से मौजूद थी। खम्बा लोगों के लिए नितान्त अपराध की बात नहीं है, यदि कोई तरुण या तरुणी अपनी जमात से बाहर ब्याह कर ले, पर वह इसे पसन्द नहीं करते।

एक दिन दोनों तरुण-तरुणी रात को ग्यानिमा से भाग निकले। जहाँ 20-20 मील पर गाँव हो, दो रास्ता आने पर कोई बतलानेवाला न हो; वहाँ यह दुस्साहस था। पर,

साहसी बिसुन उससे हिम्मत हारनेवाला नहीं था। उसने पहले भी कैलास-मानसरोवर की तीर्थयात्रा की थी। दोनों तिब्बत के बौद्धों के भी उतने ही पवित्र तीर्थ हैं, जितना भारतीय हिन्दुओं के। भागने का समय उन्होंने ऐसा निश्चय किया था, जबकि दोनों के परिवारों को तुरन्त नीचे की यात्रा करनी थी। वह उन्हें ढूँढ़ने की कोशिश करते, तो पहली बर्फ पड़ जाने से पशुओं-प्राणियों के प्राण संकट में पड़ जाते।

(4)

शरीर से मेहनत करने के वह आदी थे। बिसुन ही नहीं, उसकी प्रेमिका भी मन भर का बोझ पीठ पर लादे तान छोड़ती चल सकती थी। गदहा, भेड़-बकरियों को कैसे लादा और रखा जाता है, इसे भी वह अच्छी तरह जानती थी। 27-28 वर्ष पहले की बात है। उस समय गरव्यांग के व्यापारी और खम्बा भी मानसरोवर-प्रदेश से बहुत भारी परिमाण में ऊन, सोहागा, चँबर और दूसरी चीजें नीचे बेचने के लिए ले जाते थे। बिसुन और उसकी बीबी को मंजूरी मिलने में कोई दिक्कत नहीं हुई। दीवाली के आसपास अल्मोड़ा में लगनेवाले एक बड़े मेले में गए। अपने मालिक की भेड़-बकरियों के बोझों की देखभाल करते उन्होंने अपनी पीठ पर भी 25-30 सेर का बोझा ले रखा था, जिसमें उनकी अपनी बिक्री की चीजें थीं। दोनों ही के लिए नीचे पहाड़ और मैदान अपरिचित नहीं थे। घुमन्तू तो अपरिचित स्थान को जितना पसन्द करते हैं, उतने परिचित को नहीं। मालिक के काम को खतम कर अपनी मजूरी ले रानीखेत के रास्ते काशीपुर पहुँच उसने अपनी चीजों को बेच तथा पास के पैसे से आगे के लिए सौदा खरीदा। रास्ते ही में दूसरे खम्बा मिले, जिनसे एक सस्ता गदहे का बच्चा मोल ले लिया। कपड़े की छोलदारी बिना पूरा खम्बा नहीं बना जा सकता, किसी खम्बा से सस्ते दाम में उन्होंने पुरानी छोलदारी भी खरीद ली, और अब पक्के खम्बा दम्पती बन मानसरोवर की यात्रा के लिए तैयार हो गए।

जब तक बाकायदा वह किसी खम्बा जमात में शामिल न हो जाएँ, तब तक उन्हें बड़ी दिक्कतों का सामना करना पड़ता। बिसुन ने अपने किसी खम्बा बाप का नाम भी बतला दिया और उसकी बीबी तो खम्बा लड़की थी ही। पर, दरमा खम्बों के तो वह लोग थे नहीं, इसलिए अपने बाकायदा विवाह तथा समाज में प्रवेश के लिए उन्हें गोवा और दूसरे खम्बा-प्रधानों की स्वीकृति लेनी जरूरी थी, जिसका अर्थ था शराब-मांस का खूब एक अच्छा भोज देना। पहले साल वह ऐसी स्थिति में नहीं थे, कि छोटा भी भोज दे सकते, लेकिन खम्बा चौधरियों के लिए इसकी जल्दी भी नहीं थी। उन्होंने भोज को आगे के लिए उठा रक्खा।

बिसुन ने अब बाकायदा खम्बा-जीवन बिताना शुरू किया। कितने ही साल वह मानसरोवर से नीचे दिल्ली तक की व्यापार-यात्रा करता रहा। भोज भी कर

लिया, और अपने गदहे और दूसरे सामान को अपने मित्रों के जिम्मे छोड़ दोनों बुद्धगया और बनारस की तीर्थयात्रा भी कर आए। खम्बा लोग यद्यपि छप्पन हाँडी का भात खाते हैं, लेकिन वह छल और धोखा नहीं जानते। उनका काम इधर से उधर छोटी-मोटी चीजों को लेकर बेचना और आराम से जीवन बिताना है। बहुत कम ही को आकांक्षा होती है गोवा जैसा धनी बनने की। बिसुन को अपने घरवालों से मुलाकात होने का डर नहीं था, क्योंकि उसका विचरण-मार्ग उनके रास्ते से बहुत दूर था। बाप थोड़े ही दिनों बाद मर गया, नहीं तो वह अपने बेटे की खोज लगाने की फिकर जरूर करता। छोटे-बड़े भाई अब उसे भूल गए, जैसे वह उन्हें भूल गया। घर में काफी खेत थे, कनम में अपना अच्छा-खासा मकान था, बहुत से ढोर और पशु थे। लेकिन, बिसुन के लिए उनका कोई आकर्षण नहीं था। उसे वर्तमान जीवन इतना पसन्द था, कि कनम की कभी याद भी नहीं आती थी।

(5)

गरब्यांग का खम्बा बना रहना बिसुन को बहुत दिनों तक पसन्द नहीं आया। एक बार वह तिब्बती दस्तकारी की क्युरियों की कुछ चीजों को दिल्ली बेचने गया, उसे वहाँ गंगोत्री-नेलंग के खम्बा मिले, और मालूम हो गया, कि मानसरोवर से दिल्ली पहुँचने का यही सबसे सरल और सुगम रास्ता है। अब वह इस खम्बा जमात में शामिल हो गया। एक जगह के खम्बा अपनी नागरिकता को दूसरी जगह में परिवर्तित कर सकते हैं। बिसुन समझदार तरुण था, और मिलनसार भी, इसलिए उसे इस जमात से अपना सम्बन्ध स्थापित करने में कठिनाई नहीं हुई। नई खम्बा जमात में शामिल होने से जाड़ों में दिल्ली के अंग्रेजों और विदेशियों के हाथ अपने क्युरियों के बेचने का ही सुभीता नहीं था, बल्कि मधुपुरी पहुँचना भी उसके लिए आसान हो गया। कुछ खम्बा परिवार घुमन्तू जीवन से ऊब कर मधुपुरी में ही बस गए थे। वह मानसरोवर की दौड़ नहीं लगाते, बल्कि अपने सम्बन्धी दूसरे खम्बों से चीजों को लेकर उन्हें सीजन में मधुपुरी में बेचते, और जाड़ों में दिल्ली में। बिसुन ने मधुपुरी भी देख ली, और दो-चार दिन सड़क किनारे छाता तान अपनी कुछ चीजों को फैलाकर बेचा भी। लेकिन, उसने जिसके लिए अपना घर छोड़ा था, उस घुमन्तू जीवन को छोड़कर मधुपुरी के खूँटे से बँधने के लिए वह क्यों तैयार होता?

अनचेती बात भी हो जाती है। पहाड़ों का रास्ता खतरे का है। एक बार बकरियों के चलने के रास्ते पर जाते समय बिसुन का पैर फिसल गया, वह सैकड़ों हाथ नीचे खड्डे में जा गिरा। खबर लगते ही और खम्बों ने भी आकर उसे बाहर निकाला। घुमन्तुओं के अपने वैद होते हैं, और अपनी दवाइयाँ। बिसुन ने उनकी चिकित्सा में रहकर अपने प्राणों को ही नहीं बचाया, बल्कि वह स्वस्थ भी हो गया, लेकिन,

कूल्हे की हड्डी ठीक नहीं हो सकी, और वह हमेशा के लिए लँगड़ा हो गया। लँगड़ा होने पर भी कोई बात नहीं थी, यदि वह अमन्द्र गति से चल सकता। इतनी मन्द गति से अब वह दिल्ली से मानसरोवर तक की मंजिल नहीं मार सकता था और उसने उसी साल मधुपुरी में बस जाने का निश्चय किया।

मधुपुरी के एक दर्जन खम्बा लोगों में एक घर की और वृद्धि हुई। बिसुन अपनी बीबी के साथ यहाँ के सबसे पुराने बाजार में चार हाथ चौड़ी दूकान की कोठरी किराए पर लेकर बैठ गया। खाना-पीना मौज करना यही खम्बों का जीवन है। यदि नफा कुछ अधिक हो गया, तो उसी के अनुसार साखर्च बढ़ गई, इसलिए खम्बा लोग बहुत पूँजी इकट्ठा नहीं कर सकते। बिसुन साखर्ची था, लेकिन फजूल खर्च नहीं। उसने अपनी छोटी-सी दूकान में आसपास के पहाड़ी लोगों तथा सैलानियों के उपयोग की कितनी ही चीजें सजा दीं। उनमें जहाँ तिब्बती प्याले, चाय के टोंटीदार गड़वे, मूर्तियाँ थीं, वहाँ चीन की कला की भी छोटी-छोटी कितनी ही चीजें थीं। सुई-धागा, बटन, चाकू, दर्पण, कंघी, बाल में लगाने के रंग-बिरंगे डोरों से लेकर गदहों और खच्चरों के गले में बाँधनेवाले घुँघरू तक सभी चीजें वहाँ मिल सकती थीं। कोठरी के पीछे चार हाथ लम्बी तीन हाथ चौड़ी एक और कोठरी और उसके बाद एक और उतनी लम्बी तीसरी कोठरी थी। उसके बाद एक चौथा छोटा-सा ओसारा था, जिसमें कोयलों पर वह अपना खाना बना लिया करते थे। बिसुन का गाँव चावल का देश नहीं था, वहाँ गेहूँ, नंगे जौ या फाफड़ की रोटी खाई जाती, आलू बहुत होता, और साग-सब्जियाँ भी मिल जातीं। लेकिन घुमन्तू जीवन में किसी एक जगह के भोजन पर आदमी आग्रह कैसे कर सकता है? बिसुन तिब्बत में पहुँचता तो वहाँ नंगे जौ (ऊवा) का सतू खाना पड़ता, नीचे जाता तो चावल भी खा लेता। मांस रोज थोड़ा-बहुत मिलना चाहिए। अब मजबूर हो, बिसुन को मधुपुरी में रहना पड़ा, लेकिन अब भी पुराना घुमक्कड़ी जीवन याद करके उसे बहुत अफसोस होता है।

यहाँ बैठने के दो ही साल बाद दूसरा महायुद्ध शुरू हो गया। मधुपुरी का भाग्य खुल गया। बड़ी संख्या में अंग्रेज और अमेरिकन सैनिक आने लगे, जिन्हें तिब्बत और चीन की कला की चीजें बहुत प्रिय थीं। बिसुन अपनी दूकान पर बैठता, और उनकी बीवी अपनी पीठ पर चीजों को बक्स में डाले होटलों में फेरी करती। होटल के पास उसकी दूकान छन जाती, और रोज की बिक्री में 15-20 रुपये का नफा रहता। बिसुन अकेला नहीं था, उन्हीं तरह की चीजें बेचनेवाले और भी खम्बा लोग मधुपुरी में बसे हुए थे, और कुछ केवल सीजन के लिए भी वहाँ आकर सड़क के किनारे अपनी चीजें बेचते। लड़ाई के वक्त जितना अच्छा अवसर मिला था, उससे बिसुन यदि चाहता तो 10-15 हजार का आदमी बन जाता।

1947 का अगस्त आया, अंग्रेज चले गए। अब कुछ विदेशी मिशनरी और दिल्ली के दूतावासों के थोड़े से गौरांग स्त्री-पुरुष ही सीजन में यहाँ आते थे। उनके बलपर

बिसुन अपनी चीजों को कैसे बेच सकता था? मधुपुरी के और दूकानदारों की तरह खम्बों के ऊपर भी साढ़ेसाती सनीचर चढ़ा। यहाँ रहते जब अपनी पूँजी में से खाना पड़ता, तो मन में आशा रहती कि जाड़ों में दिल्ली जाने पर शायद कुछ काम बन जाए। पर, दिल्ली जाने पर भी उससे बेहतर हालत नहीं होती। चाय के कलापूर्ण बरतन तथा जिन दूसरी चीजों को तिब्बत और चीनी कहकर खम्बा लोग बेचते हैं, वह अधिकतर अमृतसर या दिल्ली में ही बनती हैं। यद्यपि उसका यह अर्थ नहीं, कि वह शोभा और गुण में असली चीज से कम हैं। हाँ अगर कोई दाम देने के लिए तैयार हो, तो तिब्बत या चीन की बनी असली चीजें भी उनके पास मौजूद रहती हैं।

अंग्रेजों के जाने के बाद मधुपुरी में और व्यापारियों की तरह खम्बा लोगों का भी जीवन संकटापन्न है। आज भी वह अपने शरीर की ही रक्षित चर्बी को खा रहे हैं, और उनके भोजन-छाजन का स्तर काफी गिर गया है। लेकिन, जब से चीन का लाल रंग तिब्बत में पहुँचा, तबसे इनकी कठिनाई और बढ़ गई। हमारे सीमान्तों के ऊपर कड़ाई रखी जाने लगी, तो उसका असर दिल्ली में जानेवाले मधुपुरी के खम्बों पर पड़ा। खम्बा बनानेवाली बीबी अपने एक लड़के को छोड़कर चल बसी, फिर बिसुन ने दूसरी खम्बा स्त्री से शादी कर ली। उसके साले, सास और दूसरे सम्बन्धी भी कठिनाई में हैं। इसी समय 1951 में जब बिसुन (किसन) दिल्ली गए, तो पुलिस ने जबर्दस्ती उन्हें चीनी प्रजा कहकर फोटो सहित विदेशी पासपोर्ट या प्रमाणपत्र दे दिया। उस साल जब खम्बा जाड़ों को बिताकर मधुपुरी लौटे, तो उनमें बड़ी खलबली मची हुई थी। दिल्ली में पुलिस अफसर से उन्होंने कहा—हम चीन या तिब्बत के नहीं हैं, हम तो यहीं के रहनेवाले हैं। मधुपुंरी ही हमसें से कितने पैदा हुए। पुलिस अफसर का कहना था—नहीं, तुम्हारा चेहरा ही बतलाता है, कि तुम हमारे देश के नहीं, बल्कि तिब्बत के हो अतएव चीन के नागरिक हो। तुम्हें इस कागज को ले जाकर अपने यहाँ के पुलिस को दिखलाना और उनकी देखरेख में रहना पड़ेगा। यह बात केवल मधुपुरी के खम्बा लोगों के ही नहीं, बल्कि लद्दाख और स्पिती के लोगों के साथ भी की गई। यदि मंगोल मुखमुद्रा किसी के विदेशी या चीनी होने के लिए पर्याप्त है, तब तो हमारे देश की नागरिकता के लद्दाख से लेकर आसाम तक के लाखों नागरिकों से हाथ धोना पड़ेगा। मधुपुरी में पैदा हुए खम्बा लोगों ने देखादेखी अपने कुछ लड़कों को पढ़ाया है। दो एफ.ए. पास और एक बी.ए. तक भी पढ़ चुका है। यह परिगणित जाति के लोग हैं, लेकिन किसी नौकरी के लिए दर्खास्त देने पर जैसे प्रमाणपत्र इनसे माँगे जाते हैं, उसे देखकर "न नौ मन तेल होगा, न राधा नाचेगी" वाली कहावत याद आती है।

जिस जीवन के आकर्षण ने घरबार छुड़ाया, और जिसे भी छोड़ने के लिए मजबूर हो बिसुन को मधुपुरी में बसना पड़ा, वह अब 50 वर्ष से ऊपर के बिसुन को स्वप्नलोक की बात मालूम होती है। "करतल भिक्षा तरुतल बास" इससे कहीं

अधिक अच्छा था। इसी साल छह महीने से बीमारी के कारण बिसुन ने चारपाई पकड़ ली। कई इन्जेक्शन लिए, डॉक्टरों और वैद्यों की बहुत-सी दवाइयाँ खाईं, कोढ़ में खाज की तरह चार-पाँच सौ रुपये खर्च हो गए। बीवी एक तरह निराश हो गईं, लेकिन बिसुन ने उस समय यमदूतों को अपने दरवाज़े से भगा दिया। वह अब भी कमजोर था, लेकिन नवम्बर में दिल्ली जाकर कुछ कमाई कर लाने के लिए परिवार-सहित वहाँ गया और 1 अप्रैल, 1954 ई. को बिसुन उपनाम वाले किशनसिंह को वहीं अपनी जीवनलीला खतम करनी पड़ी।

बिसुन का सारा जीवन सुख और निश्चिन्तता का नहीं रहा, लेकिन इस सारे जीवन में उसका हृदय हमेशा उदार रहा। मेहमाननिवाजी और जहाँ तक हो सके अपनी और परायों की सहायता करना वह अपना कर्तव्य समझता रहा। चारों ओर निराशाओं से घिरे रहने पर आज भी वह अपने इस गुण को छोड़ने के लिए तैयार नहीं है।

पेड़ बाबा

(1)

उत्तरी भारत के और बहुत से स्थानों की तरह मधुपुरी में वर्षा का मौसम 15 जून से 15 सितम्बर तक रहता है, लेकिन इसका यह अर्थ नहीं, कि 15 जून को अवश्य वर्षा आरम्भ हो जाएगी, और 15 सितम्बर के बादल एक भी बूँद न बरसने की कसम खा लेंगी। पर इस साल वह ठीक 15 जून को शुरू हुई, और लगातार 15 सितम्बर के बाद भी बरसती रही। पहाड़ न होता, तो शायद इतनी वर्षा से भारी बाढ़ आ जाती और लोगों को बहुत तकलीफ होती। मधुपुरी में ज्यादा और लगातार वर्षा का परिणाम होता है कहीं कहीं भूपात, लेकिन इस साल वह भी बहुत कम मात्रा में हुआ। पहाड़ के ऊपर सड़कें बनाना बड़ा खर्चीला काम है। उसे बराबर देखते रहना भी आवश्यक है। मधुपुरी की नगरपालिका, शायद दूसरी नगरपालिकाओं की ही तरह, मरम्मत के बारे में अपना अलग ही सिद्धान्त रखती है। थोड़ी-बहुत टूट-फूट को कम खर्च में मरम्मत करना उसे पसन्द नहीं है। सड़क पर दरारों की झलक दिखाई दे रही है, पानी कुछ-कुछ उनके भीतर घुसने लगा है, लेकिन जब तक दरार पूरी तौर से फटकर आधी सड़क नीचे न गिर जाए, तब तक मरम्मत का नाम नहीं लिया जाता। सौ रुपये की मरम्मत को हजार का न बनाया जाए, तो ठेकेदार और दूसरे लोगों को लाभ क्या होगा? अबकी बार ऐसी दो-चार मरम्मतें जरूर हुई, लेकिन नीचे से आनेवाली मोटरें शायद एक दो दिन से ज्यादा नहीं रुकीं।

मधुपुरी में वर्षा का मतलब है सर्दी का भी बढ़ जाना। जहाँ दो-तीन दिन लगातार वर्षा हुई या आसमान बादलों से ढँका रहा और साथ ही कुछ हवा भी चल पड़ी, तो "पूस जाड़ा न माघ जाड़ा, जब्बे हवा तब्बे जाड़ा" की कहावत पूरी तौर से चरितार्थ होने लगती है। इतनी ऊँचाई पर जाड़ा बढ़ने का मतलब साधारण जाड़ा नहीं है। लोग अपने बक्स में बन्द किये हुए गरम कपड़ों को निकालकर पहनने के लिए मजबूर होते हैं। आमतौर से यह सैलानियों का मौसम नहीं, लेकिन पंजाब के

लोग गर्मी को उतना भयंकर नहीं मानते, जितना वर्षा का, इसलिए खाली मधुपुरी को आबाद करने के लिए वह यहाँ आ पहुँचते हैं। पर, उसका यह अर्थ नहीं, कि वह पहले सीजन में आनेवालों की संख्या को पूरा कर देते हैं। तो भी यह तो कहना ही पड़ेगा, कि वर्षा महीनों की रौनक पंजाबी भद्रपुरुषों और महिलाओं के दम की बरक्कत है।

अब की वर्षा के जुलाई-अगस्त के महीनों की रौनक करने के लिए एक और भी बात हुई। मधुपुरी में तीन बाजार हैं, जिनमें पूरब के छोरवाला केवल सैलानियों पर निर्भर न रह बहुत कुछ आसपास के पहाड़ी लोगों पर निर्भर करता है, इसलिए वह बारहों महीना एक जैसा रहता है। बाकी दो बाजार अधिकतर सैलानियों पर गुजर करते हैं। इनमें भी बिचला ही ऐसा है, जिसकी आधी के करीब दूकानें जाड़ों में खुली रहती हैं। शौकीनीकी या कीमती चीजें बेचनेवाले लोग सैलानियों के छोड़ते ही समझ जाते हैं, कि उनका अब मधुपुरी में काम नहीं है। लेकिन, दाल-चावल बेचनेवालों के पास एक तो मधुपुरी छोड़ और कोई ठाँव नहीं है, दूसरे कभी-कभी उनकी कुछ बिक्री भी हो जाती है, इसी आशा में वह पड़े रहते हैं। दूसरे छोर की बाजार में जाड़ों में दूकानें और भी कम खुली रहती हैं। बिचला बाजार केन्द्र में है, और उसी को सदर बाजार या चौक बाजार कहा जा सकता है। जुलाई के महीने में इसकी रौनक में इतना ही अन्तर था, कि अब खरीदारों की उतनी भीड़ नहीं थी। यह केन्द्रीय जगह, अर्थात मधुपुरी सभी बँगलों, कोठियों और बाजारों के बीच में अवस्थित है, इसलिए इसका महत्व दूकानदारों और खरीदारों दोनों के लिए बहुत है। पहाड़ के किनारे पतली रेखा जैसी सड़क पर बाजार के घरों के बसे रहने के कारण थोड़ी ही दूर पर जंगल का होना स्वाभाविक है।

वर्षा या बादल कई दिनों से बराबर बने रहे। उनके तथा बढ़ी हुई सर्दी के कारण भी लोग बहुत आवश्यक होने ही पर बाहर निकलते थे। बाजार के पिछवाड़े से जानेवाली सड़क पर वैसे भी बहुत ही कम लोग मिलते थे। एक दिन किसी ने देखा, सड़क के नीचे एक पेड़ के ऊपर भगवे कपड़े टँगे हैं, एक छाता लगा हुआ है। यह यों ही नहीं टँगे थे। छत्त के नीचे पेड़ के तने से जहाँ दो मोटी-मोटी डालियाँ दो ओर जाती थीं, उसपर लकड़ी के पटरे रखकर बैठने की जगह बनाई गई थी, और अगल-बँगल में रस्सी तानकर ऐसी मजबूत बाड़ बना दी गई थी, कि वहाँ बैठनेवाले के गिरने की सम्भावना नहीं थी। गौर से देखने पर मालूम हुआ कि सिर से पैर तक गेरुवे में लिपटी एक मूर्ति वहाँ चुपचाप बैठी है। कानों-कान इसकी खबर दूसरों तक पहुँची, लेकिन एक-दो दिन तक लोगों ने उसे कोई महत्त्व नहीं दिया, यद्यपि इतनी वर्षा और उसके कारण हुई सदी में पेड़ के ऊपर किसी आदमी का रात-दिन बैठे रहना आश्चर्य की बात थी। जब तब एकाध स्त्री-पुरुषों ने पेड़ के पास जाकर देखने की कोशिश की, मूर्ति पत्थर जैसी बिना सुगबुगाए

बैठी थी। तीसरे-चौथे दिन खबर उड़ने लगी, कि एक तपस्वी महात्मा केन्द्रीय बाजार के पास पेड़ पर बैठे तपस्या कर रहे हैं, जो न कुछ खाते-पीते हैं, और न किसी से बोलते हैं। सबेरे से अन्धेरा होने तक कितने ही लोगों ने जाकर देखा, पेड़ बाबा पेड़ की तरह ही स्तब्ध निश्चल बैठे हैं। उनका मुँह कैसा है, इसे लोग नहीं देख पाते थे। सप्ताह बीतते-बीतते पेड़ बाबा की करामात और कहानियाँ भी मशहूर होने लगीं—न वह कुछ खाते हैं, न उन्हें शौच जाने की जरूरत है, वह बराबर ध्यान में लीन रहते हैं।

बिना खाए-पीए हफ्ते भर रह जाना कोई मुश्किल बात नहीं है। किसी ने सन्देह प्रकट किया, कि शायद रात में पेड़ बाबा के पास कुछ खाना पहुँचता हो, इस पर कुछ लोग कसम खाने के लिए तैयार हो गए, कि हमने रातभर जागकर पहरा दिया, और देखा कि पेड़ बाबा उसी तरह अपने आसन में बैठे हुए हैं। वर्षा का दिन था, प्यास बुझाने के लिए भीगे कपड़ों से पानी मिल सकता था, तो भी साधक लोग कह रहे थे, कि वह पानी भी नहीं पीते।

(2)

एक हफ्ते के बाद दूसरा बीता। पेड़ बाबा अभी भी उसी तरह से अपने आसन पर जमें हुए थे। अब मधुपुरी की उस सुनसान रहनेवाली सड़क पर मेला-सा लगने लगा। जिस वक्त वर्षा नहीं होती, उस समय तो मालूम होता था, सारी मधुपुरी उमड़ आई हो। स्त्रियाँ अलग फूलमाला या पूजा की कोई दूसरी सामग्री लिए बैठी हैं, पुरुष भी उसी तरह भीड़ लगाए हैं। साधारण अशिक्षित लोगों की संख्या बहुत कम थी। बाहर से आए अपटुडेट तरुण-तरुणियाँ पेड़ बाबा के पास से नीचे-ऊपर जानेवाली सड़कों पर भीड़ लगाए थे। जब पेड़ बाबा ने एक मेला लगा दिया, तो मेले की सारी चीजें वहाँ एकत्रित होनी ही चाहिए। खाने की चीजों को लेकर खोंचेवाले भी पहुँचे। पानवाला भी वहाँ मौजूद और चना जोर गरमवाले बाजार की सड़कों को छोड़कर अब यहाँ अपने लटके गाने लगे। सिनेमा तारिकाओं को मात करनेवाली तरुणियाँ बार-बार अपने हैंडबैग से सीसा निकालकर लिपस्टिक को सुधारती रहतीं, और गम्भीर प्रकृति के लोग कुछ और चर्चा छेड़े खड़े रहते। मधुपुरी में प्रैक्टिस करनेवाले दो अच्छे वकील कोट-पैंट और फेल्टहैट लगाए खड़े पेड़ बाबा की ओर देख रहे थे। पास से उनका कोई परिचित पुरुष रास्ते जा रहा था, उसे देखकर दोनों एडवोकेट साहबान अपने को रोक नहीं सके, और उन्होंने अंग्रेजी में पेड़ बाबा की ओर इशारा करके अपने परिचित को रोका। फिर पेड़ बाबा की महिमा गानी शुरू की। अब पेड़ बाबा को वहाँ रहते तीन हफ्ते हो चुके थे। कोट, पैंट, हैट भले ही हो, और आधुनिक

भक्ष्याभक्ष्य का भी चाहे खयाल न हो, किन्तु थे दोनों वकील साहबान सनातन धर्म के माननेवाले। पेड़ पर बाबा का गेरुवा नहीं लटक रहा था, बल्कि सनातन धर्म की विजय ध्वजा फहरा रही थी। लोग आँखों के सामने धर्म के महाप्रताप को देख रहे थे। साधारण लोग कह रहे थे यदि ऐसे महात्मा न होते तो दुनिया चलती कैसे? उन्हीं की तरह की भाषा में दोनों वकील साहब भी कह रहे थे—हाँ, धर्म के पालनेवाले ध्यानियों और तपस्वियों से संसार सूना नहीं है।

इतनी सर्दी में चौबीसों घंटे पेड़ पर भींगते रहना आश्चर्य की बात तो थी ही, फिर इसे देखने के लिए ऐसे लोग भी क्यों न जाते, जिनका इन बातों पर विश्वास नहीं है। मेरे एक मित्र स्वयं वर्षों घोर तपस्या कर चुके थे। ऋषिकेश में गंगा पार, जहाँ जंगलों में अब भी जंगली हाथी घूमा करते हैं, एक निर्जन स्थान में वह पेड़ बाबा बनकर कई महीने रहे थे। हाथी इन पेड़ बाबा की अपनी मर्जी के मुताबिक ही पूजा करते, लेकिन ईमानदार होते हुए भी पेड़ बाबा ने बहुत मोटा वृक्ष चुना था। जिन डालियों पर अपने बैठने-लेटने के लिए उन्होंने मचान तैयार कराया था, वह बड़े से बड़े हाथी की सूँड की पहुँच से बाहर थी। हाथी रात के वक्त इस तरफ आते थे, क्योंकि गंगा पास थी। वहाँ आदमियों से डर रहता था। एक बार नदी तट के चट्टानों में एक छोटा बच्चा फँस गया। कई घंटे तक हाथियों ने उसे निकालने की कोशिश की, लेकिन वह निकाल नहीं सके। सवेरा होते देख हाथियों का झुंड बच्चे को वहीं छोड़कर चला गया। इन पेड़ बाबा को अपनी करामात किसी को दिखानी नहीं थी, नहीं तो ऋषिकेश शहर के पास किसी पेड़ को चुनते। दूध बेचनेवाले ग्वालियों का डेरा उसी जंगल में कुछ दूर पर था। उनसे पेड़ बाबा ने दूध का इन्तिजाम कर लिया था। वह केवल दूधाधारी थे। निर्जन जंगल में रहनेवाले पेड़ बाबा की कीर्ति ऋषिकेश में भी पहुँची और बम्बई का एक श्रद्धालु सेठ दर्शन करने के लिए उनके पास गया। न मानने पर भी बहुत आग्रह करके ग्वालियों से दूध का बँधान करके वह पैसे दे गया। वह पेड़ बाबा ईमानदारी के साथ हिन्दू धर्म की सभी तपस्याओं और ध्यान योग का अभ्यास करते रहे। उनको दूकान नहीं चलानी थी, और अब 60 से ऊपर पहुँचकर यह कट्टर नास्तिक हैं।

भूतपूर्व पेड़ बाबा ने भी इस नए पेड़ बाबा को जाकर देखा। वह घर के भेदिया थे, या जिसमें वह स्वयं असफल रहे, उसमें दूसरे व्यक्ति को सिद्धि-लाभ करते देख ईर्ष्या हो आई, कह रहे थे : अगर तपस्या करनी थी, तो किसी जंगल में जाता, यहाँ मधुपुरी के सबसे बड़े बाजार के सौ कदम पर पेड़ बाबा बनना केवल धोखा-धड़ी है।

उनके मित्र ने कहा—आखिर हिन्दुस्तान में जहाँ भी देखिए, उत्तर से दक्षिण और पूर्व से पश्चिम तक धर्म की छोटी-बड़ी दूकानें खुली हुई हैं। यह धर्म के सेठ लोग अपने सौदे के प्रचार के लिए नये-से-नये साधनों का इस्तेमाल कर रहे हैं। अब

तो उसी की दूकान की ख्याति बढ़ती है, जो अपने सौदों को अंग्रेजी के रूप में पेश करे, और उसके शिष्यों में अंग्रेजी के डिग्रीधारी स्त्री-पुरुषों की काफी संख्या हो। अगर दो-चार गौरांग-गौरांगिनियाँ भक्त बन जाएँ, तो कहना ही क्या है? करोड़पति सेठ जानते हैं, कि धर्म और अन्धविश्वास का पल्ला जितना ही भारी रहे, उतनी ही हमारी खैरियत है। इसलिए इन महात्माओं की महिमा गाने के लिए उनके पत्रों के कालम खुले रहते हैं।

दोनों मित्र और उनकी ही तरह के कुछ और स्वतंत्र विचार रखनेवाले स्त्री-पुरुष भी मधुपुरी में थे। यदि उनकी चलती, तो पेड़ बाबा को महीने भर चुपचाप पेड़ पर टँगे रह खाली हाथों ही जाना पड़ता। लेकिन, आज के "ऋणं कृत्वा घृतं पिवेत्" के माननेवाले भी चार्वाक की तरह नास्तिक नहीं होते। पेड़ बाबा बोलते नहीं थे, और न वहाँ ऐसा प्रबन्ध था, कि उनसे एकान्त में इशारे से भी बात हो सके, नहीं तो इनमें से कितने ही उनके पास जाकर अपने भाग्य को दिखलाते, तथा कोई मंत्र-तंत्र प्राप्त करने की कोशिश करते, जिसमें उनकी आधिदैविक, आधिभौतिक तथा आध्यात्मिक सभी तरह की व्याधियाँ दूर हो जातीं। पेड़ बाबा नास्तिकों और बुद्धिवादियों को देखकर यहाँ नहीं आए थे। वह जानते थे, कि मधुपुरी जैसी नगरी भी श्रद्धालुओं से खाली नहीं, बल्कि भरी हुई है। दर्जन दो दर्जन नास्तिक हमारा कुछ नहीं बिगाड़ सकते, और उनकी बातों को सुनकर कोई नहीं भड़क सकता। श्रद्धालु उन्हें मुँहतोड़ जवाब दे सकते हैं—यदि कुछ नहीं है, तो तुम भी जरा चौबीस घंटे ही इस वर्षा और सर्दी में किसी पेड़ पर बैठकर देख लो।

शायद एक ही हफ्ता बीता था, जब खबर लगी, कि पेड़ बाबा दिन में एक बार कुछ मिनटों के लिए अपना मुँह खोलकर भक्तों और भक्तिनों को दर्शन देते हैं। बाबा ने इसके लिए दोपहर का समय चुना था। गेरुवे वस्त्र से ढँकी मूर्ति कुछ मिनटों के लिए सड़क की ओर मुँह खोल देती। भक्त लोग गद्गद् हो जयकार करने के लिए तैयार हो जाते थे; लेकिन उन्हें पहले ही से सचेतकर दिया गया था, कि बाबा मौन तथा ध्यान में मग्न हैं, वह ऐसा हल्ला-गुल्ला सुनना नहीं चाहते। पेड़ बाबा के सिद्ध होने में कोई सन्देह नहीं था। उनके बारे में कुछ पते की बातें कौन लोगों तक पहुँचाता था? पेड़ के पास कोई साधक दिखाई नहीं पड़ता था। तो भी बाबा की चौबीस घंटे की चर्या मधुपुरी की सड़कों पर सुनी जा सकती थी—अमुक वक्त वह दर्शन देते हैं, इसे भी लोगों को मालूम कराया गया था, और यह भी कि बाबा पूरे एक महीने तक यहाँ तपस्या करेंगे। फिर उद्यापन करके उत्तराखंड में हमेशा के लिए चले जाएँगे। हिमालय की किसी गुफा से वह आए भी थे। उनकी आयु के लिए हजार वर्ष कहनेवालों और विश्वास करनेवालों की भी कमी नहीं थी। सचमुच उस एक महीने में मधुपुरी में धर्म की बाढ़ आ गई, आर्यसमाजियों का मुँह फीका पड़ गया। यहाँ के दूकानदारों में सनातनधर्मी और आर्यसमाजी दोनों थे।

आर्यसमाजी अपने तर्क से सनातनियों को पछाड़ना चाहते थे, और यहाँ पेड़ बाबा अचल और मौन रहकर उनके हजारों तर्कों का जवाब दे रहे थे। आर्यसमाजियों की गृहिणियाँ भी भक्तिभाव दिखलाने में पीछे नहीं थीं। उस वक्त साफ दिखलाई पड़ा, कि मौखिक प्रोपेगेंडा आचारिक प्रोपेगेंडा से बहुत निर्बल होता है। जिस तरह पेड़ बाबा को सत्ययुग का ऋषि-मुनि कहा जा सकता था, उसी तरह उनके ज्ञान और विद्या को भी अनन्त बतलाया जा सकता था; क्योंकि मौन रहनेपर आदमी के ज्ञान-विज्ञान का क्या पता लग सकता है?

(3)

पेड़ बाबा की महीने की तपस्या पूरी हुई। पहले ही से निश्चित हो चुका था, कि किस वक्त वह पेड़ से नीचे उतरेंगे। उस समय पास के पर्वत-पृष्ठ पर तिल रखने की जगह नहीं थी। सभी जगह जैंटलमैन और लेडियाँ, साधारण लोग-लुगाइयाँ, लड़के-लड़कियाँ भर गए थे। एकाध को फिसलकर गिरना भी पड़ा, लेकिन पेड़ बाबा के प्रताप से किसी को अंग-भंग होने की नौबत नहीं आई। पेड़ बाबा के दर्शन के लिए हिन्दू या भारतीय ही नहीं, बल्कि उस समय मधुपुरी में रहनेवाले यूरोपियन नर-नारियाँ ने भी अपने को रोक नहीं पाया। पेड़ बाबा का प्रचार इतना सुव्यवस्थित रीति से और चुपचाप हो रहा था, जिसके सामने मधुपुरी की नगरपालिका के चुनाव का प्रचार भी कुछ नहीं था। सब बातों में एक तरह की व्यवस्था और बाकायादगी देखी जाती थी। पेड़ से उतरने के समय न जाने कहाँ से बाजे भी पहुँच गए। वर्षा के इस महीने में मधुपुरी में बहुत तरह के फूल मिलते हैं, उनकी मालाएँ लोगों के हाथों में दीख पड़ती थीं। पेड़ बाबा अब भी चेहरे को खोले नहीं थे। मध्य एशिया का एक सिद्ध इसलिए अपने मुँह पर हमेशा हरे रंग का कपड़ा रखता था, कि लोग उसके मुख के तेज को सह नहीं सकेंगे। शायद पेड़ बाबा का भी कुछ ऐसा ही खयाल था। मधुपुरी के केन्द्रीय बाजार में पेड़ बाबा के पेड़ के पास ही एक नई विशाल इमारत बनी थी, जिसमें दूकान रखने के लिए बड़े-बड़े हाल थे। आखिर मधुपुरी के मकान-मालिक भी तो धर्म के मानने वाले हैं। इस समय नई बनी दूकानें आबाद नहीं थीं। एक हाल में लाकर पेड़ बाबा को रक्खा गया। पेड़ बाबा अब मुँह ढाँके एक पैर पर खड़े थे। उन्हें पूरे भागवत की कथा सुननी थी, और समाप्ति पर हजार ब्राह्मणों का भोज कराना था। मधुपुरी के स्थायी निवासी वैसे तो आजकल बराबर मन्दी की शिकायत करते रहते हैं, लेकिन उनके खाली हाथों में इस समय पेड़ बाबा के लिए न जाने कैसे पैसे की बाढ़ आ गई थी। उन्होंने दिल खोलकर पेड़ बाबा के यज्ञ में पैसा दिया। एक दर्जन ब्राह्मण कथा कहने के लिए बैठा दिये गए। उन्हें दोनों वक्त पूड़ी मिठाई और अच्छा

भोजन मिलता, जिसका प्रबन्ध हलवाइयों से कर दिया गया था। पेड़ बाबा एक टाँगपर खड़े दिनभर—जानकारों का कहना है रात को भी खड़े रहते। पूड़ी मिठाई खानेवाले ब्राह्मण अब उनके तेज और तपस्या के बारे में प्रचार करने में सबसे आगे थे। बात की बात में लोगों ने पाँच हजार रुपये जमा कर दिये। कथा और यज्ञ के लिए जो थाली रख दी गई थी, उसमें भी रुपयों, अठन्नियों और चौअनियों की वर्षा होती रहती थी।

पेड़ बाबा के यज्ञ और दर्शन का लाभ उठाने का जिन्हें मौका मिला था, वह कह रहे थे, कि पेड़ बाबा के नजदीक जाने ही से आदमी के मन में दिव्य भाव पैदा हो जाते हैं। कुछ गीता पढ़े हुए लोग कहते—वहाँ आसुरी सम्पत्ति रह नहीं सकती, वहाँ तो केवल देवी सम्पत्ति का वासा है। मधुपुरी में यह बात नहीं, कि केवल विलासी ही आया करते हैं, यहाँ पर इस वर्ग का उद्धार करने का बीड़ा उठानेवाले कितने ही हिजहोलिनेस, शंकराचार्य और पहुँचे हुए सिद्ध भी आते हैं। विशेषकर जब मधुपुरी गोरे हाथों से निकलकर काले हाथों में आई, तबसे गेरुवाधारी या जटावाले महात्माओं का यहाँ अभाव नहीं रहता। अब तो शंकराचार्य लोग यहाँ आकर वर्षावास करने लगे हैं। आखिर राजभवन तो महात्माओं की वाणी या चरण-रज से सत्ययुग में भी शून्य नहीं थे, फिर इस कलियुग के जंगम तीर्थ हमारे साधु-महात्मा कैसे संसार-पंकमग्न इन विलासी जीवों को डूबने के लिए छोड़ सकते हैं? लेकिन, पेड़ बाबा और दूसरे महात्माओं में बड़ा अन्तर था। मधुपुरी के सैलानी प्रायः सभी मध्य वर्ग के होते हैं, शिक्षित ही नहीं, बल्कि उनमें शत-प्रतिशत अंग्रेजी के जानकार होते हैं महिलाओं में शायद कुछ सेठानियाँ ही अंग्रेजी भाषा से वंचित हों। ऐसे लोगों के ऊपर स्थूल हथकंडे काम नहीं आते। उनपर अंकुश रखने के लिए विद्या और ज्ञान की आवश्यकता होती है। इसलिए अपटुडेट टैकनीक रखनेवाले साधु-महात्मा ही उनको अपनी ओर खींच सकते हैं। जिस वक्त पेड़ बाबा के आने की खबर मधुपुरी में पहले-पहल फैली, उस वक्त कितने ही लोग—जिन्हें श्रद्धाहीन नहीं कहा जा सकता—भी कहने लगे थे : "यह बहुत क्रूड टैकनीक (भद्दा हथकंडा) है। पेड़ पर बैठकर आजकल कितने ही बन्दर भी भींग रहे हैं, लेकिन कोई उनके पीछे मारा-मारा नहीं फिरता।" सज्जनों को यही विश्वास था, कि अद्वैतब्रह्म पर बारीकी से सर्मन देनेवाला ही शिक्षितों को अपनी ओर खींच सकता है। पेड़ बाबा यदि हफ्ते के भीतर सिद्धिलाभ करना चाहते, तो अवश्य निराश होना पड़ता। लेकिन, उनका महामंत्र था—"आए हैं तेरे दर पै, तो कुछ करके उठेंगे।"

पेड़ बाबा कुछ करके उठे, यह सन्देहवादियों को भी मानना पड़ा। वह मधुपुरी में जब तक रहे, बराबर मौन रहे, लेकिन उनकी सन्निधि मात्र से लोगों ने बहुत लाभ उठाया। लोभ तो उन्हें छू नहीं गया था। रुपयों की वर्षा हो रही थी, लेकिन उनको छूना तो क्या, उधर ताकना भी वह पसन्द नहीं करते थे। जो कुछ आया, सब

दान-पुण्य में लुटाया। इस दान-पुण्य के सबसे बड़े पात्र मधुपुरी के ब्राह्मण देवता थे, जो यहाँ के सबसे सताए हुए लोग थे। विलासपुरी में उनको भूखे ही मर जाना पड़ता, यदि अब भी पुराने ढर्रे के दूकानदार यहाँ न होते। इधर भागवत की कथा हो रही थी, उधर भोज की तैयारी बड़े जोर-शोर से की जा रही थी। भूखों भिखमंगों के भोजन कराने का उतना फल थोड़े ही होता है, जितना भूसुरों को भोजन और दक्षिणा देने का।

वैसे पहले हो सप्ताह में पेड़ बाबा के प्रति नास्तिकता रखनेवालों का जोर घट गया था। लेकिन, उनके उतरकर एक टाँग से खड़े होकर कथा सुनने के सप्ताह के बीतते-बीतते तो किसी नास्तिक की मधुपुरी में खैरियत नहीं थी। शिक्षित-अशिक्षित तरुण-वृद्ध, स्थायी-निवासी-सैलानी सभी में भक्ति की बाढ़ आ गई थी। चारों ओर उसका इतना प्रखर प्रकाश फैल रहा था, कि लोगों की आँखें चौंधिया गई थीं। सिनेमाघर हो, या क्लबघर, सड़क हो या बँगला हर जगह केवल पेड़ बाबा की चर्चा थी। भारतीयों के घरों ही में नहीं, एंग्लो-इंडियन और यूरोपियन परिवारों में भी पेड़ बाबा का बखान हो रहा था—कुछ लोग नुकताचीनी भी कर रहे थे, लेकिन एक मत होकर नहीं। कैथलिक लोग साधुओं की करामातों पर विश्वास रखते हैं। अभी इसी साल तो इताली के किसी गाँव में मदोन्ना की मिट्टी की मूरत की आँखों से कई दिनों तक आँसू बहे थे। हजारों नर-नारियों ने अपनी आँखों उसे देखा था, और अखबार क्यों झूठ बोलने लगे! उनके कहने के अनुसार रसायनिक विश्लेषण करने पर वह आँसू बिलकुल मनुष्य के आँसुओं जैसे थे। कैथलिकों को अगर पेड़ बाबा में सन्देह हो सकता था, तो इसीलिए, कि पैगन (काफिर) साधु ऐसी करामात का धनी कैसे हो सकता है?

भागवत-समाप्ति का समय नजदीक आ रहा था। कथा को यदि अर्थ-सहित कहा जाता, तो और समय लगता। उसका सिर्फ पारायण हो रहा था, जिसे पेड़ बाबा अपनी सर्वज्ञता के कारण समझ सकते थे, नहीं तो भागवत के पाठ करनेवालों में भी बिरले ही कुछ समझ पाते थे। सबकी इच्छा यही थी, कि कथा जल्दी समाप्त न हो, और पेड़ बाबा कुछ और दिनों तक हमारे बीच में बने रहें।

यज्ञ समाप्ति का दिन आया। उस दिन मधुपुरी के नागरिकों ने अपनी श्रद्धा का चरमरूप दिखलाना चाहा। जितने भी बैंड बाजे मौजूद थे, उन सबको किराए पर कर लिया गया। आज बाबा का जलूस निकलनेवाला था। साधारण बनियों की तो बात ही क्या, पश्चिमी ढंग में रंगे आधुनिक शिक्षा-दीक्षा में निष्णात फैशन और शौकीनी की महंगी चीजों के बेचनेवाले दूकानदारों में से भी अधिकांश ने अपनी दूकानों को उस दिन सजाया था। सड़क पर कई जगह तोरण लगाए गए थे। यद्यपि मधुपुरी की माल-सड़क पर मोटर का चलना जिला-मजिस्ट्रेट की विशेष आज्ञा के बिना नहीं हो सकता लेकिन, पेड़ बाबा के लिए मजिस्ट्रेट क्या लाटसाहब की

भी इजाजत आसानी से मिल सकती थी। प्रदेश के लाटसाहब स्वयं एक धर्मप्राण महापुरुष हैं, जो हर समय हिन्दू धर्म, हिन्दू संस्कृति और हिन्दू गौरव का गान करते यही अफसोस करते हैं, कि वह शेषनाग की तरह सहस्र-जिह्व नहीं हुए। लेकिन पेड़ बाबा को यह सब बातें पसन्द नहीं थीं। उन्हें मोटर की क्या आवश्यकता? मौन थे, तब भी उनके भावों से आदमी स्वयं समझ लेते थे, कि वह कह रहे हैं मेरे पास सबसे बड़ी मोटर मेरे दोनों पैर हैं, जिससे मैं हिमालय के सर्वोच्च शिखरों पर विचरा करता हूँ। बाबा के बैठने के लिए मोटर का नहीं रिक्शा का प्रबन्ध किया गया। कभी मुँह जरा-सा खोले और कभी ढँके वह उसी पर नर-नारियों की भीड़ में मधुपुरी की सड़क पर एक छोर से दूसरे छोर तक गए। उनकी चरण-रेणु मालरोड पर हमेशा के लिए बिखर गई। रास्ते में हर जगह पुष्प वर्षा होती, कपूर की आरती कदम-कदम पर उतारी जाती। भक्त लोग उनके चरणों में कहीं साष्टांग दंडवत करते, कहीं उनकी चरणधूलि लेकर अपनी आँखों और सिर में लगाते। पेड़ बाबा मौन उसी तरह कई घंटे जलूस में रहे। सचमुच यह किसी करामात से कम नहीं था। पेड़ बाबा बोलते भी, तो उनके पास एक ही जीभ थी, पर यहाँ हजार-हजार जीभ उनकी तरफ से बोलने के लिए तैयार थीं। "पेड़ बाबा की जय" सभी जगह होती रही, लेकिन आर्यसमाज मन्दिर के पास जब जलूस पहुँचा, तो लोग बड़े जोर-जोर से "सनातन धर्म की जय" करने लगे। आर्यसमाज के लिए यह चैलेंज था, इसमें शक नहीं। सनातन धर्म की इस समय पाँचों घी में थीं, और उससे फायदा उठाने में हिन्दू संस्कृति के इजारेदार भी किसी से पीछे नहीं थे।

भोज हुआ। सरकार ने भोज में आदमियों की संख्या कानून द्वारा सीमित कर दी है। पेड़ बाबा भोज में उस संख्या में एक नहीं दो सुन्ने की वृद्धि थी। कानून के धनीधौरी सरकारी अफसर मधुपुरी में मौजूद थे, लेकिन मजाल क्या, कि वह इसमें बाधा डालकर अपने को हिरण्यकशिपु की सन्तान साबित करते। हलवाइयों को पहले ही पैसा मिल गया था और उन्होंने तरह-तरह के पकवान बनाए। उनकी दूकानों में इतनी बिक्री द्वितीय महायुद्ध के समाप्त होने के बाद शायद ही किसी दिन हुई हो। वह सचमुच निहाल हो गए। वस्तुतः निहाल होनेवालों में मधुपुरी के हलवाई और ब्राह्मण दो ही थे, वैसे धर्म-लाभ से निहाल होनेवालों में मधुपुरी के सारे निवासी शामिल थे। अब वह पेड़ सूना हो गया था। धर्मप्राण लोग कुछ सोच रहे थे, कि बाबा की तपस्या के प्रतीक इस पेड़ को भी कोई अचलकीर्ति का रूप देने का इन्तिजाम किया जाए। बुद्ध ने पीपल के पेड़ के नीचे ध्यान करते परमज्ञान को लाभ किया था, इसके कारण पीपल युग-युग के लिए पवित्र वृक्ष बन गया। मधुपुरी का वह बान वृक्ष भी कुछ उसी तरह का महत्व रखता है। बान वृक्ष की सारी जाति को पेड़ बाबा का वृक्ष बनाना भक्तों की शक्ति से बाहर था, क्योंकि वह ऐसी ही जगह हो सकता है, जहाँ साल में कम से कम एकाध बार हिमवृष्टि हो

जाए, या वह न हो तो तापमान हिम-बिन्दु से कुछ रातों तक जरूर नीचे रहे। बाबा के पेड़ को सूना देखकर लोगों को दुख होता था, इसलिए किसी ने वहाँ भगवा कपड़े की एक छोटी-सी झंडी गाड़ दी थी। अब तो वह मकान भी सूना होने जा रहा था, जिसमें इतने दिनों तक हरि कथा होती रही, जयजयकार होता रहा, और सुबह से शाम तक हजारों नर-नारियों की भीड़ बनी रहती।

हरेक त्योहार और महोत्सव का कभी न कमी अन्त होता ही है। एकाएक जन-कल्लोल और आनन्द को बाढ़ के बाद नीरवता छा जाने से चारों ओर उदासी -ही-उदासी दीखने लगती है। पेड़ बाबा के मधुपुरी छोड़ने का दिन आ गया। एक बार फिर भक्त नर-नारियों ने अपने आराध्य देव का दर्शन कर लेना चाहा। बाबा घर से बाहर सड़क पर आए। सामने सिनेमाघर था। आजकल सिनेमा सबसे बड़ा तीर्थ है, उसके सामने सभी धर्मों के देवालय फीके हो गए हैं, और वहाँ नंगी तारिकाओं की तसवीरें किसी देवी से कम भक्तों को अपनी ओर आकृष्ट नहीं करतीं। लेकिन, उस दिन सिनेमा और उसकी तारिकाएँ भी पेड़ बाबा सामने फीकी पड़ गईं। कोई उधर झाँकने की चाह नहीं करता था। सभी पेड़ बाबा की, भगवे कपड़े के भीतर ढँकी लम्बी मूर्ति को देख रहे थे। मौन रहने पर भी कुछ लोग पेड़ बाबा के बहुत नजदीकी हो गए थे। जिसमें अधिक भक्ति होगी, वह देवता का सान्निध्य प्राप्त करता ही है। बाबा के पास कोई साजोसामान नहीं था, वही गेरुवे कपड़े और एक काला छत्ता अब भी उनके पास था, जिसे लेकर वह पेड़पर विराजमान हुए थे। बाबा की चलती, तो मधुपुरी से नीचे शहर तक पैदल ही जाते, लेकिन भगवान को भी भक्तों का आग्रह कभी-कमी मानना ही पड़ता है। उनके लिए कार ठीक करने में दिक्कत क्या थी? मधुपुरी में कार रखनेवाले पचासों मौजूद थे, जो सभी अपना अहोभाग्य समझते, यदि बाबा उनकी कार में पैर रख देते। किसी पुण्यात्मा को अपनी कार देकर सेवा करने का मौका मिला। बाबा मधुपुरी से विदाई ले रहे थे। वह वीतराग थे, दुख-सुख लाभालाभ, जयाजय में उनकी समबुद्धि थी। लेकिन, उनके सानिध्य से जिनकी आत्मा पवित्र बुई थी, जन्म-जन्म के पाप दूर हुए थे, वह तो बीतराग नहीं थे। सबकी आँखें गीली नहीं, वर्षा की बूँदों की तरह आँसू बहा रही थीं। हमारे पूर्व-परिचित हैटधारी दोनों वकील साहबान भी वहाँ पहुँचे हुए थे। उनकी भी आँखें गीली थीं। कितने ही मुँह से और कितने ही मूक हृदय से यही बार-बार प्रार्थना कर रहे थे—"बाबा मधुपुरी को न भूलना, फिर हम पापियों को आकर एक बार दर्शन देना।

कार पर चढ़कर बाबा नीचे के नगर में पहुँचे। वहाँ भी उनके स्वागत के लिए लोग तैयार थे। किन्तु यह नागरिक और नागरिकाएँ नहीं, बल्कि एक दर्जन सिपाहियों के साथ पुलिस के इन्सपेक्टर और थानेदार। उन्हें टेलीफोन से पहले ही खबर मिल चुकी थी। पहाड़ से उतरते ही बाबा की कार के पीछे एक और कार भी चल रही थी। नगर के भीतर घुसते ही इंस्पेक्टर ने कार के रोकने का हुकुम दिया। कार पूरी

तौर से रुक नहीं पाई थी, तभी चारों ओर से उसे पुलिस के जवानों ने घेर लिया। इंस्पेक्टर ने हाथ पकड़कर कुछ जोर दे कार से उतारते हुए कहा—पेड़ बाबा, मधुपुरी के लोगों को तुमने निस्तार कर दिया, अब चलो हमारे जेल का निस्तार करो।

पेड़ बाबा डाकुओं के गरोह का सरदार निकला, किन्तु कौन कह सकता है, मधुपुरी को उसने तार नहीं दिया?

सुलतान

(1)

कोई पुरी या विलासपुरी यों ही नहीं सज जाती। उसके भोग के लिए जितनी व्यक्तियों की आवश्यकता होती है, सजाने के लिए उससे कई गुना अधिक हाथों की जरूरत पड़ती है। खाने-पीने की चीजों को प्रस्तुत करने के लिए रेस्तराँ, होटल, बावर्ची, खानसामे, सागवाले, गोश्तवाले, मिठाईवाले चाहिए। मधुपुरी को सर्वकला-सम्पूर्ण बनाने के लिए जिन लोगों की आवश्यकता होती है, उनमें दर्जी और धूने (धुनियाँ) भी हैं। यहाँ आनेवाले विलासियों के लिए हंसतूल के गद्दे ही नहीं, बल्कि रुई की भी कोमल तोशकों की आवश्यकता पड़ती है। फिर ठिकाना नहीं किस वक्त नीचे का माघ-पूस आ जाए, जिसे हटाने के लिए कई कम्बलों से अधिक सुखद रजाई होती है। तकियों की भी जरूरत पड़ती है। इस प्रकार मधुपुरी के अभिन्न अंगों में धूने (धुनिये) भी हैं। इसलिए यदि हर साल वरस में आठ महीने सुलतान को मधुपुरी में देखा जाए, तो कोई आश्चर्य को बात नहीं। उसके हाथ में धुनने का धनुका और डम्बल जैसा लकड़ी का लोढ़ा देखकर पुरानी कहानी याद आ जाती है। कोई धुना अपने इसी प्रभावशाली वेष में सवेरे ही सबेरे काम की तालाश में जा रहा था। रास्ते में एक सियार मिल गया। सियार ने सोचा, "यह तो अवश्य कोई शेर का शिकारी है, अब मेरे जान की खैरियत नहीं। इस समय एक ही बचने का उपाय है, कि मैं इसकी खुशामद करूँ" और उसने दरबारी कवियों की भाषा कहा।

कहाँ चले दिल्ली-सुलतान। हाथे धनुहा तीर-कमान ॥

धुने की जान में जान आई। वह समझ रहा था, कि यह तो जंगल का राजा शेर है, और मुझे खाए बिना नहीं रहेगा। प्रसन्न होकर उसने कहा :

बड़े की बात बड़े पहचान।

लेकिन, सुलतान को देखकर यह पुरानी कहावत याद आते ही एक टीस-सी लगती है।

सुलतान औसत से अधिक नाटा, किन्तु कद में बौना नहीं है। उसकी उमर अब 50 के करीब पहुँच रही है, पर देखने में उससे कहीं अधिक बूढ़ा मालूम होता है। वह दुबला-पतला केवल आयु के कारण नहीं है। शायद जवानी में भी उसकी देह पर मांस की मोटी तह कभी नहीं जमी। बचपन में ही चेचक से उसकी एक आँख जाती रही, इसलिए रीति के अनुसार उसे नवाब कहलाने का भी अधिकार है; पर, सुलतान का दर्जा नवाब से कहीं बढ़कर है। अल्ला और रसूल के मानने के कारण उसके चेहरे पर छोटी-सी कर दाढ़ी भी है। उसका धनुहा उसके कद से ज्यादा बड़ा मालूम होता है, लेकिन उसे ले चलने में उसको कोई परिश्रम नहीं पड़ता। मधुपुरी में वह किस जगह रहता है, यह नहीं कहा जा सकता। शायद अपनी तरह के मजूरी करनेवाले धूनों या दूसरे लोगों की कोठरियों में किसी के साथ रहता होगा। लेकिन, कभी-कभी उसे सूर्योदय होते केन्द्र से दो-दो-तीन-तीन मील दूर की कोठियों में तीर-कमान लगाए देखा जाता। दूर के और नजदीक के भी बँगलेवाले सुलतान को रोम-रोम से आशीर्वाद देते। यदि वह न आता, तो उसको ढूँढ़ने के लिए छह मील लम्बी बसी मधुपुरी में कहाँ कहाँ घूमना पड़ता। अथवा धुनने की तोशक रजाई को तीन मील दूर की दूकान में भेजना पड़ता, जो मजूरी भी ज्यादा लेती, तरदुद भी करना पड़ता और तिसपर भी इसमें सन्देह है, कि रुई एक साल भी बराबर जमी रह सकती। सुलतान जिस रजाई या तोशक को भर देता है, मजाल क्या है, कि वह कपड़ा फटने से पहिले खिसक जाए। एक तरह से यह उसके घाटे का सौदा है, क्योंकि रुई जितनी ही जल्दी-जल्दी खिसकती रहे, उतना ही उसे ज्यादा काम मिलेगा, उसकी धुनाई की दर 8 आना सेर है। लेकिन इतना घाटा सहकर सुलतान ने अपनी साख जमा दी है जो एक बार उससे काम करा लेता है, उसकी नजर में दूसरा धुना जँचता ही नहीं।

वह पास के किसी मैदानी जिले का है। गाँव या शहर का यह नहीं कह सकते। कसाई, धूने या खानसामे गाँव के होने पर भी अपने को शहर का बतलाना अभिमान की बात समझते हैं। एक कसाई—जो भी सिरपर छाबड़ी में मांस रक्खे मधुपुरी के कोने-कोने में घूमा करता है—केवल अपने को शहरी ही नहीं बतलाता, बल्कि एक दिन उसने न जाने किस प्रकरण में यह भी जड़ दिया—हमारी औरतें सिनेमा देखने नहीं जाया करती। शहर में रहते किसी कसाई की भी स्त्री सिनेमा देखने नहीं जाएगी, यह विश्वास करने की बात नहीं है। दुनिया के किसी धर्म ने सिनेमा बहिष्कार का फतवा नहीं दिया। वह यह भी कह रहा था, कि हमारी स्त्रियाँ घर से बाहर नहीं निकलतीं। इससे जरूर मालूम होता था, कि वह शहर का निवासी है। गाँव में होने पर ऐसा करना किसी मजदूर पेशा मुसलमान के लिए भी बहुत कठिन है, चाहे वह

कसाई का पेशा हो क्यों न करता हो? इस्लाम ने यदि धर्म के तौरपर और हिन्दू धर्म ने रवाज के तौरपर पर्दे का जबर्दस्त प्रचार किया, तो भी उसका प्रभाव धनी लोगों पर ही पड़ा, गरीबों को अपनी मशक्कत की कमाई खानी थी, वह ऐसी शौकीनी को अपना कर कैसे घर के आधे हाथों को लुंज कर देते? सुलतान को इस तरह का कोई अभिमान नहीं था। उसका चेहरा देखते ही आदमी के हृदय पर करुणा बरसने लगती है, और यदि काम न भी हो, तो कोई काम देने की तबियत करती। पर, सुलतान ने धुनना छोड़ और कोई काम नहीं सीखा। यदि वह गद्दीदार कुर्सियों की मरम्मत कर सकता, बेंत में उन्हें बुन सकता या रंग-बार्निश लगा सकता, तो इसमें शक नहीं उसे और भी काम मिलते।

(2)

अगस्त 1947 में जब भारत का विभाजन करके पाकिस्तान स्थापित हो गया, और उसके कारण कितनी ही जगहों पर सीमान्त के दोनों तरफ निरीह नर-नारियों की निर्मम हत्या हुई, तो उससे मधुपुरी प्रभावित हुए बिना नहीं रह सकी। विभाजन से पहले की मधुपुरी बिना भेदभाव के सभी तरह के विलासियों-विलासिनियों तथा उनके लग्गू भग्गुओं का स्वागत करने के लिए तैयार रहती थी। वर्तमान शताब्दी के आरम्भ में भारतीयों के उच्च कुलों में चाहे जो भी छूआछूत रही हो, पर दो महायुद्धों के बाद वह बिलकुल मिट गई। बेटी न सही, लेकिन रोटी सबकी एक हो गई। मधुपुरी छोटी-बड़ी किसी सरकार की ग्रीष्म-राजधानी नहीं थी, ऐसा होने से वह घाटे में नहीं थी, क्योंकि सरकारी वातावरण न होने से यहाँ शुद्ध विलासी लोग आते थे, जिनमें गोरंगों की संख्या सबसे अधिक थी। उनके बाद राजा-नवाबों का नम्बर आता था। क्लबों में, रेस्तोरां और होटलों में उनके कीमती सुरा के चषक एक-दूसरे से मिलकर खन-खनाते थे। गोरंगों के साथ कालों को उतनी आजादी नहीं थी, और केवल किसी सरकारी मंत्री को ही इस तरह का कभी-कभी सौभाग्य प्राप्त हो सकता था। बाबर्ची और खानसामे भारतवर्ष में सबसे अच्छे और महँगे चट्टग्राम के बरुआ बौद्ध या गोआ के ईसाई होते थे, लेकिन उनको रखने की शक्ति सभी गौरांग के पास नहीं थी। एक तरह इन पेशों पर मुसलमानों का आधिपत्य था। हिन्दू राजा हों, मुसलमान नवाब हों, या अंग्रेज सेठ या अफसर, सबके यहाँ मुसलमान बैरा-खानसामा थे। हिन्दू, विशेषकर ऊपर की जातवाले, इस पेशे में हाथ ही नहीं लगा सकते थे। कोई रानी साहिबा यदि ज्यादा धार्मिक विचार रखनेवाली हुई, तो उनके यहाँ ब्राह्मण रसोइया भले हो जाए, जिसका काम साथ-साथ बँगले के कमरों और फर्नीचर को गंदा करना भी होता था। मुसलमान बैरा चाहे साहेब के लिए उसे अभक्ष्य मांस भी तैयार करना हो, कोई आनाकानी नहीं करता था। हाँ

भोजन में वह भागीदार नहीं बन सकता था। चार-चार पाँच-पाँच पीढ़ियों से यही काम करते-करते ये लोग रसोईखाने और मेज की बारीकियों को समझ गए थे। चीनी और शीशे के कीमती बर्तन उनके हाथों में बहुत कम टूटते थे अपने मालिक के सामने खूब साफ-सुथरी बंगलेकीपर जैसी पोशाक पहनना उनके स्वभाव में हो गया था। अपने धर्म के प्रति उनमें बड़ी भक्ति थी। उनमें से अधिकांश रोज नमाज पढ़ते थे। जुमा (शुक्रवार) के दिन मधुपुरी की अब खाली-सी पड़ी सारी मस्जिदें भर जाया करतीं। इतना होते भी उनमें दूसरे धर्मों के प्रति उतनी घृणा नहीं थी, और न मुसलमान होने के कारण वह अपनी अलग जबर्दस्त जमात बन्दी करने के लिए तैयार थे। मधुपुरी के मकानों और सड़कों के बनानेवाले मजदूर अधिकांश बालती (कश्मीरी) मुसलमान थे, जिन्हें यहाँ के लोग लद्दाखी कहा करते थे। वह छूआछूत में हिन्दुओं से किसी प्रकार कम नहीं थे। अपने देश में वह दूध तक भी हिन्दू के हाथ का नहीं पी सकते। पर, थे बड़े सीधे-सादे, मधुपुरी के सबसे डरपोक बनिये भी उन्हें चार गाली दे सकते थे। यदि विभाजन से 25 वर्ष पहले देखा जाता, तो मालूम होता, कि मधुपुरी में साम्प्रदायिकता या मजहबी कटुता का कहीं नामोनिशान नहीं है।

मुस्लिम लीग ने मुसलमानों की अलग जाति होने का प्रचार करना शुरू किया, बढ़ते-बढ़ते उसने देश के बँटवारे की माँग की। लोग मध्य वर्ग के मुसलमान मधुपुरी में आते ही थे, उनके सम्पर्क से मुसलमान व्यापारियों और फिर मुसलमान जनसाधारण पर प्रभाव पड़ने लगा। "मुस्लिम लीग जिन्दाबाद" "कायदे आजम जिन्दाबाद" "पाकिस्तान जिन्दाबाद" के नारे यहाँ भी जब-तब सुनाई देने लगे। द्वितीय महायुद्ध समाप्त होते-होते, पाकिस्तान का आन्दोलन बहुत जोर पकड़ने लगा, और बँटवारे से एक ही साल पहले यहाँ तक नौबत आ गई, कि मधुपुरी के हिन्दुओं को पाकिस्तान बिलकुल आँखों के सामने दिखाई देने लगा। अब लद्दाखी मुसलमान भी मुस्लिम लीग के झंडे के नीचे थे। मधुपुरी में आनेवाले लोगों में घासाहारी बहुत कम ही होते हैं। यहाँ मांस का जितना खर्च है, उसी के अनुसार मांस विक्रेताओं की जरूरत पड़ती है। सिक्ख हलाल होने के कारण मुसलमान के हाथ के मांस को भक्ष्य नहीं समझते, पर बाकी हिन्दू हों या ईसाई, सभी हलाल मांस खाने से परहेज नहीं करते। इतने लोगों के लिए मांस तैयार करने के वास्ते यहाँ कसाइयों की बहुत काफी संख्या रहती थी। कसाई हिन्दुओं की उन जातियों में से हैं, जो हिन्दुस्तान में इस्लाम के आते ही उसके झंडे के नीचे चले गए। मांस और हड्डीवाले शरीर पर छुरा कैसे चलाना चाहिए, इसका उन्हें बचपन से ही अभ्यास होता है, लेकिन इसका यह अर्थ नहीं, कि वह बड़े युद्धवीर होते हैं। पर हिन्दू उनकी खूनखारी से डरते हैं। लीग का आन्दोलन चरमसीमा पर पहुँचा था। पहले मांस को बहुत ढाँककर ले जाना पड़ता। जानवर को स्वास्थ्य के खयाल से भी हर जगह काटने की इजाजत नहीं थी। कसाइयों ने हिन्दुओं को धमकी दी, हम शहर के चौराहे पर

गाय काटेंगे। हिन्दू कुछ करने की शक्ति नहीं रखते थे, अँग्रेज लीगियों की पीठ ठोंक रहे थे। कुछ दिन तो ऐसी नौबत आ गई, कि सचमुच ही लाला लोग चौराहे के पास की अपनी दूकानों को छोड़कर भाग गए। चारों ओर महाआतंक का राज्य था। मुसलमान जनसाधारण यह खयाल नहीं करता था, कि पाकिस्तान मधुपुरी से बहुत दूर है। उसके बन जाने पर भी मधुपुरी के मुसलमानों के लिए उससे कोई फायदा नहीं होगा, क्योंकि वह वहाँ जा नहीं सकते। मालूम नहीं, कभी पाकिस्तान के हिमायतियों के सामने उन्होंने यह सवाल भी रक्खा। यदि रक्खा हो, तो उन्होंने बतला दिया होगा, कि ऐसी नौबत आने पर हम सब पाकिस्तान चले चलेंगे। उनके कहने के अनुसार पाकिस्तान पृथ्वी पर दूसरा स्वर्ग होकर उतरनेवाला था।

अभी विभाजन की सीमा निश्चित नहीं हुई थी, लेकिन पश्चिमी पंजाब के सम्पन्न हिन्दू पहले ही से निष्क्रमण की तैयारी करने लगे। उनके लिए सबसे सस्ते और आराम के रहने के स्थान हिमालय की विलासपुरियाँ थीं, विशेषकर वह, जो पंजाब से बहुत दूर नहीं थी। लाहौर और दूसरे शहरों के हजारों परिवार भागकर उस साल (1947 ई.) की बरसात में मधुपुरी में चले आए। सारे मकान और औट-हौस तक ठसाठस भर गए। पंजाबी हिन्दुओं को अपने प्रदेश में मुसलमानों के साथ संघर्ष करने का तजुर्बा था, इसीलिए वहाँ के बनिए भी उतने डरपोक नहीं थे, जितने कि मधुपुरी के। अपने संख्या बल का भी उनको पूरा भरोसा था। कहाँ यहाँ के लीगी मुसलमान चौरस्ते पर गाय काटने की धमकी देकर ढीली धोतीवाले लालों की नींद हराम किये हुए थे, और कहाँ पंजाबियों ने आते ही लेने का देना शुरू कर दिया। हफ्ते ही दो हफ्ते में मुसलमान समझने लगे, जब दो-चार जगह पंजाबी सिखों या हिन्दुओं ने उन्हें पीट दिया और कहीं सुनवाई नहीं हुई। अब वह रोआँ गिराकर रहने लगे। "पाकिस्तान जिन्दाबाद" की जगह "पाकिस्तान भागो" का नारा बुलन्द हुआ।

मध्यम वर्ग के लीगी मुसलमानों की भी हिम्मत टूट गई, किन्तु उनको भरोसा था—हम पाकिस्तान पहुँच जाएँगे। मधुपुरी में आए पंजाबी हिन्दू सिख टकटकी लगाए देख रहे थे, कि लाहौर किधर जाता है—अधिकांश लोग लाहौर शहर के रहनेवाले थे। उन्हें हद से ज्यादा उम्मीद थी, कि रावी पश्चिमी पाकिस्तान की सीमा बनेगी, तथा लाहौर अवश्य हिन्दुस्तान में चला आएगा। आखिरी फैसला सुनाने से पहले ही पंजाब में खून की धाराएँ बहने लगीं। रेडियो से जब सुना कि लाहौर पाकिस्तान को दे दिया गया, तो शरणार्थियों का खून खौल उठा! बेचारे मधुपुरी के अधिकांश मुसलमान अब समझने लगे थे, कि पाकिस्तान हो जाए, तो भी उससे हमें कुछ लेना-देना नहीं। हमें तो वहीं जीना और मरना है : जहाँ हमारी अनगिनत पीढ़ियाँ सोई पड़ी हैं। उनके मालिक अधिकांश जहाँ रहते हैं, वहीं उनकी जीविका चल सकती है। वह अपनी गलती को पूरी तौर से समझने लगे थे, लेकिन, इसे कौन सुनता है। यदि पाकिस्तान में हमारे भाइयों के खून की नदी बह रही है, तो

यहाँ भी हमें उसका बदला लिए बिना नहीं रहना चाहिए। बिलकुल कबीलेशाही युग की मनोभावना लोगों में जाग उठी —अपराधी व्यक्ति नहीं, बल्कि उसका सारा कबीला है। मधुपुरी में भी उसी कांड को दोहराने का उपक्रम हुआ। यहाँ के अधिकारी बहुत चाहते थे, कि ऐसा न होने पाए। लेकिन, यह मामूली तेज हवा नहीं, बल्कि तूफान था, उसे कहाँ तक रोका जा सकता? आखिर यहाँ मुसलमान से 15-20—ज्यादातर मजदूरों में तर—बलि के बकरे बने। मधुपुरी के बिखरे हुए घरों में उन्हें रखना खतरे से खाली नहीं था, इसलिए एकान्त में स्थित एक बहुत-से बँगलोंवाली इस्टेट में उन्हें निकाल-निकाल कर पहुँचाया गया।

सुलतान कभी "पाकिस्तान जिन्दाबाद" के नारे में शामिल नहीं हुआ था। उसे समझ में ही नहीं आता था, कि पाकिस्तान यदि हमारे गाँव में नहीं बनता, तो उससे हमें क्या लाभ? वह बहुत बोलने चालनेवाला आदमी नहीं था, नहीं तो लोग उसे काफिर कहने से भी बाज न आते। वह समझता था, मैं यदि किसी का बुरा नहीं करता तो मेरे साथ कोई क्यों बुरा करेगा? लेकिन, जब उसके पड़ोस में ही पाँच मुसलमान किरपान से काट दिये गए; तो उसका विश्वास भी डगमगाने लगा, और पुलिस की रक्षा में वह भी शरणार्थियों के कैम्प में पहुँचा। सरकार ने खाने-पीने का प्रबन्ध किया था, लेकिन पहले से कोई तैयारी नहीं थी, इसलिए आध पेट भी भोजन नहीं मिलता था। इस उथल-पुथलते मधुपुरी के चार-पाँच हिन्दू नेता और व्यापारी बन गए। मुसलमानों की चल-सम्पत्ति का अधिक भाग इनके हाथ में चला गया। रक्षा के लिए जो पुलिस और पलटन आई थी, वह भी पाकिस्तान में हिन्दुओं के ऊपर होते अत्याचारों की अतिरंजित खबरों को सुनकर मधुपुरी के निरीह मुसलमानों के प्रति दया दिखाने के लिए तैयार नहीं थी। सैनिकों के सामने दूकानों से कीमती कालीन, कपड़े, फर्नीचर और दूसरे सामान लूटे जाते, पर वह किसी को नहीं रोकते। धनी लोगों ने तो लाख से 10 लाख के मालिक बनने के लिए अपना बाकायदा प्रबन्ध कर लिया था, और थोड़ा-बहुत लूटनेवाले लोगों की चीजें भी कुछ ही समय बाद मिट्टी के मोल इन्हीं के हाथों में चली गई, क्योंकि उन्हें रखने में तलाशी और पकड़े जाने का भय था।

खैरियत यही हुई, कि मधुपुरी में यह आँधी दो-तीन दिन से अधिक नहीं रही। नाहक की खून-खराबी को लोगों ने छोड़ दिया, और पुलिस-पलटन ने भी उसके रोकने में सफलता पाई। इस तूफान में मधुपुरी ने अपने इतिहास के सबसे योग्य और सर्वप्रिय प्रबन्धक को खो दिया। पागलपन में सभी कैसे यह समझने के लिए तैयार हो सकते थे, कि मुसलमान घर में पैदा होने पर भी उस पुरुष में धार्मिक पक्षपात छू नहीं गया था। सुलतान अपने दूसरे धर्म भाइयों की तरह यद्यपि इस्टेट के औट-होस में रहने के लिए मजबूर था, लेकिन सबसे पहले मना करने पर भी जो आदमी बाहर निक़ला, वह सुलतान ही था। हाँ, एक दूसरे भी वृद्ध मुसलमान

थे। अंग्रेजी सरकार के बहुत बड़े अफसर होकर पेन्शन ले मधुपुरी को ही उन्होंने अपना निवास बनाया था। वह उसकी विलासिता से नहीं, बल्कि सदा बसन्त से आकृष्ट हुए थे। उन्होंने समझा "मेरे हृदय के अन्त—स्तल में भी जब जरा भी मजहबी तअस्सुब नहीं है, तो मुझे क्यों किसी का डर होना चाहिए? और यदि डर हो भी, तो मरने से बढ़कर और क्या हो सकता है। 70 वर्ष का होकर और प्राणों का लोभ करना मेरे लिए अच्छा नहीं।" तूफान जब अपनी चरम शक्ति पर पहुँचा हुआ था, उस समय भी "यह वृद्ध अकेले ही मधुपुरी की सड़कों पर घूमते। उनके हिल-मित्रों ने बहुत समझाया, लेकिन वह एक भी बात मानने के लिए तैयार नहीं थे।" अन्त में मधुपुरी के—मुखियों ने चुपचाप उनके पीछे दो-तीन आदमी लगा दिये। यदि उन्हें यह मालूम होता कि यह लोग मेरी रक्षा के लिए चल रहे हैं, तो वह कभी इसे नहीं पसन्द करते।

(3)

पाकिस्तान बन गया। तूफान के अगले ही साल मधुपुरी के बैरा-खानसामों—में से कितने ही पाकिस्तान चले गए। मधुपुरी के बैरा-खानसामा हिमालय की विलासपुरी के अभ्यासी थे, इसलिए पाकिस्तान में भी उन्होंने वैसा ही स्थान ढूँढ़ना चाहा, लेकिन वहाँ एकमात्र मरी ही थी। वहाँ जाने पर उनकी क्या हालत हुई, यह 1 अगस्त 1950 अर्थात तूफान के साल से तीन वर्ष बाद के एक पत्र से मालूम होगा।

"बखीजमतसरीफ भाई सबीर बकस इस तरफ अपना भाई का सलाम और दुवा कबूल करना (।) बाकी अपनी भाभी के तरफ से सलाम कबूल करना (।) के ती है के मेरा सलाम हात जोड़कर कबूल करना (।) बाकी भाई जी सब खैरीयेत है (।) आपकी खैरीयेत हमेसा खुदा से नेक चाता हूँ (।) खुस रहो सलामत रहो (।) बाकी आपका खत हमको तारीख 31-7-50 को मीला (।) पढ़कर दील को भौत खुसी हुई (।) खुदा आपको बी खुश रखै (।) इस तरे मालूम हुआ के मेरा भाई सबीर बक्स मेरे पास बैठा है (।) बाकी अगर आपने बहीन के वासते इस तरे करा है जीस तरे आप लीखते हो के सब जैजाद बहीन के नाम पर करा दीइ है तो भाई जी आपने भौत ही अछा कीया (।) मैं इस बात से भौत खुसी हूँ (।) बड़ा अच्छा आपने कीया (।) खुदा आपको नेकी देगा (।) बाकी जब आप पाँच दीनकी छुटीपर गए थे तो घर बी गए होंगे (।) बाकी भाईजी घर का खयाल सबसे पैके रखना (।) जो कुछ हो अपने छोटे भाईको भी सहारा देना (।) आपको मालूम हो के मैं कोसीस कर रहा हूँ (।) जिन्दगी रहेगी तो इनसाअला मुलाकात जरूर होगी (।) आप कोई तराका खयाल ना करना ये जुदाइ किसमत की बात है (।) लेकीन खुदाये सुकरिया हो के हम आप तनदुरुस्त रहेंगे तो फीर बी मील जावेंगे (।) बाकी

आपकी भाबी तो रात दीन यही कैती है के चलो घर चलो (।) अगर हो सकता हो तो मुझको सबीर बक्स के पास छोड़ आबू (।) इस तरै कैती है (।) सो भाईजी कोई फीकर ना करना। मगर घर का खयाल रखना (।) अपनी इजत घर से है (।) और सबको अपनेसे अछा समजो (1) बाकी गलती माफ हो तो जरा खत लीखनेवाले को मेरा भोत भोत सलाम पौछे (।) और जरा अपनी हीनदी को साफ लीखें क्यों के मेरी समझ में बड़ी मुसकील से आती है (।) बाकी भाईजी जब आपका काम वहाँ पर से खतम हो जायगा तो सीदा अपने घर को चलना (।) खबरदार इधर-उधर का खयाल ना करना (।) सबर और सूरसे सब कुछ होता है (।)

"फकत सबको मेरा सलाम कैना जो कोइ आपके पास मिलने आता होगा। और मैंने येक खत देहली भी भेजा है (।) जवाब आने पर वहाँ का बाल लीखूँगा (।) जादा सलाम आपको (।)"

1947 के अगस्त में मधुपुरी के मुसलमानों पर जो आतंक छाया था, उसके कारण उनमें से कितने ही पाकिस्तान चले गए। उनका खयाल था, कि वहाँ पर भी वह नया घर आबाद कर लेंगे। जाड़ों में पहाड़ के नीचे किसी गाँव को अपना गाँव बना लेंगे, और गर्मियों में पाकिस्तान की पर्वतीय विलासपुरी उनको काम देगी। पर, जितनी संख्या में भारत में विलासपुरियाँ थीं, और जितने सैलानी यहाँ आते थे, उतने कोइ-मरी में नहीं आ सकते थे। इसके कारण उन्हें पछताने के लिए मजबूर होना पड़ा, जैसा कि ऊपर के पत्र से मालूम होगा। जो पाकिस्तान नहीं जा सके, उन्होंने भी चार साल तक मधुपुरी की तरफ झाँकने की हिम्मत नहीं की। वहाँ उन्हें अपने प्राणों का डर मालूम हो रहा था। तीनों बाजारों में एक भी मुसलमान की दूकान नहीं दिखाई पड़ती थी, और न सड़कों पर वह चलते—फिरते मिलते थे। लेकिन, सुलतान का भय तो उसी साल हट चुका था। जब कैम्प से मुसलमान स्त्री-पुरुषों को लारियों पर बैठाकर नीचे भेजा जा रहा था, तब भी उसने नीचे जाना पसन्द नहीं किया, और नवम्बर तक मधुपुरी में ही अपने तीर-धनुष को लिए घूमता रहा। उस साल बरसात में जो रंग में भंग हुआ, उसके कारण दूसरा सीजन जम नहीं पाया। सैलानियों की कमी रही, लेकिन उनसे कई गुना अधिक शरणार्थी अब मधुपुरी में आ गए थे। सुलतान को काम की कमी नहीं रही, क्योंकि शरणार्थियों को अभी अपने रहने का कोई ठाँव-ठिकाना मालूम नहीं था, और उन्हें जाड़ों को भी यहीं बिताना था, जिसके लिए रजाइयों में रुई भरवाने की जरूरत थी।

(4)

तूफान ने मधुपुरी की लक्ष्मी को लूट लिया, यह बात नहीं मानी जा सकती। उसकी श्रीका ह्रास तो 1946 में ही होने लगा, जबकि अग्रसोची अंग्रेज दूकानदार और दूसरे

अपनी सम्पत्ति को मिट्टी के मोल बेचने लगे, और उस साल की गर्मियों में अंग्रेज बहुत कम संख्या में आए। यदि अगस्त का तूफान न आया होता, तो भी मधुपुरी के भाग्य में वही बदा हुआ था, जिसे अब देखा जाता है। एक-ब-एक पैसेवाले विलासियों की संख्या कम होने लगी। सबसे बड़े अवलम्ब गौरांग नर-नारी दाल में नमक के बराबर रह गए। रियासती राजाओं और जमींदारी तालुकदारों की आमदनी पर वज्र मार गया। सरकार की उदारता से जो पेन्शन या क्षतिपूर्ति की रकम मिली, यद्यपि वह कम नहीं थी है, लेकिन ये सामन्त अपने भविष्य को अब निश्चिन्त नहीं समझते, इसलिए समझदार एक-एक पैसों को सँभल-सँभलकर खर्च करते हैं। पहले जैसी साखर्ची उनमें देखी नहीं जाती। इसका प्रभाव मधुपुरी के सारे जीवन पर पड़ना स्वाभाविक है।

सुलतान हफ्ते भर भय का शिकार रहा और कैम्प की नजरबन्दी तो उसने दो-तीन दिन से अधिक नहीं स्वीकार की। उसके घर में बुढ़िया छोड़ कोई नहीं। उस तूफान में उसका लड़का और बहू बिखर गए। लाहौर में वह कहीं पर रोटियाँ तोड़ रहे होंगे। लेकिन जिस तरह के जीवन को बेटा बिता रहा है, वह नहीं चाहता, कि उसमें बाप को भी बुलाकर शरीक करे। अगर वह लिखे तो भी सुलतान मधुपुरी छोड़कर जाने के लिए तैयार नहीं हैं। आँख की ओट में कितनों को स्वर्ग दिखलाई पड़ता है, लेकिन सुल्तान ऐसे स्वर्गका कभी विश्वासी नहीं हुआ। वह पहले की तरह तड़के अब दूर के बँगलों में नहीं पहुँचता और 8 बजे रोटी खाकर ही अपनी कुटिया छोड़ता है। साथ में शायद ही कभी रुमाल में बँधी रोटी लाता है। महँगाई और उससे भी ज्यादा कुछ वर्षों के चीनी के अकाल ने लोगों की उदारता को खतम कर दिया, और शायद ही कोई बाबू सुलतान को एक प्याला चाय देने की इच्छा प्रकट करता है। सुल्तान को अपनी मजूरी से काम है। दो घंटे में पाँच सेर रुई धुन भरकर रजाई बना देना उसके बाएँ हाथ का खेल है, जिसका मतलब है ढाई रुपया मजूरी, यदि ताँगा भी चलाए, तो 12 आना और। लेकिन, इसका अर्थ यह नहीं है, कि दिन के आठ घंटे वह चौबीस रुपया कमा लेता है। दिन में यदि एक भी काम मिल जाए, तो इसके लिए वह खुदा से बहुत-बहुत शुक्रिया अदा करता है।

सुल्तान का चेहरा बड़ा भोला-भाला है। उसकी बात सीधी-सादी होने पर भी बड़ी प्रभावशाली होती है। उसे मधुर नहीं कहा जा सकता, क्योंकि उसके चेहरे और बात दोनों में एक तरह की टीस का पता लगता है। सुलतान उसके बारे में किसी से कहना नहीं चाहता, शायद समझता है, कहने से मेरी तकलीफों को कोई बाँट थोड़े ही लेगा। उसकी बुढ़िया गाँव में रहती, बेटे के लिए हर वक्त रोती खैर सल्लाह जानने के लिए बराबर चिट्ठी लिखवाती रहती है। लाहौर आज से छह हो वर्ष पहले कितना नजदीक था, शाम को चढ़े और सबेरे लाहौर में मौजूद। बेटा-बहू लाहौर में रहते हैं, लेकिन वह बुढ़िया के लिए दूसरा लोक है, जहाँ मरकर जाने

की भी उसे सम्भावना नहीं है। सुलतान छोटा-मोटा दार्शनिक है। अपने मन को वह किसी तरह समझा लेता है। अपने जाति-भाई कबीर साहब के कुछ शब्द भी जानता होता, तो इस समय उसे बहुत संतोष होता।

सुलतान मजहब की तरफ से उदासीन है, यह तो नहीं कहा जा सकता, किन्तु वह शुक्रवार को भी बराबर मस्जिद में जानेवालों में नहीं था। रोजा रख लेता है, वह उसकी प्रकृति के अनुकूल है। सभी गरीबों के लिए सुलभ भी है, क्योंकि बिना सवाब को उमीद के भी उनके घर में रोजे बराबर ही हुआ करते हैं। उसका सबसे अधिक मेल-जोल अपने जैसे मजदूरों के साथ है। धोबियों के घर में काम न होने पर वह घंटों बैठा क्या-क्या बातें करता रहता है। सुलतान के चेहरे पर यदि कभी हँसी देखनी हो, तो ऐसे ही समय वह देखी जा सकती है! हजाम, माली, चौकीदार, जमादार ये सब उसके अपने वर्ग के हैं, चाहे वह हिन्दू हों, मुसलमान हों या ईसाई, उनके बीच में बैठकर वह बिलकुल आत्मीयता अनुभव करता है। उसे काम दिलाने में भी आखिर वही सहायता देते हैं, और वह भी उनके काम को कम मजूरी पर कर देता है। उसके रहने का स्थान चाहे तीन मील दूर हो, लेकिन वह सूर्यास्त के बाद ही लौटने का संकल्प करता है।

एक दिन सुलतान को देखा, वह रिक्शे में नधा हुआ है। धुना कारीगर होता है, और रिक्शा खींचनेवाला आदमी नर नहीं, पशु की श्रेणी में गिरा। सुलतान को रिक्शा खींचते देखकर बड़ा धक्का लगा। खींचनेवाले को नहीं, बल्कि देखनेवाले को। वह मान-अपमान से परे हैं। दूसरा होता तो इस समय अपने मुँह को दूसरी ओर फेर लेता, लेकिन सुलतान ने बाबू को अपनी ओर गौर से देख जबर्दस्ती मुस्कुराने की कोशिश करते हुए कहा—"काम नहीं था। इस भाई ने कहा, कि हमारा आदमी चला गया है, चले आओ।" यदि सुलतान को धुनाई का काम मिलता, तो वह रिक्शा खींचने क्यों जाता? उसके जाति-बिरादरी वाले कभी इसे नहीं पसन्द करते? मधुपुरी में एक भी मुसलमान रिक्शा खींचनेवाला नहीं मिल सकता, मैदान के शहरों में चाहे साइकल या हाथ के रिक्शों को कितने ही मुसलमान मजूर चलाते हों। क्या सुलतान अब इस अवस्था को पहुँच गया? कारीगरी का काम छोड़ अब केवल देहबल का सहारा ही पेट भरने के लिए रह गया है। वह जवान भी नहीं है, और न बलवान ही। निश्चय ही यदि किसी चढ़ाई पर रिक्शे को ले जाना हुआ, तो उसके लिए बड़ी मुश्किल हो जाएगी। मजूरों को डॉक्टर से राय लेने की जरूरत नहीं पड़ती, लेकिन सुलतान अगर नगरपालिका के डॉक्टर से अपने दिल की परीक्षा कराता, तो वह जरूर कहता, कि रिक्शा खींचना छोड़ दो, नहीं तो किसी वक्त भी मौत आकर तुम्हें दबोच लेगी। सुल्तान ने मौत से कभी नहीं भय खाया। उसे जब तक जीना है। तब तक पेट का कोई इन्तिजाम करना है। ऊपर से नीचे की श्रेणी में जानेवाला सुलतान अकेला नहीं है। मधुपुरी में विशेषकर और सारे देश में भी इस

विषय में उसका अनुगमन करनेवाले लाखों हैं, और वह करोड़ों पर पहुँचनेवाले हैं, यदि आर्थिक स्थिति ऐसी ही रही। उन पढ़े-लिखे लोगों से सुलतान जैसे लोग हजार गुना बेहतर हैं, जिन्होंने अपने काम के लिए रेखा खींच ली है, और कलम चलाने के सिवाय दूसरे काम को न जानते हैं, न करना चाहते हैं। सुलतान के परिचितों को उसके पतन पर हँसना नहीं चाहिए। उसने अपने तीर-धनुष को अपनी कोठरी में रख रक्खा है, जहाँ से वह किसी भी समय उन्हें उठाकर फिर फेरी लगा सकता है।

मास्टरजी

(1)

पहाड़ के लोग बहुत कम नीचे के मैदानों में जा बसने की हिम्मत करते हैं। सभी पहाड़ समुद्रतल से बहुत अधिक ऊँचे होने के कारण ठंडे होते हैं, यह बात नहीं है। वस्तुतः चार हजार-पाँच हजार फुट की ऊँचाई पर जहाँ हिमद्रवित नदियाँ बहती हैं, ऐसे स्थान हिमालय में बहुत कम ही हैं, और उन्हीं को ठंडा कहा जा सकता। पहाड़ में बहती नदियों के तट से ऊपर के गाँव भी अधिकांश दो-तीन हजार फुट से ज्यादा की ऊँचाई पर नहीं होते और गर्मी की पहुँच तीन हजार फुट तक है। यह भी जरूरी नहीं, कि सारे पहाड़ हरे-भरे घने जंगलों से घिरे और आसानी से जीविका कमाने के साधनवाले हैं। पहाड़ में पैदा हुए बच्चों को ऊँची-नीची जमीन पर चलने की आदत हो जाती है। अतिशयोक्ति हो सकती है, लेकिन पहाड़ी लोग आमतौर से शिकायत करते हैं, कि पहाड़ में हम 20-30 मील एक दिन में जा सकते हैं, लेकिन मैदान में 10 मील चलने में ही हमारे पैर लड़खड़ाने लगते हैं। मैदानी लोग इसको उलटी दिशा में कहते हैं और सौ-दो सौ गज की साधारण चढ़ाई आ जाने पर भी हाँफते-हाँफते इस देश को कोसने लगते हैं। यह बात नहीं कि यहाँ के लोग पहाड़ के खूँटे में इतनी कड़ाई के साथ बँधे हुए हैं, कि वह कहीं दूसरी जगह जाने के लिए तैयार ही नहीं होते। भाग्यवादी कहते हैं "दाना छित-राना तहाँ जाना जरूर है", लेकिन उसी को यथार्थतया कहने पर हम कह सकते हैं, कि रोटी के लिए आदमी कहाँ-कहाँ नहीं जा सकता। हमारे लोग उसी के कारण कुली बनकर फीजी, मार्शस, दक्षिण-अफ्रीका ही नहीं, बल्कि दक्षिणी अमेरिका के गायना और ट्रिनिडाड टापू तक पहुँचे। हिमालय की पर्वतश्रेणियों के अन्त होने पर कहीं-कहीं उससे सटी हुई और कहीं-कहीं उससे विलग सिवालिक की क्षुद्र पर्वतश्रेणी हैं। एक स्थान पर इन दोनों पर्वतश्रेणियों के बीच में काफी फासला अतएव बीच में काफी जमीन घिर गई है, जहाँ किसी समय घोर जंगल थे, यहाँ हाथी, बाघ और सिंह भी घूमा करते थे। ऐसी जमीन को संस्कृत में द्रोणी और हिन्दी में दून कहते हैं। यद्यपि इस द्रोणी

में भयंकर जंगली जानवरों का डर था, और उससे भी भयंकर मलेरिया के मच्छर रहते थे; लेकिन जब आदमियों का गुजर न हो सका, तो उसकी पहुँच में जितने भी जंगल थे, उन्हें साफ करके उसने खेतों की सीढ़ियाँ बना दीं पर जंगलों के कटने से कितने ही चश्मे सूख गए और अनेक स्थानों पर भूपात हुए। एक से दो, दो से चार, चार से आठ होकर आदमी का बढ़ना मामूली बात है। अन्न का ठिकाना न रहने पर पहाड़ से लोग द्रोणी (दून) के भयंकर जंगलों में घुसे।

द्रोणी में आ बसनेवाले पहाड़ी आदमियों में कितने ही ब्राह्मण-परिवार थे, कितने ही अछूत, हरिजन या शिल्पकार भी। पर, सबसे अधिक शोषित-उत्पीड़ित नर-नारी सबसे अधिक भूख की मार सह सकते हैं। इसी संघर्ष में उनकी सन्तानें अधिक संख्या में होश सँभालने से पहले ही चल बसीं, इसलिए वह अधिक संख्या में द्रोणी में नहीं रह सके। द्रोणी की आवश्यकता यदि पहाड़वासियों को थी, तो भींटे जैसी क्षुद्र पहाड़ियों के नीचे जो मैदानी गाँव, कस्बे और शहर थे; वहाँ पर भी सन्तान वृद्धि और भी तेजी से हो रही थी। इस प्रकार 18वीं शताब्दी के उत्तरार्ध में ही ऊपर और नीचे दोनों तरफ से लोग अनादिकाल से सुरक्षित द्रोणी के महावन की ओर दौड़ने लगे, दोनों में होड़ लग गई। मैदान के लोग अपनी संख्या-बल के कारण प्रवास में भी अधिक गए, इस प्रकार किसी समय पहाड़ियों की समझी जानेवाली द्रोणी पर अब देसवासियों का बहुमत हो गया—पहाड़ के लोग नीचे के प्रदेश को देस या मधेस और वहाँ के लोगों को देसवाली या मधेसिया कहते हैं।

19वीं शताब्दी के प्रथम चरण में ही द्रोणी पर अंग्रेजों का शासन स्थापित हो गया। उन्होंने इसके आबाद करने में ज्यादा मुस्तैदी दिखलाई, जिसका एक कारण यह भी था, कि नेपाल से छीने हुए हिमालय के भाग की ठंडी जगहों को देखकर अंग्रेजों को खयाल आया, कि यहाँ के जलवायु में गौरांग लोग फल-फूल सकते हैं, यहाँ पर उनका उपनिवेश वैसे ही बसाया जा सकता है, जैसे आस्ट्रेलिया, अफ्रीका, कनाडा, न्यूजीलैंड आदि में। कम-से-कम अफ्रीका में तो असली निवासियों की संख्या कम नहीं थी, पर मुट्ठी भर गोरों ने जा उसे दखल कर अपना उपनिवेश बना लिया। अंग्रेज समझते थे, हमारे पास नये-नये हथियार हैं, जो हमेशा हमारे ही पास रहेंगे, और नैटिव (काले लोग) हमारी गुलामी के लिए हमेशा तैयार रहेंगे। वह यही स्वप्न आसाम से काँगड़ा-काश्मीरत तक के लिए 19वीं शताब्दी के सारे उत्तरार्ध में देखते रहे। उनके सामने सिर्फ एक हो समस्या थी : गोरे उपनिवेशी तभी यहाँ स्थायी तौर से बस सकते हैं, जबकि यहीं से वह अपनी जीविका जुटा सकें। गौरांगों की जीविका का तल बहुत ऊँचा होता है, और परतंत्र देशों में तो अपने देवत्व को साबित करने के लिए उसे और भी ऊँचा रखना पड़ता है। इंग्लैंड में भूखे मरते बेकार गरीबों की संख्या कम नहीं थी, लेकिन अंग्रेज कभी नहीं पसन्द करते थे, कि वह लोग काले लोगों के देश में आएँ। वह रसोइया-खानसामा होकर गोरों को

यहाँ आने नहीं देना चाहते थे। जीविका के प्रबन्ध के लिए ही उन्होंने जगह-जगह चाय के बगीचे स्थापित किये, मेवों के बागों के तजुर्बे किये, ताँबा-लोहा की खानों को चालू किया। खान की चीजों में इंग्लैंड के कारखानों से मुकाबिला था, जिनके सस्ते माल के मुकाबिले में यातायात के साधनों से दूर के इन कारखानों को सफलता नहीं मिल सकती थी। पर, अंग्रेज अपना प्रयास छोड़ने के लिए तैयार नहीं थे। 19वीं शताब्दी के द्वितीय पाद समाप्त होते समय एक बार फिर उपनिवेश कायम करने की धुन तेज हो गई। हॉगसन बार-बार सुझाव देकर निराश हो गया था, क्योंकि ईस्ट इंडिया कम्पनी के धनीधोरी उपनिवेश के पक्ष में नहीं थे। बूढ़े हॉगसन ने अपने प्रयास को सफलता की ओर बढ़ते देखकर बड़ी प्रसन्नता प्रकट की। किन्तु इसी समय सन् 57 का भयंकर विद्रोह शुरू हो गया, जिसके कड़वे तजुर्बे ने अंग्रेजों के दिमाग से हमेशा के लिए हिमालय में गोरा-उपनिवेश बसाने का स्वप्न निकाल दिया। अब उनका इतना ही ध्यान था, कि हिमालय की ठंडी जगहों में, जहाँ का जलवायु और वृक्ष-वनस्पति इंग्लैंड जैसे हैं, मधुपुरी जैसी जिन विलासपुरियों का सूत्रपात हुआ है, उन्हें और आगे बढ़ाया जाए।

विलासपुरियों को सेवकों की ही आवश्यकता नहीं पड़ती, बल्कि खाने-पीने की दूसरी बहुत-सी चीजें भी नजदीक मिल सकें, तो और अच्छा। द्रोणी के जंगल 19 वीं शताब्दी के प्रथम पाद में कटने लगे, जिसकी गति और तेज हो पहले का एक गाँव बढ़कर अब शहर का रूप देने लगा, जहाँ तराजू उठाने का काम देसवाली बनियों ने ले लिया, और सूदखोरी का काम भी उन्हीं के हाथ में चला गया। द्रोणी में देसवालियों या पहाड़ियों में किसकी प्रधानता हुई, यह वहाँ की भाषा ही बतला देती है। पहाड़ी लोग भी यहाँ आकर अब नीचे की मैदानी भाषा बोलने लगे, और केवल ब्याह-शादी करने में ही पहाड़ी का खयाल करते थे। वह खेती में भी देसवालियों का मुकाबिला नहीं कर सकते थे, क्योंकि किसानों और खेत-मजूरों में अधिक संख्या नीचे से आनेवालों की थी। बड़ी-बड़ी दैविक और भौतिक आपदाओं को झेलते बड़ी मुशक्कत से जिन खेतों को पहाड़ियों ने तैयार किया था, उनमें से भी कितने ही देसवाली महाजनों के हाथ में चले गए, और गाँवों के कितने ही लोग जीविका ढूँढ़ने के लिए द्रोणी में स्थापित हुए नये शहर की ओर भागे।

(2)

एक पहाड़ी गरीब ब्राह्मण-परिवार शहर में आ बसा था। 4 रुपये महीने की चपरासीगीरी उस समय बड़े भाग्य की चीज समझी जाती थी। वस्तुतः 1900 ई. के 4 रुपये 1940 के 16 रुपये और 1953 में 64 रुपये के बराबर थे, यदि गेहूँ के दर से उसके मूल्य को आँका जाए। पर, 4 रुपये में वह ब्राह्मण परिवार—माँ-बाप

और अपने चार लड़के-लड़कियों का पालन-पोषण कैसे करता था, यह समझना सुगम नहीं है। इसी परिवार के दो लड़कों में बड़े हमारे मास्टरजी थे, जो वर्तमान शताब्दी की प्रथम दशाब्दी में पैदा हुए थे। उस समय स्कूलों की संख्या बढ़ चली थी। मास्टरजी के पिता मुश्किल से दस्तखत कर सकते थे, लेकिन वह विद्या के महातम को समझते थे। स्कूल भी अपने मुहल्ले में ही था। उन्होंने अपने लड़कों को स्कूल में बैठा दिया। मास्टरजी साधारण बुद्धि के विद्यार्थी थे, पर किसी साल परीक्षा में फेल नहीं हुए, यह कम नहीं था। पिता ने पेट काटकर मुश्किल से बड़े को हिन्दी मिडल पास करवाया। यदि शहर में न होते, तो शायद उनकी पढ़ाई प्राइमरी से ऊपर नहीं जाती। पिता ने सोचा था—मिडल तक पढ़ लेगा, तो कहीं पढ़ाकर अपने लिए खाने-कमाने का रास्ता निकाल लेगा।

मास्टरजी ने 16 वर्ष की उमर में मिडल पास किया, लेकिन माँ-बाप ने उससे चार वर्ष पहले ही उनका ब्याह कर दिया था। ब्याह में देर करना उन्हें पसन्द नहीं था, और जिनके घर में लड़कियाँ हों, वह क्यों देर होने देंगे? गाँव होता, तो ब्याह के लिए दस-पाँच कोस दूर के गाँवों में वर ढूँढ़ना पड़ता, लेकिन इस शहर में पहाड़ी ब्राह्मण के नाना गोत्रों और आस्पदों के परिवार रहते थे। लड़की को मास्टरजी के पिता-माता बराबर देखते थे, वह दूर के रिश्तेदार के घर की थी। दोनों की उमर में पाँच-छह वर्ष का अन्तर था, लेकिन आयु के पहले भाग में लड़के-लड़कियाँ बुद्धि में एक-दूसरे से होड़ लगाने लगती हैं, जिसमें लड़कियों की चाल अधिक तेज होती है।

हिन्दी मिडिल पास करने के बाद गरीब लड़के को अंग्रेजी स्कूल में कैसे दाखिल किया जा सकता था? पिता ने फीस माफ कराकर मुश्किल से किसी तरह बेटे को मिडल तक पहुँचाया था। अब आगे पढ़ाने की उनमें शक्ति नहीं थी। लड़का उतना तेज भी नहीं था कि मिडल पास करने पर उसे छात्रवृत्ति मिलती। प्रथम विश्वयुद्ध के आर्थिक संकटकाल में परिवार ने बड़ी मुश्किल से अपने शरीर और प्राण इकट्टा रख पाया था। शताब्दी के आरम्भ में किसी ने रसोइया मिडलची की भविष्यवाणी की थी, लेकिन अभी वह भविष्यवाणी पूरी नहीं हो सकी थी, खासकर इस द्रोणी में, और मास्टर साहब को एक प्राइमरी स्कूल में काम मिल गया। चपरासी पिता को अपने साहेब की सिफारिश से यह सफलता मिली। मास्टरजी बच्चों को पढ़ाने लगे। अभी उनकी उमर 17 वर्ष की थी। कद ज्यादा छोटा तथा शरीर से दुबले-पतले होने के कारण वह मास्टर जैसे दिखलाई नहीं पड़ते थे। अपने पद को साबित करने के लिए उन्हें जरूरत से अधिक छड़ी का सहारा लेना पड़ता था। इस समय से बहुत पहले ही शिक्षा-विशेषज्ञ यह मान गए थे, और शिक्षा-विभाग इसका प्रचार भी करता था, कि दिमाग में विद्या को घुसाने के लिए छड़ी अनावश्यक ही नहीं, बल्कि हानिकारक चीज है। पर जब पाठ न याद करके किसी लड़के ने गुस्सा दिला दिया, या बार-बार गैर हाजिर रहता रहा, तो छड़ी पर हाथ गए बिना कैसे रह

सकता था? शिक्षा विभाग के छोटे-बड़े अधिकारी जब स्कूल की जाँच करने के लिए आते, तो बराबर ध्यान रखा जाता, कि छड़ी स्कूल के भीतर कहीं दिखाई न पड़े।

मास्टरजी को अपने शहर से दूर जंगल के पास के एक गाँव में नौकरी मिली थी, जहाँ पहले ही साल के क्वार में मलेरिया ने उन्हें धर दबाया, और शरीर पर जो थोड़ा-बहुत मांस था, वह भी गल गया। पिता और ससुराल के लोगों को भी चिन्ता हुई, लेकिन शहर में तो पहले ही से पढ़े-लिखे लोग अध्यापकी के उम्मीदवार थे। मास्टर साहब को दो साल गाँव के स्कूल में ही रहना पड़ा, तब शहर की म्युनिसिपैलिटी के स्कूल में स्थान तो अभी नहीं मिला, लेकिन कोशिश करने का यह फल हुआ, कि वह ट्रेनिंग स्कूल में भेज दिये गए, और वहाँ से लौटने पर म्युनिसिपल स्कूल में जगह मिल गई।

मास्टरजी को शहर में जगह मिलने से बड़ी प्रसन्नता हुई। यही नहीं कि अब वह अपने घर पर रहते स्कूल में पढ़ाने को जाते, बल्कि उनकी पत्नी भी साथ थीं। पहाड़ के ब्राह्मण-राजपूत साँवले बहुत कम ही होते हैं। मास्टरजी गोरे थे और उनसे ज्यादा गोरी उनकी बीबी थीं। बल्कि इतना ही कहना उनके साथ अन्याय होगा। वह षोडशी होते समय सुन्दरी नहीं अतिसुन्दरी थीं। मास्टरजी उनके सामने कुछ नहीं थे। पर कभी भी पत्नी ने इसके लिए असन्तोष नहीं प्रकट किया। शहर में आकर अब केवल आनन्द ही आनन्द था, इस बात की एक गरीब परिवार से कैसे आशा की जा सकती थी? पिता अब उतनी ही पेन्शन पा रहे थे, जितनी उन्हें मास्टरजी के पैदा होने के वक्त तनखाह मिलती थी। मास्टरजी को 15 रुपया मिलता था। यदि कोई ट्यूशन मिल जाता, तो 4-5 रुपया और आ जाते, लेकिन शहर में केवल हिन्दी जाननेवाले को ट्यूशन कहाँ मिलता, जबकि अंग्रेजी पढ़े-लिखे लोग सस्ते में ट्यूशन करने के लिए तैयार थे। पिता ने किसी तरह कर्ज करके लड़कियों का ब्याह कर दिया, जिसे चुकाने में उन्हें कई साल लगे थे। छोटे लड़के का भी ब्याह हो चुका था। माता-पिता और बेटे-बहुएँ मिलाकर छह ही मुँह परिवार में नहीं थे। शहर में आने पर मास्टरजी को पहला लड़का हुआ, दूसरा उसके तीन वर्ष बाद फिर दूसरे साल एक लड़का और अगले साल एक लड़की—सब चार बच्चे हो गए। इस वक्त तक माता-पिता भी चल बसे, और मास्टरजी स्वयं अपने घर के सरदार थे, जिसका मतलब केवल अपने परिवार का सरदार होना था। आर्थिक संकट की स्थिति में संयुक्त परिवार अधिक दिनों तक टिक नहीं सकता, इसीलिए छोटा भाई अलग हो गया था। अपने शहर के स्कूल में अधिक तरक्की की मास्टरजी को कोई आशा नहीं थी। उन्हें किसी ने बतलाया, कि मधुपुरी में स्कूल के मास्टरों की तनखाह अधिक है, और वहाँ पहाड़ी भत्ता (हिल-अलौंस) भी मिलता है। लेकिन, मास्टरजी को मधुपुरी की सर्दी का डर था, साथ ही वह यह भी जानते थे, कि वह अधिक खर्चीली जगह है। मधुपुरी बारह-चौदह मील पर थी, जहाँ सवेरे जाकर शाम को लौट आया जा

सकता था। मास्टरजी अनेक बार मधुपुरी देख चुके थे। खर्च का भय जरूर था, लेकिन नकद के रूप में वहाँ ड्योढ़ी तनखाह थी। उनको अपनी स्त्री के गृह-प्रबन्ध पर पूरा विश्वास था—मास्टरजी इस बात में असाधारण सौभाग्यशाली थे। वह कभी अपने घर को इतनी कम आमदनी में सँभाल नहीं सकते थे, यदि उन्हें ऐसी स्त्री न मिली होती। स्त्री ने विश्वास दिलाया, कि हम वहाँ यहाँ से अच्छी हालत में रहेंगे, तो उन्होंने कोशिश की। अध्यापकों की माँग पहले भी बनी रहती थी, और अब तो वहाँ शिक्षा अनिवार्य कर दी गई थी। मास्टरजी को नौकरी मिल गई।

मधुपुरी के एक छोर पर अवस्थित स्कूल में जब वह पहले पहल गए, तो उनके मन में कुछ असन्तोष हुआ। तीनों बाजारों में से किसी के स्कूल में होते, तो वहाँ शायद कोई ट्यूशन मिल जाता। पर, यहाँ कुछ सुभीते भी थे—पास के जंगल से वह ईंधन लकड़ी मुफ्त ले सकते थे। बहुत-से खाली औट-हौस थे, जिनमें एक-दो कोठरी का मुफ्त मिल जाना मुश्किल नहीं था। उन्होंने यथा-लाभ संतोष कर लिया। दूसरे महायुद्ध की मँहगाई का प्रभाव पड़ा। मँहगाई भत्ता मिलता था, पर सारी तनखाह घर के खाने के लिए पर्यात नहीं होती थी। घर में सिर्फ एक वक्त रोटी बनती, उसी में से लड़कों के कलेऊ के लिए दो-चार रख दी जातीं। इस तरह अपने ही नहीं, बच्चों को भी आप पेट रखकर कैसे काम चलता! उधर लड़ाई के कारण तरह-तरह की फौजी नौकरियाँ मिल रही थीं, तनखाह भी अच्छी थी, और राशन तथा कपड़े के दाम को तनखाह में से काटा नहीं जाता था। मास्टरजी 32 वर्ष के हो चुके थे। लेकिन, लड़ाई की उस माँग में यह आयु कोई बाधक नहीं हो सकती थी। शायद वह कोशिश करते, तो सिपाही भी बन सकते थे, पर लड़ाई में खुशी से जाकर मरना किसको पसन्द होता है? पहाड़ी सिपाहियों के पढ़ाने के लिए हिन्दी मास्टरों की भी आवश्यकता थी। यदि मास्टरजी मधुपुरी में न होते, तो उन्हें कभी ऐसी नौकरी का पता नहीं लगता। हिन्दी मिडल पास हों चाहे नार्मल पास हों, अध्यापक पूरे कूपमंडूक होते हैं, उन्हें अपने स्कूल और घर की दुनिया से बाहर का कोई पता नहीं रहता। अखबार पढ़ने का शौक नहीं होता, और शौक भी हो, तो उतनी कम तनखाह में वह उसे खरीद कैसे सकते हैं? उनकी कूपमंडूकता कहाँ तक पहुँची हुई है, यह इसी से मालूम होगा, कि एक मिडल स्कूल के प्रधानाध्यापक ने अपने ही स्कूल से मिडल पास और अब अपनी कृतियों से भारत से बाहर भी प्रसिद्ध व्यक्ति का नाम भी कभी नहीं सुना था।

मास्टरजी एक दिन फौजी स्कूल-मास्टर होकर मधुपुरी से चले गए। पत्नी ने जब यह सुना, कि लाम (युद्ध-क्षेत्र) में नहीं जाना है, तो उन्होंने भी जाने की इजाजत दे दी।

(3)

मास्टरजी अब अपने जिले से दूर एक छावनी में रहते थे। फौजी रंगरूट ही उनके विद्यार्थी थे। तरुण सिपाही बहुत कम ही आते थे, क्योंकि उनकी आवश्यकता युद्ध क्षेत्र में थी। कोशिश करते तो मास्टरजी भारत से बाहर भी जा सकते थे, और तब उनका वेतन भत्ता और बढ़ जाता था, लेकिन युद्धक्षेत्र के पास जाना उन्हें पसन्द न था। कुछ दिनों बाद उन्हें आसाम की एक छावनी में भेज दिया गया। उनको यह नया जीवन पसन्द नहीं था। उन्हें हर वक्त अपनी प्यारी बीबी और चारों बच्चे याद आते थे। पत्नी चिट्ठी-पत्री लिख सकती थीं, पति-संसर्ग का ही यह लाभ था। उनकी भाषा शुद्ध हिन्दी नहीं, बल्कि रोही बेट्टीवाली कौरवी से मिश्रित थी। मास्टरजी को अपने विद्यार्थियों से पूरा सन्तोष था उनमें से शायद ही कोई तीन महीने से अधिक उनके पास रहता। यदि किसी ने अक्षर सीख लिया या टो-टाकर कुछ पढ़ना शुरू किया, तो वाह-वाह; नहीं तो यहाँ स्कूल के डिप्टी इन्सपेक्टर साहब का डर नहीं था, कि अयोग्य कहकर मास्टरजी की तरक्की रुक जाती। रंगरूट विद्यार्थियों पर उन्हें छड़ी तोड़ने की भी आवश्यकता नहीं थी। स्कूल का समय चार घंटे से अधिक नहीं था। सिपाहियों के लिए जो मेस (भोजनालय) था, उसी में से समय-समय पर पका पकाया भोजन मिल जाता, जोकि घर के भोजन से बुरा नहीं था। मास्टरजी छूआछूत में अपने पूर्वजों का अनुसरण करनेवाले थे, लेकिन यहाँ मेस में रसोई बनानेवाले उनके अपने पहाड़ी ब्राह्मण थे, इसलिए उसमें कोई एतराज नहीं हो सकता था। आवश्यकता पड़ने पर आपातकाल में वह अपनी जन्मभूमि से दूर छूआछूत के नियम को कुछ शिथिल भी कर सकते थे।

यहाँ पहुँचकर कुछ ही महीनों मास्टरजी निश्चिन्त रह सके। जापान ने हमला कर दिया। सिंगापुर के नौसैनिक अड्डे को अजेय समझा जाता था। वहाँ अंग्रेजों ने अपने दो अजेय सैनिक पोत भेजे थे, लेकिन अजेयता पलक मारते-मारते फुसकी राख बन गई। जापानी वाहिनी तेजी के साथ बर्मा पर चढ़ी और अंग्रेज वीर-बाँकों को वहाँ से भागने की भी फुर्सत नहीं मिली। अंग्रेज इस बात की पूरी कोशिश करते थे, कि छावनियों में बैठे सिपाही इन घोर पराजयों के बारे में कुछ न सुन पाएँ। मास्टरजी की छावनी में यद्यपि अखबारों द्वारा इन खबरों को भीतर जाने नहीं दिया जाता था, लेकिन इस तरह की खबरों के तो पंख होते हैं, और वह हवाई जहाज से भी तेज गति से सभी जगह पहुँच सकती हैं। छावनी में पराजय की बातों के करने की सख्त मनाही थी, लेकिन जहाँ प्राण का संकट सामने दिखलाई पड़े, और आदमी के हृदय में कोई उच्च भावना या कर्तव्य काम न कर रहा हो, तो चर्चा रुक कैसे सकती थी! दूसरे सिपाहियों की तरह मास्टरजी को भी परेशानी होने लगी।

इंग्लैंड महामंत्री चर्चिल तथा मित्रशक्तियों के दूसरे प्रधानमंत्री और प्रधानमंत्री

अमेरिका के प्रेसीडेंट धुँआँधार व्याख्यान दे रहे थे—"हम फासिस्तों की तानाशाही के खिलाफ हैं, हम जनतंत्रता चाहते हैं, मनुष्य को गुलाम नहीं बल्कि स्वतंत्र देखना चाहते हैं। हमारी लड़ाई मानव-स्वतंत्रता की लड़ाई है। हिटलर, मुसोलिनी और तोजो दुनिया के सभी लोगों को गुलाम बनाना चाहते हैं।" हिन्दुस्तानियों के कानों में यह लम्बी-चौड़ी बातें व्यंग के रूप में पड़ती थीं। चर्चिल का अंग्रेजी शासन मनुष्य को कितना गुलामी से आजाद करता है, इसे भारत का बच्चा-बच्चा जानता था। मास्टरजी को दुनिया जहान का कोई पता नहीं था, न उनके जिले में गांधीजी के आन्दोलन का कभी जोर रहा कि उससे उन्हें राजनीतिक बातों को सुनने का मौका मिलता। लेकिन अंग्रेज हमें गुलाम रक्खे हुए हैं, हमारे साथ पशु जैसा बर्ताव करते हैं, इसलिए वह सबसे घृणा के पात्र हैं—यह भाव सभी भारतीयों की तरह मास्टरजी के भी खून में मिला हुआ था। अंग्रेज अपने सिपाहियों के सामने ऐसे व्याख्यान देते भी नहीं थे। "फौजी अखबार में" कभी चर्चित या रूजवेल्ट के किसी भाषण का कोई अंश भले ही छप जाए, पर भरसक कोशिश की जाती थी, कि जनतंत्रता और स्वतंत्रता जैसे शब्द सिपाहियों के कानों में न पड़ने पाएँ। छावनी में जो रेजिमेंट पड़ी थी, उसके कर्नल ने कई बार अपनी गोरायाही हिन्दी में सिपाहियों के सामने भाषण दिये, जिनमें इसी बात को दोहराया था—बादशाह का हम लोग नमकखार हैं। बादशाह भगवान के समान है। भगवान की खिदमत करने से जो फल होता है, वही फल बादशाह की सेवा होता है। हमारा बादशाह अपने बच्चों की तरह हमारे ऊपर प्यार रखता है। अफसर और सिपाही किसी को कोई तकलीफ न हो, इसका उसे बराबर ध्यान रहता है। महारानी खुद हिन्दुस्तानी बहादुरों से जाकर मिलती हैं, बहादुरी के लिए उनकी छाती पर अपने हाथ से तमगे लगाती हैं; अस्पतालों में जाकर अपने हाथ से मरहम-पट्टी करने में भी वह नहीं हिचकिचाती। बादशाह और महारानी का हमें खैरखाह रहना है। हमारे लिए यह लड़ाई कोई चीज नहीं है। आज से 25 वर्ष पहले हम इससे भी बड़ी लड़ाई जीत चुके हैं।

गोरे कर्नल की बातों का सिपाहियों पर क्या प्रभाव पड़ता? वह किसका नमक खा रहे हैं, इस बात का उन्हें पता नहीं था। हाँ, इतना जरूर जानते थे, कि हम भूख से बचने, अपने पेट के लिए फौज में भरती हुए। यदि फौज में भरती होनेवाले सभी जवानों का मरना निश्चित होता, तो इसमें शक नहीं वह ऐसा कभी न करते। पर, वह जानते थे, कि लड़ाई में जानेवाले सभी नहीं मर जाते, शायद हम भी न मरनेवालों में से हों, और हमारे गाँव के चन्दरसिंह की तरह लड़ाई के बाद पेन्शन लेकर घर लौट जाएँ। पहले महायुद्ध अब के महायुद्ध में बहुत अन्तर था। उस महायुद्ध के पहले देश में वह स्वतंत्रता की लहर नहीं थी, जिसे कि असहयोग और सत्याग्रह ने गांधीजीके नेतृत्व में देश के कोने-कोने में फैला दिया था। पहले महायुद्ध में सेना में भारतीय सिपाही से सूबेदार-मेजर तक पहुँचने की ही आशा रखते थे। पर अब

कितने ही लेफ्टनेंट ही नहीं, कप्तान और मेजर भी थे। कुछ कर्नल भी थे, लेकिन अंग्रेज उनपर विश्वास नहीं कर सकते थे, इसलिए रेजिमेंट की कमांड उन्हें देना पसन्द नहीं करते थे। कितने से हिन्दुस्तानी अफसरों को वह भारतीय सिपाहियों में राजभक्ति फैलाने के काम पर लगाए हुए थे। अफसर चाहे गोरे हों, या काले, वह सिपाहियों से अपने को बहुत ऊँचा समझते थे, लेकिन पश्चिम में हिटलर और पूर्व में जापान के विजयों को देखकर भारतीय अफसरों की आँखें अन्धी नहीं रह सकती थीं। उधर देश के बड़े-बड़े नेता हजारों की संख्या में जेलों में बन्द कर दिये गए थे, अगस्त-आन्दोलन से परेशान अंग्रेजों ने बलिया जैसे कितने ही स्थानों में प्रथम युद्ध के पंजाब कांड को दोहराना शुरू किया था। यह सब बातें भारतीय अफसरों से छिपी नहीं थीं। अंग्रेजों के बुरे बर्ताव को अब भी वह उसी तरह देख रहे थे। राजभक्ति के प्रचार करनेवाले अफसर भी व्याख्यान में चाहे कुछ भी कहते हों, किन्तु एकान्त में असली बात भी बतला देते थे।

मास्टरजी, और कितने ही अपने साथी मास्टरों और विद्यार्थियों की तरह दिनपर दिन परेशान होते जा रहे थे। जब बर्मा से भागनेवाले हजारों भारतीय बड़ी बुरी अवस्था में भूखे-प्यासे हड्डियों को घसीटते मनिपुर के रास्ते उनकी छावनी के पास से गुजरे तो उनको नींद हराम हो गई। वह यही समझने लगे, कि जिस लाम से हम इतना डर रहे थे, अब उसके मुँह में पड़ने जा रहे हैं। कलकत्ता जापानी बम गिरने की खबर सुनकर तो उन्हें विश्वास हो गया, कि किसी दिन भी हमारे ऊपर कोई बम फटेगा।

(4)

मनिपुर को युद्धक्षेत्र का रूप लेना पड़ा। अब पास में मास्टरजी के स्कूल की आवश्यकता नहीं रह गई और उन्हें बड़ी प्रसन्नता हुई, जब उन्हें अपने जिले की छावनी में बदल दिया गया। अब वह घर में रहते, पढ़ाने के लिए छावनी जाते। उनकी आर्थिक अवस्था पहले से बेहतर थी। पूछने पर वह यही कहते, कि लड़ाई इसी तरह और चलती रहे। पर, लड़ाई को तो बन्द होना ही था। उसके बन्द होने के साथ ही दो-तीन सर्टिफिकेटों के साथ मास्टरजी को छुट्टी मिल गई। उन्होंने समझा था, अंग्रेजों की इन सेवाओं के लिए बहुत लाभ मिलेगा। प्रथम महायुद्ध के बाद कितनों ही को लाभ मिला भी था। लेकिन, द्वितीय महायुद्ध के समाप्त होते-होते तो अंग्रेज हिन्दुस्तान से अपना बोरिया-बधना सँभालने लगे। जब अपना ही ठिकाना नहीं, तो अपने खैरखाहों के लिए वह क्या कर सकते थे? बड़े-बड़े खैरखाहों के लिए भी कुछ करने में असमर्थ थे। कितने ही महीनों मास्टरजी को घर में बेकार बैठा रहना पड़ा। फिर मधुपुरी में उन्हें वही नौकरी फिर मिल गई, तो जान में जान आई। वह समझते थे, फौजी सेवाओं के लिए उन्हें अब नायब-मुदर्रिस (सहायक

अध्यापक) से तरक्की देकर प्राइमरी स्कूल का मुख्याध्यापक बनने का तो जरूर मौका मिलेगा। फौज में जाते वक्त भी उनके मन में यह खयाल था। लेकिन, सारी सेवाओं और चार वर्षों बाद फिर वही नायब-मुदर्रिसी मिली।

मास्टरजी की चार सन्तानें थीं, जबकि वह फौज की नौकरी में गए थे। अब एक तरफ तनखाह की आमदनी कम हो गई थी, और दूसरी ओर प्रतिवर्ष एक नया मुँह उनके घर में प्रकट होने लगा। पहले ही साल मधुपुरी में पाँचवाँ लड़का पैदा हुआ, अगले साल छठा। और इस तरह परिवार की संख्या वृद्धि के साथ-साथ तकलीफ की वृद्धि होने लगी। मास्टरजी को अभी तक नौ बच्चे हो चुके हैं, और उनकी संख्या कहाँ तक पहुँचेगी, यह नहीं कहा जा सकता। सभी मुखों में आवश्यकता के अनुसार अन्न नहीं डाला जा सकता। आटा-चावल सवासेर-ढेर सेर बिकता है। सबेरे डेढ़ सेर चावल डेढ़ सेर आटे और शाम को ढाई सेर आटे का खर्च अगर मास्टरजी और उनकी पत्नी का खून सुखा दे, तो इसमें अचरज क्या? ऊपर से लड़कों को पढ़ाना भी है। फीस यदि आधी माफ हो जाती है, तो किताब और कपड़े का खर्च तो चाहिए ही। इस साल नवें और आठवें दर्जे में पढ़नेवाले दो लड़के फेल हो गए। अब उनकी फीस माफ नहीं रह सकती। बड़े लड़के ने किसी तरह मैट्रिक कर लिया, उसे रोजाना 6 सेर चावल आटे के बोझ में से कुछ को हलका करना था। बहुत कोशिश करने पर उसे डाकखाने में चिट्ठी रसा (डाकिया) का काम मिला, सो भी केवल सीजन भर के लिए।

महँगाई लेकर मास्टरजी की तनखाह आजकल 65 रुपये है, जो प्रथम युद्ध से पहले के 16 रुपये और मास्टरजी के जन्म के समय के 4 रुपये के बराबर है। 11 प्राणियों का इतने रुपये में वह कैसे भरण-पोषण करते हैं, इसे इन पंक्तियों के पाठक ही शायद बतला सकते हैं। मास्टरजी की उमर अभी 44-45 ही की है, लेकिन इसी समय वह 60 वर्ष के मालूम होते हैं। उनकी आँखें न जाने किस ओर देखती रहती हैं, चेहरा हर वक्त मलेरिया के बीमार जैसा मालूम होता है। मिलने पर हँसने की कोशिश करते हुए हाथ जोड़ते हैं। सबसे अधिक बोझ उनकी पत्नी को ढोना है। नौ बच्चों की माँ होने और इस तरहकी मुसीबतों से गुजरते रहने पर भी उनके चेहरे पर हमेशा स्वाभाविक हँसी बनी रहती जिसके कारण उनके सौन्दर्यकी अधिक क्षति नहीं हुई; लेकिन दरिद्रता और चिन्ता की जो भट्टी उनके दिल के भीतर जल रही है, उसके रहते उनके मुख पर यह मुस्कुराहट आती कैसे है?

चम्पो

(1)

किसी आधुनिक या पुरानी पुरी में सबसे गन्दा काम करनेवाले नर-नारियों की भी आवश्यकता होती है। टट्टी-पेशाब माँ भी अपने बच्चों की उठाती है, लेकिन उसके कारण वह अछूत नहीं हो जाती। हर देश में नगर होते हैं, जहाँ हजारों-लाखों परिवार इकट्ठा रहते हैं। सफाई-पसन्द देशों के लोग अपने गाँवों में भी स्वच्छता का बहुत खयाल रखते हैं, लेकिन भारत के लोग—जो कि शुद्धाशुद्ध का खयाल करनेमें अपने को दुनिया में बेमिसाल समझते हैं—अपने गाँवों को जितने गन्दे रखते हैं, उतने दुनिया के पिछड़े से पिछड़े देश और लोग भी नहीं रखते। भारतीयों की एक अच्छी परिभाषा हो सकती है—जो वैयक्तिक शुद्धता का बहुत खयाल रक्खें, लेकिन सामाजिक स्वास्थ्य और शुद्धता के नियमों की पूरी तौर से अवहेलना करें। यहाँ गाँव के पास की खुली जगह पेशाब पाखाने के लिए संरक्षित समझी जाती है। कस्बों और शहरों में ऐसा करके महामारी को आवाहन करना होता, इसलिए वहाँ बहुत पहले ही से टट्टी या संडास का प्रबन्ध था। दो हजार वर्ष पहले सम्भवतः हमारे गाँव-नगर उतने गन्दे नहीं थे, उस वक्त सफाई के कितने ही नियम पालन किये जाते थे। दूसरे देशों में सफाई करनेवाले लोगों को घृणा की नजर से नहीं देखा जाता, यद्यपि वहाँ भी उन्हें मजूरी ज्यादा नहीं मिलती। आदमी पाखाने की सफाई करके अपने हाथों को धो लेता है, आवश्यकता होने पर कपड़ा बदल लेता है, फिर उसके साथ खाने-बैठने में किसी को एतराज नहीं होता। हमारे यहाँ जो लोग सफाई के सबसे गंदे काम को करते हैं, वही सबसे नीच समझे जाते हैं।

आज से सवा सौ वर्ष पहले जब जंगल में मंगल करने के लिए मधुपुरी की नींव पड़ने लगी, उस समय पाखाना साफ करनेवालों की भी यहाँ आवश्यकता पड़ी। आसपास जंगल बहुत और बीच में दूर-दूर पर दस पाँच बँगले थे। यदि बसनेवाले भारतीय परम्परा को अपनाते, तो वह जंगल को टड्डी के लिए इस्तेमाल कर सकते थे। पर, अंग्रेज इसके अभ्यस्त नहीं थे। उनके घरों में पाखाने का प्रबन्ध आवश्यक

था, बँगले से अलग नहीं, उसी बाथरूम (स्नान कोष्टक) में जहाँ आदमी नहाता हाथ-मुँह धोता है। अगर पाखाने को अच्छी तरह साफ नहीं रखा जाता, तो शयनकक्ष में रहते दुर्गन्ध सही नहीं जाती। घर हो या शहर पाखाको नजदीक नजदीक रखना बहुत आरामदेह ही नहीं, अस्वस्थता में, उसका लाभ भी बहुत है। सर्द जगहों में रजाई के नीचे से निकलकर यदि बाहर दूर के पाखाने में जाना पड़े, तो निमोनिया हुए बिना नहीं रहे। मधुपुरी के बँगलों के लिए जिस तरह और सेवक परिचारक आए, उसी तरह पाखाना साफ करनेवाले भी पहुँचे। नीचे के शहरों में उन्हें 5 रुपये तनखाह मिलती, यहाँ उन्हें 12-15 रुपये मिलती। जहाँ आमदनी अधिक हो, वहाँ आदमी खिंचकर पहुँच ही जाता है। जिस तरह यहाँ के रिक्शेवालों, बोझ ढोनेवालों, चौकीदारों और दूसरे सेवक का काम खास-खास जिलों की इजारेदारी में है, उसी तरह पाखाना साफ करनेवाले भी अधिकतर बिजनौर जिले से आते हैं। पाखाना साफ करनेवालों का मधुपुरी में शुरू में क्या नाम था? भंगी; हलालखोर, या क्या? किन्तु, आज सब लोग उन्हें जमादार कहते हैं। जो परिचित नहीं उनको पहले पहल यह नाम खटकता है। बिजनौर जिले के जमादारों ने यहाँ की बिलासपुरियों में ही नहीं बल्कि केदारनाथ और बदरीनाथ में भी इस कामको सम्भाल लिया है।

19वीं शताब्दी के पूर्वार्ध में विलासपुरियों को यह सुभीते नहीं प्राप्त थे, जो आज देखे जाते हैं। घरों में पानी का नल नहीं था, और भिश्ती पीने तथा नहाने-धोने के लिए पानी लाते थे। सड़कों पर बिजली क्या बत्ती भी नहीं थी, और जब पहले उसका रवाज हुआ, तो कहीं मिट्टी के तेल के चिराग के रूप में। बहुत पीछे पानी से बिजली पैदा की गई, उससे बँगलों और सड़कों पर रोशनी ही नहीं हुई, बल्कि उसी के जोर से धाराओं का पानी सबसे ऊँचे स्थानों पर स्थापित जलनिधियों में रखकर नल कों द्वारा सारी पुरी में पहुँचाया गया। कलिम्पोंग जैसी कितनी ही पहाड़ी पुरियों के खास-खास भागों में तब तक कोई आदमी बिना फ्लश का बँगला नहीं बना सकता, पर मधुपुरी में उसका कोई निर्बंध नहीं है। जमादार फलश को नहीं चाहेंगे यह स्वाभाविक है।

भारत में रहते अंग्रेज जानते थे कि हिन्दू या मुसलमान सभी हिन्दुस्तानी जमादारों को सबसे छोटी जात मानते, उनके सम्पर्क से परहेज करते हैं। शुरू-शुरू में भारत में आए कुछ अंग्रेजों ने अपने देश-भाइयों को यह समझाना शुरू किया था, कि हमें उच्च वर्ण के हिन्दुओं के रीति-रवाज को अपनाना चाहिए, यदि हम उनका सम्मान-भाजन बनना चाहते हैं। एकाध अंग्रेजों ने अपने लिए ब्राह्मण रसोइये रक्खे, और चौकी पर बैठकर खाना भी शुरू किया। लेकिन, वह चला नहीं। अंग्रेजों की संस्कृति का तल अधिक ऊँचा था, क्योंकि नवीन युग के आविष्कारों, हथियारों, ज्ञान-विज्ञान में वह अधिक आगे बढ़े थे। उन्हें जल्दी ही मालूम हो गया, कि हमें भारतीयों की नकल करने की आवश्यकता नहीं, भारतीय स्वयं हमारे पदचिन्ह पर

चलेंगे। "देर आयद् दुरुस्त आयद्" के अनुसार देर ही सही, पश्चिम की बहुत-सी बातों को हमारे देश-भाइयों ने अब स्वीकार कर लिया है, और जो अब भी उनसे अछूते हैं, उनके लिए शिक्षा और पैसा भर हाथ में आने की देर है। अंग्रेज अफसरों और बनियों के रूप में ही यहाँ नहीं आए थे, बल्कि उनके आने के पहले ही यूरोप से पादरी ईसाई धर्म का प्रचार करने भारत पहुँचे थे। अंग्रेजी राज्य की स्थापना के बाद शासकों का धर्म होने के कारण उन्हें आर्थिक और दूसरे तरह के बहुत से सुभीते प्राप्त हुए। हिन्दू धर्म के गढ़ को ढाने के लिए उन्होंने अपनी तोपें लगा दीं, लेकिन वह उतना कमजोर नहीं था, जितना कि उनका राजनीतिक दुर्ग। यदि कोई अपने धर्म को छोड़कर ईसाई बनता, तो उसे अपने सबसे प्रिय रक्त सम्बन्धियों—माता-पिता, भाई-बहन, नाना-मामा—सबसे हमेशा के लिए नाता तोड़ना पड़ता; यह वे लोग थे, जिनसे स्वाभाविक स्नेह प्राप्त होता, और जिनके साथ अपना आर्थिक स्वार्थ भी सम्बद्ध था। यदि कोई जात की जात धर्म-परिवर्तन के लिए तैयार हो, तभी यह रुकावटें हट सकती थीं। मुस्लिम शासन के आरम्भ में ऐसा हुआ था जबकि कपड़ा बुननेवाली जैसी बहुत-सी शिल्पकार जातियाँ वैसी सामूहिक रूप से हिन्दू धर्म को छोड़ गईं। पादरियों को सफलता नहीं मिली। वह अछूत जातियों को यह कहकर अपनी ओर खींचने लगे, कि हम मनुष्य को बराबर मानते हैं, किसी के साथ छूतछात का बर्ताव नहीं करते। उन्होंने अपने घरों में जिन जमादारों को रक्खा, उनके हाथ की रसोई भी वह खा सकते थे। दूसरे अंग्रेज भी, यद्यपि पादरियों के इतना तो नहीं, पर अछूत को छूत मानने में हिचकिचाते नहीं थे। आज भी, जबकि बहुत नौकर रखना मुश्किल हो गया है, कितने ही अंग्रेज या एंग्लो-इंडियन परिवारों में जमादार-जमादारिन बाबर्ची खानसामा का काम करते हैं। पौन शताब्दी से हिन्दुओं के बड़े नेता कहते आए हैं, कि अछूतपन हमारे समाज का कोढ़ है, लेकिन जिस गति से उसे हटाया जा रहा है, उसे देखते तो शायद उसके दूर होने में पीढ़ियाँ लगेंगी। वह जल्दी तभी दूर हो सकता है, जबकि अछूत समझे जानेवाले स्वयं अपने उद्धार का बीड़ा उठाएँ।

(2)

चम्पो जमादार की लड़की थी, और भारत के स्वतंत्र होने के बाद पैदा हुई थी। उसके माँ-बाप मधुपुरी के केन्द्रीय बाजारवाली आबादी में रहते थे। जमादार बहुधा मालिक से नहीं, बल्कि घर से सम्बद्ध हैं। नया बँगला बनते ही वहाँ जमादार रख लिया गया। एक शताब्दी के बीच चाहे बँगले ने कितने ही हाथ बदले हों, लेकिन जमादार की चार पीढ़ियाँ बँगले के साथ चिपकी रहीं। चम्पो के परदादी-परदादा जिस बँगले में पहलेपहल आए थे, उसका पहला मालिक कोई अंग्रेज था, लेकिन

यह प्रथम महायुद्ध से भी पहले की बात है। हर बँगले के साथ कुछ छोटी-छोटी कोठरियाँ या औट-हौस रहते हैं। यदि बँगला बाजार से दूर जंगल में है, जहाँ जमीन की इफरात है, तो औट हौस बँगले से हटकर, नहीं तो पास ही में उसे बना दिया जाता था। औट-हौस की छोटी-मोटी कोठरियाँ वर्षों से बँगलों के किराए पर न उठने के कारण अधिकतर सूनी, बेमरम्मत होकर कितनी ही गिर पड़ रही हैं। लेकिन, चम्पो का परिवार जिस बँगले के औट-हौस में रहता था, उसके लिए यह नौबत नहीं आ सकती, क्योंकि वह बाजार से सटा था। पुराने समय में इन कोठरियों का उपयोग बँगले के नौकर-चाकरों के रहने के लिए होता था, अब उनमें से किसी में बिजली से चलनेवाली आटे की चक्की लग गई, किसी में दाल-चावल की दूकान या चाय-रोटी का होटल खुल गया है, किसी-किसी में बनिया-बाबू कई किराएदार भी आ गए हैं। वैसे होता, तो बड़ी जातवाले जमादार के पास की कोठरी में रहने पर एतराज करते, लेकिन वह तो चम्पो के परिवार की पैतृक कोठी थी। वह सदा से वहीं रहते थे।

लड़के बहुत देर से और बहुत मुश्किल से समझ पाते हैं, कि अछूत क्या बला है। बच्चे की जाति का हो या छोटी जाति का छूत हो या अछूत, यदि परिवार अधिक धनी नहीं है, तो उसके लड़कों में छूत का भाव मुश्किल से पैदा होता है। बच्चे की समझ और उसकी जिद्द के कारण लड़कों को इकट्ठा खेलने दिया जाता है। जबतक वह स्वयं छूआछूत को न समझ पाएँ, तब तक समझाकर या डाँट-मारकर बच्चों को उससे रोकना मुश्किल है। चम्पो का परिवार जिस बँगले की जमादारी करता था, उसके मालिक की लड़की चम्पो ही की उमर की थी। दोनों बचपन से खेलते आए थे। जब उसकी सहेली कोई खाने की चीज माँ से पाती, तो हो नहीं सकता था, कि चम्पो को दिये बिना खाए। छूतछात की तो बात ही क्या, जूठे मीठे का भी उसे परहेज नहीं था। एक दिन दोनों को दाँत की कटी रोटी खाते देखकर सहेली की माँ को बहुत बुरा लगा। वह नये विचारों की शिक्षिता महिला थीं। छूआछूत का उन्हें उतना ही खयाल था, जितना कि पीढ़ियों से रहने के कारण रक्त में अब भी मौजूद रह गया था। साफ-सुथरा रहकर अगर जमादार खाना बना दे, तो उन्हें खाने में कोई एतराज नहीं था। बड़ी जाति के लोग अछूत से अपनी देह ही को छुआना नहीं पसन्द करते, बल्कि अपनी किसी चीज पर हाथ लग जाने से उसे भ्रष्ट समझते हैं। सहेली की विदुषी माँ जमादारिन से अपने सारे काम करवाती थीं। रोटी उसके हाथ से उन्होंने कभी नहीं पकवाई। जिन शर्तों के साथ वह चम्पो की माँ से रोटी पकवातीं, उनके मानने का मतलब था, चम्पो के परिवार को अपना पुश्तैनी पेशा छोड़ना, और भूखों मरना।

चम्पो की पाँच वर्ष की सहेली पर अपने कुल के कितने ही संस्कार पड़ने नहीं पाए थे। दोनों बाहर साथ बैठी गुड़िया खेलतीं, गाना गातीं, कूदती-फाँदतीं। सहेली

कितनी ही बार चम्पो को लेकर अपने सोफे पर भी खेलती। उस समय घर के सयानों की त्यौरी चढ़ जाती, लेकिन जबतक दोनों सहेलियाँ अबोध थीं, तब तक उधर ध्यान नहीं दिया जाता। दोनों सहेलियाँ बच्ची ही थीं, आपस में जब मेल होता, तब वह एक प्राण-दो शरीर बन जातीं, और जब किसी कारण झगड़ पड़तीं, तो सहेली कह देती—"जा चम्पो, अब मैं तेरे साथ नहीं खेलूँगी।" आमदनी का नया रास्ता सभी चाहते हैं, और जिनकी आमदनी कम होती है, उन्हें तो मजबूर होकर ऐसा करना पड़ता है। चम्पो की माँ ने दो-तीन मुर्गियाँ पाल की थीं। चम्पो को सँभालने लायक देखकर बाप ने एक बकरी भी मोल ले ली। कुछ ही दिनों बाद उसके दो बच्चे हो गए। बकरी अच्छी जात की तो नहीं थी, किन्तु नर के अच्छे होने के कारण बच्चे लम्बे कानोंवाले बड़े-बड़े थे। यहाँ बँगले में खाली जगह कम ही थी। एक ओर करीब-करीब सीधा पहाड़ था, जिसके कारण वहाँ न कोई इमारत बन सकती थी और न साग-सब्जी लगाई जा सकती थी। बकरियों को तीखी चढ़ाईवाली जगह बहुत पसन्द होती है, बच्चे तो वहाँ फुदकते कूदते बड़े खुश होते हैं। चम्पो इस बँगले के आगे-पीछे की इसी थोड़ी-सी खाली जगह में अपनी बकरियों को चराने के लिए ले जाती। चम्पो की सहेली अर्थात मालकिन की लड़की अपनी नाराजी को बहुत दिनों तक याद नहीं रख सकती थी। एक-दो दिन बाद जब बकरियों को पास में चरती और चम्पो को रस्ते में बैठी देखती, तो "चम्पो, चम्पो" कहकर वह उसके पास चली जाती। चम्पो बच्चों को बुला लेती, और दोनों उसे गोद में उठाकर खेलने लगती। बरसात में घास और हरे-हरे पत्ते बहुत हो जाते। उस समय दोनों उन्हें अपने हाथ से नोचकर खिलातीं। चम्पो को क्या मालूम था, कि बकरी और उसके बच्चों पर किसका हक है, वह अपनी सहेली से कहती—एक बच्चा म्हारा और एक बच्चा थारा। फिर सहेली कहती—तेरी के दो बच्चे होंगे और मेरी के भी दो बच्चे होंगे। हम इसी तरह उन्हें चराएँगे। मुहल्ले के सयाने लड़के ने कह दिया—चम्पो के बाप ने 30 रुपये बकरी खरीदी थी। वह यों ही बच्चे थोड़े ही दे देगा। इस पर सहेली कहती—"मेरी अम्मा के पास बतेरे रुपये हैं।" चम्पो भी कह उठती—"हाँ, बीबी जी के पास भौत रुपये हैं", दोनों हाथों को उठाकर बतलाती—"इते सारे रुपये हैं।"

दोनों बच्चियाँ जब एक ओर हो गईं, तो लड़के को चुप होने के सिवा और रास्ता क्या सूझता? अपनी विजय से बहुत प्रसन्न हो, दोनों खिलखिलाकर हँस पड़ीं।

पहाड़ में वैसे भी जमीन विकट होती है, इस बँगले में तो चट्टानें और पहाड़ सीधे खड़े थे। वहाँ लड़कों के लिए गिरकर चोट खा लेना बिलकुल आसान था? दोनों सहेलियों के घुटने कितनी ही बार फूटे थे, हड्डी नहीं टूटी, तो इसे संयोग समझना चाहिए। एक बार बकरी का एक बच्चा सीधी खड़ी चट्टान पर चढ़ गया। सहेलियों को खेल की सुझी। जिधर रास्ता ठीक था, उधर से रोककर उन्होंने डराना शुरू किया। वह देखना चाहती थीं, कि बच्चा क्या करता है। बच्चा दूसरी तरफ

कूदने के लिए मजबूर हुआ, और 15 हाथ नीचे गिरने पर उसकी एक टांग टूट गई। चम्पो का ऐसा खेल माँ-बाप को पसन्द नहीं आ सकता था। वह आशा रखते थे, छह महीने में हम बच्चे को बड़ा करके 40-40 रुपये में बेच देंगे, और बकरी का दाम निकल आने के साथ 50 रुपया नफा भी हो जाएगा। चम्पो पर उस दिन बड़ी मार पड़ी। 6 वर्ष की बच्ची के लिए वह इतनी अधिक थी, कि डर था कहीं बच्चे की तरह उसकी भी टाँग न टूट जाए। माँ ने दौड़कर अपने शरीर से उसको ढाँक दिया और गुस्से के मारे पागल बाप ने उसपर भी एक-दो हाथ छोड़े, गन्दी-गन्दी गालियाँ दीं और कहा—तूने ही लड़की को खराब कर दिया।

जमादार की तबियत ठंडी होने में कई घंटे लगे। फिर माँ ने कहा—बड़े आदमियों के साथ रहने में हमारे बच्चे खराब हो जाते हैं। यही बात उलटी रीति से चम्पो की सहेली की माँ भी दोहराती जब उनकी लड़की अच्छी-अच्छी मिठाइयाँ और बिस्कुट को पसन्द न कर उन्हीं चीजों की माँग करती, जिन्हें चम्पो खाती थी।

(3)

चम्पो अपने माँ-बाप की पहली लड़की थी। सभी माँ-बाप, विशेषकर इस परिवार के जैसे, शिशुग्रह से बहुत डरते हैं। कोमल शिशु अभी दुनिया की सर्दी-गर्मी को नहीं समझता, भूत-पिशाच, दैत्य-दानव शिशु के चारों तरफ मँडराया ही करते हैं। चम्पो के गले में कई गंडे पड़े हुए थे। उसकी माँ ने बड़ी चिरौरी मिन्नत करके सयानों से पूजा कराई थी। एक बार चम्पो को हल्का-सा बुखार आ गया। सयाने ने बतलाया : बेमाता माई नाराज हैं, उसकी पूजा करो।

सयाने के कहने पर चम्पो की माँ ने बेमाता के लिए एक बकरा मान दिया। लेकिन, अब पहले का जमाना थोड़े ही था, कि दो-चार रुपये में बकरी का बच्चा आ जाता। अब तो मधुपुरी में ढाई रुपया सेर मांस बिकता था और बकरे का दाम उसके वजन के अनुसार होता है। बच्चे बकरे का मांस महँगा था। और भी वस्तुतः चम्पो के बाप ने जब बकरी खरीदी थी, तो उसके मन में एक यह भी खयाल था, कि उसी के बच्चे से बेमाता के ऋण से भी उऋण हो जाऊँगा। चम्पो की माँ ने उस दिन पति को समझा दिया—तुमने बकरे का लोभ किया था, चाहते थे छह महीने में बड़ा करके बच्चों को बेच दें, लेकिन बेमाता और इन्तिजार नहीं करना चाहतीं, इसीलिए उसकी टाँग टूटी।

उन्होंने बेमाता के लिए उस बच्चे की बलि दे दी। बेसाता का आसपास में कोई स्थान नहीं था, न चौरा था, न कोई मूर्ति, न पत्थर का ढोंग न कोई पेड़। माता तो सब जगह आती रहती है, छोटे-छोटे बच्चों के पास दिन में दो बार फेरा दिये बिना उसके पेट का खाना हजम नहीं होता। खुश होने पर वह बच्चों की रक्षा

करती, किसी भूत को पास फटकने नहीं देती, और नाराज होने पर उठा ले जाने में भी उसे देर नहीं लगती। बेमाता के लिए बकरे की बलि घर के पिछवाड़े ही दे दी गई मधुपुरी की नगरपालिका ने जानवरों के मारने के लिए अलग स्थान में घर बना रक्खे हैं। बेमाता के लिए अपने घर के पास बलि चढ़ाना कानून के खिलाफ था, लेकिन चम्पो के माँ-बाप यही जानते थे, कि कोई कानून हमारी पूजा-पाठ में बाधा नहीं पहुँचा सकता। यह कहने की आवश्यकता नहीं, कि चम्पो का परिवार हिन्दू है, जैसे कि मधुपुरी के दूसरे अधिकांश जमादार। उनकी अपनी बिरादरी का एक अच्छा संगठन है। वह यह नहीं पसन्द करते, कि बिरादरी में से कोई निकल जाए। जमादार पीने के बहुत शौकीन होते हैं, मांस भी उन्हें बहुत प्रिय है। सूअर का मांस कुछ सस्ता मिलता है, शायद इसी खयाल से वह उसे ज्यादा पसन्द करते हैं। बिरादरी में ब्याह शादी हो या त्योहार, या किसी ने कोई कसूर किया हो, इस सबका मतलब है, बिरादरीवालों को भोज और शराब। महीने में ऐसे एक-दो सामूहिक भोज और पान यहाँ होते ही रहते हैं। बिरादरी के लोगों को बाँधकर रखने के लिए यह कम सहायक नहीं होते।

उस दिन माता के लिए बलि चढ़ाई गई। उस मांस में से चम्पो की माँ ने अपनी मालकिन को भी देना चाहा। पुराने बन्धन और मर्यादाएँ इतनी तेजी के साथ टूट रही हैं, इसका उदाहरण यहाँ सामने मौजूद है। मालकिन का परिवार न जाने कितनी पीढ़ियों से मांस का नाम सुनने के लिए तैयार नहीं था, लेकिन अब उनकी रसोई मांस के बिना सूनी-सूनी मालूम होती। उनको प्रसाद से क्या एतराज हो सकता था? यदि चम्पो की माँ उसे अपने हाथ से, लेकिन जरा सफाई के साथ पकाकर लाती, तो वह उसे भी स्वीकार कर लेतीं। लेकिन, यह "सफाई" की शर्त बहुत कठोर थी, जमादार के कुल की स्त्री के लिए अपनी सफाई के बारे में निश्चित पूरा विश्वास दिलाना आसान नहीं था। चम्पो परिवार के लोग दूसरे जमादारों की तरह "आज कमाया, आज उड़ाया" के माननेवाले थे, महीने की तनखाह के ऊपर वह बराबर कर्ज लिया करते, कपड़े का दाम भी नहीं जमा कर पाते। चम्पो की माँ पर दया करके मालकिन अपनी कोई पुरानी साड़ी दे देतीं। इसी तरह अपनी लड़की का उतरना चम्पो को पहनने के लिए मिल जाता। इन कपड़ों को साफ रखने के लिए साबुन का दाम कहाँ से आए? वह बहुत मैले-कुचैले रहते "सफाई" के खिलाफ गवाही दे देते।

चम्पो अपनी जाति के और बच्चों से अधिक भाग्यशालिनी थी। उसके मालिक छूआछूत नहीं मानते, इसलिए बचपन से ही वह अपने मालिक की लड़की के साथ जहाँ चाहती वहाँ खेलती रहती। यदि किसी बात से कभी मालकिन का मन प्रसन्न न होता, तो भी वह उसे डाँटती-फटकारती नहीं थीं। अपनी लड़की को यदि वह प्लेट में खाना देतीं, तो चम्पो को पुराने अखबार पर रख देतीं, यदि लड़की मेज पर

खाती, तो चम्पो वहीं पैरों के पास फर्श पर बैठकर खाती। दोनों के खाने की चीजों में इस समय कोई भेदभाव नहीं रक्खा जाता। वह कहाँ बैठकर खा रही है, कैसे खा रही है, इसके बारे में सोचने को चम्पो को जरूरत नहीं थी, जब तक कि उसे भी वही परौठा और वही तरकारी मिल रही है, जो कि उसकी सहेली खा रही है। उसे अपने मालकिन के लिए कृतज्ञ होने की भी आवश्यकता नहीं, कि मैं जमादार की लड़की बड़ी जाति के मालिक के घर के भीतर बैठकर खा रही हूँ। उसने कभी देखा नहीं, कि जमादार की छाया पड़ जाने से खाने ही की नहीं, बल्कि पहनने की चीजों को भी शुद्ध करने की आवश्यकता पड़ती है। उसके पास की कोठरियों में जो बाबू-बनियों के परिवार थे, वह छूआछूत बहुत मानते थे। लेकिन, बँगले के मालिक उनसे कहीं इज्जतदार और धनीमानी थे। जब वहाँ उसके साथ कोई छूतछात का बर्ताव नहीं किया जाता, तो अपनी माँ जैसी चीकट कपड़े पहननेवाली बनियाइनों की वह क्यों पर्वाह करती?

मधुपुरी में वैसे अब वर्षों से प्रारम्भिक शिक्षा अनिवार्य है, पर, हरेक माँ-बाप पर उसे लागू करने की कोशिश नहीं की जाती। कानून के धनी धोरी समझते हैं, कि जिस माँ-बाप को पर्वाह होगी, वह अपने आप अपने बच्चों को स्कूल में भेजेंगे। चम्पो को स्कूल जाने की कोई आवश्यकता नहीं थी। उसका भी जल्दी ही अपने जैसे किसी छोटे लड़के से ब्याह हो जाना था, फिर कुछ और सयानी होने पर दूसरे जमादार के घर में बहू के तौर पर रहेगी। फिर उसे भी किसी बँगले में झाड़ू-बहारू करना होगा, कमोड के गमलों को साफ-सुथरा रखना पड़ेगा, और मर्दों की तरह अपनी कमाई करके खाना होगा। मधुपुरी में सड़कों की सफाई नगरपालिका के जमादार करते हैं, जमादारिनों के लिए वहाँ कोई काम नहीं है। जब चम्पो को बड़ी होकर यही करना है, तो स्कूल में जाकर पढ़ने से उसे क्या फायदा था? लेकिन, उसकी सहेली को बड़ी चिन्ता थी। उसके माँ-बाप समझते थे, लड़की को दो साल पहले ही स्कूल में बैठा देना चाहिए था, बहुत देर हो रही है। उनके वर्ग में दस-पाँच हजार तिलक दहेज देने ही से काम नहीं चलता, बल्कि लड़केवाले देखते हैं, कि लड़की कितनी पढ़ी-लिखी है। यदि चम्पो की सहेली अनपढ़ रह गई, तो चाहे वह कितनी ही अनिंद्य सुन्दरी हो, उसे अच्छे और धनी वर्ग के वर मिलने की सम्भावना नहीं है। माँ-बाप यद्यपि स्कूल में नहीं भेज सके थे, किन्तु घर पर स्वयं और मास्टर को रखकर उसे पढ़ा रहे थे। लड़की की जब मौज होती तो पढ़ती, नहीं तो खेलने चली जाती और मास्टर को घंटा पूरा करके लौट जाना पड़ता। स्कूल में जाने पर वह ऐसा नहीं कर सकती थी, इसीलिए चम्पो की सखी बहुत उदास होकर अपने दिल के दुख को प्रकट करती तब मैं तेरे साथ कैसे खेलूँगी! सारा दिन तो स्कूल में बीतेगा, शाम-सबेरे कितना समय मिलेगा?

(4)

सहेली अब स्कूल पढ़ने जाया करती थी। कुछ दिनों तक उसका मन नहीं लगा, कभी आवे ही दिन में वहाँ से भाग आती, और चम्पो के साथ खेलने लगती। मुश्किल यह था, कि चम्पो पास ही में रहती थी। यदि उनके खेलने का स्थान सहेली के माँ-बाप की आँखों के सामने न होता तो दोनों बराबर खेलती रहती। चम्पो का मन उदास रहता। उसके और बहन-भाई थे, प्रतिवर्ष एक बच्चे आने की घर में औसत थी। चम्पो सबसे बड़ी थी। अपने से छोटों के साथ खेलने में उसे आनन्द नहीं आता था। उसकी सहेली शिक्षित परिवार की लड़की थी, उसकी बातचीत में उसे जितना मजा आता था, उतना दूसरी जगह कहाँ से आता? कभी-कभी सोचती, मैं भी क्यों न स्कूल जाया करूँ। लेकिन, माँ-बाप इसकी इजाजत नहीं देते थे। छोटे बच्चों को सँभालने का काम उसका था। बकरी हर साल दो बार में चार बच्चे जनती, जिनके चराने का काम भी उसी को करना था। चम्पो दिनभर टकटकी लगाए उसी रास्ते की ओर देखती; जिससे उसकी सहेली पढ़कर लौटती। सहेली कभी-कभी दो-तीन और लड़कियों के साथ हँसती-खेलती, कूदती-फाँदती आने लगी। उनको देखकर चम्पो के कलेजे में काँटा-सा चुभने लगता। वह उसे एकमात्र अपनी सहेली रखना चाहती थी। उसकी सहेली पास पहुँचते ही हँसकर कहती—चम्पो, देख यह मेरी सहेली कुसुम है, और यह है गइतिरी। वह अपने भोलेभालेपन से सहेलियों को बतलाती—"यह मेरी बड़ी अच्छी सहेली कम्मो है। यह बहुत अच्छा गाना गाती है, अच्छी बात करती है। हम अन्धेरा होते तक साथ खेलते हैं।" सहेली दूर रहकर नहीं, बल्कि चम्पो के कन्धे पर हाथ रखकर बात करती। उसको स्कूल की सहेलियाँ उमर में बड़ी नहीं थीं, लेकिन वह दूसरे ही वातावरण में पलीं होने से वह जानती थीं, कि जमादार की लड़की को छूया नहीं करते।

चम्पो के सामने उन्होंने नहीं बतलाया, किन्तु पीछे समझाना शुरू किया-जमादार की लड़की को नहीं छूया करते। वह गन्दी होती हैं। पाखाना फेंकती हैं। तुम्हें ऐसा करते सुनने पर स्कूल की बहनजी नाराज होंगी, हमारी दूसरी सहेलियाँ तुम्हें जमादार की लड़की कहने लगेंगी।

"जमादारों की लड़की कहने लगेंगी"—यह सुनकर चम्पो की सहेली का दिल दहल गया। वह चम्पो को अपनी सहेली मानती थी, लेकिन यह मानने के लिए तैयार नहीं थी, कि मैं भी उसी की तरह जमादार की लड़की हूँ। स्कूल की सहेलियाँ अब अधिक और अधिक बँगले में आने लगीं। उन्होंने चम्पो के साथ खेलने का रास्ता बन्द कर दिया। एक-दो बार उन्होंने धमकी दी : जमादार की लड़की के साथ अगर तुम खेलोगी, तो हम नहीं आएँगे। इतना काफी था। चम्पो ने देखा, उसकी सहेली उससे वह शाम के वक्त अपनी कोठरी से बँगले में पहुँच जाती। उसकी सहेली

उसको कोई रूखा शब्द नहीं कहती, किन्तु अपनी नव-परिचिता सखियों के साथ खेलने में इतना भूल जाती, कि उसे याद भी नहीं रहता, कि दरवाजे के पास उसकी चम्पो चाह भरी निगाह से देख रही है। महीनों जब यही रुख रहा, तो चम्पो भी निराश हो गई। उसने समझ लिया, अब हम दोनों का रास्ता कभी एक नहीं होगा।

मधुपुरी के अधिकांश जमादार बारहों महीने के लिए यहीं के निवासी हैं। यहीं म्युनिसिपैलिटी के बनवाए घरों या बँगलों के औट-हौसों में वह रहते हैं। पाँच-पाँच छह-छह पीढ़ी हो जाने पर अब उनसे यही आशा की जा सकती कि वह अपने कस्बों या शहरों को भूल गए होंगे, खासकर जबकि उन्हें ब्याह शादी करने के लिए भी मधुपुरी से बाहर जाने की जरूरत नहीं है। लेकिन, अपने पूर्वजों के स्थानों में उनके कुलदेवता रहते हैं, उनके कितने जाति-बिरादरी के लोग हैं, जिनके साथ उनका सम्बन्ध टूटा नहीं है। वहाँ जाकर मिल आने की उनकी बराबर इच्छा रहती है। यहाँ जाने का सबसे बड़ा कारण अपने कुलदेवता की पूजा है। जब तक वह हिन्दू हैं, तबतक अपने कुलदेवता के क्रोध या कृपा की वह उपेक्षा नहीं कर सकते। चम्पो जब से पैदा हुई थी, तबसे उसके माँ-बाप बिजनौर नहीं गए थे। कुलदेवता का उनके ऊपर ऋण था, कहीं देवता का धैर्य न टूट जाए। अब की जाड़ा में चम्पो के माँ-बाप अपने सब बच्चों के साथ बिजनौर गए। कुलदेवता की पूजा की। भाईबन्दों को शराब के साथ भोज दिया। लोगों ने नाचना गाना किया। एक महीना बिताकर जब परिवार मधुपुरी लौटा, तो चम्पो नहीं थी। सामने होते ही मालिक ने जब पूछा, तो जमादारिन ने सिसक-सिसककर कहना शुरू किया—"चम्पो हमारी चली गई। छोटी बीवीजी को बहुत याद करती थी। जिस दिन दोपहर को एक हिचकी आकर मेरी बच्ची सदा के लिए चुप हो गई, उस दिन बहुत जिद्द कर रही थी : मुझे मेरी सहेली के पास ले चलो। मैं यहाँ नहीं रहूँगी।" इसी समय मालकिन भी आ गई, वह अपने आँसुओं को रोक नहीं सकीं और कहने लगीं—"कैसी सुन्दर लड़की थी। इसी समय मालकिन कहने लगी।"

—"हाँ बीबीजी। सब कहते थे, बड़े आदमी जैसी लड़की, वैसे ही बोलती भी थी।" चम्पो की माँ की हिचकी बँध गई, आँचल से उसने अपनी आँखों को पोंछ लिया। मालकिन ने सान्त्वना देनी चाही। भोलीभाली माँ ने करुण स्वर में कहा—"मन को बहुत समझाना चाहती हूँ, लेकिन क्या करूँ, कलेजा फटने लगता है, जब मेरी चम्पो याद आती है। अब वह कभी नहीं दिखेगी, अब वह कभी छोटी बीबी जी के साथ नहीं खेलेगी।" चम्पो का खेलना तो पहले ही बन्द हो गया था। माँ-बाप के सिर से एक का बोझ कम हुआ, लेकिन अपने बच्चे को कौन बोझ समझता है?

काठका साहब

(1)

मधुपुरी साहेबों की नगरी है। पहले इस पहाड़ पर घना जंगल था। दो-तीन हजार फुट नीचे दो चार पहाड़ी गाँव थे। वहाँ के लोग वर्षाकाल में अपने पशुओं को चराने के लिए इन टेढ़ी-मेढ़ी और एकाएक ऊँची हो गई पर्वत श्रेणियों पर आते थे। पुरी का आरम्भ किसी योजना के अनुसार नहीं हुआ था। मध्य और पश्चिमी हिमालय को नेपाल से छीनने के बाद ईस्ट इंडिया कम्पनी ने इसके महत्व को नहीं माना था। पर कम्पनी के स्थानीय अफसर जानते थे, कि यहाँ पास ही में इंग्लैंड जैसा ठंडा देश मौजूद है। वैयक्तिक तरीके से एक-दो साहेबों ने पहले अपने लिए लकड़ी के झोंपड़े यहाँ खड़े किये, जहाँ वह नीचे की लू से बचने के लिए गर्मियों में आ जाते थे। यह 1820 ई. की बात है। देखादेखी दूसरे साहेबों को भी इसका महत्त्व मालूम हुआ, और फिर वह भी जहाँ-तहाँ उपयुक्त स्थान अपने लिए तैयार करने लगे। दस वर्ष बीतते-बीतते कम्पनी के अधिकारियों को अपने कर्तव्य का ज्ञान आया, और उन्होंने सुव्यवस्थित रूप से इस बिलासपुरी को आगे बढ़ाने के बारे में सोचना शुरू किया। यहाँ कम्पनी की ओर से एक अफसर नियुक्त कर दिया गया, जिसकी प्रभुता नगर के बढ़ने के साथ-साथ बढ़ती गई। 1857 ई. के विद्रोह में दक्षिण और देशी रियासत के बाद हिमालय ही अंग्रेजों के लिए सबसे सुरक्षित स्थान था। उसके बाद कम्पनी की जगह इंग्लैंड की रानी के नाम से शासन होने लगा। जहाँ तक प्रबन्ध का सम्बन्ध था, वह अब भी वैसा ही था। हाँ, 18वीं सदी में अंग्रेज हिन्दुस्तान में अपने को देवपुत्र नहीं समझते थे, और धनी तथा सामन्ती भारतीयों के साथ समानता का बर्ताव करते थे। अब वह अपने को साक्षात स्वर्ग से आया समझते थे, इसीलिए काले आदमियों को देखते ही उनकी तेवरी चढ़ जाती थी। वह बड़े-से-बड़े भारतीय को भी तुच्छ दृष्टि से देखते थे, और उनके सामने सीधे ताकने पर आदमी ठोकर खाए बिना नहीं रह सकता था।

कम्पनी के नौकर अंग्रेज नौकरशाह अपने क्षेत्र में बादशाह ने किसी प्रकार भी

अपने को कम नहीं समझते थे। देशी लोगों को उन्होंने ठोकर मार-मारकर सिखलाया, कि साहेबों से कैसा बर्ताव करना चाहिए। भारत में रहते भी अंग्रेज जल में कमल की तरह निर्लेप रहते थे। देशियों से उनका कोई सम्पर्क नहीं था। 18वीं सदी में उन्हें हिन्दुस्तानी खाने में रस आता था, पर अब उनकी कोशिश थी, कि विलायती चीजें ही उनके उपयोग में आएँ। कुछ और समय बीता। अब भारत के शासन के लिए आई.सी.एस. के फौलादी ढाँचे का जाल सभी जगह बिछा दिया गया। मधुपुरी में इसी ढाँचे का कोई तरुण अब शासक बनकर आता था। 19वीं सदी के तृतीय पाद के बीतते-बीतते मधुपुरी बहुत कुछ आज की शकल आ गई थी। आदमी सीजन के समय बहुत होते, और बाकी समय भी थोड़े लोग यहाँ रहते थे। पहाड़ के कितने ही गाँव भी मधुपुरी के साहेब के शासन में थे। मुकदमा देखने और दूसरे कामों के लिए वह नियुक्त किया जाता था। रोज के लिए काम न होने से वह हफ्ते में एक बार यहाँ अपनी अदालत करने आता।

पहले जैसे-तैसे अंग्रेज को भी अफसर बनाकर भेज दिया जाता था। परन्तु, जब भारतीयों में भी कुछ नई चेतना फैलने लगी, उनमें से कुछ अंग्रेजी साहित्य को पढ़ने लगे, और जानने लगे, कि अंग्रेज भी हमारे जैसे ही आदमी हैं। ऐसी स्थिति में अयोग्य अंग्रेज शासक को देखकर शासकों के प्रति असम्मान का भाव पैदा हो सकता था। इसीलिए बहुत होनहार तरुण ढूँढ-ढूँढ़कर इंग्लैंड से भारत भेजे जाने लगे—आई.सी.एस. होकर आनेवाले इंग्लैंड के साधारण तरुण नहीं होते थे। भारत आने से पहले उन्हें शासन करने का सारा गुर सिखला दिया जाता। सन् 57 को अच्छी तरह याद कराने के लिए झूठे-सच्चे उन स्थानों को उन्हें दिखलाया जाता, जहाँ पर अंग्रेज नरनारियों की बड़ी क्रूरता के साथ हत्या की गई थी। अंग्रेज के शरीर में भी अच्छे-बुरे सभी तरह के भाव उसी तरह होते हैं, जैसे दूसरों के। कहीं वह मानवता का पाठ न पढ़ लें, इसलिए बड़े साहेब छोटे साहेबों को देशी लोगों से अलग रहने की सीख देकर पक्का कर देते थे। जो भी हो, इन साहेबों में दो बड़े गुण थे : वह काम करने और काम लेने की क्षमता रखते थे, और समय की पाबन्दी तो उनके खून में मिली-सी थी।

10 बजे कचहरी शुरू हो, 4 बजे वह बन्द होनी चाहिए, बीच में 1 बजे साहेब बहादुर को घंटे के लिए लंच खाने की छुट्टी मिलनी चाहिए। वह काम करने के प्रत्येक दिन के साढ़े पाँच घंटे बराबर अपने आफिस और अदालत में बिताते थे।

मधुपुरी का बड़ा साहेब बनना बड़े सौभाग्य की बात थी। उसे हिन्दुस्तान में रहते इंग्लैंड का वातावरण मिलता था, अपनी जाति के ही चेहरे अधिकांश दिखाई पड़ते थे। जिले में कभी दो और कभी तीन अंग्रेज रहते, उतने से महफिल कहाँ जम सकती थी! और यहाँ हजारों गोरे और गोरियाँ साल के तीन महीने भरे रहते। उनके क्लब उसी तरह के नृत्य और गान से मुखरित होते, जैसे लन्दन में हैं।

आवश्यकता और विलास की सारी चीजें यहाँ उनके लिए मौजूद थीं। जब मधुपुरी में मोटर नहीं पहुँची थी, तब बड़ा साहेब नीचे के शहर से घोड़े पर चढ़कर यहाँ 8 बजे से पहले ही पहुँच कुछ हित-मित्रों से मिलता, नये दोस्तों को बनाता। यदि वह अविवाहित तरुण होता, तो उसके लिए यहाँ आए भारत के अपने वर्ग के साहेबों की तरुण कन्याएँ जयमाला लिए मौजूद थीं। नीचे के शहरों में साहेबों ने अपने चारों ओर कड़ी बाड़ लगा ली थी; चलने बोलने खाने बातचीत करने मिलने-जुलने सबमें उनके क्षेत्र बहुत संकुचित थे, पर मधुपुरी में आते ही उनके सारे बन्धन टूट जाते। उनके बन्धन मुक्त असली रूप को काले लोग देख न लें, इसके लिए उन्होंने अपने क्षेत्र में बेरा-खानसामा छोड़ दूसरे भारतीयों का आना-जाना निषिद्ध कर दिया था। अपमान सबसे बुरी चीज है, लेकिन जब पीढ़ियों से आदमी उसका आदी हो जाता है, तो वह उसे स्वाभाविक-सा मालूम होने लगता है अपमान करनेवालों और अपमान सहनेवालों दोनों के लिए।

अंग्रेज महत्त्वपूर्ण पदों पर अपने सुशिक्षित मध्य वर्ग के तरुणों को ही रखते थे। सन् 57 की तरह देशी पलटन कहीं बिगड़ न जाए, इसके लिए उन्हें पर्याप्त मात्रा में गोरे सैनिकों को रखना पड़ता था, जो बड़े उजड्ड होते थे। नीचे उन्हें छाबनियों के भीतर ही बन्द रक्खा जाता था। मधुपुरी में आकर उन्हें बहुत स्वतंत्रता मिलती, जिसका दुरुपयोग वह भारतीयों के साथ कैसे करते, यह अभी कल की बात होने से उसे बहुत से लोग जानते हैं। उनके निवास के आसपास के लोग स्त्रियों के लिए पूरी सावधानी रखते हुए भी बराबर डरते रहते हो, क्योंकि अंग्रेजों का कानून उसके बनानेवालों पर नहीं लागू होता था। मधुपुरी की यही अवस्था प्रथम विश्वयुद्ध तक थी, और अंग्रेजों के लिए यह स्वर्गपुरी और भारतीयों के लिए अपमानपुरी बनी रही। हाँ, अपमान को सहने के लिए तैयार कितने ही बनिये, ठेकेदार यहाँ होती सोने की वर्षा में हाथ मारने में पीछे नहीं रहते और हजारों की तादाद में मजदूर तथा नौकर-चाकर मधुपुरी को कल्पवृक्ष समझते थे।

(2)

बड़े-बड़े युद्ध संसार में हमेशा बड़े-बड़े परिवर्तन लाते हैं, लेकिन बीते युगों में विश्वयुद्ध नहीं होते थे। प्रथम और द्वितीय विश्वयुद्ध ने एक देश में नहीं बल्कि सारी दुनिया में नये युग का आरम्भ किया है। प्रथम विश्वयुद्ध के बाद मोटरों का प्रचार भारत में जोर से होने लगा, अंग्रेजों के लिए इंग्लैंड अब पृथ्वी के छोर पर नहीं था। सभी दुख सामग्री के साथ सुसजित बड़े-बड़े जहाज उन्हें आराम से एक ही महीने भीतर इंग्लैंड पहुँचा देते थे। जब इंग्लैंड छह महीने के रास्ते पर था, और रास्ते में खतरे भी बहुत थे, उस समय अंग्रेजों ने अपने बच्चों की शिक्षा-दीक्षा के लिए हिमालय

की विलासपुरियों में अपने विशेष स्कूल खोले थे। अब वह अपने लड़के-लड़कियों को यहाँ रखने के लिए मजबूर नहीं थे। ज्यादा छुट्टियों के बिताने के लिए उन्हें तनखाह और सफर खर्च के साथ इंग्लैंड जाने की छुट्टी मिलती, इसका भी प्रभाव विलासपुरियों पर पड़ना जरूरी था। द्वितीय विश्वयुद्ध ने यदि अनाज को 4 सेर से घटाकर एकदम 2 सेर कर दिया, तो प्रथम विश्वयुद्ध ने भी उसी तरह हर बीज का दाम दूना बढ़ाकर महँगाई फैला दी। भारत में काम करनेवाले अंग्रेज नौकरशाहों की तनखाह लड़ाई के कारण हुई महँगाई के अनुरूप बढ़ चुकी थी, पर उन्होंने हल्ला मचाना शुरू किया, और इंग्लैंड के शासकों को डर लगने लगा कि कहीं हमें नौकर मिलने कठिन न हो जाएँ। आई. सी. ए. की परीक्षाओं में प्रतिभाशाली अंग्रेज तरुण अब उतनी संख्या में शामिल नहीं हो रहे थे, इससे भी उनका माथा ठनका। इसके लिए भारत-मंत्री ने ली साहब की अध्यक्षता में एक कमीशन नियुक्त किया। "अन्धा बाँटे रेवड़ी" वाली बात हुई और ली-कमीशन का काम ली-लूट में बदल गया। पहले से ही दुनिया के सभी देशों से अधिक वेतन पानेवाले आई. सी. ए. नौकरशाहों और फौजी अफसरों की तनखाईं बहुत बढ़ी हुई थीं। ली लूट से केवल अंग्रेज नौकरों को ही फायदा नहीं हुआ, बल्कि अब भारतीय भी आई. सी. एस. और फौजी अफ़सर काफी संख्या में होने लगे थे, जिन्हें भी ली लूट से पूरा फायदा उठाने का मौका मिला।

द्वितीय महायुद्ध ने आकर मधुपुरी को अन्तिम बार निहाल किया। पर, उसके समाप्त होते ही अंग्रेजों को हसरत भरी निगाह ले भारत और उसमें बसाई अपनी विलासपुरियों को देखते हुए यहाँ से बिदा होना पड़ा। फौलादी ढाँचे के हटते ही शासन की इमारत के गिर पड़ने का डर था कम-से-कम गोरे प्रमुख का स्थान लेनेवाले काले प्रभुओं की यही धारणा थी। अगस्त 47 से पहले सभी बड़े-बड़े कामों को अंग्रेजों ने अपने हाथों में सँभाल रक्खा था, हिन्दुस्तानी आई. सी. एस. भी यद्यपि अब काफी संख्या में थे, लेकिन कितनी ही जगहों पर उनके लिए "प्रवेश निषिद्ध" था। एकाएक हजारों की तादाद में खाली हुई इन जगह को भरना था। जिस वक्त अंग्रेजों का शासन था। उस वक्त हमारे देशभक्त कड़ी नुक्ताचीनी करते कहा करते थे—"भारत दुनिया में सबसे गरीब देश है, यहाँ की प्रजा की गाढ़ी कमाई पर इतने महँगे नौकरों का रखना सरासर अन्याय और अत्याचार है। अब ऐसा मौका मिला था, जबकि वह अपनी आलोचना को कार्यरूप में परिणत कर सकते थे। लेकिन, अगस्त (1947 ई.) लूट ने तो ली-लूट को भी मात कर दिया। तीन-तीन सौ रुपया महीने पानेवाले लोग एकदम डेढ़ और दो हजारवाले पदों पर पहुँच गए। शाम के डिप्टी साहब सबेरे कलक्टर साहब बन गए। इस लूट में कोई-कोई अभागे भी रह गए, वह वही जो नये प्रभुओं के न भाई-भतीजे भाँजे थे, न हितमित्र, और न देखने में पुराने साहबों जैसे मालूम होते थे। यहाँ काम नहीं, सिर्फ चाम प्यारा था।

योग्यता-अयोग्यता को थोड़ी देर के लिए ताक़ पर रख दिया गया था। अगस्त में जो लूट शुरू हुई, वह अंग्रेजों के रिक्त स्थानों को भरने ही के साथ नहीं खतम हो गई। अभी भी कितने ही पात्र छूट गए थे। योग्यता के अतिरिक्त दिल्ली के महादेव के शब्दों में "कुछ और गुण" भी उनमें मौजूद थे। गुणग्राहक न बनें, यह कैसे हो सकता था? हमारे महाप्रभुओं ने पूर्व और पश्चिम दोनों के दोषों की कदर करने का दृढ़ संकल्प कर लिया था। अंग्रेज खानदानी लाट भी उनके बराबर दरबार रचानेवाले नहीं थे। अब जिले के अफसर और नेता से लेकर प्रान्त और दिल्ली तक के देवताओं की पंचोपचार से पूजा होने लगी, आरती उतरने लगी। योग्यता के अतिरिक्त और भी जिस गुण की अनिवार्यतया आवश्यकता थी, उसे भी लोग सीखने लगे। सिर्फ अगस्त-लूट के साहेब ही नहीं, बल्कि पुराने काले आई.सी.एस. ने भी देख लिया, कि यदि आगे बढ़ना है, तो उस "कुछ गुण" को भी सीखना जरूरी है। वह अब टोपी उतारकर सलाम करने की जगह पलंग पर लेटे या आराम कुर्सी पर बैठे मंत्री और महामंत्री के चरण छूकर प्रणाम करने लगे। भारतीय शिष्टाचार वह भूल गए थे, लेकिन, सुबह का भूला यदि शाम को घर आ जाए, तो उसे भूला नहीं कहना चाहिए। उसको अब अपने सरकारी काम से भी अधिक नये देवताओं की पूजा खुशामद करना जरूरी था। यदि अपना काम छोड़कर अपने इस परम कर्तव्य का पालन करने के लिए वह प्रान्त या देश की राजधानी में चले जाएँ, तो इसकी कोई खोज खबर लेनेवाला नहीं था। हर दंड को व्यर्थ करनेवाले हथियार तैयार की गए थे, सरकारी कायदा कानून में काफी गुंजाइश थी। अगस्त-लूट को पर्याप्त न समझकर उसकी अवधि और क्षेत्र को और अधिक बढ़ाया गया। जिन जिलों में पहले चार-पाँच बड़ी तनखाह पानेवाले गजेटेड आफिसरों से काम चल जाता था, वहाँ अब वह तिगुने हो गए। यदि उसी के अनुरूप नीचे कर्मचारियों की वृद्धि नहीं हुई, तो नये साहेबों को दस्तखत करने के लिए कागज पत्र कहाँ से मिलते? इसलिए क्लर्कों की भी संख्या पंचगुनी कर दी गई। यह काम कोई अन्धेरे में नहीं हुआ, स्वयं दिल्ली से वहाँ के महादेव ने इसे शुरू किया। अखंड भारत में अंग्रेजों का शासन सबसे बड़ी तनखाह पानेवाले नौ सेक्रेटरियों से अच्छी तरह चलता था, नये महाप्रभु ने उनकी संख्या 22 कर दी। पहले के नेताओं के हाथ में शासन आते ही दुनिया का सबसे गरीब देश पलक मारते-मारते सबसे धनी देश बन गया, और लोगों के घरों में न समाने वाली लक्ष्मी को दोनों हाथों से लुटाया जाने लगा, सो भी इस तरह, जिसमें वह अपनों ही के हाथों में पड़े।

(3)

मधुपुरी में भी इस परिवर्तन का प्रभाव पड़ा। पुराने बड़े साहब की जगह नये बड़े

साहब आए, जिनके रंग में फर्क जरूर है, लेकिन तनखाह में कोई फर्क नहीं, जिनकी योग्यता में कमी जरूर है, किन्तु रोब में नहीं। यह भी पुराने साहबों की तरह ही जनता से अलग रहना पसन्द करते हैं। चमड़े के भ्रम से अगर कोई आदमी उनके समीप जाने की कोशिश करता है, तो पास पहुँचते ही उनकी आँखों से वह प्रचंड बिजली की करंट निकलती है, जिसके कारण आदमी को औंधे मुँह गिरने की नौबत आती है। यदि आँखों को उसने नहीं देखा, तो फिर रूखे मुँह से दो-चार बातें सुननी पड़ेंगी। अपने रोव को कायम रखने में आज के साहेब पहले के अपने पूर्वजों से कहीं अधिक बढ़-चढ़कर हैं। अंग्रेज गए, लेकिन हमारे साहेब को मालूम है, कि शासन करने का सबसे अच्छा ढंग वहीं अंग्रेजों का ही था। दिल्ली के देवताओं ने गला दबाने पर ही अंग्रेजी के स्थान पर हिन्दी को रखना मंजूर किया, पर इसकी बाती वर्ष बाद ही की जा सकती है। 1965 ई. से पहले हिन्दी का उनके सामने नाम लेना अध्य अपराध है। जब हिन्दी आएगी, तब भी अंग्रेजी तक भारतवर्ष में चलते रहेंगे, जब तक कि महाप्रलय इस दुनिया को खतम नहीं कर देगी। उनके जनता और हिन्दी-प्रेम का ही उदाहरण है, जिन रियासतों में हिन्दी पहले सरकारी भाषा थी, अब वहाँ से उसे धत्ता बता दिया गया है, वहाँ के जिला तथा प्रदेश के आफिस में अंग्रेजी के टाइपिस्ट और स्टेनोग्राफर भरती किए गए हैं। कौन कहता है शासन जनता के लिए नहीं है? नौकरशाह अपनी सुविधा के लिए हिन्दी की जगह अंग्रेजी नहीं स्थापित करवा रहे हैं, बल्कि वह चाहते हैं, कि सारी जनता को दुनिया की सबसे उन्नत और एकमात्र अन्तरराष्ट्रीय भाषा को घोलकर एक दिन में पिला दें मधुपुरी के नये साहब भी हिन्दी के बारे में अपने प्रदेश के महामंत्री की बात को मानने के लिए तैयार नहीं हैं। वह जानते हैं, कि हमारे महामंत्री ऊपर के मन से ही हिन्दी की हिमायत करते हैं, वोटरों को हाथ में रखना भी आखिर जरूरी है। वह भली प्रकार जानते हैं, कि यदि महामंत्री हिन्दी को रखना चाहते, तो आफिसों से पहले अंग्रेजी टाइपराइटरों को हटवाते, अंग्रेजी स्टेनोग्राफरों को हिन्दी शीघ्रलिपि सीखने के लिए मजबूर करते, कर्मचारियों को हिन्दी सीखने की मियाद को बराबर बढ़ाते नहीं जाते।

मधुपुरी के साहब कुछ बातों में वस्तुतः राजा हैं। उनकी आन-बान और ठाठ-बाट में अपने पूर्वाधिकारियों का खूब प्रभाव है। वह बढ़ियाँ अंग्रेजी सूट पहनते हैं, सिर पर सबसे अच्छी फैक्ट हैट लगाते हैं। शरीर मोटा न होने से छरहरे जवान से मालूम होते हैं, जिसमें रोज की हजामत भी कम सहायता नहीं करती। दिन्दी बोलने में उन्हें कठिनाई मालूम होती है, और अंग्रेजी को इतना जीभ तोड़कर बोलते हैं, कि मालूम होता है, उनका जन्म इस देश में नहीं हुआ था। घर के ही भेदिया चारों तरफ हैं, नहीं तो यह भी कहा जा सकता था, कि साहब बहादुर ने आक्सफोर्ड में अपनी पढ़ाई खतम की, इसीलिए वहीं का एक्सेन्ट उनके मुँह पर चढ़ गया है।

ऐसे पुरुष से यह आशा कैसे हो सकती है, कि वह अपने दफ्तर में हिन्दी को फूटी आँखों भी देख सकेगा। उन्हें न हिन्दी से कोई वास्ता है, न इस देश की साधारण जनता से। वह तो अपने इस गद्दी पर बैठनेवाले पहले के साहेबों का ही पूरा अनुसरण करना चाहते हैं।

(4)

मधुपुरी अब वह पुरानी पुरी नहीं रही, तो भी यहाँ इंग्लैंड ही नहीं और दूसरे पश्चिमी देश के दूतावासों के स्त्री-पुरुष सैकड़ों की संख्या में आते हैं। उनके आने से मधुपुरी को लाभ है, कहने की आवश्यकता नहीं। दूसरे देश सैलानियों को अधिक संख्या में अपनी ओर खींचने के लिए विज्ञापन पर लाखों रुपये खर्च कर देते हैं। यह तो साधारण बुद्धि भी कह सकती है, कि मधुपुरी के लिए किसी दूसरे तरह बड़े साहेब की आवश्यकता है। यहाँ पर जो पहले साहेब थे, वह कुछ पुराने ढंग के वेष-भूषा में पिछड़े हुए थे। लोगों से मिलते वक्त उन्हें खयाल नहीं होता था, कि हम किस की गद्दी पर बैठे हैं। उनसे यहाँ का कोई आदमी असन्तुष्ट नहीं था। गोरे विदेशी भी उनकी तारीफ करते थे। लेकिन ऐसा आदमी मधुपुरी का शासक कैसे बना रह सकता है? इसीलिए ऊपर के महाप्रभु ने अब के मधुपुरी में बिलकुल उसके अनुरूप आदमी को भेजा। रंग छोड़कर सभी बातों में वह पहले के गोरे साहेबों के ढाँचे में ढले हुए हैं। लेकिन, सभी बातों से मतलब यह नहीं, कि सभी गुणों में भी। पहले के साहेब वक्त की पाबन्दी न करने को महापाप समझते थे। वह इस पाबन्दी के फेर में इतने रहते थे, कि अपने आराम के समय में से भी काटकर उसमें खर्च करते थे। आज के साहेब बहादुर पहले के साहेबों की तरह ही हफ्ते में एक दिन मधुपुरी पहुँचते हैं। कचहरी का समय 10 बजे से शुरू होता है, और लोगों के पास जो समन जाता है, उसमें लिखा रहता है, कि यदि वक्त पर नहीं पहुँचे, तो मुकदमे का फैसला एकतरफा कर दिया जाएगा। लेकिन, वह स्वयं शायद ही कभी 12 बजे से पहले मधुपुरी में पहुँचते हैं। पहुँचकर भी कार पर चढ़कर आए साहब को थोड़ी देर अपने सैलून में विश्राम करने के लिए चाहिए। चकवे की तरह ललायित लोग उनके चन्द्रमुख को देखने से वंचित हो जाते हैं। 1 बजे यदि वह इजलास की कुर्सी पर बैठ जाएँ, तो बड़ा भाग्य समझिए। लंच के वक्त फिर थोड़ी देर के लिए कचहरी बन्द कर दी जाती है। तीन घंटे इन्तजार करनेवाले लोग अपने भोजन से वंचित भले हो जाएँ, यदि उन्होंने 10 बजे से पहले ही भोजन नहीं कर लिया है, लेकिन, साहेब कैसे पुरानी परिपाटी को छोड़ सकते हैं? लंच के बाद 4 बजे शाम तक साहेब जरूर ही अपनी कुर्सी पर बैठे रहें, यह कोई जरूरी नहीं है। वह इससे पहले भी उठ सकते हैं। नियम दूसरों के लिए बनाए गए हैं, मधुपुरी के सर्वेसर्वा

साहेब बहादुर उसके पाबन्द नहीं हैं।

वक्त की पाबन्दी में ही हमारे बड़े साहेब पहले के गोरे साहबों से बिलकुल उलटे नहीं हैं, बल्कि कार्य क्षमता में भी उनका अपने पूर्वाधिकारियों से छत्तीस का सम्बन्ध है। अब भी पुराने क्लर्क कुछ मौजूद हैं, इसलिए गाड़ी किसी तरह से चली जा रही है, नहीं तो वह किसी वक्त भी दलदल में फँस सकती है। हमारे साहेब लेकिन एक बात अपने राष्ट्रीय भावों का पूरा सबूत देते हैं। चाहे देशी हो, या यूरोपीय, कोई किसी काम से उनके यहाँ पहुँच जाए, तो पहले के साहेबों की तरह दो नजर से नहीं देखते हैं, और उसे इस बात के अनुभव करने के लिए बाध्य करते हैं, कि यह किसी शासक के सामने खड़ा है। गौरांग साहब किसी दूसरे गौरांग को इजलास में आने पर हो नहीं सकता था, कि उसे कुर्सी न दिलवाएँ, परन्तु हमारे साहेब उनको भी वहाँ खड़े रहने के लिए मजबूर करते हैं, जिनकी दिल्ली के देवता आरती उतारते हैं, और आशा रखते हैं, कि यदि वह प्रसन्न हो जाएँ, तो हमारे देश के ऊपर भी डालरों की वर्षा होने लगे।

हैं न यह काठ के साहब?